HENRY NOCQ

LES DUVIVIER

JEAN DUVIVIER, 1687-1761
BENJAMIN DUVIVIER, 1730-1819

ESSAI
D'UN
CATALOGUE DE LEURS ŒUVRES
PRÉCÉDÉ
D'UNE NOTICE BIOGRAPHIQUE ET BIBLIOGRAPHIQUE

ILLUSTRÉ DE FIGURES DANS LE TEXTE
ET DE 17 PLANCHES HORS TEXTE EN HÉLIOTYPIE DE LÉON MAROTTE

PARIS
SOCIÉTÉ DE PROPAGATION DES LIVRES D'ART
SIÈGE DE LA SOCIÉTÉ
117, BOULEVARD SAINT-GERMAIN, 117

1911

LES DUVIVIER

Il a été tiré de cet ouvrage 575 exemplaires :
500 exemplaires pour la Société de propagation des livres d'art
numérotés de 1 à 500,
et 75 exemplaires pour l'auteur numérotés de I à LXXV.

HENRY NOCQ

LES DUVIVIER

JEAN DUVIVIER, 1687-1761
BENJAMIN DUVIVIER, 1730-1819

ESSAI

D'UN

CATALOGUE DE LEURS ŒUVRES

PRÉCÉDÉ

D'UNE NOTICE BIOGRAPHIQUE ET BIBLIOGRAPHIQUE

ILLUSTRÉ DE FIGURES DANS LE TEXTE
ET DE 17 PLANCHES HORS TEXTE EN HÉLIOTYPIE DE LÉON MAROTTE

PARIS

SOCIÉTÉ DE PROPAGATION DES LIVRES D'ART

SIÈGE DE LA SOCIÉTÉ

117, BOULEVARD SAINT-GERMAIN, 117

1911

QUELQUES LIGNES D'INTRODUCTION

Le temps n'est pas encore très éloigné où les travaux les plus savants, les mieux documentés, se présentaient sous des titres modestes : Contributions à l'étude de..... Observations sur..... Cette modestie des titres requérait pour les erreurs inévitables l'indulgence que le lecteur ne saurait aussi facilement accorder aux ouvrages soi-disant définitifs. J'imiterai la réserve de mes anciens, ayant besoin autant qu'eux de la bienveillance du public et je n'ai jamais senti plus profondément l'évidente insuffisance de mon érudition, de ma critique et de mon style qu'en donnant le bon à tirer de cet « Essai sur Jean et Benjamin Duvivier ». C'est un travail qui devrait logiquement : 1° Procéder d'une idée générale, 2° Prouver une compétence particulière. Il ne faudra pas trop exiger de ce livre d'un ouvrier d'art plein de bonne volonté.

On a déjà beaucoup écrit sur l'art du xviiie siècle depuis Arsène Houssaye et les Goncourt jusqu'à présent : beaucoup de bons ouvrages et davantage de médiocres. Chez la plupart des critiques l'art français du xviiie siècle est considéré en bloc, malgré la variété de ses manifestations, comme l'Art français par excellence, l'art qui ne doit rien à personne et a influencé tout le reste du monde. Cette opinion, par malheur, n'est fondée sur aucun argument précis, et il n'y a pas d'art autochtone, pas plus en France qu'ailleurs. Lorsqu'un art très ancien ou très exotique fait figure d'un art strictement original, c'est peut-être parce que l'état actuel des connaissances nous en laisse encore ignorer les sources.

Dès le Moyen Age, Paris exerce sur le monde civilisé une attraction qui y réunit sans cesse les meilleurs artistes de toute origine. De là l'extraordinaire diversité de ses monuments, diversité qu'on constate tout autour de Paris, dans l'ancienne France, dans cette région capitale qui s'étend de la Loire à la Somme et qui reflète la lumière de Paris. L'art français, comme celui des autres peuples s'est formé, s'est développé et, jusqu'à nos jours, évolue en empruntant des éléments étrangers : la facilité avec laquelle il assimile ces éléments, et leur fait produire des œuvres qu'ils n'auraient pas réalisées sur tout autre sol prouve magnifiquement sa vitalité. Constater cela, ce n'est pas diminuer notre patrimoine et je ne crois pas qu'il soit meilleur de méconnaître ces mélanges, ni juste d'estimer autant les sauvageons que les arbres qui doivent aux greffes et aux croisements leurs fruits plus abondants et plus savoureux.

Or cette pénétration des apports étrangers ne s'exerce pas d'une façon constante et circulaire, elle semble plutôt procéder par grands mouvements intermittents qui vont et viennent comme des marées et passent du nord au midi. Tantôt les hommes du Nord arrivent en plus grand nombre et c'est alors le triomphe d'un art plus près de la vie, mieux adapté, plus élégant, plus nerveux. Ainsi, au xve siècle, comme le démontre M. C. Enlart, nos arts gothiques aboutissent à cette délicieuse floraison : le style flamboyant, sous l'influence anglaise. Ensuite les Italiens, malgré une belle résistance, s'imposent à leur tour, c'est la Renaissance et ses suites. Les artistes du Nord reprennent leur place pendant la plus grande partie du xviiie siècle. Enfin ceux du Midi rapportent de Rome leurs sarcophages et leurs colonnes, leurs toges et leurs casques... leur autorité hier était encore incontestable.

Considérons parmi les artistes français du xviiie siècle commençant ceux qui ont dû exercer la plus grande influence sur leurs contemporains soit à cause de leurs fonctions à l'Académie, soit à cause de leurs succès auprès des grands personnages ou enfin de leurs talents éminents. D'où viennent-ils ?

Les Coypel, Lemoine, Hallé, Boucher, Nattier, Tocqué, J.-F. de Troy, Chardin, N. Cochin, sont Parisiens ; les Van Loo, originaires de Flandre ; Watteau et Pater, de Valenciennes ; La Tour, de Saint-Quentin ; les Slotz viennent de Flandre et font souche de Parisiens ; Lancret est de Paris comme Pigalle, Falconet, de Cotte, Ballin, Thomas Germain... Il est inutile d'allonger cette liste, ces noms illustres suffisent à montrer une commune origine des Maîtres qui ont dominé le goût jusqu'à la victoire du classicisme. Or cette victoire qui, à la fin du siècle, fera la gloire de David, était déjà plus qu'à moitié gagnée avant lui, et par quels mauvais peintres ? On pense à David parce qu'il occupe une place considérable et parce qu'il a été à même d'exercer une autorité tyrannique : il fut le septembriseur de notre art. Mais ce n'est pas lui qui a mis en mouvement la révolution classique. Bien des années auparavant, Vien et l'insupportable Dandré Bardon étaient venus tout exprès d'Aix et de Montpellier.

Il serait imprudent de tirer de ces remarques une conclusion trop absolue ; mais on peut dire que qualifier en bloc l'art du siècle de Louis XV d'art bien français, c'est insuffisant pour indiquer les manifestations diverses d'un art parisien influencé par des artistes venus du Nord, Flamands, Picards, Liégeois, etc... Et je crois intéressant de rattacher à un mouvement général l'arrivée à Paris de Jean Duvivier en rappelant (pour revenir à l'art de la médaille) que pendant la plus grande partie du siècle, les fonctions de graveur des Médailles du roi et de graveurs généraux des Monnaies ont été partagées entre les Roettiers, famille originaire de Flandre, et les Duvivier; enfin que Jean Duvivier, né à Liège, est donc compatriote de Warin, un des plus grands noms de l'histoire de la médaille.

Le présent ouvrage contient, de même que la notice de Gougenot et celle d'Advielle, une biographie sommaire de Jean et de Benjamin Duvivier et un catalogue de leurs médailles; il comprend de plus un catalogue des monnaies, une liste de jetons et une bibliographie. Je sais comme tout le monde que mes catalogues et ma bibliographie demeureront forcément très incomplets, en dépit de mes efforts. Mais ils sont, malgré leurs lacunes et leurs imperfections, beaucoup plus copieux que tout ce qui a été fait jusqu'ici sur les mêmes artistes : il peut s'y trouver, par occasion, quelques renseignements utiles aux travailleurs. Un document inédit tiré de l'oubli, un monument classé à sa place ou une erreur rectifiée, il n'en faudrait pas plus pour justifier l'existence de mon livre aux yeux des amis de l'histoire de l'Art. Et ceux-là constituent aujourd'hui un public assez nombreux comprenant non seulement les professionnels, mais encore, quelle que soit la place qu'ils occupent dans la société, tous ces lecteurs de Mémoires, ces amateurs de vieux papiers et d'iconographie, aujourd'hui si friands des ouvrages documentaires. Mais, si mon livre n'apporte aucun renseignement nouveau aux chercheurs et aux amateurs pour qui, je pense, les noms de Jean et Benjamin Duvivier sont déjà familiers et leurs œuvres bien connues, il pourra peut-être révéler ces noms et ces œuvres aux artistes, aux jeunes gens, aux personnes qui fréquentent peu nos musées et ignorent les vieux maîtres : ainsi il aurait encore sa raison d'être. Instrument de travail ou ouvrage de vulgarisation, mon livre ne saurait remplir son but s'il ne met sous les yeux du lecteur, pour les comparaisons nécessaires, un nombre suffisant d'illustrations : médailles, jetons, dessins, autographes ; j'ai choisi ceux qui m'ont paru les plus beaux, ou les plus typiques ; et je fais des vœux pour que ces reproductions d'une faible partie de l'œuvre éveillent des curiosités : les numérotages de mon catalogue permettent de retrouver les autres pièces classées dans nos collections publiques.

Enfin il est quelqu'un à qui cet ouvrage ne peut manquer de rendre service : c'est l'auteur. Il a dû lire avec plus d'attention qu'il ne l'avait encore fait les ouvrages auxquels il renvoie : feuilleter un grand nombre de documents d'archives, examiner successivement des milliers de chefs-d'œuvre rangés au Cabinet des Médailles, à la Monnaie et ailleurs. Le bénéfice de cette étude se fera peut-être sentir dans les médailles qu'il aura à exécuter désormais.

Jamais on n'a fait autant de médailles qu'à notre époque, et malgré l'habileté indéniable de certains médaillistes, malgré la perfection de l'outillage, jamais elles n'ont été moins intéressantes. Si l'on cherche quelle différence dans la formation des talents peut expliquer cette différence des résultats finaux, on constate que la plupart des graveurs vivants se sont improvisés médaillistes sans études spéciales : les machines nouvelles ont supprimé la partie la plus pénible de la technique et le long apprentissage qui pénétrait le graveur de « l'esprit » de son métier et l'entraînait à en faire valoir toutes les ressources sans les dépasser. Il y avait là un moyen d'arriver au bon accord entre la technique et l'expression, moyen qui manque aujourd'hui. La fréquentation assidue des anciens maîtres pourrait dans une certaine mesure y suppléer ; mais les graveurs médaillistes ne franchissent guère le seuil du Cabinet de France ; quelques-uns même — je pourrais citer des paroles bien surprenantes — affectent de mépriser les médailles anciennes :

Du passé faisons table rase

L'oubli de la tradition (c'est le mot consacré) signifie des choses assez graves : il signifie la tranquille impudence des ignorants, la négation de toute supériorité, la fin de toute hiérarchie, cet individualisme grossier qui est une des tares les plus inquiétantes de notre démocratie : j'en atteste l'autorité de Baudelaire.

Le bon ordre et le bon goût voudraient que les médaillistes du xxᵉ siècle regardassent un Duvivier avec le respect que Duvivier professait pour Warin.

Cependant, si mon travail peut être considéré, à ce point de vue, comme un hommage aux vieux maîtres, il n'en faut pas déduire qu'il soit un de ces ouvrages où les sentiments ont plus de part que la documentation. Je me suis au contraire efforcé de justifier toujours, par des preuves authentiques, mes propres affirmations et celles des historiens que j'ai cités.

Les pièces d'archives concernant l'histoire des arts au xviiiᵉ siècle sont fort nombreuses et fort disséminées dans les différents dépôts ou bibliothèques, et aussi chez plusieurs collectionneurs. Par bonheur, j'ai trouvé des concours qui m'ont singulièrement facilité mes enquêtes, et je suis heureux de remercier ici les érudits qui m'ont, avec une patience inlassable, communiqué les livres, les manuscrits, les médailles, les autographes dont ils ont la garde et aussi ceux qu'ils possèdent personnellement.

M. Jules Guiffrey, directeur honoraire des Gobelins ;

MM. H. Stein et A. Tutey, archivistes aux Archives nationales ;

M. F. Mazerolle, directeur de la *Gazette numismatique* ;

M. Delahaye, conservateur des Archives de Liège ;

MM. Lazare et R. Farge, des Archives de la Seine ;

MM. de La Tour, Dieudonné, de Villenoisy, de Foville, du Cabinet de France ;

M. Jean Guiffrey, conservateur adjoint au Musée du Louvre ;

MM. A. Lemoine et F. Bruel, du Cabinet des Estampes;

M. Tausserat-Radel, des Archives des Affaires étrangères;

M. P. Dorbec, du Musée Carnavalet;

M. Jacques Doucet;

M. Albert Vuaflart;

M. J. Florange, expert en médailles.

Je leur renouvelle l'expression de ma plus sincère reconnaissance.

Mais je dois tout particuliérement remercier Mlle d'Arpentigny, petite-niéce de Jean-Baptiste Lagrenée, le neveu et le légataire universel de Mme Duvivier et de Benjamin Duvivier. Elle a bien voulu m'autoriser à étudier et à reproduire les documents, les croquis et dessins, les portraits de famille qu'elle conserve avec un soin pieux et une légitime fierté. Grâce à elle, mes planches hors texte reproduisent non seulement des œuvres conservées dans nos Musées, où chacun peut les voir, mais aussi plusieurs dessins inédits et un excellent portrait de Benjamin Duvivier.

Je dédie ce livre

A MA MÈRE

H. N.

Poilly excud.   du Vurer

NOTICE BIBLIOGRAPHIQUE

Les livres où il est question des Duvivier sont fort nombreux. Ceux où leurs noms sont simplement cités paraissent innombrables. Je me bornerai donc aux principaux ouvrages à consulter..

ADVIELLE (Victor), *Jean et Benjamin Duvivier*, dans le Compte rendu de la réunion des Sociétés de Beaux-Arts des départements. Paris, 1889. Plon et Cⁱᵉ. In-8.

Le mémoire de Victor Advielle est le plus important comme quantité des mémoires consacrés aux Duvivier, mais il est fait avec une regrettable négligence. Il est composé d'après les éloges de Gougenot et de Quatremère (voir plus loin), des renseignements fournis par un descendant et quelques documents d'archives. Sur 145 pages que comprend le mémoire, je compte plus de 6 pages de poésies par Benscrade, Vollange, etc. qui n'ont qu'un rapport lointain avec le sujet ; 18 pages consacrées à des homonymes des Duvivier et aux doléances d'un petit-neveu évincé de l'héritage de Benjamin ; 54 pages d'appendice qui reproduisent des pièces d'archives déjà connues, les livrets des Salons, le Catalogue de Gougenot et celui de la Monnaie, enfin la généalogie des descendants des Duvivier pour justifier la plainte du neveu déshérité.

Je n'ai pas la superstition de l'inédit : d'abord, on ne sait jamais si un document est vraiment inédit. Et d'autre part, la réimpression d'un document connu s'impose chaque fois qu'il y a lieu ou de comparer des documents entre eux ou d'éclairer son sujet par des preuves apportées à leur place dans la discussion. Or, Victor Advielle n'a tiré aucune déduction nouvelle des documents de son Appendice et il a recopié, sans les critiquer, les pièces d'archives et les affirmations des historiens. Malheureusement il ne les a pas recopiées sans faute. En dehors des erreurs de dates et des déformations de noms propres qui peuvent à la rigueur être imputées à des coquilles typographiques, il y a des erreurs de faits que je serai, au cours de mon travail, obligé de rectifier assez souvent.

La notice de Victor Advielle, en l'absence d'une autre mieux étudiée sur le même sujet, fait aujourd'hui autorité, et tous les écrivains qui citent des œuvres de Jean ou de Benjamin Duvivier renvoient à cette notice.

AFFRY DE LA MONNOIE (A. d'), *Les jetons de l'échevinage parisien.* Paris, Imp. nationale, 1878, in-4.

Cet important ouvrage, très utile encore à consulter, malgré quelques lacunes et quelques erreurs, contient la description ou la figure de nombreux jetons des Duvivier.

L'appendice donne un dépouillement des articles du *Mercure de France* qui concernent les médailles et les jetons avec l'indication des planches. Il faut prendre garde que l'auteur (dans la partie qui intéresse notre sujet), a oublié la publication en mars 1722 des jetons de 1721 ; en avril 1722 des jetons de 1720 et les descriptions avec planches de juin, de juillet et d'août 1722.

Almanach des françaises célèbres par leurs vertus, leurs talents ou leur beauté.

Dédié aux dames citoyennes qui les premières ont offert les dons patriotiques à l'assemblée nationale. Paris, Lejay, in-12, 1790.

Cet almanach raconte l'offrande des dames artistes, comme tous les journaux de l'époque et le tableau « à la plume » de Chamfort. Il contient de plus des listes de dons patriotiques.

Almanach des monnoies, par ANGOT DES ROTOURS, premier commis des Monnaies, 1784 à 1789. 6 vol. in-12. Paris, Méquignon.

Cet Almanach contient les renseignements détaillés sur l'administration générale, la cour des Monnaies, l'hôtel des Monnaies, la fabrication des espèces à Paris et en province. Il renferme des notes très instructives sur la législation monétaire et sur le change et la variation des valeurs des monnaies. En 1785, 86, 87 et 88, il donne une explication des termes techniques ; en 1787, il annonce les inventions utiles et les livres nouveaux intéressant les monnaies. On y trouve enfin le répertoire des édits, déclarations, etc... sur les monnaies depuis 1774 jusqu'à 1788, à peu de chose près le temps que B. Duvivier a occupé la charge de graveur général.

Almanach Royal, National, Impérial, in-8. D'Houry, Lebreton, Debure, Testu, à Paris.

Champfleury voulant se montrer sévère envers les Goncourt les a appelés « compulseurs acharnés d'almanachs qui n'ont jamais passé pour ouvrir de vastes horizons intellectuels ». Cependant l'utilité essentielle de l'Almanach Royal, quel que soit le point particulier qu'on étudie dans l'histoire du XVIII siècle, n'est plus contestée par personne. Entre Champfleury et nous, nous ne prendrons pour juge que Rivarol : « L'Almanach Royal, le seul livre où la vérité se trouve », dit-il au début de son petit Almanach des Grands Hommes.

Laissant à Champfleury les vastes horizons intellectuels, nous cherchons dans l'Almanach Royal des documents précis qu'aucune interprétation n'a déformés. La mine est d'une richesse inappréciable. Au surplus, Auguste Vitu en a dit ce qu'il fallait dire dans : *Ombres et vieux murs*.

Annonces, Affiches, Avis divers (ou *Journal général de France*).

Précédé des Affiches de Paris et suivi des Petites Affiches, ce volumineux répertoire est une source inépuisable de renseignements. Malgré plusieurs changements de propriétaires, de titre et de format, renaissant après chaque interruption, tellement son utilité s'imposait, il s'étend de 1745 à nos jours.

Command' A. BABUT, *Les caisses d'escompte sous l'ancien régime*, Gazette numismatique, 1909.

Descriptions et planches de jetons.

BACHAUMONT, *Mémoires secrets* pour servir à l'histoire de la république des Lettres, ou Journal d'un Observateur, 36 vol. in-12. Londres, 1777-1789.

Commencé par Bachaumont, continué par Pidansat de Mairobert et Mouffle d'Angerville, c'est le meilleur et le plus complet tableau de la vie artistique et littéraire pendant la seconde moitié du XVIII siècle, et plus exactement du 1er janvier 1762 au 31 décembre 1787.

BEAUMONT (Comte Charles de), *Jetons tourangeaux*. Gazette numismatique, 1900-1901.

BECDELIÈVRE (Comte de), *Biographie liégeoise*, ou Précis historique et chronologique de toutes les personnes qui se sont rendues célèbres par leurs talents, leurs vertus ou leurs actions dans l'ancien diocèse de Liège, etc... Liège, 2 vol. in-8, Jeunehomme frères, 1837.

Livre utile à consulter pour tout travail où il est question de Liège et des Liégeois : on y trouve par exemple de curieuses indications sur les Waldor, intéressante famille à qui nous devons d'avoir sorti de l'ombre Jean Duvivier et, parait-il, Lebrun lui-même (présenté à Mazarin par leur ami commun Waldor), sur les Liverloo, sur les Flémalle, etc.

Son article sur Duvivier, qu'il appelle Durivier, est insuffisant. J'y note cependant des choses justes : « D. s'est rendu recommandable dans la gravure. Son goût pour cet art l'amena à Paris où il étudia sous les meilleurs maîtres ; son mérite ne tarda pas à le faire connaître. » Puis une citation du *Dictionnaire des Artistes*, et malheureusement des confusions : « On a de lui entre autres : 1º Le portrait de Berthollet Flemaelle, qu'il grave d'après l'original en 1711, avant de quitter Liège ; 2º le portrait de Pierre des Gouges, avocat au Parlement, d'après le tableau de Tournières ; 3º une médaille, ... UNI DEBEMUS UTRAMQUE... MDCCXIII.

On rapporte que cet illustre artiste gravait de temps en temps des vignettes pour les libraires. » Le même écrivain note dans le même volume la mort de Berthollet Flemaelle en 1675.

BLANCHET, *Médailles et jetons du sacre des rois de France*. Bulletin de numismatique et d'archéologie, t. VI.

BOLZENTHAL, *Skizzen zur kunstgeschichte des Modernén Medaillenarbeit von 1429-1840*. Berlin, 1840, in-8.

Dans cet ouvrage estimable, l'article Duvivier est cependant sans valeur.

BONNET, *Jetons des états du Languedoc*.

Calendarium medicum saluberrimæ facultatis... 1790, in-18. Quillau, Paris.

Almanach des médecins de Paris qui fut publié pendant la deuxième moitié du XVIIIe siècle et le premier quart du XIXe. L'année 1790 contient, sous le titre : « Historia metallica saluberrimæ facultatis », le seul catalogue ancien et complet des jetons des doyens de la Faculté.

L'unique exemplaire connu de ce *Calendarium* de 1790 est en ma possession. Mais j'ai réimprimé l' « Historia metallica » dans la *Gazette numismatique* de 1910.

Catalogue des coins du Musée monétaire, publié par l'administration des monnaies et médailles à Paris, 1892, in-4.

Il y a eu plusieurs éditions de ce catalogue ; celle-ci est la dernière parue. Les données ne doivent être utilisées qu'avec précaution, car elle contient des mélanges de coins. Lorsqu'il y a doute sur une combinaison de droit et de revers, il convient de s'en rapporter aux épreuves anciennes du Cabinet de France, et aux exemplaires de bronze plutôt qu'aux exemplaires d'or.

CHARVET (C. L. G.), *Médailles et jetons de la ville de Lyon*. Gazette numismatique, 1907-1908.

DE CHESTRET DE HANEFFE, *Numismatique de la principauté de Liège*. Bruxelles, 1890.

Critiques des Salons.

Pendant tout le XVIIIe siècle, mais surtout à partir de 1740, les Salons ont fait surgir, en plus des critiques parues dans les périodiques, des petits livres bien recherchés aujourd'hui à cause de leurs descriptions détaillées des œuvres exposées et des jugements contemporains sur les différents artistes. Mais ils sont si nombreux qu'il est impossible de les signaler ici. On en trouvera une liste copieuse dans la réimpression des livrets dus à M. J. Guiffrey. Un bon article sur ces anciens « Salons » a été écrit par M. de Montaiglon sous ce titre : « De la critique des anciennes expositions, du Salon de 1810 et des études sur les beaux-arts de M. Guizot. » (*Histoire de l'art en France*, 1re série, Paris, in-8. Sartorius. Sans date.)

DELATTRE (Victor), *Jetons de la ville et des états de Cambray et du Cambresis*, Revue belge de numismatique, 1886.

Descriptions avec planches de jetons des Duvivier, p. 318 et suivantes.

DIDEROT, Salons.

On sait que les Salons de Diderot n'étaient pas destinés à la publicité, qu'ils furent les uns après les autres, et à de longs intervalles, imprimés par Naigeon, par Walferden et par MM. Me Tourneux et Assézat, et que de leur caractère secret vient la grande liberté d'appréciation qui en fait pour nous le principal attrait.
(Voir plus loin : Me Tourneux.)

DUBOIS DE SAINT-GELAIS, *Histoire journalière de Paris*, 1717. Réimprimée par M. Maurice Tourneux, Société de Bibliophiles français. Paris, 1885.

La visite de Pierre le Grand à la Monnaie des médailles, racontée par Dubois de Saint-Gelais, a été aussi publiée par P. Lacroix, dans la *Revue universelle des arts*, t. X, p. 109, ainsi qu'une Dissertation sur l'origine des jetons et leur arrangement tirée de la même *Histoire journalière*, t. XIV, p. 119. Plusieurs autres articles de la même Histoire intéressent la numismatique et les jetons.

ENGEL (A.). (Voir Répertoire.)

EVRARD DE FAYOLLE (A.), *Médailles et jetons municipaux de Bordeaux*. Gazette numismatique, 1902, 1903.

Cet ouvrage contient notamment la publication de la correspondance échangée par les jurats de Bordeaux avec Jean Duvivier, au sujet de la médaille de la statue équestre du roi.

Explications des peintures, sculptures et gravures de Messieurs de l'Académie royale.

Jean Duvivier a exposé aux Salons de 1737, 1739, 1740, 1746, 1750.
Benjamin Duvivier a exposé aux Salons de 1765, 1769, 1773, 1775, 1777, 1779, 1781, 1783, 1785, 1789, 1793 et 1798. (Voir J. Guiffrey.)

FÉTIS, *Les artistes belges à l'étranger*, Bruxelles, Hayez-Arnold, in-8, 1858 et 1865. V. t, II, p. 21 à 50.

FEUARDENT, *Jetons et méreaux* de Louis XI à la fin du Consulat de Bonaparte. Paris, 1904 et 1907, in-8.

FLEURIMONT (v. Goddonesche).

FLORANGE, *Armorial du Jetonophile*. 2 vol. in-8, Paris, 1902-1907.

FORRER (L.), *Biographical Dictionary of medallist*. Londres, Spink & Cᵒ (1904-....), in-8. 4 vol. déjà parus, lettres A à M. L'article Duvivier est dans le premier vol.

Gazette de France.

Il est bien inutile d'insister sur l'utilité des journaux du temps pour l'étude de l'histoire numismatique. J'indique seulement quelques titres et je renvoie, pour tout ce qui concerne les périodiques cités, à la bibliographie de la presse française de Hatin.

Gazette des Beaux-Arts.

Nombreuses références dans les quatre tables de la Gazette.

GODDONESCHE, puis FLEURIMONT, *Médailles de Louis XV*. Petit in-fᵒ entièrement gravé.

Reproduction des médailles de la suite du règne de Louis XV, avec leur explication, dans d'élégants encadrements. La deuxième édition, donnée par Fleurimont, va jusqu'à la paix d'Aix-la-Chapelle avec 78 médailles.

GOUGENOT (Abbé L.), *Vie de Jean Duvivier*, lue à l'Académie le 5 février 1763.

Publiée dans les mémoires inédits sur la vie et les ouvrages des membres de l'Académie royale de peinture et de sculpture, par MM. L. Dussieux, E. Soulié, Ph. de Chenevières, Paul Mantz et A. de Montaiglon (tome second). Paris, 1854, in-8.

Le manuscrit appartient à la Bibliothèque de l'École des Beaux-Arts. Une copie ancienne se trouve à la Bibliothèque de la Ville de Paris (29.380).

GUIFFREY (J.), *Monnaie des médailles, Histoire métallique de Louis XIV et de Louis XV*. Mélanges de numismatique, t. III, 1882, pp. 401-432. Suite du précédent, *Revue française de numismatique*, 1884, pp. 465-489 ; 1885, pp. 82-113, 187-209, 432-460; 1886, pp. 86-100 ; 1887, pp. 281-320 ; 1888, pp. 306-334.

· M. Jules Guiffrey a publié, entre les années 1884 et 1888 inclusivement, dans la *Revue française*, une Histoire de la Monnaie des médailles, tirée des documents originaux conservés aux Archives nationales. Nous devons signaler ici les passages de son travail qui se rapportent aux Duvivier.

M. J. Guiffrey indique que, dans l'hospitalière série M, on trouve, au milieu de papiers très variés, de nombreux documents concernant les médailleurs. Un des plus importants est une suite de Mémoires datés de l'année 1672 à l'année 1743 (et qui devraient régulièrement être classés dans la Maison du Roi à la cote O¹ 2.064). Il en donne le tableau (an. 1885, p. 196) : Jean Duvivier y apparaît en 1714, 1720, 1721, 1722, 1723, 1724, 1725, 1726, 1727 et 1729 (Arch. nat., M. 808).

D'après des correspondances relatives à l'Histoire métallique de Louis XIV, l'auteur établit que le module normal de cette collection, et de la collection de l'histoire de Louis XV dans la suite, est le module de 18 lignes. Et en effet, la série de 41 millim. est la seule complète. On peut remarquer que, en 1885, M. Jules Guiffrey n'avait pas encore retrouvé la succession des dessinateurs des médailles du Roi jusqu'à la nomination de Pajou.

Plus loin, on trouve de curieux détails concernant l'exécution matérielle des médailles dans les Mémoires du serrurier Lucas : tels que ces « notes » des fournitures de carrés d'acier, payés, suivant la grandeur, de 12 à 30 livres, notes qui portent la signature du graveur qui avait reçu l'acier.

Dans le volume suivant (année 1886, p. 88), M. Jules Guiffrey publie une très curieuse pièce : c'est l'état des poinçons et des carrés que Benjamin Duvivier, en 1806, propose à la Monnaie et qui sont presque tous des œuvres de son père et de lui-même. Le 14 mars 1808, Denon ayant fait accepter la proposition, Duvivier livre pour 3.000 francs : 28 gros poinçons, 150 moyens, 4 carrés de la médaille de la Paix de l'an VI et de la Paix de Lunéville, deux carrés de la médaille de l'abbé Barthélemy et deux de la médaille de Jean Duvivier.

Cette pièce est tirée des Archives de la maison de l'Empereur (Arch. nat., O² 851).

En 1887, dans la même Revue, le même auteur donne des notices biographiques des graveurs de Louis XIV et de Louis XV et des extraits des Comptes de la Monnaie des médailles (p. 281). On y trouve les prix payés à Jean Duvivier pour ses principales œuvres.

Enfin en 1888 (p. 306), il donne un compte total des médailles exécutées au service du Roi par les Duvivier, qu'il arrête à 60 pour Jean et à 46 pour Benjamin.

Dans les *Nouvelles Archives de l'Art français*, 1878, p. 39 : Le congé à Benjamin Duvivier pour aller en Italie.

Parmi les nombreuses publications documentaires, dues au labeur de M. J. Guiffrey, il convient de remarquer sa réimpression des livrets du Salon depuis l'origine jusqu'à 1800. La collection des livrets originaux est difficile et coûteuse à former ; (il manque toujours aux séries les plus complètes le premier ou les premiers). Mais lors même qu'on possède une série de livrets originaux, la réimpression de M. J. Guiffrey demeure un instrument de travail nécessaire, à cause de ses tables et de sa bibliographie.

HENNIN, *Numismatique de la Révolution française.* Paris, 1806, in-4.

HERLUISON, *État civil des artistes français.* Orléans, 1884, in-8.

HOFFMANN, *Monnaies royales de France*, in-4. Paris, 1878.

JAL, *Dictionnaire critique de biographie et d'histoire*, 2e éd., Paris, 1872, in-8.

Journal de la Monnaie des médailles de 1697 à 1726.

Publié par M. F. Mazerolle dans la *Gazette de numismatique* de 1897, 98 et 99. Ce journal relate 1.207 frappes de médailles et de jetons. Plusieurs numéros sont des œuvres de Jean Duvivier.

Journal de Paris du 1er janvier 1777 au 30 septembre 1811.

LACRONIQUE (R.), *Médailles et jetons de l'Académie royale de chirurgie*, Gazette numismatique, 1902.

Avec deux planches comprenant 10 reproductions d'œuvres des Duvivier. Contient notamment la description du jeton *Colit et colitur*.

LA TOUR (Henri DE), *Catalogue des jetons de la Bibliothèque nationale. Rois et reines de France.* Paris, 1892, in-8.

LOUBAT (J.-E.), *Metallic History of the United States America.* New-York, 1878.

Dans ce somptueux volume, illustré à l'eau-forte par J. Jacquemard, l'auteur décrit quatre médailles commandées à Benjamin Duvivier par les États d'Amérique : « The four pieces executed by Duvivier arc no less remarquable for beauty and excellence of Workmanship. » Parmi les documents qui concernent la médaille du général Georges Washington, il faut retenir surtout la lettre du colonel Humphreys au général Washington indiquant les types adoptés, ainsi que les légendes et la lettre du même Humphreys à Thomas Jefferson, où il est question du prix qu'il faudra payer pour la médaille : 2.400 francs.

Les documents sur la « Médaille diplomatique » nous montrent que Jefferson avait pensé à la donner à Duvivier avant de la donner à Augustin Dupré (p. 118).

Les quatre médailles publiées par J. E. Loubat sont celles en l'honneur du général Washington, du colonel Fleury, du colonel Howard et du colonel Washington (infanterie et cavalerie à la bataille de Cowpens).

MAGASIN PITTORESQUE. *Jeton de la municipalité de Dieppe*, t. XLIII, 1875.

MARIETTE, *Abecedario*.

Publié par la Société de l'Art français. V. t. II.

MARX (Roger), *Les médailleurs français depuis 1789*.

Publié par la Société de propagation des livres d'art. Paris, 1897, in-4.

MAZEROLLE (Fernand), *Jetons de la maison du roi*, Annuaire de numismatique. Paris, 1888, in-8. (Voir : Journal de la Monnaie.)

Visites de Pierre le Grand et Nicolas Ier à la Monnaie des médailles, Gazette des Beaux-Arts. Paris, 1897.

Les dessins de médailles et de jetons attribués au sculpteur Edme Bouchardon (Sociétés des Beaux-Arts des départements, 1898).

Médailles de la collection royale.

Elégant recueil en héliographie, publié par l'Administration des monnaies à l'occasion de l'Exposition de 1900. Paris, Impr. nat., in-4.

Mercure de France.

Le *Mercure* a pour nous cet intérêt d'avoir, pendant un grand nombre d'années, annoncé, décrit et gravé les nouvelles médailles ainsi que les jetons frappés pour les grands services royaux à chaque nouvel an. Cette publication a été particulièrement régulière pendant la période où travaillait Jean Duvivier.

Les recherches dans le *Mercure* nécessitaient jusqu'à ce jour beaucoup de patience, à cause de l'importance de la collection (1800 volumes). Elles seront désormais facilitées par l'*Index* publié cette année même, par M. E. Deville (Coll. de la Bibliot. d'art et d'archéologie, Schemidt, 1910, in-4).

3

METRA, *Correspondance secrète*, 1774-1793, 18 vol. in-12.

Recommandable pour les mêmes raisons que les Mémoires de Bachaumont.

Moniteur ou Gazette nationale, à partir de mai 1889, et réimpression du *Moniteur*, 1789-1799.

MORIN-PONS (Henry), *Numismatique de l'Académie des sciences, belles-lettres et arts de Lyon*, 1900, Rey, Lyon, in-4°.

NOCQ (Henry). Je publie de temps à autre, dans la *Gazette numismatique*, de petits documents rares ou inédits extraits de nos différents dépôts d'archives. Tels sont les États de distribution de la médaille du sacre de Louis XV et la liste des collaborateurs de de Launay à la Monnaie des médailles (1908, 3e et 4e livraisons).

PINCHART, *La gravure en médailles en Belgique*, depuis le XVe siècle jusqu'en 1794. Bruxelles, 1870, in-4.

PLANCHENAULT (A.), *Les jetons angevins*, Gazette numismatique, 1899-1900.

Parmi les jetons des maires et de la mairie d'Angers, et ceux des familles d'Anjou, de nombreuses œuvres des Duvivier sont décrites et accompagnées souvent de la publication de pièces comptables signées de Jean ou Benjamin ou du caissier Leroux.

Procès-verbaux de l'Académie royale de peinture et de sculpture.

Publiés d'après les manuscrits de l'École des Beaux-Arts, par A. de Montaiglon, 1875-1892. 10 vol. in-8. Table par M. Paul Cornu. Paris, Schemidt, 1909, in-8.

QUATREMÈRE DE QUINCY. Recueil de *Notices historiques* lues dans les séances publiques de l'Académie royale des beaux-arts par Q. de Q., secrétaire perpétuel de cette Académie, 1834-1837. Paris. 2 vol. in-8.

La notice sur Benjamin Duvivier est dans le premier volume.

RAIMBAULT (M.), *Médailles et jetons des États de Provence*, Gazette numismatique, 1903.

Répertoire des sources imprimées de la Numismatique française. par Arthur Engel et R. Serrure, 3 vol. in-8. Paris, 1887-1888.

Robert (P.-C.), *Numismatique de Cambray*. Paris, Rollin et Feuardent. 1861, in-4.

Saunier (Ch.), *Augustin Dupré*, orfèvre médailleur et graveur général des monnaies. Société de propagation des livres d'art. Paris, 1894, in-4.

Sens (J.), *Histoire d'une médaille*. Arras, 1908, in-8.

Duvivier supplanté par C. N. Roettiers près des États d'Artois.

Tourneur (V.), *Les médailleurs au pays de Liège*. Wallonia, 1907.

Tourneux (Maurice), *Médaille du mariage de Marie-Antoinette et du Dauphin*. Gazette numismatique, 1903.

Diderot et Catherine II. Paris, 1899, Calmann-Lévy, in-8.

Contient une appréciation élogieuse des médailles de Jean Duvivier.

Correspondance de Grimm, Diderot, Raynal... Paris, 16 vol. in-8, 1877-1882.

Trésor de numismatique et de glyptique. Médailles françaises, 1834. Médailles de la Révolution, 1836.

Vitet, L'*Académie royale de peinture et de sculpture*, in-8, Paris, 1861.

Pour les autres documents imprimés, cités au cours de l'ouvrage, et pour les documents manuscrits qui proviennent de l'École des Beaux-Arts, des Archives nationales, de la Bibliothèque des Archives des Affaires étrangères et des Archives départementales, j'indique, avec chaque citation, la référence suivant l'usage, et avec le plus d'exactitude qu'il m'est possible.

Bertele Stevael Peintre fugion Rispha...
Jean Du...ier peintre en indult...
...
...

Pl. 1

NOTICE BIOGRAPHIQUE

A la fin du XVIIᵉ siècle, la ville de Liège nous apparaît dans de nombreuses estampes comme une cité pittoresque, entourée d'eau de tous côtés et séparée de ses faubourgs par les bras de la Meuse, hérissée de clochers, solidement fortifiée, telle qu'elle était déjà figurée dans le beau plan de la Cosmographie de Bruyn. C'était une ville peuplée et prospère et cependant assez mal connue de nos compatriotes, à preuve une description parue dans le *Mercure galant* (1673) où il est dit : « Les Liégeois sont gros et ventrus, et beaucoup ont des visages à la Romaine. Ils parlent presque tous allemand ; aussi leur propreté extrême tient-elle beaucoup de cette nation. Ce n'est pas seulement en quoi ils l'imitent, puisqu'ils boivent autant que les Allemands et qu'ils engagent tous leurs amis à en faire de même. En sorte que lorsqu'on va voir quelqu'un de ces habitants, on est bien heureux si on en est quitte pour une douzaine de coups. » Voilà comment on peignait un des peuples les plus industrieux de l'Europe.

Mais si les Parisiens fréquentaient peu Liège, les Liégeois savaient le chemin de Paris. Beaucoup vinrent qui sont demeurés parmi nous et ont atteint à la fortune et à la gloire. Ne nous plaignons pas, la grande ville a gagné plusieurs grands hommes ; ne plaignons pas non plus la ville du Nord, puisque l'éclat dont elle brille dans l'histoire des arts et des sciences ne fut pas diminué par la perte de quelques rayons.

Notons en passant que des Liégeois amis du paradoxe, parlant à un voyageur français vers 1783 [1] et ayant énuméré les principaux de leurs compatriotes établis à Paris depuis deux siècles, n'hésitaient pas à affirmer que le meilleur de Paris venait de Liège : ils exagéraient, n'est-ce pas ?

En ce qui concerne l'art du médailliste, cette opinion n'est pas tellement extravagante ; elle a été partagée au XVIIIe siècle par un homme qui devait professionnellement être renseigné, par le surintendant des Bâtiments lui-même, M. de Marigny. A la mort de Jean Duvivier, préoccupé de lui, donner un successeur, Marigny songeant que, depuis Warin, Duvivier avait été le plus grand de nos médaillistes, aurait dit au roi : « Trouverons-nous un autre Liégeois pour cet emploi ? puisqu'il n'y a que les artistes de cette nation pour bien graver les profils des rois de France. »

La principauté de Liège formait un état indépendant de 100.000 sujets, gouvernée par un prince-évêque [2]. Ce prince avait, comme les plus grands princes et les plus petits, son personnel politique et administratif, et aussi ses ateliers d'artisans et fournisseurs de la Couronne. Parmi ces artisans logés chez Joseph Clément de Bavière, se trouvait un graveur de la vaisselle et des cachets du prince, nommé de Vivier ou Duvivier. Son fils Jean, né le 7 février 1687, grandit dans l'atelier paternel et « à peine put-il tenir le burin que son père lui enseigna les premiers principes de sa profession.

« A quinze ans, il se serait mis à dessiner et à peindre sans aucun maître, et à jeter sur le papier des compositions historiques ; son père, ébranlé par les promesses qu'annonçaient ces heureuses dispositions, lui aurait permis d'abandonner la gravure de vaisselle

---

1. Jolivet, attaché à M. de Sainte-Croix, résident de France près l'évêque de Liège, cité par Pinchart : *Recherches sur la vie et les travaux des graveurs...* Bruxelles, 1858. In-8.

2. Joseph Clément, par la grâce de Dieu, archevêque de Cologne, prince électeur du Saint Empire Romain, archichancelier pour l'Italie, Légat né du Saint-Siège apostolique, Évêque et prince de Hildesheim, de Ratisbonne et de Liège, administrateur de Berchtelgaden, Duc des deux Bavières, du haut Palatinat, Westphalie, Engeren et Bouillon (contesté depuis le traité de Ryswick), comte palatin du Rhin, Landgrave de Leuctenberg, marquis de Franchimont, comte de Looz et de Horn... etc.

pour aller à Rome, et Jean Duvivier serait parti à pied, dessinant en route, pour Paris, première étape de son voyage. A Paris, il aurait suivi par supercherie les cours de l'Académie, tout en gravant pour vivre son deuxième portrait en taille-douce et quelques ornements de vaisselle; mais s'étant présenté au concours de peinture, il était rayé comme étranger. Désespéré, il songeait à reprendre son bâton de voyage quand M. de Valdor, ministre de Liège, lui aurait conseillé d'essayer de graver en médaille le portrait du prince-évêque qui était alors à Paris. Duvivier se mettait courageusement à l'ouvrage, mais ignorant certains détails de la technique des médailles, il faisait tirer au fur et à mesure de l'achèvement de son œuvre des épreuves d'essai en plomb, au balancier du Louvre. Ainsi M. de Launay l'aurait connu et apprécié et lui aurait à son tour confié un travail. Le coin qu'il exécuta alors ayant cassé à la trempe, il décidait de continuer son voyage à Rome et partait... pour Liège. (On ne nous dit pas s'il faisait encore ce voyage à pied.)

« Les instances de Nicolas de Launay le rappelaient encore à Paris où il se fixait définitivement ».

Cette narration des premiers débuts de Jean Duvivier est due à l'abbé Gougenot et a été répétée depuis par tous les biographes. Il faut serrer les textes pour en faire jaillir un peu de vérité. Gougenot a évidemment écrit la vie de Jean Duvivier avec une entière bonne foi, mais il l'a écrite comme un éloge académique.

Toutes les Académies royales de l'ancienne France ressemblaient en un certain point à l'Académie française. Elles se composaient de gentilshommes et d'ecclésiastiques mélangés à quelques hommes de talent. On sent bien ce que les uns et les autres pouvaient gagner à se fréquenter. L'Académie royale de peinture et de sculpture avait ses ducs : les amateurs honoraires et associés, dont la mission consistait à encourager les peintres et les sculpteurs par leurs conseils, leurs critiques et leurs commandes. Souvent, ils ne prétendaient à rien moins qu'à régenter toute la production artistique de leur époque : telle fut l'ambition du savant, spirituel, rancunier et encombrant Caylus. D'autres, plus occupés d'embellir leur collection ou leur bibliothèque que de tyranniser les artistes, ont tenu moins de place à l'Académie et, comme l'abbé Gougenot, n'y ont marqué leur passage que par leurs conférences ou leur collaboration aux Mémoires. Ces Mémoires nous sont aujourd'hui très précieux. Ils nous donnent des renseignements bibliographiques de première main. Toutefois il faut remarquer que les amateurs, différant de la plupart de leurs confrères artistes et par la naissance et par l'instruction et l'éducation, pouvaient ne pas oublier ces différences et leurs propres préjugés de caste même et surtout en écrivant l'éloge de ces confrères, et par suite exagérer un peu l'humilité de leurs débuts.

Il est possible cependant que les détails relatés par Gougenot lui aient été indiqués par la famille de l'artiste. Le Mémoire, ou plutôt le fragment de Mémoire, donné par Advielle comme émanant de Jean Duvivier lui-même et publié sans autre référence que ces mots : *Papiers de famille*[1], raconte en effet la jeunesse de Jean Duvivier de la même façon et dans les mêmes termes. Mais ce Mémoire, s'il a été réellement écrit par Duvivier, avait pour objet le maintien d'une pension royale de mille livres, et son auteur a dû s'efforcer vers la rédaction la plus éloquente qu'il ait pu et la plus touchante.

Ce que l'éloge académique et les supplications du placet nous racontent, c'est la très banale et pourtant très rarement véridique histoire de l'artiste « fils de ses œuvres », qui s'est formé lui-même malgré toutes les résistances et ne doit le succès qu'à ses mérites à la fin reconnus.

Les documents publiés depuis quelques années par les meilleurs numismates belges, et le simple rapprochement de quelques dates, nous donneront une idée plus exacte des débuts de Jean Duvivier.

Tout d'abord, il faut rendre à ses parents leurs noms véritables, jusqu'ici toujours estropiés. M. de Chestret de Haneffe a retrouvé leur acte de mariage : Gangulphe Duvivier a épousé Francisca Buyssard[2], le 2 août 1678, à la paroisse Saint-Jean-Baptiste. Il convient ensuite de restituer au graveur de vaisselle sa vraie personnalité d'artiste ; Mariette l'avait dit avec raison : graveur de la monnaie du prince.

A la mort du graveur Mivion, en 1697, Gangulphe fut nommé graveur et tailleur des coins de monnaies, médailles et jetons de Joseph Clément de Bavière, prince de Liège[3]. En cette qualité, il grava les monnaies de 1698, de 1700, de 1716 et 1724[4] ; la médaille,

1. *Réunion des Sociétés des Beaux-Arts des départements*. 1889, p. 423.
2. Gougenot écrit Gendulphe et Francoise Brossard.
3. Archives de l'État à Liège, chambre des finances. Reg. 85, fo 166, cité par M. Tourneur.
4. De Chestret, *Numismatique de la principauté de Liège*.

exécutée en 1713, de la pose de la première pierre de l'Hôtel de Ville de Liège en 1714, dont un exemplaire est conservé au Cabinet de France; la médaille de Loyens, en 1719, dont il ne subsiste aucun exemplaire et qui nous est, jusqu'à ce jour, connue par une estampe et par des pièces comptables. Il faut encore lui attribuer, suivant M. Tourneur, la médaille d'or du marquis de Ximenez en 1702, et peut-être même celle de Lambert de Liverloo, qui serait alors une des plus anciennes, datée de 1683.

Gangulphe Duvivier a gravé un certain nombre de cachets et de sceaux pour son souverain et pour sa ville, et les archives nous ont conservé la date et le prix de plusieurs de ces travaux [1]. Sur ma demande, M. de La Haye, conservateur des archives de l'État à Liège, a bien voulu rechercher s'il ne restait rien à glaner concernant Gangulphe. Il a trouvé deux petites notes jusqu'ici inédites :

Le 16 juin, payé à Gengo Duvivier pour le cachet du conseil privé comme par quittance, 20 florins. (Chambre des finances, comptes 1710-1711, p. 37.)

Payé à Gengo Duvivier, pour avoir fait et gravé un grand cachet d'argent pour son Excellence Monsieur le comte de Melz, comme par quittance, 76 florins. (Chambre des finances, comptes 1709-1710, p. 30.)

On remarque dans ces documents comme dans la plupart des pièces semblables déjà publiées, l'usage du prénom Gengo qui est un diminutif populaire de Gangulphe. Quant au nom de famille, il est écrit tantôt Duviviers, tantôt de Viviers ou Viviers, et on peut sans hésitation attribuer à Gangulphe Duvivier tout cachet ou médaille de son temps qu'un document soit inédit, soit déjà publié dans une revue belge au cours du XIXᵉ siècle, donne à Georges Duvivier. Georges doit être considéré comme une transcription inexacte de Gengo.

Et maintenant, après avoir rendu à Gangulphe Duvivier ce qui lui appartient, il faut lui reprendre ce qu'on lui a donné à la légère. Advielle [2], répétant sans la contrôler une affirmation de Fétis [3], considère comme établie la paternité de Gangulphe pour un certain nombre d'estampes gravées au burin ou à l'eau-forte et signées G. De

---

1. *Bulletin de l'Institut archéologique liégeois*, t. VII.
2. *Op. cit.*, p. 302.
3. *Artistes belges à l'étranger*, 1858, t. II, p. 21.

4

Vivier ou Duvivier. Les estampes en question sont de Guillaume Duvivier, qui au témoignage de Demarteau a gravé « trois planches d'après Van Heuvel, neuf planches de l'Hôtel de Ville de Liège et la vignette de l'histoire de Foullon ». Or, ces estampes sont signées tantôt Duvivier, tantôt G. Duvivier et enfin Guillaume Du Vivier, en toutes lettres. De plus, l'histoire de Foullon [1] qui contient non pas une mais deux vignettes et des cartouches d'armoiries assez médiocres a paru en 1735. Gangulphe Duvivier ne figure plus dans aucun compte à partir de 1724. S'il vivait encore en 1735, il était du moins très âgé puisqu'il était marié depuis cinquante-sept ans. Les gravures de l'Historia de Foullon, si elles ne valent pas grand' chose au point de vue artistique, n'accusent pas une main de vieillard. Avec beaucoup plus de lourdeur et d'inexpérience technique, les cartouches de Guillaume rappellent ceux de Jean publiés à Paris en 1712, chez Poilly, et en sont peut-être des imitations.

Guillaume est encore l'auteur des Plans, Couppes et Élévations de l'Hôtel de Ville de Liège qu'Advielle attribue à Jean Duvivier. Si Advielle avait eu les planches entre les mains, il aurait constaté que deux de ces planches portent la signature : Guil. Du Vivier.

Au reste, Guillaume Du Vivier n'intéresse qu'occasionnellement notre sujet.

Ce qu'il fallait établir, c'est que Jean Duvivier est né et a été élevé dans l'atelier d'un artiste, graveur de médailles et de monnaie, et par conséquent n'ignorait rien de la technique du médailliste à l'époque où il partit pour la France. Avant sa vingtième année, tous les témoignages contemporains sont d'accord sur ce point, il était bon dessinateur et maniait le burin avec une habileté consommée. Mais il hésitait sur le choix définitif de sa profession. C'est le sort de la plupart des artistes d'être dirigés en cela par les circonstances de leurs premières commandes plutôt que par leur volonté propre. Il essaya de la peinture non pas furtivement, comme on l'a dit, mais « placé par son père chez un peintre du pays », suivant le véridique Mariette. Et il serait devenu peintre aussi bien que médailliste ou graveur d'estampes. Dans cette incertitude, et comme il ne pouvait songer à se créer une clientèle à Liège aux dépens de celle de son père, il décida d'aller tenter la fortune ailleurs. Eut-il vraiment l'Ita-

---

1. *Historia Leodiensis per episcoporum et principum... etc...* Liège, Everard Kints, 1735 2 vol. f°.

lie pour but final de son voyage avec un simple arrêt à Paris ? C'est fort possible. En fait il n'alla pas plus loin que Paris et peut-être il n'avait jamais eu d'autre projet. Tant d'autres Liégeois l'y avaient précédé ! Ceux qui n'y étaient point restés étaient revenus dans leur pays avec plus de prestige et d'expérience, comme Mivion et Flemaelle et tant d'autres, sans parler d'Herrard et de Warin.

La fascination que la capitale du Roi-Soleil exerçait sur les jeunes artistes étrangers s'explique assez par les facilités qu'ils y trouvaient pour compléter leurs études, avec l'espoir d'y gagner aussi de l'argent. Les jeunes Liégeois avaient de plus l'avantage de trouver à Paris auprès du résident du prince-évêque un appui plus efficace que la plupart de leurs confrères des autres nationalités, et j'estime que les Waldor n'ont pas peu contribué à la venue et au succès à Paris de toute la pléiade d'artistes liégeois.

Il y eut deux Waldor résidents de Liège, le père et le fils. Jal, dans son *Dictionnaire critique*, leur a consacré un article assez étendu. J'y ajouterai peu de chose : Le père, Jean, artiste et diplomate, qui publia les *Triomphes de Louis le Juste*, en 1649, est évidemment celui dont parle quelquefois Loret dans la *Muze historique* [1] ; il donnait des feux d'artifice et des fontaines de vin à la population parisienne, à chaque événement heureux survenu dans la famille royale. Le fils, Jean-Baptiste, mort en 1724, est celui qui avait élevé, dans sa propriété de campagne, une statue de Louis XIV (cf. Boilisle, la place des Victoires et la place Vendôme). Il était donc, comme son père, bon courtisan et persona gratissima. De plus, il entretenait avec les artistes les plus connus des relations amicales, puisqu'il fut témoin au mariage d'Ant. Coypel.

D'autre part, il est fort probable que les ministres de France à l'étranger avaient des instructions pour envoyer en France les artistes les plus habiles en tous genres. La Correspondance de Liège, conservée aux Affaires Étrangères, nous montre le ministre la Raudière, ayant découvert un horloger extraordinaire, et s'occupant de le faire venir à Versailles pour exercer son talent sur les horloges du roi [2].

---

1. *Muze historique* : livre XI, lettres 8, 17 ; XII, 45 ; XV, 29. — P. Lacroix, dans la *Revue universelle des Arts*, s'est occupé aussi de Waldor (II, 122, 124) et il a publié la lettre par laquelle W. sollicite d'Anne d'Autriche une pension de 400 écus à l'occasion du livre des *Triomphes*.

2. Correspondance de Liège, vol. 17, lettres 216, 217, adressées peut-être à Chamillart.

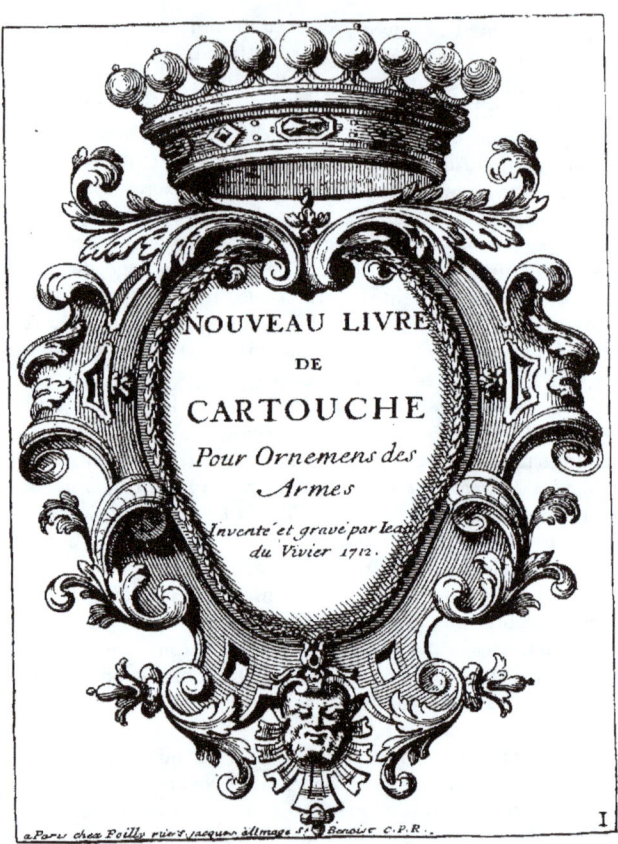

Jean Duvivier arriva à Paris en 1711. Dédaignant le carrosse qui amenait rue Saint-Martin, — Au Mouton, — les voyageurs de Liège, de Sedan et de Charleville, a-t-il fait tout ou partie de la route, son bâton à la main? Nous ne pouvons pas le savoir. Le fait indéniable, c'est qu'il arriva à bon port en 1711 : en 1714, il obtint sa première commande officielle, confiée à lui par le directeur de la Monnaie des médailles. Il a conquis sa place à Paris en trois ans. Dès son arrivée, il vint au cours public de dessin ou de peinture de l'Académie Royale et fréquenta assidûment, pendant l'hiver de 1711-1712, ce cours public qui avait lieu chaque après-midi pendant deux heures [1]. Au bout de six mois, il se présenta au concours du grand prix de peinture, mais il fut écarté comme étranger, conformément au règlement. V. Advielle craint qu'il ait souffert dans son « amour-propre » de ne connaître à l'Académie que le concierge. Je ne crois pas cela. En effet, il est probable que tous les jeunes gens qui n'étaient pas patronnés par un académicien connaissaient seulement le concierge qui les avait inscrits et introduits dans le local des cours publics. Le concierge ou premier huissier de l'Académie, le seul fonctionnaire indiqué dans l'Almanach Royal après les Académiciens, composait avec le deuxième huissier et les deux modèles tout le personnel de l'Académie. Il faisait fonction de commis et d'économe ; il se chargeait de la vente et parfois de la rédaction du livret de l'Exposition [2]. Jean Duvivier ne connaissait encore aucun académicien : Tournières, dont il grava un tableau en 1712, n'a fait partie de la Compagnie qu'à partir de 1716. Mais pour l'instant le concierge lui suffisait, et c'était justement, notons-le en passant, le fameux Reynés [3], qui occupa cette place de 1701 à 1737 [4].

Jean Duvivier dessinait à l'Académie pendant deux heures chaque jour, mais il ne gaspillait pas le reste de son temps : il burinait des planches de taille-douce et des ornements sur des vaisselles. Il se créait des relations utiles ; dès la première année de son séjour, il gravait le portrait, d'après Tournières, du doyen des avocats au Conseil, Pierre des Gouges, et il publiait des estampes d'ornement chez un des plus importants éditeurs de l'époque, chez Poilly, rue Saint-Jacques. A propos de ces estampes d'ornement, il est permis de s'étonner que les biographes aient été jusqu'ici trop peu affirmatifs. Becdelièvre dit seulement : « On rapporte que cet illustre artiste faisait de temps en temps des vignettes pour les libraires. » Et en citant Becdelièvre, Advielle ajoute : « A l'exception des por-

1. Guérin. *Description de l'Académie*, 1715.
2. Le livret du Salon, de 1738 à 1753, se termine par ces mots : recueilli et mis en ordre par les soins de Reydellet, concierge et receveur de l'Académie.
3. Cité dans les procès-verbaux. C'est lui qui a conservé les états civils publiés par O. Fidière. Paris, 1883, in-8.
4. Almanach Royal.

traits de Fiemalle (*sic*) et de Desgouges, et des autres pièces non datées que nous avons citées, — (et qui ne sont pas de Jean Duvivier) — on ne connaît pas non plus de planches gravées vers cette époque qu'on puisse lui attribuer avec certitude... Il paraît même presque impossible qu'il n'ait pas au moins travaillé pour les libraires. » Or, il existe au Cabinet des Estampes dix-huit petites planches d'ornement attribuées à notre artiste, dont douze sont incontestablement de lui et publiées sous son nom avec la date 1712 et l'adresse de Poilly. Ces estampes sont assez rares, mais Advielle aurait dû en trouver le catalogue dans *Les Maîtres ornemanistes* de Guilmard.

Enfin, grâce à ces différents travaux, Duvivier pouvait suppléer à l'insuffisance des subsides modiques qu'il recevait de sa famille. Mais M. de Waldor veillait sur lui, et l'occasion allait se présenter de faire connaître le nom et le talent du jeune artiste. Joseph-Clément de Bavière, à qui Louis XIV venait de rendre son évêché de Liége, se trouvait à Paris en 1714. Waldor présenta à son prince le fils de Gangulphe Duvivier, graveur des monnaies de la principauté, et obtint pour Jean la faveur de modeler d'après nature le profil du prélat. Duvivier devait graver d'après son esquisse la médaille RECORDABOR FOEDERIS MEI, commémorative du traité de Baden. Waldor agissait en protecteur des arts sagace et en courtisan avisé. Cette médaille est la première que Jean Duvivier ait gravée à Paris, et en admettant qu'il ait gravé sur acier dans l'atelier paternel, ce qui me paraît évident, celle-ci est la première qu'il ait faite seul, et d'ailleurs une fort bonne médaille. L'exécution de ce travail l'introduisait fatalement à la Monnaie des médailles. En effet, le balancier de la Monnaie des médailles avait le monopole exclusif de la frappe. On peut même se demander si l'acier de la qualité nécessaire à la gravure en médailles se pouvait acquérir autre part que chez le serrurier de la Monnaie, qui avait l'habitude « de forger les quarrés ». Nicolas de Launay fit donc la connaissance de Jean Duvivier, reconnut qu'il avait beaucoup de talent et lui confia une commande : la médaille de la statue de Louis XIV à Lyon. Tels furent les débuts de Duvivier, relativement peu pénibles, pas du tout émouvants. Très travailleur, très volontaire, doué d'une excellente santé physique et morale, il a atteint avec une rapidité exceptionnelle le succès que son talent méritait d'ailleurs.

Le coin de la médaille de Lyon se brisa à la trempe. Dans le cas d'un coin gravé en creux directement, l'accident était grave, puisque tout le travail se trouvait à recommencer, et il était coûteux, puisque les coins ne pouvaient être reçus qu'après essai. Pour consoler le jeune artiste, N. de Launay lui commanda aussitôt la réfection de son coin. Duvivier était retourné à Liège, soit que la destruction de son œuvre l'ait réellement abattu, soit qu'il ait voulu revoir son père et sa ville avant de se fixer à Paris, ou pour toute autre raison personnelle. Il revint à l'appel de Nicolas de Launay et grava de nouveau sa médaille, mais cette fois il eut la prudence de la graver en poinçon, et le poinçon existe aujourd'hui dans la collection du Musée monétaire.

A partir de ce moment, Duvivier ne quitta plus le service du roi de France, ce qui ne l'empêcha pas de travailler pour son prince, pour les États provinciaux, les Facultés et les particuliers. La médaille du maréchal de Villars fut exécutée au cours de la même année 1714. L'année suivante, Louis XIV mourait. Duvivier exécuta, par ordre du duc d'Antin, la première médaille du jeune Louis XV; cette médaille ouvre la série considérable par le nombre et la qualité des pièces qu'il grava pour Louis XV et dont les avers présentent la suite des portraits du roi aux différents âges de la vie.

Au sujet de la médaille de Louis XV de 1715, une certaine difficulté s'élève. Gougenot et le Mémoire attribué à Duvivier disent que c'est la médaille portant au revers le soleil levant, avec l'inscription : JUBET SPERARE, et que le premier portrait, fait sans presque avoir vu le Roi, ne ressemblait guère à son modèle, mais que Duvivier fut bientôt après admis à dessiner d'après nature, à Vincennes, le profil du jeune prince pour réaliser, grâce à son dessin, un avers plus satisfaisant. Il existe en effet deux avers différents, mais différents surtout par l'absence ou la présence de la draperie sur l'épaule, comme si les deux coins provenaient d'un même poinçon avec quelques retouches. Quant au coin du revers JUBET SPERARE, il est daté de 1716, et les albums de Goddonesche et de Fleurimont le donnent à cette date comme la sixième et non plus la première médaille du règne. Si on consulte le *Catalogue du musée monétaire*, on y trouve plusieurs numéros où les deux avers et le revers sont mélangés avec d'autres coins, soit de Duvivier, soit d'autres artistes, et parfois postérieurs de plusieurs années. Que faut-il en penser? Les mélanges de coins créent des variétés parfois troublantes et souvent assez récentes; le désir d'utiliser, en les mariant ensemble, des coins de même module fut quelquefois l'unique cause des mélanges, et il devient difficile de déterminer quels avers et quels revers furent frappés ensemble à l'origine. Dans le cas où certains mélanges existent en épreuves anciennes au Cabinet de France, la preuve ne peut plus être faite que par un document d'archives, une pièce comptable, la description ou le dessin de la pièce dans un livre ou un journal du temps. Pour la première médaille de Louis XV, nous avons cette preuve, et elle donne tort à l'abbé Gougenot.

Le *Journal de la Monnaie* rapporte qu'en octobre 1715, Le Blanc et Duvivier ont exécuté chacun un revers pour la tête qu'ils avaient gravée d'après Coysevox, en spécifiant que Duvivier n'avait point fait de poinçon pour son revers et que son coin portait à l'exergue : MDCCXVI, par conséquent était destiné à ne servir que l'année suivante (§ 794).

Le même Journal, au paragraphe suivant, ajoute : « On a frappé des carrés de tous ces poinçons, savoir un de chaque portrait du Roi avec la légende : LUDOVICUS XV. D. G. F. ET NAV. REX; un pour le revers qui représente la France et le Régent qui tient un gouvernail... 11 septembre MDCCXV; un du portrait de Mgr le duc d'Orléans et un du revers à l'hercule... 1715. Le duc d'Antin a distribué le premier jour de l'an ces médailles, onze d'or et 9 d'argent, au roi, aux princes et aux seigneurs de la cour. »

Le *Journal de la Monnaie* ne dit pas qu'il ait été frappé au dernier trimestre de 1715 des portraits du Roi avec le revers JUBET SPERARE; il ne parle que du revers de la Régence PHILIPPUS REGEM RENUNCIATUS. Dès le premier mois de 1716, il enregistre la frappe de quelques médailles, associant le Roi et le Régent, puis le Roi et Louis XIV avec la décision du duc d'Antin que désormais « c'est par cette médaille que commencera l'histoire métallique de Sa Majesté » (§ 797).

Ainsi la médaille de Louis XV enfant, la première du règne, retouchée ou non après la séance de Vincennes, a été frappée dès la première année sans le revers JUBET SPERARE. Le nº 1 du Musée Monétaire, règne de Louis XV, le catalogue de 1817, l'épreuve de bronze du Cabinet de France, la gravure nº 1 de Goddonesche et de

FIRMATA CONSILIO COMMERCIA

VIRI ROTHOM.
COMM. REGUN.

MINERVA PACIFERA

LOTHARING. ET BAR.
REGNO ADD.
MDCCXXXVII.

Fleurimont, et le *Journal de la Monnaie* nous donnent cette tête comme associée à la tête de Louis XIV. Le n° 3 du Musée Monétaire, le n° 2 de Goddonesche et le *Journal de la Monnaie* l'associent à la tête du Régent.

Le portrait du duc d'Orléans, régent de France, a été gravé en cette même année 1715. Le caractère de sincérité visible dans ce bon portrait donnerait à penser que le Régent, ami des arts et de la glyptique en particulier, ait pu donner à l'artiste quelques facilités pour travailler d'après nature. Mais Gougenot dit : « d'après le portrait de Lemoyne le père. » Un buste du Régent par Lemoyne figure dans les collections du Musée de Versailles, et je n'ai pas trouvé de pièce authentique contredisant Gougenot.

Louis XIV était mort au mois de septembre : Duvivier grava donc deux médailles dans le dernier trimestre de 1715 ; il fit aussi des jetons ; le jeton de la Marine : POSITIS NON SEGNIOR ARMIS 1716, a été vraisemblablement frappé pour le 1er janvier.

En même temps qu'aux médailles et aux jetons exigés chaque année par les cérémonies du moment et les usages des différents services, Duvivier travaillait sous les ordres de de Launay et de l'Académie des Inscriptions au complément des médailles du règne de Louis XIV ; c'est ainsi que la médaille de Neuf-Brissac : EXPEDITO DUCIS BURGUNDIAE. BRISACCUM CAPTUM 8 SEPTEMBRIS 1703, aurait été gravée par lui en 1716.

La Chambre de justice : VINDEX AVARÆ FRAUDIS, est également de 1716. Le portrait du tsar Pierre le Grand, frappé à l'occasion de sa visite à la Monnaie de Paris, assura définitivement la réputation de l'artiste. Le Mémoire attribué à Duvivier lui-même par Advielle donne la date de 1716 pour la visite de Pierre le Grand : c'est 1717 qu'il faut lire. Le Mémoire raconte l'événement à peu près dans les mêmes termes que le *Journal de la Monnaie des médailles*, le *Mercure* et l'*Histoire journalière* de Dubois de Saint-Gelais. Nous tiendrons, avec M. Fernand Mazerolle, ce récit pour exact.

Le 12 juin 1717, le tsar vint à la Monnaie. On mit en marche un balancier devant lui et on frappa une médaille d'or. Quand elle fut terminée, il constata avec étonnement que ses propres traits y étaient représentés. Le duc d'Antin lui avait ménagé cette surprise, et quelque temps auparavant avait placé Duvivier dans le cortège des invités qui accompagnaient Pierre le Grand au cours de ses promenades dans les maisons royales. Exécutant ponctuellement les ordres reçus, Duvivier avait dessiné le tsar sans être vu et s'était fortement imprimé ses traits dans l'imagination. Il grava un poinçon et un carré d'avers tandis que, pour gagner du temps, le Danois Rög gravait le revers : VIRES ACQUIRIT EUNDO. On raconta la chose au tsar qui témoigna la plus vive satisfaction, tandis que quarante exemplaires d'argent étaient distribués aux personnes de sa suite.

Le compte rendu de cette journée mémorable, paru dans le *Mercure* de juin 1717, p. 189, mentionne qu'on a présenté à Pierre le Grand des médailles bronzées dont les reliefs sont en or. Des séries de médailles décorées de cette façon sont conservées au Cabinet de France ; il est regrettable que de Launay ait laissé commettre une telle erreur.

Le duc d'Antin était satisfait des services de Duvivier ; il le lui fit voir en lui donnant l'avis, le 24 juillet, et le brevet, le 14 août, de la survivance de Mauger pour un logement au Louvre.

Le 27 novembre 1717, Jean Duvivier était agréé à l'Académie, et, le 28 mai, reçu académicien avec une rapidité d'autant plus exceptionnelle qu'il ne fournissait pas le morceau de réception exigé par le règlement. Plus tard on lui fera grief de n'avoir pas fourni ce travail.

Comme académicien, il figure dans l'Almanach. Son adresse se trouve aussi dans les Annuaires et les listes de l'Académie, dans les papiers d'Hulst et le portefeuille de Bachaumont. Ainsi nous savons qu'il demeura, en 1719, quai de l'École, entre la rue du Petit-Bourbon et le Carrefour ; en 1720 et 1721, rue de Seine, chez M. Collot, médecin ; en 1722, rue du Chantre, chez M. Bagois, serrurier ; en 1723, aux Galeries du Louvre. Cela donne trois déménagements en quatre années. Mauger étant mort le 9 septembre 1722, Duvivier put entrer en possession de son logement aux galeries du Louvre.

Je dois faire remarquer qu'Advielle acceptant la date de 1716 pour la venue du tsar fait agréer « l'année suivante » Duvivier à l'Académie, et date le brevet de logement de 1719, après la visite de Louis XV à la Monnaie des Médailles : « Mauger venait de mourir » ; au total quatre erreurs en 14 lignes (p. 312).

Un peu plus loin, p. 318, le même auteur déclare n'avoir trouvé aucun document dans les archives sur les premiers travaux de Jean Duvivier avant 1720. Or il existe un certain nombre d'ordres de paiements entre 1715 et 1720 (Arch. nat. O¹ 2064) que j'indique ici pour terminer le résumé des débuts de Jean Duvivier.

13 décembre 1715 :

Au nommé Duvivier, 250 livres.

Garde de mon tresor royal, Maître Claude Le Bas de Montargis, payez comptant au nommé Duvivier la somme de Deux cens Cinquante livres que je lui ay ordonne pour son payement d'un quarré d'acier qu'il a gravé en creux pour frapper des médailles représentant Strasbourg fortifiée, pour servir à la suite de l'histoire du feu Roy, mon bisaieul, y compris ce qui est dû au serrurier qui a fourni le dit quarré.

Fait à Vincennes le 13 décembre 1715.

18 février 1716 :

M. Jean de Turmenyes de Nointel, payez comptant au nommé Duvivier, 1700 livres, pour deux poinçons et trois quarrés... pour mon service.

31 décembre 1716 :

1.600 livres pour trois poinçons et trois quarrés...

30 juin 1717 :

2.600 l. pour trois poinçons et deux quarrés...

29 août 1718 :

1.100 l. pour un poinçon et deux quarrés...

29 janvier 1720 :

200 l. pour le quarré des jettons des batiments de l'année.

28 juillet 1720 :

3.300 pour trois poinçons et trois quarrés pour l'histoire du feu roy...

24 décembre 1720 :

3.300 pour trois poinçons et trois quarrés... (même série).

Et ainsi de suite jusqu'en 1729.

A Paris chez Poilly rue S. Jaque à l'image S. Benoist

Nous sommes arrivés à la période de maturité du talent de Duvivier. Il n'avait pas trente-cinq ans, il était graveur du roi, académicien, et logé au Louvre, à deux pas de la Monnaie des Médailles. Rien ne prouve qu'il se soit absenté, qu'il ait souvent quitté Paris et même le quartier où il avait ses occupations et sa famille, sauf pour se rendre à Marly, à Vincennes, à Versailles, le temps d'y dessiner ou modeler d'après nature les profils augustes qu'il devait ensuite tailler dans l'acier. Il avait épousé une jeune fille de bonne bourgeoisie, Louise Vignon; la date de son mariage n'est pas certaine, mais remonte vraisemblablement à 1718, puisque le premier de ses dix-sept enfants est né en 1719. Les multiples travaux dont il n'a cessé jusqu'à sa mort d'être chargé par l'État et par les particuliers, sans compter la direction de son innombrable famille, ne lui laissaient guère de loisirs. Jusqu'à un âge avancé, il a gravé sans défaillance des centaines de médailles et de jetons dont beaucoup sont dignes d'estime, et plusieurs comptent parmi les plus belles œuvres que l'art du médailliste ait réalisées.

Ainsi Duvivier n'a plus d'histoire, tout au plus deux petites histoires : l'une avec Bouchardon, l'autre avec l'Académie; enfin sa vie pendant quarante années est écrite au catalogue de ses œuvres.

La caractéristique des œuvres de Jean Duvivier est un souci de vérité pittoresque — de son temps on aurait écrit pictoresque — qui n'avait pas encore été poussé aussi loin. En effet, jusqu'à la moitié du XVIIe siècle, les médailles à sujet, les revers notamment, affectent le plus souvent une simplicité et une stylisation qui sont commandées par la sévérité de la matière, par la difficulté de la technique autant que par la volonté de suivre des formules. Déjà on trouve dans plusieurs médailles de Louis XIV, et en particulier dans les œuvres de Mauger, des paysages avec leurs différents plans, des intérieurs avec leurs meubles, des costumes et des accessoires où les détails prennent non plus l'importance relative qu'ils doivent à leur valeur symbolique, mais les rapports qu'ils présentent dans la nature même ou tout au moins dans un dessin documenté d'après nature. Il arrive que des graveurs exceptionnellement habiles étendent les limites de l'expression possible dans les médailles et font vibrer l'acier comme Puget faisait trembler le marbre. Jean Duvivier plus habile que Mauger, doué d'une science technique inconnue avant lui, et que seul son fils Benjamin a dépassée, est un des premiers à oser dans la médaille la perspective vraie et les valeurs du tableau. Son rendu infiniment varié comporte des délicatesses qui suggèrent la comparaison suivante : une médaille de Warin, par exemple, est sculptée ; celle de Duvivier est peinte. Je sais bien le danger de la comparaison. Les mots y dépassent parfois les idées ; ici ils font sentir dans quel excès la manière de notre artiste pouvait l'entraîner, et on doit reconnaître qu'il y est tombé quelquefois. Considérons le revers de la médaille du sacre. Il rassemble quatorze personnages vêtus, coiffés, chaussés avec une minutie qui tient du prodige ; aucun accessoire n'est sacrifié, et il y a dans ce revers un luxe de détails qui suffirait à la richesse de plusieurs pièces. La multiplicité des plans est nuancée avec une science confondante pour un professionnel, mais dans ces différents plans et au milieu de ces détails trop charmants, la figure agenouillée du Roi a perdu l'importance principale qu'elle aurait dû conserver au prix de quelques sacrifices. Cette médaille manque de simplicité. Je suis heureux d'ajouter que la faute n'en est pas imputable à Jean Duvivier. La composition du revers REX CŒLESTI OLEO UNCTUS, composition de tableau et non de médaille, est de Boulogne, premier peintre du Roi et dessinateur des médailles. On sait comment étaient réalisées les médailles de l'histoire de Louis XIV ou de Louis XV. L'Académie des Inscriptions choisissait le sujet et composait les inscriptions. Le dessinateur interprétait le sujet choisi et le graveur l'exécutait. Cet usage n'allait pas sans quelque inconvénient. Nous venons d'en constater un : la manière colorée de Jean Duvivier appliquée à une composition de peintre c'est vraiment trop de « pictoresque » pour une médaille. Par contre, on en goûte pleinement tout le charme dans les arrangements plus simples tels qu'il les voulait assurément quand il composait lui-même, et dans presque tous ses portraits. Un portrait de profil ne saurait comporter de complications gênantes. Le dessin ou la cire ont été modelés en prévision du travail de l'acier, et c'est tout profit pour la vérité si la virtuosité de l'artiste sait donner l'impression des différentes matières, s'il fait contraster les plis du linge et ceux du velours, la rigidité d'une couronne et d'une cuirasse avec la souplesse des cheveux et la « morbidezza » des nus. Duvivier, aussi habile dans la gravure en taille-douce que dans la gravure en relief, possédait à fond toutes les ressources du burin et de l'échoppe. Au témoignage de Gougenot, et cela paraît du reste évident, il travaillait beaucoup au rifloir et se servait de petites pierres à aiguiser fines comme des aiguilles. L'examen des médailles décèle aussi l'emploi de ciselets, de matoirs et de poinçons combinés, auxquels nous reconnaissons le graveur de sceaux, et il est clair que c'est grâce à l'emploi judicieux de ces petits poinçons qu'il a pu produire tant de coins de jetons et vraisemblablement tant de cachets.

M. Charles Saunier, dans sa notice sur Augustin Dupré, observe qu'à Saint-Étienne, patrie de Dupré, on a depuis longtemps travaillé l'acier. Cette observation s'applique aussi à Duvivier : Liège est un pays d'armuriers [1], le fer et le charbon y ont toujours été exploités, et on pressent certaines influences du milieu, certains atavismes, déterminant peut-être l'extraordinaire ingéniosité technique de Duvivier; c'était le graveur-né.

L'accord complet entre l'exécution et la composition est indispensable dans la médaille comme dans les autres arts. Toute œuvre qui n'est pas réalisée par l'artiste qui l'a conçue perd par cela même

---

1. En 1701, l'agent français signale à son département que les Liégeois fournissent des armes et « des mousquets » à plusieurs souverains d'Europe (Affaires étrangères : Liège, reg. 17.)

la dignité artistique et porte la marque de l'industrie. Il faut tenir compte, quand on juge des médailles du xviiiᵉ siécle, de la subordination des médaillistes aux dessinateurs des médailles. Dans la plupart des cas ils n'étaient que des exécutants. Cela serait jugé intolérable aujourd'hui. Aussi pouvons-nous distinguer dans les pièces de Duvivier celles qui sont entièrement de lui, comme la médaille du duc de Bourbon, les médailles commandées par des particuliers et la plupart des jetons. Lui-même devait, ayant conscience de sa haute valeur, supporter avec peine qu'on lui imposât des dessins; sa brouille avec Bouchardon en fournit la preuve. Il se mit dans le cas d'être privé pendant dix ans des commandes royales, pour n'avoir pas consenti à graver le profil du Roi d'après le dessin d'un confrère; et il fit bien. Car la suite copieuse des profils du Roi qu'il grava d'après ses propres cires n'en a que plus de prix. Un de ces profils nous paraît-il moins heureux ? médiocre même ? c'est que, cette fois-là, Duvivier n'avait pas les mains libres. Tel est le profil « à la mèche ».

Le duc d'Antin s'imagina un jour que les médailles romaines ayant atteint la perfection du genre, il serait bon de s'en rapprocher, et il demanda à Duvivier un profil du jeune Louis XV exactement imité des monnaies des Césars. L'artiste dut éprouver quelque embarras. Le profil royal était alors celui d'un jeune homme un peu gras, sans grand caractère, qu'on voyait toujours encadré dans les longues boucles d'une coiffure compliquée et dans les plis d'une volumineuse cravate. Le représenter avec les cheveux courts et la tempe découverte, c'était le rendre méconnaissable. Duvivier essaya d'un compromis. Il grava les cheveux courts et les lauriers d'un César, mais il laissa sur la tempe un des rouleaux de la coiffure moderne pour conserver le plus possible au masque du Roi le contour bien connu. Tel est le profil « à la mèche » qui, je vous l'avoue, est un peu ridicule. Il eut beaucoup de succès à la Cour. Le Mercure le confirme, et il fut répété dans un autre module plus petit et réduit encore pour des coins de jetons. Duvivier n'avait rien à refuser au duc d'Antin. Il lui devait sa position, et d'ailleurs le surintendant avait ses qualités comme ses défauts que l'artiste pouvait reconnaître.

Louis-Antoine de Gondrin de Pardaillan, marquis de Montespan, duc d'Antin, pair de France, etc... avait une assez bonne opinion de lui-même. Fils de Mme de Montespan, il se croyait un peu proche parent du Roi; il était très réellement frère du duc du Maine et beau-frère du duc d'Orléans, régent du royaume. Protecteur de l'Académie, il tutoyait les artistes et ceux-ci l'appelaient « Monseigneur ». Un seul peintre, J.-F. de Troy, et un seul sculpteur, Bouchardon, s'en formalisèrent et, tutoyés par le noble duc, affectèrent de lui répondre « Monsieur » au lieu de « Monseigneur ». Et cette impertinence fut jugée sévèrement par tous leurs confrères. Le duc d'Antin, vaniteux, insolent, n'était ni sot, ni injuste de parti pris. Jugeons-le sur les actes de son administration. Et il estimait Duvivier à sa valeur. Quand il mourut en 1736, les artistes qu'il couvrait de son crédit furent exposés à quelques représailles. Le dessinateur des Médailles Jean Chaufourier, d'après l'Almanach de 1736, était logé à l'hôtel d'Antin. Il n'y habitait plus l'année suivante et il était remplacé dans sa charge de dessinateur par le sculpteur Bouchardon. Quelques mois plus tard la querelle allait éclater entre Bouchardon et Duvivier.

Le nouveau dessinateur des médailles ayant tracé un profil du Roi qui avait été jugé très ressemblant, la direction des Bâtiments pensa que les médailles de l'histoire métallique devaient désormais copier ce profil, et elle l'envoya à Duvivier pour être gravé par lui. Duvivier déclara qu'il était impossible d'en rien faire de bon et que d'ailleurs il avait toujours exécuté le profil du Roi d'après ses propres dessins. La direction, c'est-à-dire l'intendant général Orry, soutint Bouchardon, et le dessin fut confié à F. Marteau. Le médaillier de France y perdit moins que Duvivier lui-même. La gravure de Marteau, si elle n'atteint pas à l'expression et au caractère des portraits de Duvivier, est cependant une œuvre estimable et charmante. Mais Duvivier fut privé pendant dix ans de l'honneur de portraicturer le Roi et du profit qu'il y aurait trouvé. L'abbé Gougenot déplore cet incident, et tous les auteurs qui en parlent depuis n'hésitent guère à donner tort à Duvivier. Il aurait dû, selon eux, tenir compte du grand talent de son confrère. Je ne partage pas cette opinion, et j'approuve le médailliste qui a agi en homme de cœur en s'obstinant dans son bon droit et en préférant sa dignité intacte à sa situation matérielle; il a démontré son sentiment de la nécessité d'une hiérarchie et de l'ordre dans les relations sociales. Il ne faut pas, pour apprécier le différend Bouchardon-Duvivier, se baser sur la

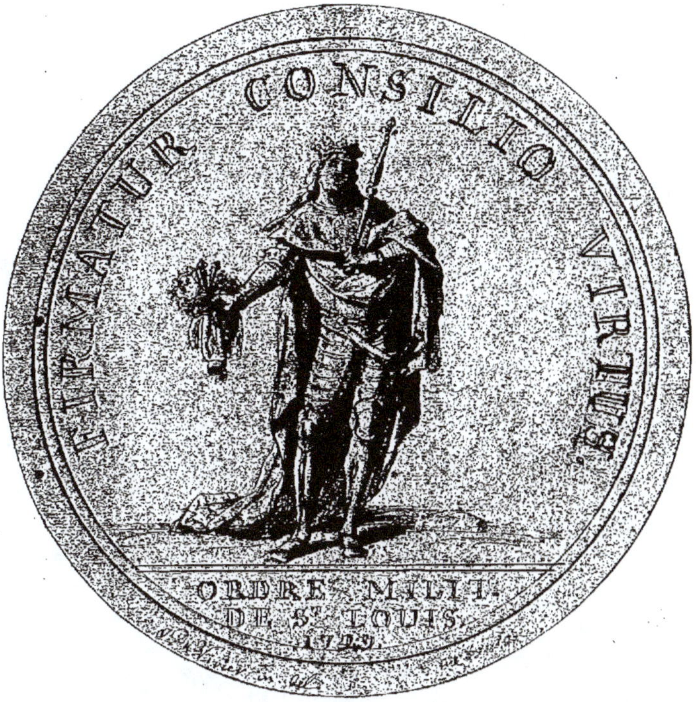
FIRMATUR CONSILIO VIRTUS
ORDRE MILIT.
DE S.T LOUIS

DIGNA COLI
FABRIQUE DES ETOFFES DE
SOYE OR ET ARGENT
M.DCCXLV.

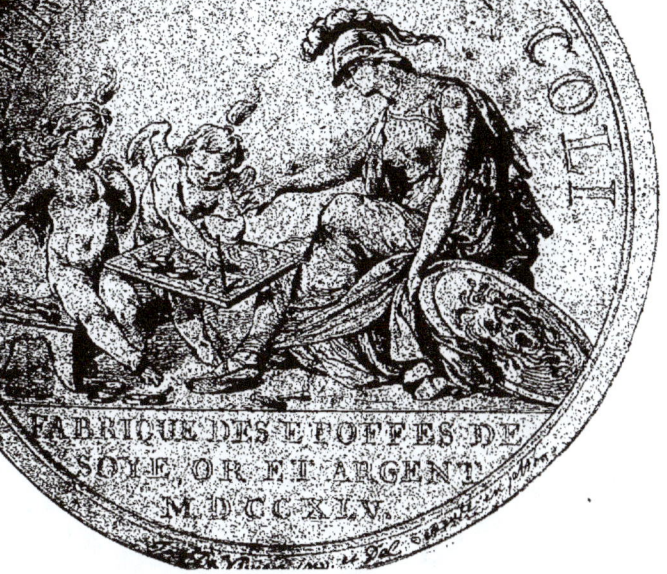

valeur des œuvres totales des deux artistes. L'affaire remonte à
1738. A ce moment, celui qui devait devenir un des plus grands
sculpteurs de l'École française n'était encore qu'agréé à l'Académie,
et n'avait montré (salons de 1737-1738) que deux portraits-bustes,
des esquisses de terre cuite et des sanguines. Le médailliste avait
cinquante et un ans, et s'il s'était soumis déjà fort souvent à exécuter des dessins de Boulogne et de Chaufourier, ceux-ci étaient
ses aînés de trente et de quinze ans. Quand Boulogne lui donnait
en 1722 le dessin du revers du sacre, Boulogne, homme considérable, directeur de l'Académie, chevalier de Saint-Michel, avait
soixante-sept ans. Jean Chaufourier, académicien en 1735, avait à
la mort de Boulogne soixante-trois ans. Duvivier tenait pour ses
égaux des académiciens et pouvait s'incliner devant ses aînés ; lorsqu'on lui donna à copier l'œuvre d'un simple agréé, il dut se souvenir que Bouchardon — arrivé à Rome le 18 septembre 1723 [1] —
avait encore été élève de l'Académie pendant quatre ans, à l'époque
où lui, Duvivier, était déjà académicien ; et dès lors, considérant
cet ordre comme un affront, il refusa de s'y soumettre avec d'autant
plus d'énergie qu'il s'agissait d'un portrait. Et en effet, c'était bien
un affront et un blâme indirect aux portraits-médailles du Roi
gravés jusque-là. S'il s'était agi d'un dessin de revers, c'était différent, puisqu'alors le dessinateur n'était plus que l'interprète des
projets de l'Académie des Inscriptions. Aussi est-il normal que
Duvivier ait précédemment accepté sans protester le dessin médiocre
d'ailleurs : RESPUBLICA GENEVENSIS PACATA [2].

Il est impossible de ne pas lui donner pleinement raison dans
son différend avec de Boze qui se place à peu près à la même
époque, c'est-à-dire après la mort du duc d'Antin.

Le poinçon et le coin de la médaille de Réunion de la Lorraine,
conservés au Musée monétaire, sont signés et datés de 1737. La gravure en est contemporaine de la date inscrite à l'exergue. C'est cette
médaille que de Boze prétendait empêcher Duvivier de signer. Mais
lui, déclarant qu'empêcher l'artiste de signer son œuvre, c'était lui
ôter toute volonté de bien faire, grava malgré de Boze ses initiales
au bas du sujet, et se hâta de tremper le coin, pour qu'il n'y fût
plus rien changé.

1. Correspondance des directeurs.
2. Advielle dit : « travaillait d'habitude » d'après Bouchardon. Or les fonctions de Bouchardon étaient récentes.

Dans son différend avec l'Académie, Jean Duvivier avait certainement tort. Coustou le jeune, alors directeur (5 fév. 1735-5 juillet 1738. — cf. Vitet, Académie royale), avait mis au concours une place de conseiller que l'Académie avait l'intention de remplir par un graveur de médailles. Duvivier posa sa candidature avec confiance. Il fut repoussé et se crut victime d'une cabale. Cependant ceux de ses confrères qui avaient voté contre lui obéissaient aux règlements de l'Académie (voir art. XI et XIII des statuts) puisque Jean Duvivier n'avait pas fourni son morceau de réception.

Les Annales de l'Académie, manuscrit rédigé par Hulst et conservé à l'École des Beaux-Arts, racontent au jour le jour et sans parti pris l'histoire de cette dette inacquittée, et il semble bien que l'Académie, loin de s'acharner après notre graveur, lui ait montré beaucoup de ménagements et de patience. Ouvrons les cahiers d'Hulst :

ANNALES DE L'ACADÉMIE ROYALE

27 novembre (27e cahier) :

M. Jean du Vivier, né à Liège, se présente sur le même talent (que le Blanc qui fait l'objet de la note précédente) *et fera le morceau pour sa réception au premier ordre qu'il en recevra de la compagnie.*

28 mai 1718 (même cahier) :

M. du Vivier, agréé le 27 nov. 1717, fait des supplications pour être admis dans la compagnie. L'académie qui est persuadée de sa capacité et suffisance par les ouvrages qu'il a fait voir à son agrément le reçoit académicien sans néanmoins tirer à conséquence et à la charge de fournir un morceau pour sa réception qui lui sera ordonné par l'Académie et d'obéir aux réglemens et statuts; le présent pécunier fixé à 100 l. et a prêté serment, etc...

8 janvier 1724 (29e cahier) :

M. Du Vivier reçu académicien sur le talent des Médailles présente un médaillier rempli de médailles en plomb tirées de ses coins, en attendant qu'il les fournisse en bronze.

31 mars 1724 (et non mai comme il l'écrira plus loin) :

M. Du Vivier apporte deux dessins pour médailles de sa composition sur des sujets donnés par M. de Boullongne lesquels sont approuvés pour être exécutés incessamment.

6 mars 1728 :

M. Du Vivier demande jusqu'à la fin de Juillet prochain pour fournir son morceau de réception.

30 mai 1733 :

Les sceaux de l'Académie remis par le secrétaire entre les mains de M. de Largillière, nouveau chancelier.

30 décembre 1747 (38ᵉ cahier) :

M. Du Vivier a été chargé par M. Coypel de graver la tête du Roi comme protecteur sur l'un des côtés du sceau de l'Académie et qui tiendra Lieu au d. Sᵗ du morceau de réception auquel il n'a pu encore satisfaire faute d'occasion.

(En marge) :

M. Du Vivier a eu le bon procédé d'aller au devant de ce devoir et dont par des circonstances particulières il était demeuré chargé depuis sa réception (28 mai 1718). Il s'était cependant présenté depuis pour le remplir (voir 8 janvier et 31 mai 1724 et 6 mars 1728). Il a voulu ensuite qu'on lui fît honneur de ce bon procédé sur les registres. Surquoi il y a eu du débat. On a prétendu que ce devoir pour subsister non rempli depuis près de 30 ans n'en est que plus devoir et qu'il ne peut être tourné autrement. Le redevable qui n'est pas homme à se rendre aisément paraît d'humeur à ne pas satisfaire sitôt. L'embarras sera que toutes les lettres de provision demeureront la parce qu'elles ne scauraient être expédiées que l'on ait ce nouveau sceau au type de S. M.

L'Académie était servie d'habitude avec plus de diligencé. En 1724, Norbert Roettiers livráit en un mois et demi la tête du roi pour médailles des Prix.

2 août 1749 :

M. Du Vivier ayant demandé jusqu'à la fin de l'année pour terminer sa tête du Roi qui lui a été ordonné comme ouvrage de réception et qui doit servir de sceau à l'Académie, cette demande faite à Mʳˢ Restout et Oudry qui en avait été chargé verbalement par la compⁱᵉ lui est par elle octroiée.

L'inventaire de Chardin, dressé en 1775, ne mentionne pas ce sceau parmi les meubles de l'Académie. Seul le supplément à cet inventaire parle des sceaux exécutés par Benjamin. Or, en 1750, Chardin, conseiller de l'Académie, aurait su si le sceau de Jean Duvivier était terminé. (Voir plus loin, p. 87.)

C'est ainsi que Duvivier resta en froid avec l'Académie, par sa faute évidemment, et cependant il crut que l'Académie avait tous les torts envers lui.

Il nous apparaît comme un homme excessif en tout : excessif dans la minutie qu'il apportait à son travail, dans le culte qu'il avait de son art, dans la pratique de sa dévotion, dans l'exercice de son autorité paternelle. Il a dû passer auprès de ses clients, de ses collègues et de ses parents même pour un artiste éminent et un homme respectable, mais peu sociable.

Brouillé avec ses confrères, mal vu à la cour, sa situation serait devenue plus difficile quand les travaux officiels vinrent à lui manquer, s'il n'avait trouvé en province et chez certains particuliers l'équivalent de ce qu'il perdait d'autre part. Les archives des États provinciaux, tels que les États de Bourgogne, de Bretagne, d'Artois, etc., fournissent sur l'importance de ces travaux des documents intéressants : des pièces comptables et quelquefois aussi, — trop rarement — des correspondances qui sont pour nous bien précieuses.

J. Duvivier avait-il des ennemis réels, ou au contraire son esprit chagrin lui faisait-il croire à des persécutions imaginaires ? Il est certain que son succès rapide avait suscité des jalousies, et lorsque son protecteur, le duc d'Antin, fut mort, les jaloux n'hésitèrent pas à lui témoigner quelque malveillance. Ses concurrents, à l'époque où son entêtement leur laissa la place plus libre à Paris, cherchèrent aussi à le supplanter en province. C'est ainsi que Marteau essaya de lui prendre les travaux des États de Bourgogne. Plus tard, peu d'années avant sa mort, il se vit retirer une commande de médailles au profit de C. N. Roettiers. M. G. Sens, dans le mémoire intitulé : *Histoire d'une médaille*, a donné le récit de cette mésaventure. A l'occasion de la naissance du comte d'Artois (1757), les États d'Artois voulaient faire frapper une médaille. Duvivier leur paraissait l'artiste le plus capable de la graver; mais après de longues tergiversations et par l'influence de M. de Paulmy, C. N. Roettiers enleva la commande. Au cours des pourparlers et après avoir reçu une lettre de Saint-Florentin, qui équivalait sans

doute pour lui à un ordre de se retirer, Duvivier écrivait les lignes
suivantes dans sa lettre de désistement aux États :

« Peut être ne vous apprends je rien de nouveau, il ne m'est rien
parvenu d'autre sinon quelques indications qui m'avaient fait pres-
sentir les nouvelles de la Cour. Quel ressort fait agir? Je n'en sais
rien, ni de quelle part. Je me regarde assiégé comme un fort environné de batteries sans que je voie d'ennemis; faut qu'ils habitent
les chemins couverts. Je le présume aussi et c'est m'avoir battu en
brèche que la démarche qu'on vient de faire. Aussi me suis-je rendu
sans coup férir. Faut scavoir céder au plus fort. Mes travaux veulent
de la tranquillité et c'était sur ce ton que je me flattais d'avoir
l'honneur de vous satisfaire, Messieurs, bien mortifié que je suis,
de cette catastrophe. Il y a bien de l'apparence que la bonne cause
y perd par la mort peu attendue, mais fort regrettée de M. le comte
de Houchin, qui prenait le bon droit fort à cœur. » (G. Sens, *op.
cit.*, p. 16.)

Rapprochons de ce passage ces autres lignes rapportées par
Gougenot : « Quand on me demande d'où vient que je n'ai rien
exposé au Salon, je réponds que j'ai déjà assez d'ennemis, que je
n'ai que faire de les augmenter ou du moins de renouveler leur
animosité, ils m'ont presque oublié. Ce n'est pas la peine de leur
fournir un nouvel aiguillon de haine. » Et plus loin : « Ce n'est
pas le dernier assaut qui m'a été livré. Il m'en a été donné un qui
a emporté la place en me tenant dix ans entiers dans l'inaction
pour le service du roi : on m'a lié et garrotté, de telle sorte qu'il
ne me reste pas même la liberté de me plaindre. »

Par ces extraits, on voit que Duvivier avait des ennemis et qu'il
en croyait avoir plus encore. Il se comparait volontiers à une forteresse assiégée, et cette comparaison est bien l'indice d'un esprit
inquiet. Gougenot déclare qu'il a trouvé ces extraits dans les cartes
où Duvivier écrivait ses réflexions amères sur ses contemporains,
ses amis, sa famille et sur lui-même et qu'il enliassait par petits
paquets : « On en a trouvé chez lui des monceaux qu'un scribe en
trois ans viendrait difficilement à bout de transcrire [1]. » Il est fort
regrettable que ces « fiches » ne nous soient pas parvenues; elles
devaient contenir de précieuses médisances. Nous ne possédons pas
non plus, mais je suppose que cela serait moins intéressant, les

---

[1]. Gougenot, *op. cit.*, p. 324.

poésies et les morceaux de musique qu'il a composés, au témoignage de Gougenot.

De ses dix-sept enfants, combien étaient arrivés à l'âge adulte? On l'ignore, et il n'a été retrouvé de documents que pour six de ces enfants [1] :

Jeanne-Françoise-Louise, née en 1719 ;

Jeanne-Anne-Christine, née probablement en 1725 ;

Jean-Pierre-Lambert, né probablement en 1726 ;

Pierre-Louis-Isaac, né en 1727 ;

Pierre-Simon-Benjamin, né en 1730 ;

Thomas-Germain-Joseph, né en 1735.

Tous les six vivaient encore lorsque leur mère mourut, en 1752.

Françoise-Louise Duvivier, dessinateur et aquafortiste de talent, était mariée à Nicolas Tardieu, le célèbre graveur. Jeanne-Anne-Christine, célibataire, restait donc la seule femme présente au foyer du vieux Duvivier. Elle mourut l'année suivante, âgée de vingt-

1. Un septième, X.-Maurice, ne m'est connu que par une signature.

huit ans environ en 1753. Jean-Pierre-Lambert, sous-inspecteur des ponts et chaussées, disparut ensuite, en 1755, âgé de vingt-neuf ans environ. Restaient une fille et trois fils.

Jean Duvivier aurait souhaité qu'aucun de ses enfants n'eût suivi les professions artistiques ; or, deux de ses fils sur trois, P.-S.-Benjamin et T.-G.-Joseph s'étaient voués aux beaux-arts. Pierre-Louis-Isaac, établi bijoutier au Pont-au-Change, et peut-être l'enfant préféré de son père, fut transporté à l'Hôtel-Dieu (accident ou maladie grave ?) et mourut après un mois de maladie, le 15 février 1761 [1].

Ce dernier coup terrassa Jean Duvivier ; frappé d'apoplexie, il languit quelques semaines et mourut le 30 avril 1761.

Quand il sentit « les approches de la mort, il fit venir ses enfants le jour même qu'il reçut les sacrements. Après les avoir embrassés et leur avoir tenu des discours pleins de piété et de tendresse, il leur ordonna de se retirer pour être seul et il ne voulut pas même permettre que la personne qui le gardait restât auprès de lui. Cependant, comme on veillait dans la chambre voisine, on entendit dans la nuit des cris plaintifs : on accourut aussitôt à son lit, il venait d'expirer [2] ».

Quelque opinion qu'on ait en matière religieuse ou philosophique, il me paraît impossible de ne pas admirer la fin stoïque du vieillard qui se préparait seul au jugement de son Dieu.

Artiste charmant quoique robuste, il avait travaillé cinquante ans sans défaillance ; homme vertueux et bon, malgré son hypocondrie et sa rudesse, il avait vécu sans tache et mourait comme un saint. Voilà ce qu'Advielle résume dans ces cinq mots : « en somme, un assez vilain monsieur, » donnant là une nouvelle preuve de légèreté dans ses jugements. Aussi ne suis-je pas disposé à admettre la légende qu'Advielle, renchérissant sur Quatremère, réédite, de la férocité de Jean Duvivier vis-à-vis de son fils Benjamin.

Voici la légende : Benjamin, destiné par son père à une carrière libérale qui n'est pas autrement spécifiée, avait fait de bonnes études au collège Mazarin. Il s'y était lié particulièrement avec un de ses camarades, Anquetil Duperron, et avait étudié, en même temps que lui, l'astronomie. Plus tard, il devait le suivre dans une expédition scientifique ; mais, étant tombé malade, avait dû renoncer à voyager. Alors se sentant entraîné par une irrésistible vocation vers la

1. Gougenot dit 1760 par erreur.
2. Gougenot, *op. cit.*

gravure en médailles, il aurait étudié cet art en cachette de son père qui le lui avait formellement interdit. Une nuit, Jean Duvivier l'aurait surpris occupé à copier une de ses médailles, et, indigné de cette désobéissance, l'aurait chassé de sa maison à jamais. Benjamin, réfugié chez son beau-frère Tardieu, aurait pu enfin dessiner à sa guise et s'adonner à l'art qui devait désormais occuper toute sa vie.

Il est regrettable qu'on ne nous donne pas la date de ce petit drame. Et le récit de Gougenot ne permet guère de penser que Jean Duvivier se soit montré si sévère ; il y paraît plus douloureux que féroce :

« Tout le blessait, tout lui faisait peine. Aimant ses enfants et ne voulant souffrir que rien lui résistât, il ne pouvait pardonner à l'un d'eux de s'être destiné à son art. Loin de lui procurer les puissants secours qu'il devait attendre d'un génie aussi éclairé que le sien, il gémissait sur son état. Sa tendresse lui faisait craindre qu'il n'éprouvât les mêmes vicissitudes qui l'avaient affligé et dont il avait sans cesse la triste image devant les yeux ; d'un autre côté, sa dévotion stricte, mais quelquefois peu réfléchie, ne lui permettait pas de croire que l'on pût faire son salut dans une profession qu'il se figurait conduire à chaque instant ceux qui l'embrassent au bord du précipice. »

Et maintenant, consultons les registres de l'Académie conservés à l'École des Beaux-Arts, nous y trouvons :

LISTE DE MM. LES ÉLÈVES COMMENCÉE LE 1ᵉʳ OCTOBRE 1758

Duvivier fils, graveur aux galeries du Louvre, chez M. son père.
1ʳᵉ méd. quartier de juillet 1756.
Duvivier fils, peintre aux galeries du Louvre, chez M. son père.

L'indication qui accompagne le nom de Duvivier fils, graveur, se vérifie au REGISTRE DES GRANDS PRIX DES MÉDAILLES ET DES PLACES.

Duvivier fils. 1ʳᵉ médaille, 2ᵉ quartier de juillet 1756.

A la LISTE DES PETITS PRIX, nous trouvons :

Second prix : Duvivier le jeune, g. Quartier d'avril 1744.
Premier prix : Duvivier le jeune, g. Quartier d'avril 1746.

Et ce qui montre que les notes concernant Duvivier le jeune, graveur, se rapportent bien à Benjamin Duvivier, et non à Thomas-

Germain-Joseph Duvivier, peintre, c'est qu'une autre liste, récapitulant pour ainsi dire les précédentes, porte :

Né en 1730, petit prix en 1744 et en 1746 ; 1ʳᵉ médaille en 1756.

C'est évidemment de Benjamin qu'il est question dans la lettre suivante, écrite à Orry par le directeur de l'Académie :

Monseigneur, ayant appris qu'il vaquait quelques-unes des petites pensions que S. M. a la bonté d'accorder à l'Académie pour faciliter aux jeunes élèves qui sont peu fortunés le moyen de faire leurs études, permettez-moi de présenter à Votre Grandeur un de ceux qui travaillent aujourd'hui à l'Académie que je crois des plus dignes de cette faveur. C'est un des enfants de M. Duvivier, graveur du Roi, dont je puis vous rendre un bon témoignage et dont le père, chargé d'une nombreuse famille, est absolument hors d'état de cultiver les heureuses dispositions.

COUSTOU.

14 février 1744 (Arch. nat., O¹ 1914. Publié par Courajod, école roy. des élèves protégés). (Lettre sur le même objet, même date : Arch. nat., O¹ 1927).

Les documents de l'Académie semblent donc prouver que Benjamin Duvivier suivait les cours de l'Académie en 1756 et 1758 et qu'il demeurait chez son père. J'admets qu'il ait failli devenir astronome auparavant. Mais s'il se dessinait et s'il concourait pour les petits prix dès 1724, il est impossible qu'il l'ait fait à l'insu de son père ou malgré son père. Il avait alors treize ans et demi.

Le jour même de la mort de Jean Duvivier, dans l'acte de décès, Benjamin est qualifié graveur des médailles de Sa Majesté. Trois mois après, il recevait le brevet du logement aux galeries du Louvre et continuait tous les travaux paternels, aussi bien pour le service du roi que pour les États, les corporations et les particuliers.

Jean Duvivier fut enterré à Saint-Germain-l'Auxerrois, sa paroisse, le 1ᵉʳ mai 1761. L'abbé L. Gougenot fut chargé d'écrire son éloge pour être lu en séance, conformément au règlement nouveau :

PROCÈS-VERBAUX DE L'ACADÉMIE DE PEINTURE ET DE SCULPTURE

[Le samedi 1ᵉʳ mars 1760 le comte de Caylus, Honoraire amateur, proposait que le soin d'écrire l'histoire de l'Académie soit confié aux amateurs et associés libres.

A la séance suivante, le 29 mars, les amateurs acceptaient et se chargeaient d'écrire les biographies des académiciens.

Le 12 avril 1760, les amateurs et associés libres s'engageaient à livrer en six mois les biographies dont ils se seraient chargés.]

PROCÈS-VERBAUX DE L'ACADÉMIE DE PEINTURE ET DE SCULPTURE, 1763

M. Restout direct. et Rect., M. Hallé prof.

Aujourdhuy samedi 6 février l'Académie s'est assemblée pour les conférences. Lecture de la vie de M. Du Vivier par M. Gougenot.

M. Gougenot, Honoraire associé libre, a fait lecture de la vie de feu M. du Vivier, académicien, graveur de médailles, qu'il a écritte. L'Académie lui a témoigné sa reconnaissance des soins qu'il a bien voulu prendre pour recueillir et conserver à la postérité tout ce qui pouvoit dignement lui retracer et le caractère et les talens de cet artiste estimable et célèbre.

> Restout, Caylus, Carle Vanloo, Hallé, Lemoyne, le Cher de Valory, Mariette, Lalive, Gougenot, Soufflot, Coustou, Pigalle, Dandré-Bardon, Vien, Allegrain,, Falconet, L. Lagrénée, A. Vanloo, M. A. Challe, J. B. Massé, Chardin, Drouais le fils, N. S. Adam, Surugue, Cochin[1].

ACTE DE DÉCÈS DE JEAN DUVIVIER

Le vendredi 1er mai 1761. Sr Jean Duvivier, graveur de medailles du Roy, âgé de 74 ans, veuf de De Marie-Louise Vignon, décédé hier, à quatre heures du matin, aux galleries du Louvre, a été inhumé en cette église, en présence des Srs Pierre-Simon-Benjamin Duvivier, graveur des médailles de Sa Majesté; Thomas-Joseph Duvivier, peintre, ses fils, et Jacques Tardieu, de l'Académie royale de peinture et sculpture, et graveur du Roy, son gendre[2].

---

1. Publié par Anatole de Montaiglon (Procès-verbaux de l'Académie).
2. Publié par Herluison (Actes d'état civil des artistes...).

Si nous cherchons à nous représenter, dans la société du XVIIIᵉ siècle, la place tenue par un graveur de médailles, nous constatons qu'elle devait être assez modeste, et cependant les médailles occupaient un rang éminent dans les préoccupations du public lettré et dans celles de l'administration royale. Les livres les plus somptueux étaient consacrés aux médailles; le Roi faisait des présents de médailles aux personnages qu'il voulait honorer; les riches particuliers formaient des collections numismatiques; les publications périodiques annonçaient régulièrement chaque médaille nouvelle, et tout cela ne procurait que peu de gloire aux médaillistes, Ils n'étaient guère considérés que comme des exécutants. Pour tous les travaux officiels, les sujets fournis par l'Académie des Inscriptions étaient imposés aux graveurs. Un de Boze n'aurait pas admis qu'on prît la moindre liberté à cet égard. Dans son *Mémoire sur les*

médailles rappelant les règles usitées pour l'exécution des médailles et aussi des jettons..., après avoir minutieusement indiqué le rôle de chacun, de Boze ajoute : « ... Ainsi nulle difficulté sur cet article... (il n'y en aurait que si le directeur de la Monnaie pouvait)... indiferemment exécuter un sujet de médaille qui lui aurait été donné par d'autres que celui qui a l'inspection sur cet établissement. » (Arch. nat., O¹ 2064.)

Cette subordination, dont Duvivier a souffert, serait aujourd'hui difficilement supportée par les médaillistes. Sous Louis XV, elle était de règle. Il faut dire que les artistes en général étaient moins susceptibles. Ainsi les sculpteurs, qui n'étaient pas soumis aux mêmes obligations professionnelles que les médaillistes, demandaient parfois des idées, des projets à des confrères plus cultivés, comme C.-N. Cochin, ou à des amateurs comme Caylus ou Gougenot ; et cela n'est pas arrivé seulement à des sculpteurs de second ordre, mais même à des artistes de la valeur de Pigalle.

Donc le médailliste n'était qu'un exécutant, sous les ordres du directeur du balancier des médailles, celui-ci obéissant au directeur des bâtiments ; enfin, dans les circonstances solennelles, la décision première sur le nombre, la matière et le module des pièces appartenait au Premier Gentilhomme de la Chambre. On peut dire avec exactitude comment les choses se passaient d'après des documents précis. Prenons, par exemple, ceux qui se rapportent à la plus célèbre médaille signée par J. Duvivier, la médaille du Sacre.

Le manuscrit 2355 de la Bibliothèque Mazarine, — Sacre de Louis XV, — provient sans doute de la maîtrise des cérémonies ; on y lit au f° 92 : *J'ai fait cette relation avec fidélité et avec toute l'exactitude dont je suis capable. Desgranges.*

Le Régent, ayant, après quelques hésitations, à cause des vendanges, fixé le sacre à la fin d'octobre (le ?), dit à M⸢r⸣ de Dreux et à moi. Les premières démarches que nous fîmes furent de donner à chacun le mémoire de ce qu'il avait à faire... Savoir à M. le duc de Villequier, premier gentilhomme de la chambre en année, le mémoire des habits royaux..... Boulogne, peintre du Roy, eut ordre de faire le dessin d'une médaille pour le sacre, et ayant besoin de voir les habits royaux qui étaient à S⸢t⸣-Denis, je luy donnay une lettre que j'écrivis au Prieur de S⸢t⸣-Denis affin qu'il luy permît de les signer (sic), ce qui fut exécuté...

Voilà le dessin prêt. L'Académie des Inscriptions, consultée, ne put qu'approuver ce dessin et la légende, qui étaient conformes à ceux des médailles du sacre de Louis XIV. Le duc d'Antin donna un avis favorable et transmit le dessin à la Monnaie des Médailles. Les graveurs se mirent à l'ouvrage et exécutèrent le modèle en trois grandeurs différentes suivant les prescriptions du Premier Gentilhomme. Cependant celui-ci, aidé par le maître des cérémonies, établissait la liste des personnes qui avaient droit aux médailles.

La distribution des médailles se faisait à la fin de la cérémonie du Sacre, avant la messe. Le roi, ayant été couronné et intronisé, recevait le baiser des pairs, qui criaient chacun trois fois : « Vivat rex in æternum. » Alors on ouvrait les portes de l'église, et toute l'assistance criait : « Vive le roi, » tandis que le régiment des gardes, rangé sur le parvis, tirait trois salves de mousqueterie. A ce moment, le chancelier, le grand chambellan et les hérauts distribuaient la largesse du roi dans le chœur et dans la nef. La largesse, c'étaient les médailles d'or ou d'argent de grand et de moyen module, pour les grands et les moyens dignitaires ; d'argent et de petit module pour le reste des invités, ceux qui figuraient le peuple entier présent à la cérémonie. La distribution des pièces de grand et de moyen module suivait un protocole assez rigoureux. Les recueils de Présents du Roy, conservés aujourd'hui aux Archives des Affaires étrangères, nous fournissent des listes établies en vue de cette distribution, qui sont assez amusantes à consulter. D'après ces listes, il n'aurait pas fallu moins de treize grandes médailles d'or pour l'offrande, et 19 pour les ambassadeurs. Ensuite venaient les princes du sang et les princes de Lorraine, quelques prélats et quelques favoris dont le marquis de Prie clôt la liste ; ils se partageaient près de 200 pièces d'or de moyen module avec les fonctionnaires les plus importants de la cour : le grand écuyer, le grand chambellan, les premiers gentilshommes de la chambre, les gouverneurs et sous-gouverneurs, les précepteurs et sous-précepteurs ; les officiers des gardes, des cent Suisses, des chevau-légers, des mousquetaires, des Écossais, des gendarmes ; le surintendant des bâtiments ; le grand maître et le maître des cérémonies ; les gentilshommes de la manche, le grand maréchal des logis et le grand prévôt, les introducteurs des ambassadeurs, les premiers médecin, maître d'hôtel, panetier, échanson, tranchant, maître de la chapelle, maître de l'oratoire, secrétaires, aumôniers, premiers valets de chambre et valets de garde-robe. Plus de 250 médailles d'or de petit module étaient mélangées avec 4.000 d'argent, pour être « jetées au peuple », comme il est dit plus haut ; on prélevait néanmoins un millier de pièces d'argent pour être distribuées par état aux moindres officiers de la maison du Roy : 8 valets de chambre, 3 valets de chambre ordinaires, 7 garçons de la chambre, 2 huissiers de cabinet, 2 porte-arquebuse, 6 huissiers de la chambre, 4 huissiers de l'antichambre, 2 barbiers, 4 porte-manteaux, 6 pages de la chambre, 1 porte-chaise d'affaire....., etc., et tous ceux de la garde-robe, de la chapelle, du garde-meuble, de la bouche et du gobelet, de la paneterie, de l'échansonnerie et de la fruiterie, de la grande et de la petite écurie ; les gardes, les suisses, les apothicaires, les chirurgiens, les commis et les musiciens.

Au total, 350 médailles d'or et 4.500 médailles d'argent, environ.

La première édition de la médaille du Sacre fut donc assez importante. Le nombre et la destination de ses exemplaires de luxe pouvaient agréablement flatter le graveur. Pourtant, dans les nombreuses relations du sacre qui ont paru à l'époque même et où la médaille est décrite, Duvivier n'est pas nommé ; dans la plupart des reproductions gravées, la signature n'est pas reproduite. Le *Mercure de France* lui-même, en général très bienveillant pour Duvivier, décrit une première fois la médaille sans parler de l'auteur (novembre 1722, p. 133). Il est vrai que, quelques mois plus tard (mai 1723, p. 965), il donne la description avec une planche où on voit la signature : D. V. de la médaille du Sacre au roi debout. Deux ans après la cérémoie (décembre 1724, p. 2850), le *Mercure* donne une planche de la grande médaille du Sacre, face et revers, signés : DUVIVIER F., avec la note suivante :

« Le public sera, sans doute, bien aise de voir la grande médaille du sacre du roi, c'est peut-être le plus bel ouvrage qui soit sorti des mains du sieur du Vivier qui en a gravé les creux et qui a très bien pris la ressemblance du roi. Du reste, comme c'est le même sujet et la même légende de la médaille qui fut frappée au sacre de S. M. et que nous avons donnée au mois de novembre 1722, nous ne dirons rien davantage sur ce sujet, si ce n'est que cette médaille ne paraît si tard que par l'accident arrivé aux coins qui ont cassé. »

Cette note du *Mercure* est à retenir, car s'il ne s'agit ici d'une deuxième édition, et si la médaille de 72 mm. ne fut prête qu'au bout de deux ans, le plus grand module distribué au sacre fut celui de 41 mm. Cependant les recueils de Présents du roy indiquent comme poids les grands modules. Mais il existe au Musée monétaire, et cela semble donner raison à la note du *Mercure*, un poinçon de l'avers du sacre en 72 mm., signé sur le côté : Duvivier, daté : 1722, et brisé.

Les termes employés par le *Mercure* au début de sa note me semblent aussi dignes de remarque : « Le public sera bien aise... » C'est qu'en effet le public, les gens de toute condition qui lisaient le *Mercure* s'intéressaient à ces petites œuvres d'art. Le *Magazine* de cette époque lointaine publiait et décrivait les médailles, les jetons, au fur et à mesure qu'ils paraissaient[1] et signalait les plus importants de ceux qui étaient frappés à l'étranger. Dans le *Mercure*, qui pourtant n'était pas un bulletin de société savante, qui donnait des nouvelles politiques, des contes, des charades, des romances et des figures de modes, on pouvait lire, à la meilleure place, des entrefilets comme celui-ci :

« ... Nous apprenons que l'académie royale des Inscriptions et belles lettres ayant eu ordre de faire une médaille pour l'arrivée de l'Infante reine à Paris, il a été réglé et arrêté que la légende du revers de la médaille serait telle : MARIÆ ANNÆ VICTORIÆ FELIX ADVENTUS LUTETIÆ. Ainsi voilà de quoi achever de fermer la bouche à ceux qui, ne sachant que leur grammaire et la syntaxe ordinaire, sans connaître le style lapidaire ou celui des inscriptions, ont critiqué assez légèrement celle dont nous avons parlé au sujet de la décoration de la porte St Jacques où on lisait : FELICI ADVENTUI LUTETIÆ..... »

Ainsi la discussion d'un solécisme latin occupait la presse et l'opinion à cette époque de barbarie, comme les résultats d'une course d'automobiles ou un « championnat » de boxe à notre époque de civilisation et d'instruction générale.

A partir de 1722, le *Mercure* a annoncé régulièrement les nouvelles médailles que Jean Duvivier exécutait pour le service du roi, et souvent il l'a fait en termes flatteurs pour l'artiste :

« Mr du Vivier, qui excelle dans son art a gravé les poinçons et les coins de ces deux médailles, lesquelles ont été fort goûtées tant pour l'ouvrage que pour la ressemblance des têtes » (août 1726).

1. Désormais, la plupart des médailles de Duvivier seront annoncées dans le *Mercure*.

Parfois il indique si le sieur Duvivier a travaillé d'après Bou-
longne ou d'après ses propres dessins. En avril 1729, il nous
apprend que, tandis que M. Rigaud peignait le portrait du roi d'après
nature, M. Duvivier a fait un buste en cire et a travaillé sept ou huit
séances d'après Sa Majesté.....

« Le duc d'Antin a eu la satisfaction de voir ce portrait en cire
universellement reconnu et ap-
plaudi de toute la cour... Le
sieur Duvivier va graver incessamment les poinçons et les
quarrés de médailles d'après son
modèle. »

Le *Mercure* était en somme
très renseigné sur les travaux de
Jean Duvivier. Et de nos jours
on dirait en pareil cas qu'évidemment l'artiste soignait sa
publicité. Il n'est pas indifférent de remarquer que si le
Mercure a souvent commenté
des médailles et si, à plusieurs
reprises, il a décrit et publié les
jetons frappés chaque année
pour les grands services royaux,
la publication par la gravure et
la description des jetons et des
médailles n'ont été suivies régulièrement et sans interruption
que de 1722 à 1758; cette période coïncide précisément avec la
carrière de Jean Duvivier, et pendant cette période, les pièces de
Duvivier, quelles qu'elles soient, y sont toujours gravées avec la
signature de l'artiste à sa place. Or cette signature n'est jamais
reproduite dans les recueils de médailles comme les médailles de
Louis XV par Goddonesche, par exemple, ou dans les *Annales de
Limiers...*, etc.

Il est nécessaire ici de réparer encore une négligence d'Advielle
qui déclare (p. 323): « Du temps des Roettiers, on reproduisait

volontiers les jetons au *Mercure de France*. Du Vivier n'eut cet honneur qu'une seule fois, en février 1736, à propos des jetons frappés pour le premier jour de l'an. » Cette phrase commence

d'une façon singulière, chez l'auteur d'une notice sur les Roettiers[1]. « Du temps des Roettiers » ne signifie absolument rien, puisque

1. Sociétés des B.-A. des départements, 1888. L'article sur les Roettiers est aussi sujet à caution que celui sur les Duvivier.

8

les Roettiers ont duré plus longtemps que les Duvivier et que Joseph-Charles et Charles-Norbert Roettiers travaillaient en même temps que Jean Duvivier. Ce qui est encore plus grave, c'est : « Duvivier n'eut cet honneur qu'une seule fois, » car il eut cet honneur plus de trente fois. L'affirmation d'Advielle prouve seulement qu'il n'a jamais feuilleté le *Mercure*. On ne saurait exiger des écrivains qui citent le *Mercure* qu'ils aient lu les dix-huit cents volumes de la collection ; ils devraient pourtant en avoir parcouru quelques tomes, pour connaître les conditions générales de la

publication. Enfin, Advielle s'occupant de numismatique, possédait sans doute les *Jetons de l'échevinage parisien*, de d'Affry de la Monnoie. A la fin de cet ouvrage, M. Tisserand a publié les extraits du *Mercure* qui concernent les jetons. Ces extraits sont incomplets. Il y manque notamment deux années entières : les jetons de 1720 et 1721 n'ont pas été publiés à leur date et ont échappé à M. Tisserand. Néanmoins Advielle aurait pu se renseigner dans cet ouvrage bien connu.

Il importait à Jean Duvivier d'être bien traité par le *Mercure*, puisque pendant toute la durée du xviiie siècle, en dehors de la *Gazette*, du *Journal des Savants* et des *Mémoires de Trévoux*, le *Mercure* seul dura parmi de nombreux périodiques plus ou moins éphémères. et sans doute exerçait-il une certaine influence.

Benjamin Duvivier fut à cet égard plus favorisé que son père. Grâce au développement des journaux et à celui des Critiques du Salon à partir de 1760, le nombre des comptes rendus qui ont loué ses médailles est assez considérable.

Jean Duvivier n'a exposé au Salon de l'Académie royale que cinq fois. C'est peu, si l'on compte qu'il a vu s'ouvrir dix-huit Salons. Mais il craignait, en exposant, de s'attirer de nouveaux ennemis. Un de ces cinq Salons est celui de 1746, le premier qui ait donné lieu à une critique digne de ce nom, due à la plume de Lafont de Saint-Yenne, et on peut croire que Jean Duvivier lut sans aucun plaisir le paragraphe suivant :

Les savans ont regardé avec une grande satisfaction les empreintes exposées des médailles et des jettons du sieur Vivier (*sic*) si célèbre par toute l'Europe dans l'art difficile de cette espèce de gravure que l'on ne saurait trop estimer. Quel art en effet est plus précieux que celui dont les ouvrages résistent à la voracité du tems...! Combien de faits célèbres chez les Grecs et les Romains....! (Je passe les lieux communs.) Celles du siècle de Louis XIV et celles du siècle de Louis XV qui ne leur sont point inférieures seront recherchées dans des tems extremement éloignés comme aujourd'hui les médailles grecques ou du haut empire. Mais ce ne sera pas seulement l'habileté de nos graveurs qui les rendra précieuses, les savans Académiciens établis par nos Rois à ce sujet, auront la meilleure part à leur prix et à leur valeur. Monsieur de Bose est un des plus distingués en ce genre. Si l'on admire avec justice la belle exécution du Sr du Vivier, les belles formes puisées dans l'excellent goût de l'antique par le sieur Bouchar-

don dont les savans craïons en font aujourdhui les Desseins, quelle estime
ne doit-on pas à ce célèbre Academicien qui est l'âme de nos médailles, qui
fait admirer sa pensée dans les devises malgré la gêne et la contrainte de la
brièveté à laquelle il est assujetti ! Mais ses heureuses devises et sa profonde
érudition lui font un mérite bien inférieur à celui d'avoir des mœurs douces,
modestes, propres à l'amitié, de chercher à mettre de l'agrément dans la
société, d'apporter dans les entretiens des tons modérés et sans orgueil ni
supériorité. Voila à mon gré les seuls savans aimables.

Je ne saïs pas si Lafont de Saint-Yenne y avait mis malice, mais
certainement Duvivier dut être fort offensé en lisant ce chapitre.
Au salon de 1746, — comme à celui de 1740 — il s'était efforcé de
montrer une exposition bien personnelle. Il y avait réuni des portraits modelés d'après nature, très peu de médailles ou de jetons
de l'administration royale, de préférence des pièces exécutées pour
les provinces ou pour la Faculté de médecine, des dessins, une gravure en taille-douce, en somme des œuvres qui ne devaient pas
grand'chose à l'Académie des Inscriptions et rien du tout à Bouchardon, et voilà que l'unique écrivain qui critiquait son envoi y trouvait surtout prétexte à complimenter Bouchardon, son ennemi, et
à encenser de Boze, l'intraitable de Boze qui avait voulu lui faire
effacer sa signature au bas d'une de ses pièces. Cela n'était pas
encourageant.

Au Salon de 1748, Duvivier n'exposait pas. Les lettres sur la
peinture, sculpture et architecture à M***, in-12 (l'exemplaire provenant des Goncourt à la bibliothèque Doucet porte la note : par
Sallé), contiennent cependant le passage suivant, p. 134, 135, qui
dut réjouir notre graveur. L'auteur était évidemment de ses amis :

On s'attendait que M. Duvivier exposerait cette année une empreinte du
sceau de l'académie qu'il est chargé de faire et qui doit représenter d'un
côté le portrait de Sa Majesté et de l'autre ses armes. Personne ne doutera
qu'on n'eut reconnu dans cet ouvrage la main qui a gravé la plus grande
partie des faits mémorables de ce règne. Peu de maîtres ont été aussi féconds
que cet auteur, ainsi qu'on peut le voir par la quantité de médailles qu'on
a de lui. Personne jusqu'a présent n'a attrapé aussi parfaitement qu'il l'a fait
la ressemblance du Roi. Ce qui contribue plus à son éloge que tout ce qu'on
en pourrait dire, c'est que quelques artistes séduits par cette belle touche et
cette grande pureté de dessin qui distinguent ses ouvrages ont voulu marcher

sur ses traces. Mais ils n'ont pas mieux réussi que ceux qui excités par le succès des œuvres de M. Chardin ont tenté de l'imiter. Il est constant que personne dans ce genre de gravure n'a été aussi facile que M. Duvivier. On lui a vu faire des portraits de souvenir aussi parfaitement que s'il en eut eu la nature sous les yeux. C'est ainsi qu'il fit celui du Tzar Pierre Ier...

M. Bouchardon depuis quelque temps a aussi essayé de dessiner le portrait du Roi pour les médailles.

A l'égard des emblèmes, les sujets en sont composés par des gens de lettres et on les lui envoie avec les légendes. Aussi lorsque l'auteur des réflexions (Lafont de Saint-Yenne) dit que ce célèbre académicien qui est l'âme de nos médailles fait admirer sa pensée malgré la gêne et la contrariété de la brièveté à laquelle il est assujetti, il faudrait dire plutôt qu'on admire la façon dont il rend les pensées qu'on lui donne.

Il convient de rapprocher de ces citations quelques lignes de la correspondance littéraire, philosophique et critique de Grimm, Diderot, Raynal, Meister, etc., publiée par M. Maurice Tourneux (Paris, 1877). On y voit que si les graveurs ne sont pas complètement passés sous silence, le principal rôle dans la création des médailles demeure attribué à l'Académie des Inscriptions.

Tome I, *Nouvelles littéraires*, LV, p. 359 (1748-49, Raynal). « Le roi a chargé l'académie des inscriptions et belles lettres de faire son histoire en médailles comme elle fit autrefois celle de Louis XIV. Les ouvriers choisis pour ce grand travail sont MM. de Boze, Sallier, Foncemagne, Fenel, Le Beau et Bougainville. Ils doivent rendre compte jeudi prochain au comte d'Argenson du plan qu'ils auront fait pour cet ouvrage. »

LVII, p. 363. « Comme il ne s'imprime rien en ce temps-ci à Paris qui mérite votre curiosité, j'ai cru que vous seriez bien aise de voir en quel état se trouvent les arts en France.

« Peintres d'histoire.....

« Peintres pour la Marine.....

. . . .

« Graveurs en médailles.

« Duvivier est le plus excellent en ce genre que la France ait eu depuis l'incomparable Warin.

« Rœttiers est encore très habile et nous a donné une infinité de médailles admirables.

« Marteau peut encore tenir un rang distingué en ce genre. »

En 1750, la correspondance donne une liste analogue à la précédente, mais cette fois Duvivier n'est plus nommé.

Jean Duvivier a exposé pour la dernière fois en 1750, et son envoi, peu considérable — il ne comprend que cinq pièces — trahit bien ses préoccupations. Une tête du roi y figure, et elle est ainsi annoncée au livret : « La Tete du Roy couronné de lauriers, nouvellement gravée d'après S. M. pour servir à l'histoire metallique. »

On est assez bien renseigné sur les conditions auxquelles les États provinciaux et les municipalités faisaient travailler les graveurs de médailles et de jetons.

La série des œuvres exécutées par les Duvivier pour les États de Bourgogne et leurs élus est particulièrement importante, et fort heureusement les comptes qui s'y rapportent sont conservés à Dijon, aux Archives départementales de la Côte-d'Or, et classés en ordre. On y voit que Jean Duvivier a travaillé pour les États jusqu'à son dernier jour et que son fils lui a succédé sans interruption.

Plusieurs pièces originales signées de Jean ou de Benjamin se trouvent dans les liasses sur les monnaies et les jetons du carton

C 3345. Les copies de ces pièces et celles de beaucoup d'autres, dont les originaux ne figurent plus à leur place sous la cote C 3345, se trouvent à leur date, dans la belle suite des registres de délibérations des États.

Sans faire un dépouillement complet de ces registres, ce qui serait long et aussi un peu fastidieux, car les mêmes formules se retrouvent dans la plupart des pièces, il convient de s'y arrêter un instant afin d'en extraire quelques précisions sur les prix et les délais qui étaient accordés pour chaque commande.

Pour les jetons, les délais sont toujours très courts, et les prix vont sans cesse en augmentant depuis le commencement jusqu'à la fin du XVIIIe siècle. Remarquons aussi que le prix des coins ne constituait pour les États qu'une faible partie de la dépense, les jetons étant frappés en très grande quantité et distribués dans des bourses plus ou moins somptueuses.

En 1715, les coins des jetons sont commandés à Reug (Rög), le Danois que nous connaissons déjà.

En 1719, Jean Duvivier succède à Rög.

> 9 Juin 1719.
> Marché fait avec le sieur Duvivier
> graveur du Roy, pour graver les
> coins pour les jetons d'or, d'argent
> et de cuivre moyennant 250 l. pour lesd. coins.

Ce jourd'hui neuvième jour du mois de juin, mil sept cent dix neuf, M. Jean Duvivier graveur ordinaire du Roy, demeurant en cette ville de Paris, quay de l'école, a par cette promis à M^{rs} les élus généraux des États du duché de Bourgogne de fournir autant de coins qu'il en faudra pour frapper tous les jetons d'or, d'argent et de cuivre qui doivent être fabriqués cette année où il y aura sur un desdits coins les armes de la province avec ces mots autour : COMITIA BURGONDIÆ, *et sur l'autre coin un soleil levant précédé de l'étoile du matin, une ville avec ces mots autour :* VOS ME DUCTORE BEABIT, *et dans l'exergue le (millésime)* 1719, *le tout conforme au dessin qui a été présenté aux d. sieurs élus et d'eux approuvé et ce pour et moyennant 250 livres, laquelle lui sera payée après lesd. jetons fabriqués s'obligeant ledit sieur Duvivier de fournir d'huy en quinze jours lesd. coins bien conditionnés et gravés. Fait à Paris, les an et jour que dessus et a signé :*

L'abbé Mongin   Pons   Du Vivier.
   Joüard   Guérin.

Le 21 juin 1719, les matières d'or, d'argent et de cuivre sont four-
nies par Jacques Tisserand, bourgeois de Paris, pour frapper cent
jetons d'or au titre des pistoles d'Espagne, du poids de 4 marcs
6 onces ou environ le cent de jetons d'or; cinq mille deux cent
cinquante jetons d'argent au titre de 11 deniers 10 grains et onze
mille trois cents de cuivre rouge « le plus beau qu'il se pourra ».
On emploie donc de l'or sensiblement à 22 carats, puisque les
pistoles d'Espagne titrent à cette époque, et suivant les espèces,
entre 21 carats 1/4 et 23 carats 1/4. Quant à la quantité des métaux,
en convertissant les poids anciens en poids modernes, elle atteint à
peu près 1 kil. 200 d'or et 58 kil. d'argent.

En 1722, c'est Pierre Fouquet, maître graveur [1], qui a la fourniture (C 3169, fol. 445, 470).

En 1725, la commande est donnée de nouveau à Jean Duvivier.
Le 26 avril, il s'oblige de fournir les coins pour le 15 mai; il est
payé 360 l. le 28 mai (C 3172, fol. 518, 522).

En 1728, la commande est plus importante :

8 Décembre 1728.
Marché fait avec le
    sieur Duvivier.

*Ce jourdhui huitième décembre mil sept cent vingt-huit, M. Jean Duvi-
vier, graveur ordinaire des médailles du Roy, demeurant en cette ville
dans la galerie du Louvre a par cette promis à Messieurs les élus
généraux des états du duché de Bourgogne, de fournir autant de coins
qu'il en faudra pour frapper tous les jetons d'or et d'argent et de cuivre
qui doivent être fabriqués cette année où il y aura sur un des dits coins les
armes de la Province avec ces mots autour :* COMITIA BURGONDIÆ, *et sur
l'autre coin le génie de la Bourgogne appuyé sur les armes de S. A. S.
Mgr le Duc et sur celles de Madame la Duchesse avec ces mots :* ROBUR
ET DECUS NOVUM, *et dans l'exergue :* 1728, *le tout conforme au dessein
qui a été présenté auxdits sieurs élus et d'eux approuvé et ce pour et moyennant* 375 *l., laquelle lui sera payée après les dits jetons fabriqués: S'est
encore obligé le S.* Duvivier *de graver les coins nécessaires pour cent jettons
d'argent aux armes de Messieurs Thyar de Bissy, Morelet de Couchey,
Massol de Montmoyen et Vitte des Granges suivant les modèles qui lui ont*

---

1. Pierre Fouquet, maître graveur, vieille cour du Palais, au second perron St Barthélemy,
aux armes d'Angleterre.

été remis et ce moyennant la somme de 360 l. qui est à raison de 90 l.
pour chaque carré d'armes, s'obligeant ledit Sr Duvivier à fournir lesd.
coins bien conditionnés et gravés dans le quinzième de Janvier...

Du Vivier   Abbé de Périgny.

Marquis de Saulx   x....x   Rigoley.

(C 3175, fol. 576.)

En 1731, 1735, 1737 le prix payé à Jean Duvivier pour ses coins est de 360 l. (C 3178, fol. 376; C 3182, fol. 615; C 3184, fol. 613).

En 1740, il obtient 400 l. pour la même fourniture (C 3187, fol. 659). La même somme lui est payée en 1743, 1746, 1749.

En 1752, Marteau remplace Duvivier. Mais quelle que soit la raison qui ait amené ce changement, il faut croire que les États de Bourgogne étaient plus satisfaits du travail de Duvivier, puisqu'ils lui confient de nouveau la commande, en 1755, pour 400 livres (C 3203, fol. 501). Enfin ils s'adressent encore à lui en 1758 et en 1761, l'année même de sa mort.

Du Vivier

(1740)

Du Vivier

(1761)

Benjamin Duvivier succède à son père comme fournisseur des États, et sa signature apparaît au bas du marché pour les jetons de 1764. Elle y figure en 1767, et en 1770 le prix est porté à 450 l. Les mêmes conditions se retrouvent en 1773, 1776, 1779, 1782, 1785. Le 9 février 1789, Benjamin s'engage pour le 10 mars, à peine d'intérêts. C'est la dernière fois (C 3843, fol. 182).

Les états de distribution du dossier C 3345 fixent le nombre des jetons remis à chaque personnage et avec ou sans bourse. Ainsi, en 1755, il est distribué :

9

100 jetons d'or au prince de Condé, dans une bourse brodée à ses armes sur un fond serré de lys d'or avec des glands d'or et de soie « suffisamment mêlés d'or. »

100 jetons d'argent au Contrôleur général, dans une bourse à ses armes.

100 jetons d'argent dans une bourse à ses armes à M. de Saint-Florentin.

300 d'argent dans trois bourses à l'évêque d'Autun.

300 d'argent et 1.200 de cuivre à l'abbé de Cîteaux.

300 d'argent et 1.200 de cuivre au marquis de Scoraille.

200 d'argent et 800 de cuivre à Joüard, maire de Châtillon.

200 d'argent et 800 de cuivre à Bernard de Blancey, secrétaire des États.

100 d'argent et 400 de cuivre à Varennes, secrétaire des États.

100 d'argent et 400 de cuivre à Joly de Fleury, élu du Roi aux États.

100 d'argent et 400 de cuivre à Marlot, vicomte mayeur.

100 d'argent à Tavannes, lieutenant général.

100 et 400, comme ci-dessus, à chacun des dix commis et procureurs des États.

300 d'argent à Boillot, trésorier de France.

100 d'argent à Lourche de Musseau, adjoint audit trésorier.

100 d'argent à chacun des dix rapporteurs ou orateurs.

100 d'argent dans une bourse simple à de Dreux, grand maître des cérémonies.

100 d'argent dans une bourse simple à Desgranges, maître des cérémonies.

200 d'argent dans une bourse à ses armes au président Berbisey. Même présent aux présidents Fyot de la Marche et Rigoley.

100 d'argent à chacun des receveurs et commis du prince de Condé et du comte de Saint-Florentin.

100 d'argent dans une bourse simple à Mansard, architecte des bâtiments du roy.

Etc.....

Quelques-unes des bourses brodées dans lesquelles les jetons étaient offerts subsistent et font partie de collections publiques ou privées. Une bourse de maire de Dijon est exposée au Musée dans la salle 11.

Les États de Bourgogne ne négligeaient rien pour que leurs jetons soient beaux, nombreux et bien présentés, et à l'occasion ils envoyaient un témoignage de leur gratitude aux personnages qui, à Paris, s'intéressaient à leur commande si importante. Voici une preuve de leur générosité toute bourguignonne :

19 Juillet 1744.

Sur ce qui a été dit par M. le marquis de Bissy, que M. de Tournehem surintendant et M. de Cotte directeur de la Monnaie des médailles, s'étaient donné des soins pour le portrait du roi, les élus ont chargé M. Chartraire de Montigny, trésorier général, de faire remettre à M. de Tournehem 100 jetons d'argent dans une bourse et à M. de Cotte un panier de cent bouteilles de vin...

D'autres documents conservés aux Archives de la Côte-d'Or seront indiqués plus loin; ils concernent Benjamin Duvivier seulement; je les ajoute à l'abondante récolte des papiers qui le concernent et dont je ne pourrai utiliser qu'une partie. La documentation sur tous les travaux de Benjamin Duvivier est riche, et ses autographes assez nombreux, et je m'étonne et je regrette d'autant plus de n'avoir eu encore entre les mains aucune pièce qui se rapporte aux travaux non officiels de Jean Duvivier.

Que de regrets ; Pourtant la pénurie des autographes, la perte des notes manuscrites, des mémoires, des poésies sont encore moins déplorables que la rareté des dessins et la disparition des portraits en cire qu'il a modelés. Quelques-unes de ces cires ont peut-être survécu, mais elles sont inconnues ou faussement attribuées.

Benjamin Duvivier, dès ses débuts, trouvait une clientèle toute faite qu'il héritait de son père. Jean Duvivier lui avait-il laissé aussi quelques biens meubles ou immeubles ? En d'autres termes, quelle était la situation de fortune du défunt ? Il avait beaucoup produit, et ses œuvres étaient honorablement payées pour l'époque. Logé aux galeries du Louvre, il recevait en plus du roi une pension de 1000 livres. Les libéralités du souverain s'étaient-elles arrêtées là ? Je ne sais. On trouve aux Archives nationales, dans la correspondance des Beaux-Arts (O ¹ 1907), à la date du 13 mars 1734, un don de terrain ainsi rédigé :

Le Sᵣ Delamotte, premier commis des Bâtiments du Roy, expédiera les brevets accoutumés, savoir : ... (faveurs à deux autres académiciens) *et* *un troisième pour le Sr Duvivier, pour deux places que le roy a bien voulu lui donner à côté de la porte des Capucines, à Paris.*

Fait à Versailles, le 13 mars 1734.

Le duc d'Antin.

J'aurais vivement désiré savoir si Duvivier a conservé ou vendu ces terrains, et si c'est bien lui ou un homonyme qui bénéficia de ce brevet. Les terrains des Capucines ont donné lieu à des spéculations très actives et j'aurais peut-être rencontré là un Duvivier propriétaire ou un Duvivier homme d'affaires qu'il eût été bon de connaître. Malheureusement je n'ai pu trouver ni enregistrement, ni insinuation, ni aucune preuve quelconque qui confirme ou non le document de la correspondance des Beaux-Arts.

La pension de 1.000 livres fut continuée aux héritiers Duvivier, à peu de chose près, comme il appert du Brevet suivant.

Brevet de 750 l. de pension pour les trois enfants du Sr Duvivier, graveur des médailles. Aujourd'hui 24 octobre 1761. Le Roi étant à Ver-

sailles, voulant donner aux trois enfants du feu Sr Duvivier, graveur des Méd. de S. M. une marque de la satisfaction qu'elle ressent des services de leur père a déclaré et déclare, veut et entend que Jeanne Louise Françoise, Pierre Simon Benjamin et Thomas Germain Joseph Duvivier, frères et sœur, fils et fille du sieur Duvivier, jouissent et soient payés de la somme de 750 livres de pension à raison de 250 l. chacun par chacun en leur vie durant sur leurs simples quittances, par les gardes de son trésor.., etc.

(Secrétariat du roi. — Archives nationales, O¹* 105, fol. 631.)

Il n'a pas été fait d'inventaire de Jean Duvivier. Cela aussi est fâcheux et nous prive de renseignements utiles. Toutefois les *Affiches de Paris* contiennent une liste sommaire des meubles qui garnissaient son logement, en annonçant sa vente. Les *Affiches de Paris* n'ont pas de table, et chaque année comprend environ huit cents pages qu'il faut feuilleter une à une lorsqu'on espère y découvrir un renseignement. Cela donne, semble-t-il, aux détails qu'on y trouve la saveur de l'inédit.

Affiches de Paris, 1761, p. 448.

N° du lundi 20 Juillet 1761.

VENTES

Effets après décès de M. Duvivier, graveur des médailles du roi, scavoir : 1° le 21 et le 22 juillet, batterie de cuisine, linge, dentelles et garde robbes d'homme et de femme. 2° le 23 et le 24, livres d'architecture, de mathématiques et autres. 3° le 27 et jours suivants, 2 h. de relevée, quantité de médailles d'argent et de bronze, modèles en cire, trois suites complètes de médailles et jettons en étain et autres, tableaux originaux, estampes, desseins; 2 claveçins dont un de Ruckers, 25 luths et autres instruments et meubles. Aux galleries du Louvre.

Cette énumération corrobore le témoignage de Gougenot sur le penchant mélomane de Duvivier : deux clavecins, dont un du plus illustre facteur de l'Europe, et vingt-cinq luths et autres instruments; il y avait là de quoi organiser des concerts complets. Il faut remarquer aussi, car cela nous révèle un artiste bibliophile, que la vente des livres occupe deux vacations.

On peut penser que Benjamin, Joseph et Mme Tardieu ont racheté à la vente de leur père une partie des « effets » annoncés. Benjamin a très probablement repris l'outillage de graveur et les coins et poinçons, puisque cinquante ans plus tard il vendait à l'État une série de coins gravés par son père et par lui-même. La succession de Jean Duvivier a été réglée dans l'étude du notaire du Barle. Me Lhuillier possède aujourd'hui cette étude, et il a bien voulu m'autoriser à copier ce qui subsiste des minutes de la succession Duvivier.

> Notoriété.
> 29 Aoust 1761.
> Pour la succession de
> Jean Duvivier
> et celle de Pierre
> Louis Isaac Duvivier son fils.

Aujourd'hui sont comparus par devant le conseiller du roi, not^re au Chatelet de Paris soussigné.

Sieur Philippe Buache, de l'académie des Sciences, le premier géographe du Roy, demeurant à Paris, quai de l'horloge du palais, paroisse St Barthélemy.

Le sieur Edme Gabriel Gogois, l'un des seize marchands de vin du roy, demeurant à Paris, rue St Thomas du Louvre, paroisse St Germain l'Auxerrois. Lesquels ont certifié et attesté pour v. à qui il appartiendra qu'ils ont connu sieur Jean Duvivier de l'acad. roy. de Peinture et Sculpture, graveur des médailles du Roy. Qu'il est décédé le dernier avril de la présente année en cette ville sur la paroisse St Germain l'Auxerrois, en laquelle il a été inhumé, le premier may suivant, qu'après son décès il n'a pas été fait d'inventaire. Lequel n'a laissé pour ses seuls héritiers, chacun pour le tiers, que D^elle Jeanne Louise Françoise Duvivier, épouse du sieur Jacques Tardieu, de l'Académie royale de peinture et sculpture et graveur du roi. Sieur Pierre Simon Benjamin Duvivier, actuellement graveur des médailles du roy. Le sieur Thomas Germain Joseph Duvivier, peintre, bourgeois de Paris, tous trois seuls enfants restants de luy et de feue d^lle Marie Louise Vignon son épouse.

Plus et qu'ils ont pareillement connu Sr Pierre Louis Isaac Duvivier, bijoutier à Paris, fils desdits sieurs et d^e Duvivier, qu'il est décédé avant le dit S^r son père le 15 février de la présente année, sur la paroisse de l'Hôtel Dieu de cette ville. Qu'après son décès il n'a pas été fait d'inventaire, lequel n'a laissé pour ses héritiers sçavoir quant à ses meubles et acquets que ledit S⟨r⟩ Jean Duvivier son père et quant aux propres ladilte dame Tardieu sa sœur et lesdits sieurs Pierre Simon Benjamin et Thomas Germain Joseph Duvivier, ses frères chacun pour un tiers, ce que les dits sieurs comparants affirment véritables.

Dont acte fait et passé à Paris es étude l'an mil sept cent soixante un, le vingt neuf aout et on signé :

Buache	Gogois	. . . .
B. Duvivier	Dubarle	. . . .

Extrait des registres des baptêmes de l'église paroissiale et royale de Saint-Germain-l'Auxerrois.

Du Jeudi treizième Avril 1719.

Fut baptisée Jeanne Louise Françoise, fille de M. Jean du Vivier, graveur ordinaire des médailles du Roy, et d⟨lle⟩ Louise Vignon sa femme, quai de l'école. Le parein M. Jean Courtois, controlleur de la maison du roy. La mareine dame Françoise Reconseil, femme de François Vignon, marchand de vin, l'enfant est né d'hier et ont signé.

Signé : Duvivier, Courtois, F. Reconseil, Baudin vic.

Délivré par moy, soussigné, prêtre docteur de Sorbonne, curé de la dite église, le 11 juin 1757.

Rausnac.

Extrait des registres des baptêmes de l'église paroissiale et royale de Saint-Germain-l'Auxerrois.

Du Vendredi 23° may 1727.

Fut baptisé Pierre Louis Isaac fils de Jean du Vivier, graveur des Médailles du Roy et de l'académie royale de Peinture et sculpture, et de Louise Vignon son épouse aux galleries du Louvre. Le Parein Pierre de Vigny, architecte du roy. La Marraine Marie Catherine Loir, épouse de Joseph Mouchet, marchand bourgeois de Paris. L'enfant est né du jour d'hier et ont signé.

Signé : Duvivier, de Vigny, M. C. Loir, Desgodests vic.

Délivré par moy, soussigné, prêtre habitué, garde des registres de la dite église le 10 avril 1755.

Marotin.

Même titre.

Dimanche cinquième Novembre 1730.

Fut baptisé Pierre Simon Benjamin, fils de Jean Du Vivier, g. des médailles du roi, et de Louise Vignon son épouse, aux galleries du Louvre. Le parein Simon Henry Thomassin, graveur du roy. La marreine Louise Françoise du Vivier, sœur de l'enfant, lequel est né ce jour d'huy et ont signé.

Signé : Thomassin, L. F. du Vivier, du Vivier, Badoin, vic.

Délivré par moi, prêtre habitué, garde des registres de la dite église, le 10 août 1755.

Marotin.

Même titre.

Du mercredy trente et unième aout mil sept cent trente cinq.

Fut baptisé Thomas Germain Joseph, fils de M. Jean du Vivier, graveur des médailles du roy et de l'académie royale de Peinture et de Sculpture, et de D^e Louise Vignon son épouse aux galleries du Louvre. Le parrein Sr Thomas Germain, orfebvre ord^e du Roy et de la Reine. La mareine d^e Thérèse Wilmot épouse de Sr Jean Poullain, cons^{er} directeur de la poste aux chevaux. L'enfant est né du jour d'hier et ont signé.

Signé : la femme J. Poullain, T. Germain, Du Vivier,

Dayde prêtre.

Délivré par moy, prêtre habitué, etc.

(L'extrait suivant est une formule imprimée, avec des blancs remplis à la main.)

Nous, prêtres vicaires de l'Hôtel Dieu de Paris, soussignés, certifions que *Pierre Louis Isaac Duvivier, âgé de 37 ans, natif de Paris, paroisse de St Germain l'Auxerrois, garçon*............... est entré malade audit Hôtel Dieu le *douze de janvier* mil sept cent *soixante et un,* où après avoir été assisté tant spirituellement que corporellement y est décédé le — *15 de février de la même année,* comme il appert par les Registres de la dite maison.

Fait à Paris le — *28 aout 1761.*

Verdier, prêtre.   *Carpesa, prêtre.*

Sigillum commissorum domus Dei parisiensis.

Constitution.
29 Août 1761.
Les Sᵣˢ et Dᵉ Buache
au Sᵣ Duvivier.

Furent présents S. Philippe Buache de l'Académie des sciences et Dᴵᴵᵉ Élisabeth de Mirmont son épouse, avec lui non commune en biens suivant leur contrat de mariage ainsi qu'ils le déclarent, laquelle néanmoins il autorise à l'effet des présentes demeurant lesdits Sᵣ et Dᵉ Buache à Paris, quay de l'horloge du palais, paroisse Sᵗ Barthélemy.

Lesquels ont par ces présentes créé, constitué et assigné et promis solidairement l'un pour l'autre un deux seul pour sans division, discussion ny fidéjussion, garantir, fournir et faire valloir en principal et arrérages à Sᵗ Thomas Germain Joseph Duvivier, Bourgeois de Paris, paroisse Sᵗ Germain l'Auxerrois, ici présent et acceptant, acquéreur pour lui ses héritiers et ayans cause cent livres de rente annuelle et perpétuelle au denier vingt, que lesdits Sᵣ et Dᵉ Buache solidairement comme dessus promettent et s'obligent payer au Sᵣ Duvivier ses héritiers et ayans cause en leur demeure à Paris ou au porteur annuellement en deux payements égaux de six en six mois, es premiers jours de janvier et juillet de chacune année à commencer le premier payement pour portion de bien à compter de ce jour que lad. rente commence à courir le premier janvier prochain, le second au 1ᵉʳ juillet prochain, et ainsi continuer tant que lad. rente aura cours et jusqu'au remboursement du principal.

(Les mèmes formules se répètent identiquement pour constituer à Pierre Simon Benjamin cent livres de rente, à avoir et prendre en principal et arrérages, par privilège spécial....)

Attendu l'emploi cy après déclaré sur le lieu la Closerie appelée la Volière située aux Grois, paroisse de Chousy, près Blois, sur le lieu la closerie appelée Tour farine, paroisse de Sens aussi près Blois, bastiments jardins, bois vignes par circonstances et dépendances de la closerie, le tout appartenant auxdits Sᵣˢ Buache, du moyen de l'adjudication qui luy en a été faite sous le nom de Mᶜ Ferrand son procureur à Blois moyennant sept mil cent six livres suivant et par la licitation faite en... en l'étude de Mᵉ Robineau notaire en la ville de Blois et adjugé le 13 septembre 1760 entre ladite dame Buache et Dᵉ Marie Madeleine de Miremon, veuve du Sᵣ Robin Pitou.......

Pour les cent livres de rentes au Sᵣ Duvivier..... etc..... cette constitution faite moyennant la somme de deux mil cent livres que lesdits Sᵣ et

D^e Buache reconnaissent avoir reçu dud. Sieur Duvivier qui leur a ladite somme présentement payé, compté, nombré et réellement délivré à l'avoir desdits N^{es} S^r et D^e en louis d'or livres et monnoie ayant cours, dont ils sont contents et déchargent le Sr Duvivier au proffit duquel dessaisissant et voulant....... Laquelle rente ainsi constituée sera toujours racheptable à la volonté des dits S^r et D^e Buache.

(En marge.) *Et le deux May mil sept cent soixante onze est comparu devant les conseillers du roy, notaires au Chatelet de Paris, soussignés ledit sieur Duvivier, dénommé, qualifié au contrat de constitution cy endroit.*

Lequel reconnaît avoir reçu desdits S^r et D^e Buache, elle de luy autorisée, dénommés, qualifiés et domiciliés aud. contrat de constitution, lesquels pour ce présents, lui ont présentement payé en espèces sonnantes et monnoies ayant cours la somme de deux mille livres pour le principal et extinction de cent livres de rentes constituées par le d. S^r et D^e Buache solidairement au proffit dud. Sieur Duvivier par le contrat dud. jour vingt neuf aoust mil sept cent soixante au cy endroit. Delaquelle somme de deux mille livres led. Sr Duvivier quitte et décharge les d. S. et dame Buache, tous autres et de toutes choses généralement quelconques, reconnaissant led. Sr Duvivier avoir été payé des arrérages de lad. rente de tout le passé jusqu'à ce jour suivant les quittances qu'il en a donné et qui ne serviront avec le présent énoncé que d'une seule et même et led. Sr Duvivier présentement remis auxd. S^r et D^e Buache qui le reconnaissent la grosse dud. contrat de constitution surlaquelle et autres pièces que besoin sera il consent mention du présent remboursement en son absence par le premier notaire requis. Fait et passé à Paris en l'étude led. jour et an et ont signé.

Buache.
B. Du Vivier   Demiremont   Morin   Trudon.

Ce dossier incomplet nous donne, et c'est déjà quelque chose, des actes d'état civil authentiques ; de plus, il nous montre un partage amiable entre les trois héritiers Duvivier. On peut penser que Jean Duvivier, quelques mois avant sa mort, avait fait un petit placement de 3.000 livres, ou plus exactement, il avait prêté à son voisin Buache cette somme pour lui permettre d'acheter des terres en commun avec sa femme et sa belle-sœur. De là une constitution de rente garantie par lesdites terres, et à la mort de Jean Duvivier un transfert à ses héritiers de la rente divisée en trois. Ou bien, avec de l'argent liquide laissé par Jean Duvivier, ses enfants faisaient le placement Buache. Toujours est-il que l'acte signé par les Buache est du même jour que la notoriété. Ainsi on voit que les artistes et les savants logés par le Roi au Louvre formaient une société bien curieuse : non seulement ils voisinaient, concertaient, se portraituraient les uns les autres, mais ils mariaient leurs enfants et plaçaient leur argent. Cette camaraderie devait bien présenter quelques inconvénients, mais tout porte à croire qu'ils étaient moindres au XVIIIe siècle qu'on ne le suppose aujourd'hui : il n'y avait pas alors cette concurrence, cette âpreté dans la lutte entre confrères, cette jalousie qui rendrait maintenant la cohabitation intolérable. Les grands immeubles composés d'ateliers d'artistes, qui s'élèvent sur plusieurs points du Paris moderne, ne donnent aucune idée de la vieille rue des Orties. Il faut bien que le logement au Louvre ait été non seulement honorable, mais fort avantageux pour les artistes, car cette faveur faisait l'objet d'ardentes convoitises. Benjamin Duvivier ayant succédé à son père dans le logement qui avait été successivement occupé par Lefèvre (1671), Chéron (1679) et Mauger (1688), Thomas-Germain-Joseph Duvivier qui n'habitait plus au Louvre depuis son mariage, aurait souhaité obtenir aussi le logement, et Mme Joseph Duvivier le désirait encore plus. Si bien qu'un jour, elle prit sur elle d'en solliciter la concession pour son mari et pour son beau-frère, Nicolas Tardieu, qui était alors veuf de Louise Duvivier. Un seul logement se trouvait inoccupé. A vrai dire, il avait un titulaire, mais un titulaire si pauvre qu'il ne pouvait faire les frais de son installation. Ce malheureux artiste, c'était Greuze, tout simplement.

Voici le placet et la réponse, tels qu'ils figurent dans les registres des Bâtiments, avec les notes et les renvois en marge :

A M. de Montucla.
21 juin 1774
Rp. 88
20 juin 1774.

Correspondance des Beaux-Arts
Arch. nat. O¹ 1912.

Monseigneur,

La nommée Belleteste, épouse du Sʳ Joseph Duvivier peintre et maître à dessiner, a l'honneur de vous représenter quelques détails qu'elle n'a pu insérer dans un Mémoire présenté à la Reine le deux de ce mois de juin, et qui concerne les Bâtiments du Roy.

Il s'agit du Logement aux galleries du Louvre, dont M. Greuze, Peintre du Roy a obtenu le Brevet depuis plusieurs années, mais dont il ne paraît pas disposé à se mettre en possession, en sorte que ce Logement reste vacant. La suppliante a donc demandé à Sa Majesté la concession de ce même logement pour M. du Vivier son mari, conjointement avec Mʳ Tardieu, son beau frère, graveur du Roy en son Académie de Peinture et de Sculpture depuis près de vingt cinq ans. Cet artiste est connu particulièrement par plusieurs morceaux de la grande gallerie de Versailles qu'il a gravés ainsy que le Portrait en grand de la Reine = dernière deffunte et de feu Madame Henriette de France ; et est actuellement occupé au Portrait du Roy = Louis quinze, d'après le grand tableau en pied, en habit de l'ordre du Saint-Esprit, peint par feu Mʳ Vanloo.

La suppliante ose d'autant plus espérer votre protection, Monseigneur, pour obtenir du Roy ce logement que sans parler de son intérêt à elle en particulier et de son mari, Mʳ Tardieu qui depuis longtemps est sur les rangs pour obtenir les bienfaits du Roy, exerce un talent qu'il possède supérieurement mais dont la longueur dans l'exécution diminue beaucoup le fruit de son travail.

Et la suppliante, son mari et son beau frère continüeront leurs vœux pour la santé et la prospérité de Monseigneur.

Belleteste, fᵉ Duvivier le jeune

Demeure à Paris, rue du chevalier du guet.

Rp. 88.
20 juin 1774.
M. le contr. gˡ a dit
qu'il n'ôterait surement
pas à M. Greuze son
logement pour le donner
à d'autres [1].

Le placet ci-joint, par lequel il paraît qu'il en a été présenté pour le même sujet un à S. M., a pour objet d'obtenir pour les Sʳˢ Duvivier et Tardieu, peintre et graveur, le logement aux galleries du Louvre qui a été donné, il y a quelques années, à M. Greuze et qu'il n'occupe pas.

Mais je sais que quoique M. Greuze ne se soit pas encore établi dans ce logement, il n'est nullement dans l'intention de le céder. Il m'a dit que la

---

1. D'après l'*Almanach royal de 1774*, les contrôleurs généraux des bâtiments étaient alors Gabriel père et fils, Mollet et Soufflot. Les premiers commis étaient Cuvillier et Montucla.

raison pour laquelle il n'a pas encore profité de cette grâce du Roy, c'est la dépense énorme qu'il faudrait faire pour mettre le logement dont il s'agit en état d'être habité, vû sa mauvaise et antique distribution ainsi que son délabrement ; que néanmoins il est très fort dans la résolution de le faire arranger aussitôt que ses facultés lui permettront d'y sacrifier la somme considérable qu'on lui demande pour cela.

Le pauvre Greuze a attendu encore assez longtemps avant de prendre possession de son atelier du Louvre. Quand il quitta la rue Thibotodé, près l'Arche-Marion, en 1781, il alla demeurer rue Notre-Dame-des-Victoires. En 1787, il était rue Basse-Porte-Saint-Denys. On l'y trouve encore en 1793 (*Almanach national* et acte de divorce publié par Herluison). Mais il vint mourir au Louvre, et son convoi partit de la rue des Orties, le 1er germinal an XIII. Nous ne pouvons qu'approuver la direction des bâtiments de lui avoir réservé son logement et d'avoir résisté aux supplications de la famille Duvivier.

Un autre exemple de la fermeté du directeur des Bâtiments vis-à-vis des artistes nous est donné par les lettres suivantes :

Correspondance des bâtiments (Arch. nat., O¹ 1673¹²).

Mr Cuvillier.
24 juillet 1776.

Répondu par une lettre du 2 août, à Monsieur le directeur général. Voyez à la seconde feuille la réponse.

Monsieur,

J'avois dans mon logement une cheminée toute crevassée au second étage et auprès une vieille forge dont je ne me suis jamais servi, et qui avoit un conduit dans la cheminée dans lequel il s'amassoit une quantité de suie très dangereuse. Mr Brebion à la vue de l'un et de l'autre a ordonné la reconstruction de la cheminée et la destruction de la forge inutile. Or cette forge étoit construite dans le mur et après sa destruction, il ne reste que 15 à 16 pouces du dedans au dehors dans un entredeux de pilastres. Je n'ai pu m'empêcher de désirer d'y construire dans ce vuide tout fait un petit cabinet infiniment prétieux par sa solidité et son jour resseré au Nord. Il y en a dix autres pareils, comme je viens de les compter, qui ne servent peut estre ou à rien ou à la toilette des dames, au lieu que celui que je désire est pour le travail de mon état où vous concevez que la solidité de l'établie où je frappe et je lime tant de poinçons est nécessaire. Mr Brebion convient de son utilité et de la facilité de m'y donner un petit jour d'un pied de large sur deux de haut, sans aucunement affoiblir ce mur qui n'est pas de ces murs massifs, mais de ces piliers à cheminées vuides en partie jusqu'en haut. Mais suivant les réglemens des Bâtimens, il ne peut ni ne veut pas le faire qu'après votre permission. J'ai donc l'honneur, Monsieur, de vous la demander pour que l'on puisse aller en avant. Si en sus de cette grâce, Vous voulez m'accorder que la construction de ce cabinet qui n'est pas pour mon pur agrément mais pour la nécessité et dont la dépense n'est pas considérable soit au frais du Roy, je vous en serai obligé doublement ; sinon je la joindrai à celle d'un plancher que je fais faire pour mon compte à cette occasion par les ouvriers de l'entrepreneur des Bâtimens.

J'ai l'honneur d'être avec la considération la plus respectueuse, Monsieur,

Votre très humble et très obéissant serviteur,

B. Duvivier.

Aux galleries du Louvre.

M. Duvivier,
graveur du Roy,
aux galleries du Louvre.

Paris, 7 Aout 1776 (sic).

Si j'avois à me décider, Monsieur, sur la demande que vous me faittes par les exemples, j'avoue qu'il me seroit difficile de me refuser à vos désirs : mais ce sont précisément ces exemples dont l'aspect m'a toujours fait la plus grande peine qui me déterminent invariablement à n'admettre jamais aucun arangement de l'espèce de celui que vous me proposez et sur lesquels les employés du département connoissent trop ma façon de penser pour se livrer à aucune complaisance. Ce n'est jamais sans peine que je prononce des refus, mais au moins celui que je vous fais éprouver, est d'autant plus égal pour ce qui tient véritablement à vos besoins que l'ancieneté de votre jouissance fait preuve que vous pouvez vous passer du percement dont vous m'anoncez le désir.

J'ai l'honneur d'être, M. votre etc.

Cette réponse est un petit chef-d'œuvre, et je ne saurais trop en signaler la logique aux propriétaires d'immeubles. Lorsqu'un vieux locataire très discret s'avise, après beaucoup d'années, de demander des améliorations à son appartement, il est clair que s'il a pu vivre jusque là sans rien réclamer, c'est que les améliorations n'étaient pas absolument indispensables.

Il ne serait pas possible d'établir des différences profondes entre le talent de Benjamin Duvivier et celui de son père : on ne peut noter que des nuances. Benjamin, qui a suivi plus longtemps les cours de l'Académie, possède un modelé plus savant peut-être, plus correct, mais aussi un peu plus conventionnel que celui de Jean Duvivier. Les portraits exécutés par Jean ne présentent jamais les atténuations auxquelles Benjamin consent quelquefois. Les profils de Louis XV gravés par Jean Duvivier nous montrent d'abord un enfant mou, un adolescent gras, pour arriver par degrés à l'extraordinaire physionomie de la maturité : front fuyant, nez aquilin, œil exceptionnellement énorme et placé trop bas, descendant dans la joue par un double pli de bouffissure ; masque trop singulier pour n'être pas vrai, et qui appelle la comparaison avec une tête d'oiseau de proie. Si nous examinons ensuite une médaille de Benjamin représentant Louis XV âgé, les caractères de cette étrange tête s'y retrouvent, pourvu qu'on les cherche, mais ils sont adoucis et tendent à rattraper les proportions moyennes d'un profil classique. Par contre, les différents plans du menton, de la pommette, de la joue flétrie, minutieusement détaillés, s'y modèlent avec une admirable souplesse.

Dans les portraits de Louis XVI, Benjamin Duvivier, inégalement sincère, dissimule parfois les signes particuliers du visage royal. Mais parfois aussi il se laisse aller à copier de plus près l'œil éteint, les joues pendantes, l'encolure démesurée de cet insatiable mangeur.

Dans ce cas, il nous donne un profil qui vaut, au même titre que certains Louis XV de Jean Duvivier, un bon paragraphe d'histoire de France.

Les profils de la reine Marie-Antoinette, exécutés d'après nature, ou tout au moins dessinés certainement d'après nature, puisque les dessins originaux sont parvenus jusqu'à nous, doivent être les portraits les plus sincères de la Reine. L'œil bridé, le front bossué, le nez excessif, la petite bouche fendue sans lèvres, l'absence totale de crâne sous l'échafaudage de la coiffure ont été rarement indiqués avec autant de bonne foi. La médaille de la Reine de 72 mill., par exemple, bien que modelée sans malveillance, nous donne un portrait assez différent des peintures gracieuses de Mme Vigée-Lebrun.

Dans les revers, Benjamin accentue souvent la tendance qu'avait Jean à peindre plusieurs plans successifs et à « fignoler » les accessoires, comme dans les Fêtes pour la naissance du Dauphin ou l'Arrivée du Roi à Paris. Mais encore une fois, il n'y a pas de dissemblance marquée entre les sentiments d'art des deux artistes ; il n'y en a pas non plus entre leurs techniques. Benjamin donne quelquefois des reliefs très forts à certaines parties, ce qui colore davantage ses œuvres. Comme son père, il cisèle et il emploie les petits poinçons. Quelques détails ornementaux, en particulier dans ses jetons, donnent à penser qu'il avait conservé l'outillage de son père, et que l'emploi de nombreux poinçons lui permettait d'exécuter avec rapidité les petits coins qu'il a produits en si grand nombre. Plusieurs coins d'avers représentant la tête du Roi — soit celle de Louis XV, soit celle de Louis XVI — et gravés à une même époque, sont souvent si peu différenciés les uns des autres qu'ils semblent avoir été enfoncés sous les mêmes poinçons et retouchés en creux avec de légères différences dans la chevelure ou dans le vêtement. En somme, Benjamin Duvivier, comme son père, se souvenait de la technique du graveur de sceaux et nous savons d'ailleurs qu'il a gravé des sceaux, des cachets et même des fers à marquer.

Benjamin Duvivier fut peut-être le médailliste le plus fécond qui ait jamais existé. Ouvrier aussi habile et aussi ingénieux que son père et encore plus expéditif, il a produit pendant un demi-siècle et n'a pas été distrait de son travail par des fâcheries contre ses confrères et sa famille. Plus conciliant, il a conservé la fourniture des médailles du Roi et a obtenu la charge de graveur général des

Mr Dubu Semeraine du Dufeville

Monnaies. Il a gravé pour les provinces, les villes, les corporations, et étendu sa clientèle jusque dans les pays étrangers.

Dès la fin de l'année 1764, Benjamin Duvivier était agréé à l'Académie ; il avait déjà exécuté deux fois le portrait du Roi, gravé plusieurs médailles pour la suite de l'histoire métallique, pour Paris et Reims, pour les corps de marchands, des jetons pour les services royaux et pour les États. Il songea alors à réaliser le désir de tous les artistes de son temps : le voyage en Italie. Le 6 février 1765, il demanda un congé de dix mois pour aller en Italie « se perfectionner dans les arts ». (Secrétariat du Roi, Arch. nat., O¹ 109, fol. 17.) Marigny lui accorda un an. Le brevet signé de Marigny a été publié, dès 1878, par M. Guiffrey, dans les *Nouvelles archives de l'Art français*, p. 39. Il est daté de ... février 1765 (Arch. nat., O¹ 1094 P 357).

Advielle met en doute le départ de Benjamin. Mais il faut croire, au contraire, qu'aussitôt en possession de son brevet il s'est mis en route, puisqu'il était à Naples le 11 mai.

Au cours des dix dernières années, il est passé en vente deux fois une curieuse lettre adressée de Naples, le 11 mai 1765, par Benjamin à Joseph Duvivier, aux Galeries du Louvre. Joseph n'était pas encore marié et demeurait alors chez son frère. Je n'ai pas pu acquérir cette lettre et j'ignore à qui elle a été adjugée. Il ne m'a pas été permis d'en prendre copie. Je le regrette, non pas à cause du miracle de saint Janvier, qui y est raconté, mais pour les dernières lignes de la lettre, où Benjamin envoyait des compliments à un certain nombre de ses amis. Il eût été utile sans doute de retenir les noms de ces personnes. Enfin il est certain que Benjamin Duvivier a fait le voyage d'Italie en compagnie de Jean-Jacques Lagrenée, mais je ne peux donner comme références que le Catalogue de M. Charavay, Vente d'autographes du 26 février 1909.

En cette même année 1765 se place la première exposition de Benjamin Duvivier au Salon de l'Académie. Son envoi, important pour un nouvel agréé, comprenait deux cadres de médailles et de jetons. Bachaumont, qui consacre, dans ses *Mémoires secrets*, quelques alinéas au Salon de 1765, ne parle pas de Duvivier. Mathon de la Cour, dans sa Lettre à M. *** n'en parle guère : « M. Duvivier, graveur de médailles, a fait exposer des médailles et des jettons : j'y ai remarqué surtout le monument de la ville de Reims qui y est rendu d'une manière fort agréable. »

Enfin Diderot s'exprime ainsi : « Beaucoup de médailles. Prenez l'inauguration de la statue de Louis XV, l'ambassadeur turc présentant ses lettres de créance, le buste de la princesse Trubetzkoï avec le revers, son tombeau environné de cyprès, et envoyez le reste à la mitraille. » C'est un peu excessif. « Beaucoup de médailles : il y en avait en tout juste trois cadres ; les deux cadres de Duvivier et celui de Rœttiers et la mitraille, tout l'envoi de Rœttiers et six médailles sur neuf de Duvivier, et les jetons, dont ceux des doyens de la Faculté. » Il faut donc croire que lorsque Diderot recommande à Catherine de Russie les Duvivier et les Warin comme des modèles à suivre pour la réforme des monnaies russes, il pense à Jean Duvivier ; c'est du reste l'opinion de M. Tourneux (cf. *Diderot et Catherine II*, p. 422 et p. 591, Index).

Toutefois, en exceptant de son anathème trois médailles de Duvivier, Diderot se montrait malgré tout assez avisé, car les pièces en question comptent parmi les plus belles de l'auteur. La médaille de l'ambassadeur de Turquie est bien connue, la princesse Trubetzkoï, un petit chef-d'œuvre, l'est moins ; il en existe fort peu d'exemplaires en France mais les coins figurent au Musée monétaire.

Duvivier s'abstint d'exposer en 1767 et en 1771. Au Salon de 1769, il présenta, et cela montre bien le succès qu'il avait dans toute la France, sept médailles, dont deux pour Orléans, une pour La Rochelle, une pour Marseille, une pour Lorient, plus divers jetons pour différentes Compagnies.

En 1769, il fut chargé, bien qu'il y eût des graveurs en Flandre, de la médaille de la Société littéraire qui allait devenir, deux ans plus tard, l'Académie impériale des Sciences et Lettres de Bruxelles. Cette médaille représente le portrait de l'impératrice ; elle a été reproduite dans les *Mémoires de l'ancienne Académie* (t. I), et dans les *Médailles du règne de Marie-Thérèse* (Vienne, 1782, p. 346). Elle a été étudiée par M. G. Cumont, dans la *Revue belge de numismatique* (1889, p. 114).

La correspondance relative à cette médaille, entre Duvivier et Gérard, secrétaire de la Société littéraire, nous apprend qu'on avait offert à l'artiste 1.800 fl. pour les coins garantis, ou 1.500 fl. avant la trempe, sauf à recevoir 400 fl. en cas de réfection de la tête et 150 pour le revers à la couronne.

Il dut refaire le coin d'avers, qui avait cassé une première fois à la trempe. Le deuxième ayant une cendrure qui fut reconnue dans la suite sans inconvénient, l'Académie exigea que les poinçons et tout l'outillage lui fussent remis. Duvivier donna le poinçon d'avers, mais il ne pouvait donner la virole, qui appartenait à la Monnaie de Paris, ni le poinçon de revers puisqu'il n'y en avait pas : « La couronne avait été composée avec quelques petits poinçons de feuilles et l'inscription avec des poinçons de lettres qui servaient aussi bien pour d'autres médailles. » Ce détail est intéressant, car Duvivier lui-même y confirme un détail de technique que l'examen des revers et des jetons amène déjà à conjecturer.

Le dessin original du profil de Marie-Thérèse est conservé, dans l'Album Destailleur, au Musée Carnavalet. C'est un dessin charmant, et si vraiment Duvivier a reconstitué ce profil d'après des documents venus d'Allemagne, c'est un dessin bien habile.

La médaille de l'Impératrice a figuré au Salon de 1773, en même temps que la médaille à la mémoire du prince de Saxe-Gotha. Ce prince était un gros homme mafflu, que Duvivier a représenté à la Romaine avec un bandeau dans les cheveux bouclés et le cou nu descendant en lourde graisse sur l'épaule ronde. Il en a fait une sorte de Vitellius.

Ainsi la réputation de Benjamin Duvivier était définitivement établie de Bruxelles à Marseille et de La Rochelle à Saint-Pétersbourg. Il la soutint en exposant régulièrement à tous les Salons, jusqu'à 1789. Les critiques lui furent jusqu'au bout plutôt favorables. Elles sont, dès l'époque où nous sommes arrivés, devenues si nombreuses qu'il ne faut pas songer à les citer toutes.

Les « Mémoires secrets » s'expriment ainsi :

3ᵉ lettre sur le Sallon de 1773.

Les médailles de M. Duvivier sont un autre genre de travail où la nation se distingue de plus en plus. Celles-ci dont quelques-unes allégoriques et composées ont la légèreté, la netteté, la correction du dessin le mieux terminé.

3ᵉ lettre sur le Sallon de 1775.

Les médailles de M. Duvivier sont presque toutes historiques et composées. Il en annonçait entre autre une dont le sujet était : le parlement rendu par le Roi aux vœux de la Nation. On ne sait pourquoi on ne l'a pas trouvée. Les autres, heureusement terminées, nettes, précises, de la plus parfaite exécution, l'on fait désirer davantage. On aime son portrait de feu M. le Dauphin entouré de ses sept enfans, dont les têtes doivent entrer dans un monument qu'on élève à l'hôtel de la guerre à l'honneur de Louis XV.

3ᵉ lettre sur les peintures, sculptures et gravures
exposées au Sallon du Louvre le 25 août 1777.

Paris, ce 22 septembre 1777.

S'il était question, Monsieur, de régler l'ordre du rang de chaque artiste proportionnellement à son mérite, avant d'en parler, je n'aurais pas réservé M. Duvivier pour la fin. Quoique son genre soit le dernier, il n'en est point que ne puisse illustrer un homme de mérite et assimiler presque à ceux d'une espèce supérieure. Tel est M. *Duvivier* graveur de médailles. Il nous offre cette année plusieurs petits poëmes circonscrits dans l'espace étroit où il est forcé de se renfermer. Tels sont *le Renouvellement de l'alliance des Suisses*, *le Retour du Parlement de Toulouse*, ayant pour revers *des Prisonniers délivrés à cette occasion par le Corps du Commerce*, etc. Malgré leur complication, on admire un dessin net et facile, du feu et de la correction. Son *Sceau de l'Académie*, pour son morceau de réception, est remarquable par la tête du Roi, plus ressemblante qu'en peinture ou en buste, mais surtout par la légende : *libertas Artium restituta* 1776. Et c'est cette même Académie, se réjouissant de la liberté rendue aux arts, qui vient de solliciter un arrêt du Conseil, où par un despotisme révoltant on ôte aux Peintres qui ne peuvent figurer chez elle, la faculté d'exposer au Colysée leurs productions !

Elle est autour d'une Minerve formant le revers de la médaille et des nouvelles armes accordées par le Roi à l'Académie, suivant l'article VIII des nouveaux statuts et règlements.

XIX

3ᵉ lettre sur le Sallon de 1781.

Encore un mot Monsieur, de M. Duvivier, graveur général, dont je vous ai fait connaître le mérite depuis longtemps. Mais cette fois deux médailles frappent singulièrement les spectateurs, l'une ordonnée par les États-Unis de l'Amérique en l'honneur de M. le chevalier de Fleury, pour s'être distingué à la prise de Stony-point en 1779 ; l'autre, plus patriotique encore, monument de récompense ordonné par la ville de Paris, pour ceux qui secourent les noyés, et il est inutile d'ajouter de quel zèle échauffé, de quel génie rempli, l'artiste a exécuté ces deux morceaux !

XXIV

3ᵉ lettre sur le Sallon de 1783.

M. Duvivier continue de remplir ses fonctions de graveur général des monnoies de France et des médailles du roi, et toujours avec le même succès.
Mais ce qu'on aime le mieux de lui cette année c'est un *portrait du roi* au
crayon qui, quoique le trait en soit sec et la manière mesquine, est d'une
vérité unique.

(En 1785, il n'est pas question de Duvivier dans le « Salon » du même
périodique.)

Les mémoires secrets, en dehors des critiques des Salons, rapportent des détails intéressant notre artiste. J'y reviendrai plus loin.

Depuis son retour d'Italie, Duvivier était devenu beau-frère de
son ami Lagrenée. Il avait épousé Anne-Geneviève Le Roux, fille
du caissier de la Monnaie des médailles. Jean-Jacques Lagrenée avait
épousé Marguerite-Charlotte-Sophie Le Roux. De son mariage, Benjamin Duvivier aurait eu suivant Advielle, qui n'indique pas l'origine des papiers de famille et de la généalogie qu'il publie, quatre
enfants. Ces quatre enfants n'ont pas d'histoire.

La fortune lui souriait : en 1772, le graveur général des monnaies
Charles-Norbert Rœttiers mourut. Son père Joseph-Charles Rœttiers
reprit la charge de graveur général. Mais Joseph-Charles avait
quatre-vingts ans. Trop âgé pour exécuter personnellement les travaux de la Monnaie, il dut céder la place à Benjamin Duvivier.

Les lettres patentes portent la date du 21 août 1774.

*Louis, par la grâce de Dieu roy de France et de Navarre, à notre amé
Pierre Simon Benjamin Duvivier, Salut ; Le sieur Joseph Charles Rœttiers
se trouvant hors d'état par son grand âge de remplir les fonctions de Tailleur général de nos Monnoyes, auxquelles le feu Roy notre très honoré seigneur et aieul, l'avait commis, par ses Lettres du 18 juin 1727, et le sieur
Charles Norbert Rœttiers son fils, à qui ledit feu Roy avait accordé la survivance de ladite Commission, par son brevet du 24 aoust 1753, étant
décédé, nous nous trouvons obligé de faire choix d'un nouveau sujet pour
remplir ladite place.*

*A ces causes, bien informé de vos sens, suffisance et expérience, religion
catholique, apostolique et romaine. Nous vous avons commis et commettons
par ces présentes, signées de Notre main pour exercer les fonctions de Tail-*

leur général de nos monnoyes et jouir des droits, autorités, prérogatives, franchises et libertés y attribuées et qui seront par Nous ordonnées et ce autant quil Nous plaira.

Si donnons mandement à nos amés et feaux les gens tenant notre Cour des Monnoies qu'après avoir pris et reçu de vous le serment requis et accoutumé et sans qu'il soit besoin du chef-d'œuvre dont Nous vous avons dispensé et dispensons, attendu les preuves que vous Nous avez données de votre capacité en qualité de Graveur de nos Médailles, ils vous reçoivent en ladite Commission suivant et conformément à ces présentes.

Car tel est notre plaisir.

Donné à Compiègne le vingt unième jour d'aoust l'an de grâce mil cept cens soixante quatorze et de notre règne le premier.

Signé Louis.

    et plus bas Phelippeaux.
    vu au conseil, signé Terray[1].

Le dossier complet de la réception avec les lettres patentes et l'information de vie, mœurs et religion catholique de P.-S.-B. Duvivier se trouve aux Archives Nationales : (Z¹¹ 592). V. Advielle l'a publié, mais avec plusieurs fautes de copies. On rectifie en lisant les coquilles telles que 1827 pour 1727, la signature Crenart pour Cressart, et les majuscules fantaisistes. Mais il y a des erreurs qui modifient le sens ; ainsi : « ils vous reçoivent et établissent en ladite Cour », au lieu de « ladite Commission » — commission de graveur général, — ce qui est différent. Dans l'information le témoignage de l'architecte Clériseau est incomplètement recopié et la note : « cette signature paraît être celle d'un homme absolument illettré » n'est pas justifiée. Je n'insisterai pas davantage.

La Cour des Monnaies, en possession des lettres patentes et de la supplique de Benjamin attendit trois mois, et le 7 décembre ordonna les enquêtes et informations d'usage. Toutes les formalités ayant été remplies en deux jours, le 10 décembre la Cour déclara l'information bonne et valable, et en conséquence ordonna que P.-S.-B. Duvivier serait reçu Tailleur général des Monnaies par Commission ; *et à l'instant ledit Duvivier mandé en la Chambre a été reçu et a prêté ledit serment.*

1. L'abbé Terray, ministre d'État et contrôleur général des finances.

Louis XVI avait succédé sur le trône à son grand-père Louis XV, le 10 mai 1774. Benjamin Duvivier fut donc le graveur des monnaies de Louis XVI, depuis la première année jusqu'à la fin de son règne.

Ici je dois encore rectifier V. Advielle qui dit : en cette même année 1774, Duvivier fut nommé membre de l'Académie, ce qui n'empêche pas Advielle d'imprimer quelques pages plus loin dans les « livrets » du Salon : — Salon de 1775 — M. Duvivier agréé. Benjamin Duvivier devint membre de l'Académie le 28 décembre 1776, après un stage comme agréé de douze ans. Le morceau de réception qu'il dut fournir était le nouveau sceau de l'Académie. Dans cette circonstance, il se montra plus exact que ne l'avait été son père, puisque le sceau fut exposé au Salon de 1777. L'Académie ayant reçu du roi de nouveaux statuts en 1777, Duvivier recommença le sceau « suivant les statuts » et l'exposa au Salon de 1779. Il grava ensuite deux autres sceaux pour la même compagnie, ainsi qu'il est dit dans les inventaires sommaires de l'Académie, transcrits à la suite de l'inventaire dressé par Chardin lorsque ce grand artiste quittait les fonctions de trésorier et remettait le matériel entre les mains de son successeur; j'ai déjà fait, page 44, allusion à ce manuscrit conservé à l'école des Beaux-Arts.

Inventaire général des tableaux, sculptures tant en marbre que moulées en plâtre, dessins, planches gravées, estampes, livres, meubles, ustenciles et effets quelconques et contrats de rentes appartenant à l'Académie Royale de Peinture et de Sculpture, présenté par M. Chardin, ancien trésorier de la ditte Académie, au comité du 27 mai 1775. (Pour remettre à M. Couslou, nouveau trésorier.)

. . . .

Page 71. Inventaires précédents jusqu'en 1750. N^a Il y a beaucoup d'objets portés sur les différents inventaires cy dessus, qui ne se trouvent plus à l'académie.

Page 87. ... Un coffre de chêne contenant... (entre autre) un petit coffret de maroquin rouge doublé de velours bleu dans lequel sont deux creux de bronze du C^al Mazarin et des armes de l'Académie et deux autres de M. de Colbert et M. de Villacerf.

C'est le dernier folio de l'inventaire de Chardin et il n'est pas fait mention d'un sceau gravé par Jean Duvivier. Les sceaux gravés par

Benjamin sont, au contraire, décrits dans les suppléments ajoutés au registre de Chardin.

Page 88. Nouveaux meubles et ustenciles depuis la rédaction de l'inventaire de 1775.

. . . .

Un petit scel de l'Académie représentant une tête de Minerve ayant pour exergue Academia Regia primaria Picturæ et sculpturæ gravé en argent par M. Duvivier en 1778, à l'usage du secrétaire.

Un nouveau carré en acier du portrait de Louis XVI pour les jettons de l'Académie, gravé par M. Duvivier en 1779. (En marge : il reste déposé à la monnoie des médailles ainsi que celui du revers gravé par M. Rœttiers.)

Un nouveau sceau de l'Académie pour les lettres de réception, gravé par M. Duvivier en 1779.

Un petit scel de l'Académie représentant une tête de Minerve, gravé en cuivre par M. Duvivier en 1779. Semblable au petit d'argent (à l'usage du concierge).

Deux coins d'une Médaille de quinze lignes destinés pour les seconds prix en or de peinture et de sculpture représentant ; (sic) donnés par M. Duvivier le 24 août 1785. (En marge : ils restent déposés à la monnoye des médailles.)

Pendant le règne de Louis XVI, Duvivier a gravé une suite considérable de médailles ; plusieurs sont célèbres ; frappées en grand nombre, elles figurent dans les plus modestes collections. Les unes étaient commandées par le gouvernement royal à chaque circonstance mémorable ; d'autres étaient commandées par des états, des villes, des compagnies, pour des prix ou pour commémorer des fondations et des événements importants ; et non seulement la plupart des coins ont subsisté jusqu'à présent, mais les pièces comptables, les traités, les documents d'archives qui s'y rapportent sont assez abondants, les documents imprimés sont également très fréquents. Quant aux documents sur les jetons, quelques-uns sont inédits, d'autres ont été analysés par les numismates (voir p. 10 et suivantes), qui ont étudié les différentes séries de jetons français ; ces documents sont du reste très nombreux aussi. Je dois donc me borner à en signaler seulement quelques-uns. J'en prendrai trois, dans les archives de la Côte-d'Or, tirés du même fond des États de

Bourgogne que les preuves citées plus haut (page 61). La première concerne l'école de dessin de Dijon et on y voit que le beau-père de Duvivier vivait encore en 1771.

Le 12 Février 1771. Mandat à M. Rigoley d'Ogny, trésorier, pour payer..... 2000 l. au Sr Duvivier graveur à Paris pour avoir fourni les coins nécessaires pour la fabrication des médailles destinées pour le prix de l'école de dessin et 381 l. 6 s. 6 d. au Sr Leroux caissier de la Monnaie des médailles, pour le prix de deux médailles d'or et deux d'argent.

(C. 3409, fol. 62.)

La deuxième est une pièce originale dans les dossiers C. 3345. — Médaille que la Bourgogne a fait frapper pour la naissance du dauphin. 1781. *Mandat de deux mille livres pour les coins et 45 livres pour cinq étuis de galuchat contenant les médailles présentées au Roi, à la Reine, à Mgr le prince de Condé, à M. Amelot et à M. Joly de Fleury.*

La troisième contient un détail amusant sur le mode de paiement.

9 septembre 1783.

Délibérations sur la Médaille des canaux : Utriusque maris junctio triplex. — Bernard de Chanteau au nom des États de Bourgogne traite avec Benjamin pour la fourniture des coins de deux médailles, l'une de 32 lignes de diamètre, l'autre de 22 lignes, semblables entre elles... (suit la description des deux faces, et les clauses d'usage) : *à fournir fin Février 1784, moyennant la somme de 12000 livres qui seront payées audit Sr Duvivier aussitôt après que lesdits coins auront été remis à la Monnaie des médailles et auront subi les épreuves susdites, si mieux n'aime ledit Sr Duvivier accepter en payement un contrat de 12000 l. sur la province dans l'emprunt ouvert pour les canaux, duquel les intérêts courent du 1er Janvier prochain.....*

Le 27 novembre, les États décident à qui seront présentés les exemplaires d'or et d'argent, et qu'il sera placé un exemplaire dans la maçonnerie de toutes les écluses, savoir un en argent dans les écluses de tête des trois canaux, et un en bronze dans toutes les autres. (C. 3236, fol. 438 et suivants.)

Plus singulier encore, comme procédé budgétaire est le virement de fonds suivant.

Maison de la comtesse de Provence. Année 1771.

Au sieur Nicolas Poyard des Graviers, aussi gentilhomme servant par quartier de Madame la comtesse de Provence, la somme de 205 l. 6 s. 3 d. à luy ordonnée par les dits états au vray et particulier cy devant datés et rendus pour sa nourriture et celle de son domestique pendant les neuf derniers mois de ladite année de cedit présent compte 1771 de laquelle dite somme payement a été fait comptant par le trésorier général et comptable au sieur Duvivier, graveur des médailles, ayant droit de recevoir les gages, nourriture et logement dus audit Sr Nicolas Poyard des Gravières décédé avant d'avoir remply son service et accordés audit sieur Duvivier pour la façon des carrés destinés à frapper les jettons à distribuer à la Chambre des comptes, dont la dépense n'a point été comprise dans les états de ladite princesse, suivant et conformément à l'ordonnance de Madame Marthe Joséphine Louise, comtesse de Provence.

Je retiens encore trois pièces qui nous indiquent les prix payés l'une pour une médaille célèbre et parisienne, les deux autres pour des timbres à marquer le papier.

Il a été convenu entre Messieurs composants le Bureau des six corps des Marchands de Paris soussignés et Mr Duvivier graveur général des monnoyes de France et des Médailles du Roy de ce qui suit sçavoir que le Sr Duvivier s'engage de graver deux coins de médailles de vingt-sept lignes de diamètre représentant d'un côté les bustes du Roy et de la Reine en regard, et de l'autre un emblème représentant un Dauphin sur les eaux tenant un gouvernail et conduisant six vaisseaux le tout suivant le dessein adopté et signé par nous, de fournir les dits deux coins bien trempés et de répondre de leur succès jusqu'à frapper la quantité de quatre vingt médailles. Le tout pour la somme de deux milles sept cents livres que Messieurs des six corps s'engagent à lui faire payer aussitôt que les dites médailles auront été frappées, fait double entre nous au Bureau des six corps de Paris ce dix sept novembre mil sept cent quatre vingt un.

B. Duvivier

Doucet	*Bellot*	*Courtier*
Gerbet	*Godart*	*L. Mercier*
G. Jacquet	*Cheval*	*Caillieux*
F. A. Poirier	*Seguin*	*Sejan*

(Collection Doucet.)

Quartier d'août 1785.

Au sieur Duvivier graveur du Roy, la somme de cent cinquante livres pour fourniture par luy faite de Deux timbres pour le papier de musique... cy 150 l.

(Archives Nat. Maison du roi O¹ 3072, nº 1127.)

Mémoire de gravure fournie par le Sʳ Duvivier graveur du roy. Novembre 1786.

Huit timbres pour marquer le papier de musique dont 4 grands et 4 moindres portant une lyre avec ce mot Musique, *accompagné sur les uns d'étoiles, sur les autres de fleurs de lys pour différencier ceux qui doivent marquer l'ancienne ou la nouvelle musique, le tout gravé sur des coins d'acier en relief montés sur des manches en bois, 400 l.*

Pour les matrices et poinçons originaux nécessaires pour faire lesdits timbres et ceux que l'on pourra faire dans la suite, lesquelles matrices et poinçons sont restés entre les mains du S. Duvivier qui le reconnaît et s'en charge... 150 l.

(Archives Nat. Maison du Roi. O¹ 3076ᵉ, nº 1244.)

Vers le dernier quart du xviiiᵉ siècle les documents imprimés sont de plus en plus nombreux. Il est vrai qu'ils n'apportent pas

tous une contribution égale à nos recherches. Parmi tant de
mémoires et tant d'articles de journaux, il ne faut retenir que ce
qui compte, par la valeur du signataire, ou ce qui rapporte un fait
précis et vraisemblable. Les « Mémoires secrets » où nous avons
trouvé précédemment des comptes rendus de Salon élogieux, s'occupent encore à trois reprises de Benjamin. La Médaille de la caisse
d'escompte y est annoncée, et on voit que le continuateur de
Bachaumont est moins bienveillant que lui pour notre graveur :

Mémoires secrets : 27 novembre 1781.

27 septembre. La caisse d'escompte, se regardant comme ayant pris une
assez forte consistance pour ne pas craindre de révolution, a voulu célébrer
son institution par une médaille ordonnée à M. Duvivier, graveur général
des monnoies de France et des médailles du Roi. Cet artiste en a frappé une
de 25 lignes où l'on voit d'un côté une femme tenant des billets et un coffre
plein d'argent ; de l'autre une femme reconnaissante des richesses que Mercure, symbole des inventeurs, répand sur elle avec abondance. On voit que
cette allégorie peu ingénieuse est digne des Plutus auxquels elle est destinée.

Les actionnaires, par une délibération unanime, ont décerné cette médaille
aux inventeurs et administrateurs de leur établissement.

Un autre passage des mêmes mémoires nous montre Duvivier se
tirant à son avantage d'un mauvais pas.

28 novembre 1785.

M. de Calonne s'est rendu mercredi à l'hotel des monnoies ; il y est resté
fort longtemps relativement à la nouvelle opération. Il a voulu voir des
échantillons des quarante mille nouveaux louis fabriqués pour commencer
et en a été très mécontent. Il a trouvé le type vilain. En conséquence
il a demandé M. Duvivier, le graveur général des Monnoies et des
Médailles du Roi et lui a fait des reproches. Cet artiste lui a d'abord répondu
qu'il n'était point attaché à la Monnoie et n'en avait proprement que l'inspection ; cependant il est convenu s'être mêlé des dessins en cet occasion et
a montré son esquisse au Ministre qui l'a trouvée charmante ; la faute en est
restée aux ouvriers et surtout aux balanciers très défectueux. En conséquence
M. de Calonne ayant besoin de douze mille louis pour la Cour qu'il devait
y porter le dimanche, il est convenu qu'on les fabriquerait aux Médailles et
que M. Duvivier présiderait le travail.

Plus loin, les Mémoires secrets donnent la description de la
médaille pour l'école d'Horlogerie :

15 octobre 87.

On a déjà parlé de l'établissement institué par M. Bralle... pour accélérer le progrès de l'art de l'horlogerie en France.

Les administrateurs ont fondu (*sic*) différents prix ; ils ont été décernés pour la première fois le 3 octobre, celui d'horlogerie consiste en une médaille gravée par M. Duvivier. Le temps est représenté marchant sur l'équateur et montrant du bout de sa faux les heures qui y sont tracées. On y lit pour devise un vers de l'abbé de Lille dans son épître aux arts, où il dit en parlant de l'horlogerie :

> Le temps a pris un corps et marche sous nos yeux.

Et sur le revers : Manufacture royale d'horlogerie.

Il faut rapprocher de cette note un article paru le 14 octobre 1787 dans le *Journal de Paris*, qui donne aussi la description de la médaille et indique les noms des professeurs de l'école d'horlogerie, parmi lesquels M. Duvivier professeur de dessin de figure. En l'absence de tout prénom j'ignore s'il s'agit là de Benjamin ou de son frère Joseph.

Nous avons peu de renseignements sur la vie privée et sur le caractère de Benjamin Duvivier. Quatremère de Quincy dans le discours qu'il prononce sur sa tombe, comme secrétaire perpétuel de l'Académie des Beaux-Arts, apporte le témoignage le plus favorable : « ... Mais ce que ni la vieillesse, ni les infirmités qui en aggravent le poids n'avaient pu altérer en lui, c'était le sentiment d'une rare bienveillance, une précieuse égalité d'humeur, et cette urbanité de manières dont il avait dû l'habitude au siècle qui l'avait vu naître et dont il conserva les traditions à travers les mœurs même de la Révolution... Il fut redevable à ses qualités personnelles, et du bonheur de son union avec la compagne qui lui a survécu, et des consolations qui ont adouci l'amertume de ses derniers jours... (Vous apprécierez ce que nous perdons),... Messieurs, en vous rappelant tout ce qu'avait d'estimable M. Duvivier, tout ce que sa longue connaissance des hommes, tout ce qu'un caractère heureux, un cœur droit, une habitude de bienveillance générale avaient mis d'agrément et d'aménité dans son commerce. Ces qualités qui le distinguaient lui firent des amis de tous les académiciens, qui à deux reprises différentes l'appelèrent au milieu d'eux. »

Il est bien probable, en effet, que le caractère heureux et l'urba-

Monsieur,

J'ai l'honneur de Vous envoïer le double marché dont nous sommes convenu, que vous aurez la bonté de remettre a signer à MM.rs les Syndics de Votre Compagnie, pour men remettre un après leur signature; vous pourrez leur promettre que leur ouvrage sera fait dans le mois prochain, pour les premiers coins avant les Epreuves, qu'alors je vous en remettrai des epreuves en Etain.

Vous remarquerez que j'ai diminué la somme de cent livres pour ménter à ma première parole; j'ai l'honneur d'estre avec estime et reconnoissance

Monsieur Votre très humble et obeïssan
le 26 juillet   Serviteur   B. DuVivier
1768.

nité de Benjamin Duvivier, joints à son talent supérieur, avaient
contribué puissamment à son succès. A mesure qu'il devenait plus
célèbre et qu'il amassait une fortune plus ronde, il ne paraît cependant pas avoir suscité de jalousies et il conservait avec ses amis et
ses parents des relations agréables et utiles. Paris, qui est encore
petit aujourd'hui — j'entends le Paris cultivé, le Paris de la vie
artistique, — devait être si resserré au XVIIIᵉ siècle, que la bonne camaraderie pouvait y conduire partout. Lorsqu'on étudie la vie d'un
artiste comme Duvivier, de temps en temps on trouve dans les
documents une phrase, un nom qui s'ils n'apportent aucune preuve
formelle, du moins font soupçonner des attaches imprévues. C'est
ainsi qu'ayant sous les yeux le contrat passé par Duvivier en 1781
avec les six corps de Marchands, je songe aussitôt à vérifier dans
l'almanach les noms des signataires. L'almanach donne, après les
noms de tous les gardes et adjoints en charge des six corps de
Marchands de Paris, l'agent de Messieurs des six corps : il s'appelle
Lagrenée comme le beau-frère de Duvivier.

Benjamin Duvivier différait totalement de son père en ce point :
autant Jean était brusque et intransigeant, autant Benjamin était
conciliant, et il s'en trouva bien. Au lieu de lasser la patience de
l'Académie en tardant à s'acquitter de son morceau de réception, il
lui fournit immédiatement le sceau demandé ; et il en ajoutait bientôt deux autres. Aussi fut-il chargé de la gravure du « nouveau
sceau » qui lui fut payé 1200 livres.

Lorsqu'il lui arrivait quelque déception, au lieu de s'enfermer chez
lui pour gémir sur la perfidie de ses adversaires, il n'hésitait pas à
tenter les démarches qu'il croyait propres à réparer dans la mesure
du possible le dommage qu'il avait éprouvé. Témoin la lettre suivante dont la suscription n'a pas été conservée, mais dont l'authen-
ticité est évidente, et qui appartient à M. Gallice, numismate
Rémois :

Monsieur,

*Vous scavez sans doute que l'usage des jettons de l'extraordinaire des
guerres au Jour de l'an, vient d'estre supprimé depuis peu. Cependant la
gravure en avait été ordonnée au mois de Novembre par Mgr le Prince de
Montbarrey* [1] *qui avait fait choix d'un des sujets présentés par l'Académie*

1. Ministre de la Guerre.

des Inscriptions et je l'ai exécutée comme vous voyez par les épreuves que j'ai l'honneur de vous joindre icy. N'entendant point parler des jettons, j'ai été chez M. de Serilly ¹ pour scavoir si ce serait lui qui payerait la gravure des coins. Son premier commis m'a conseillé de m'adresser à vous, Monsieur, pour en recevoir le payement. Le prix de cette gravure est de 500 l., comme vous pouvez le voir dans les états de dépense des jettons des années dernières ; si vous voulez bien me faire expédier une ordonnance de cette somme, cela terminera tout et je recevrai aussi pour la dernière fois une espèce de rente que je gagnais chaque année par mon travail. Si vous trouvez quelque difficulté à ma demande, je vous serai bien obligé de me les communiquer par un mot de réponse.

J'ai l'honneur d'être avec la plus parfaite considération,

Monsieur, votre très humble et très obéissant serviteur.

B. Duvivier.

*Graveur général des monnoyes de France et des médailles du Roy
aux galleries du Louvre.*

Ce 20 Janvier 1779.

(Collection Gallice.)

Cette lettre réclame une somme due, et la réclame en fort bons termes. La lettre suivante était plus malaisée, car il s'agissait d'obtenir une autorisation et si possible une commande. Elle fait partie de la correspondance générale des Beaux-Arts et est adressée évidemment au comte d'Angivilliers :

Monseigneur,

Vous m'aviez annoncé que vous exigeriez le consentement de M. Necker au sujet de sa médaille avant de parler au Roy de la permission de la frapper. Cependant ceux qui le connaissent le plus me préviennent qu'il ne l'accordera pas et que décemment il ne peut pas l'accorder.

Je prends donc la liberté de vous exposer mon embarras, espérant que vous m'en tirerez. J'ai la confiance que si vous en parliez à Sa Majesté, cela ne souffrirait pas de difficultés ; peut-être même le Roy applaudira-t-il à mon zèle et cela lui donnerait-il l'idée, en adoptant celle-cy d'en ordonner quelques jours après la tenue des États une plus conséquente.

L'extrême désintéressement de M. Necker le mettant au-dessus de presque

1. Trésorier général des dépenses du département de la Guerre. M. Mégret de Serilly, vieille rue du Temple, au-dessus de l'Egout (*Almanach* de 1779).

toutes les faveurs que le Roy pourrait lui accorder, il n'y a peut estre que quelques monuments entre lesquels les médailles ne sont pas les moins flatteurs qui puisse exprimer la satisfaction de Sa Majesté des services qu'il aura rendu à l'État.

Mais en attendant, celle cy déjà désirée du public sera vraisemblablement reçu aussi avec plaisir des provinces et des étrangers enthousiastes avec raison du mérite de M. Necker.

J'ai donc l'honneur de vous réitérer ma demande pour la permission nécessaire à la monnoye des médailles.

Je ne vous dirai pas qu'on m'avait proposé de la faire frapper en pays étranger ; mais attaché d'une manière particulière au service du Roy, J'ai refusé cette voie qui ne me convenait pas.

Je ne veux rien faire sans votre agrément et je suis en attendant votre décision avec le plus sincère respect, Monseigneur, votre très humble et très obéissant serviteur.

Duvivier.
Gallerie du Louvre.

Ce 10 Janvier 1789.

Comme il existe trois médailles de Necker dans l'œuvre de Duvivier, dont une figure au Salon, l'autorisation fut sans doute accordée par le directeur (Necker demeurant indifférent à ce détail : *Nescium sculpsit*) ; et dans ce cas, serait alors une des dernières dont notre artiste ait dû faire la demande. La Révolution commençait.

Benjamin Duvivier avait sagement conduit ses affaires. Il possédait peut-être une certaine compétence en matière administrative et financière. Dans un des actes d'état civil publiés par Advielle, il est qualifié, en 1775, graveur général des monnaies, etc..., contrôleur triennal du payeur des gages du Grand Conseil. Or l'almanach de 1775 dit : payeur des gages du Grand Conseil : X... contrôleur : X... L'almanach de 1774, celui de 1776 et les suivants ne disent rien.

A-t-il eu des procès ? Je n'en ai pas encore trouvé. Voici deux pièces demeurées pour moi mystérieuses, indices d'un litige qui a duré longtemps.

OPPOSITIONS (ARCHIVES DE LA SEINE).

Nº 430. 2 Janvier 1779 (Registre 19).

Opposition à la requête de François Gallien, bourgeois de Paris, rue de la Verrerie et Jeanne Élisabeth, Jean Baptiste François, et Françoise

Victoire Gallien sur Pierre Simon Benjamin Duvivier, graveur des médailles du roi, demeurant rue des Orties, galleries du Louvre.

A la requête de François Gallien, marchand mercier à Paris, demeurant rue de la Verrerie au coin de celle St Bon, paroisse St Merry, sur Pierre Simon Benjamin Duvivier, graveur des médailles du roi, rue des Orties, galleries du Louvre.

Dans l'espoir de découvrir à quelle affaire se rapportaient ces oppositions, j'aurais désiré savoir qui était François Gallien. Les deux maisons qui font angle au bout de la rue Saint-Bon avec la rue de la Verrerie sont très anciennes, évidemment antérieures à la fin du XVIIIe siècle. La demeure de Gallien existe donc encore. J'ai prié les deux propriétaires de vouloir bien, dans leurs titres de propriété, rechercher s'ils avaient quelques renseignements sur ce Gallien. L'un et l'autre, évidemment étrangers à toute préoccupation littéraire ou historique, m'ont déclaré avoir beaucoup de vieux papiers, mais en refusant la communication.

Avant d'aborder la biographie de Duvivier pendant la période révolutionnaire il faudrait dire quelques mots de ses relations avec les États-Unis d'Amérique. Les documents qui se rapportent aux médailles commandées par l'Amérique ont été publiés par M. Loubat dans son *Histoire métallique des États-Unis.* Plusieurs ont été étudiés par M. Charles Saunier dans son *Augustin Dupré.* Les quatre médailles de Duvivier et les cinq médailles de Dupré, si souvent reproduites, ont été gravées magistralement par Jacquemart pour le livre de M. Loubat, avec une perfection qui égale celle des planches de numismatique qu'on admire le plus dans les grands recueils du XVIIIe siècle.

M. Loubat parle de Duvivier en termes élogieux ; par contre, M. Charles Saunier le rabaisse trop au profit de Dupré : « Ni Duvivier, ni Gateaux, dit-il, ne satisfont complètement leur clientèle américaine ; leurs œuvres sont le plus souvent froides et sans inspiration. Benjamin Franklin pense enfin à Augustin Dupré et lui confie l'exécution de l'importante médaille de la Liberté américaine (1783). » L'érudit historien de Dupré n'avance rien à la légère ; il doit avoir une preuve et cette preuve résiderait dans un passage d'une lettre de Thomas Jefferson à William Short : « Duvivier et

Dupré me paraissent être les plus habiles spécialistes ; peut-être le dernier est-il le meilleur des deux. » Jefferson a dit « peut-être », et du reste son opinion n'engage que Jefferson lui-même. On peut opposer à ce témoignage celui de D. Humphreys, qui écrivait à propos de la médaille du général Washington : « ... Je désirerais, si cela vous est possible, que vous vous adressiez à Duvivier qui demeure au vieux Louvre, et que vous lui proposiez d'entreprendre cette médaille selon les conditions qu'il a offertes, lesquelles étaient, je crois, 2.400 livres, non compris l'or et la dépense pour la frappe. Si cela ne lui convenait pas, nous serions obligés de laisser cela en suspens jusqu'à ce que Dupré ait fini la médaille du général Green. » Ce passage peut indiquer que Humphreys n'aurait confié le travail à Dupré que si Duvivier l'avait refusé. Voyons maintenant les dates : en 1781, Duvivier gravait la médaille de Fleury ; en 1783 et 84, Dupré gravait la Liberté américaine et Franklin ; en 1786, Dupré gravait Green ; Duvivier, le général Washington ; en 1789, Morgan et Paul Jones étaient commandés à Dupré ; le colonel Washington et le colonel Howard, à Duvivier. La médaille de Fleury dont le revers ne porte qu'une inscription avait coûté 2.000 livres. Pour la médaille de Franklin, on s'était adressé à Dupré, parce que Dupré qui connaissait personnellement Franklin l'avait dessiné d'après nature avant son départ. Les médailles de Franklin et de Green furent payées 2.400 livres y compris l'or d'une médaille et la frappe ; celle du général Washington, 2.400 livres non compris l'or et la frappe. On peut conclure de ces données que les ministres américains divisaient entre les meilleurs artistes leurs commandes parce que le temps pressait ; toutefois ils payaient à Duvivier des prix un peu plus élevés. Il n'est donc pas juste d'invoquer les témoignages américains en faveur de Dupré contre Duvivier. Celui-ci à la fin de sa carrière a dû souffrir assez de se voir supplanter par Dupré, pour que cent ans après sa mort on tienne la balance égale entre lui et son heureux rival.

Quant à moi qui n'hésite pas, si je compare ces deux artistes, dans l'ensemble de leurs œuvres, à préférer Duvivier à Dupré, j'estime qu'il est au moins inutile de chercher à amoindrir le mérite d'un des maîtres français qui ont gravé la célèbre série de l'Indépendance américaine. La médaille de Paul Jones est une fort bonne médaille, mais celle du général Washington est une œuvre de premier ordre.

Il serait intéressant de pouvoir se représenter les véritables états d'âme d'un artiste pendant la période révolutionnaire, et cependant je crois que c'est impossible. Plusieurs historiens l'ont tenté et ne paraissent pas avoir réussi. La vérité intime n'a pas été dégagée clairement même pour un artiste aussi notoire que David, aussi préoccupé de sa notoriété. Elle est noyée dans un flot de professions de foi et de déclamation. Que savoir alors des artistes modestes comme Duvivier? Leur pensée demeure secrète. Quelques-uns, et c'est une rare exception, ont laissé des lettres, des souvenirs où ils commentent les événements; à ce titre, le Journal de Wille est particulièrement précieux, ainsi que les notes du miniaturiste Guérin, publiées par Charavay. De la grande majorité des artistes, nous arrivons seulement à connaître, et tant mal que bien, les actes publics.

D'après leur conduite pendant cette époque agitée, on peut conclure qu'ils méritèrent presque tous une notule dans le *Dictionnaire des Girouettes*. Ceux qui étaient encore jeunes à la chute de l'ancien régime ont évolué avec facilité, sinon avec grâce, et courtisé successivement Louis XVI, la République, Napoléon et Louis XVIII.

Benjamin Duvivier avait passé l'âge où l'on peut recommencer sa vie. Il perdit sa place de graveur général en 1791, à soixante et un ans et successivement, il vit disparaître autour de lui les institutions dans lesquelles son existence s'était encadrée, tout l'ordre social où il s'était fait par son talent une place honorable et confortable : les différents services de l'administration publique, la maison du Roi, les états provinciaux qui l'avaient fait travailler depuis sa jeunesse. Les riches particuliers s'étaient enfuis. L'Académie de peinture et de sculpture succombait à son tour. Parmi tant de ruines, Benjamin Duvivier eut-il foi dans les promesses de l'ère nouvelle ? Cela est possible. A plusieurs reprises, il fit de pressantes avances aux pouvoirs révolutionnaires, et ainsi il nous donne l'impression d'un pauvre homme pris dans une catastrophe et qui tente pour sauver sa personne et son bien des efforts répétés, et enfin, découragé, se résigne.

Nous avons vu Duvivier demandant, au début de 1789, l'autorisation de faire frapper une médaille en l'honneur de Necker. Cette médaille ne lui était donc pas commandée : il comptait en vendre des exemplaires au public, et éventuellement avoir une commande du Roi. On peut penser aussi qu'il éprouvait pour Necker cette admiration enthousiaste qui fut à ce moment partagée par tous les Français : il grava trois médailles en l'honneur de Necker, dont deux portraits.

Évidemment Duvivier, pendant les années 1789 et 1790, a travaillé avec ardeur, mais il n'a pas dû tirer de ses travaux les bénéfices accoutumés, car si l'on suppose que les médailles de la Généralité de Paris, de l'Assemblée des Électeurs, de l'Arrivée du Roi, lui furent commandées, il est du moins certain qu'il a exécuté les autres à ses frais, puisque les médailles de Necker, de La Fayette, de Bailly furent offertes, leur exergue en fait foi, par B. Duvivier : « A la Nation », « à la Garde nationale », « à la Ville. » Enfin les médailles qui ne portent qu'une inscription ou qui utilisent un poinçon d'avers plus ancien, n'ont pu lui rapporter, suivant l'usage, qu'une somme très modique.

Ainsi, dès le début de la Révolution, Duvivier travaillait, non pour sa gloire, il en possédait déjà tout ce qu'il pouvait espérer, mais pour ses convictions sans doute, et aussi pour se maintenir dans sa situation qu'il devait voir minée par des concurrents. Il offrait ses travaux ; il ne put cependant conjurer le sort qui l'attendait.

Sans doute, Mme Duvivier ne détournait pas son mari de proclamer son civisme, car elle-même avait pris part à une manifestation très remarquée. Le 7 septembre 1779, une députation de vingt et une femmes et filles d'artistes, dont MM^mes Duvivier et Lagrenée, conduites par Mme Moitte, femme du sculpteur, se présentait à Versailles et demandait à être reçue par l'Assemblée nationale. L'Assemblée leur fit donner des fauteuils au milieu de la salle des séances. Les dames artistes venaient offrir à la Patrie leurs bijoux dans une cassette que portait « la plus jeune et la plus jolie ». Le député Bouche prit la parole en leur nom et lut le discours de Mme Moitte : « La régénération de l'État sera l'ouvrage des représentants de la Nation, et la libération de l'État doit être celui du patriotisme. Lorsque les Romaines firent hommage de leurs bijoux au Sénat..., etc.

« C'est dans ces vues que des femmes d'artistes viennent offrir à l'auguste assemblée nationale des bijoux qu'elles rougiraient de porter quand le patriotisme en commande le sacrifice... Notre offrande est de peu de valeur, mais dans les arts, on cherche plus la gloire que la fortune. Notre hommage est proportionné à nos facultés et non aux sentiments qui nous l'inspirent. Puisse cet exemple être suivi des citoyennes dont les fortunes sont supérieures aux nôtres ! Il le sera, Messieurs, si vous daignez établir, dès à présent, une caisse nationale pour recevoir tous les bijoux et les sommes dont le fonds sera destiné à l'acquittement de la dette publique. »

Le président répondit : « L'Assemblée nationale voit avec une vraie satisfaction les offres généreuses auxquelles votre patriotisme vous détermine. Puisse le noble exemple que vous venez de donner propager le patriotisme et trouver autant d'imitateurs qu'il trouvera d'approbateurs ! Vous serez plus ornées de vos vertus et de vos privations que des bijoux dont vous venez de faire le sacrifice. »

La députation revint à Paris au milieu des acclamations de la foule. Tous les journaux entonnèrent les louanges des dames artistes. Un pétitionnaire demandait que leurs portraits fussent gravés pour faire connaître à tout le monde leurs traits « adorables ». Au reste, l'exemple fut en effet suivi : la même semaine, deux dames anonymes envoyaient leurs colliers de diamants ; les dames des orfèvres ouvraient une souscription ; dans toute la France, les manifestations de générosité s'organisaient à l'instar de celle des dames artistes. Et voilà l'origine des Dons Patriotiques.

Pour en donner une idée assez exacte, je dois ajouter cependant que la cassette remise au secrétaire de l'Assemblée contenait une somme assez faible. Les bijoux qu'elle renfermait sont énumérés dans les listes de dons patriotiques : les jetons, les boutons et boucles d'argent, les boîtiers de montres, les bracelets « ornés de perles fausses », les étuis à aiguilles, les trois gobelets, dont deux à pied, n'avaient pas dépouillé les vingt et une dames ; et sans doute elles conservaient pour leur parure autre chose que leurs vertus et leurs privations. Et je retiens, parmi les acclamations et les dithyrambes, l'écho de quelques réflexions ironiques. Beffroy de Reigny (le cousin Jacques) raconte que, dans la lune, les bijoux n'existant pas, tout le luxe des femmes réside dans leurs *fichus menteurs* ; aussi ont-elles offert leurs fichus à l'Assemblée Lunaire, et « depuis ce moment-là tous les hommes vraiment patriotes ont beaucoup de plaisir à voir passer des femmes sans fichu, parce qu'on dit en les voyant : « Voilà des citoyennes. » Comme une réunion de vingt et une dames ne s'était pas tenue sans querelles, certaines femmes d'académiciens ne voulant pas admettre parmi elles les femmes de simples agréés; Beffroy de Reigny remarque avec justesse « qu'il est plaisant de voir qu'au milieu même des actes de dévouement, on fasse éclater dans tout son jour la petitesse ridicule de l'égoïsme et de l'envie; sans doute qu'il est comique de voir l'esprit de corps se glisser jusque dans les traits de la générosité publique ». (*Courrier des planètes*, 1er nov. et 16 nov. 1789.) Il y avait alors pour représenter l'esprit modéré un cousin, comme plus tard des oncles.

Dès le lendemain de la prise de la Bastille, La Fayette fut nommé commandant général de la milice parisienne. Benjamin Duvivier conçut aussitôt le projet d'une médaille à La Fayette. Cette œuvre était destinée à subir quelques vicissitudes. Bientôt après, les événements du 6 octobre et le retour de la famille royale aux Tuileries fournissaient à Duvivier l'occasion de graver une de ses pièces les plus célèbres : l'Arrivée du Roi à Paris, avec cette inscription : « J'y ferai désormais ma demeure habituelle. » Cette médaille marque une date importante dans l'histoire de notre artiste. Il n'y a pas eu de séries uniformes du règne de Louis XVI. Les médailles qui composent son histoire métallique se rangent dans tous les modules. Quel que soit le classement qu'on adopte, on peut remarquer que ce revers : J'Y FERAI DÉSORMAIS... est le dernier revers à sujet que Duvivier ait gravé pour l'histoire de Louis XVI. Sauf une tête du Roi couronné de chêne, dont le poinçon existe à la Monnaie, portant la date 1792, et exécutée par conséquent dans le premier semestre de 1792, et trois revers à inscription (le Cavalier Murget, le Sauvetage à Brest et J.-B. Reveillon), l'œuvre de Duvivier va refléter désormais la pensée républicaine.

Le profil de La Fayette peut être daté des quatre premiers mois de 1790. En effet, le charmant dessin de La Fayette, acquis récemment par le Musée du Louvre, porte la date de 1790, et le *Journal de Paris*, dans son supplément du 8 mai, annonce la mise en vente de la médaille :

« M. Duvivier, qui a donné au public, l'année dernière, les médailles de M. Necker et de M. Bailly, s'empresse d'annoncer qu'il vient de terminer celle de M. le marquis de La Fayette et qu'il a l'honneur de faire présent de cette gravure à la Garde Nationale. Il sera libre à chacun d'en envoyer chercher à la Monnaie des médailles, où l'on ne recevra que le prix de la fabrication. Celles de bronze reviennent à quarante sous; celles d'argent environ à dix

livres, et celles d'or environ à deux cents livres suivant le poids..
On ne trouvera de ces dernières qu'en les commandant. »

La médaille était donc toute prête lorsque le Conseil général décida, le 13 octobre 1791, de décerner à La Fayette une médaille d'or. Le 17 novembre suivant, le corps municipal recevait les propositions de Duvivier, en concurrence avec Gateaux.

Dix mois plus tard, le héros populaire était devenu suspect et de modérantisme au point de vue politique, et d'incapacité au point de vue militaire. Le peuple, après l'avoir adoré, le brûlait en effigie. Alors Duvivier regretta son zèle de l'automne précédent. Il prit son coin de l'aristocrate La Fayette et se présenta à la barre de la Commune, le 25 août 1792, pour demander que ce coin fût brisé par la main du bourreau. Le Conseil félicita le graveur pour cette preuve de civisme et lui confia immédiatement une nouvelle commande : la médaille du 10 août. Duvivier grava donc cette pièce d'inspiration révolutionnaire et de style antique, qui représente une Liberté foulant aux pieds les attributs de la Royauté, entourée de l'inscription : EXEMPLE AU PEUPLE. A tous égards, cette médaille, comme celle qui vient ensuite, la Constitution républicaine, est au goût de l'époque et prouve chez Benjamin Duvivier une merveilleuse facilité d'adaptation. L'artiste venait de traverser une crise très douloureuse. Il avait perdu sa place de graveur général des monnaies de France. L'histoire de son remplacement par Dupré, à la suite du concours de 1791, a été retracée par Charles Saunier avec assez de développement pour qu'il soit inutile de la recommencer toute ici sur la même documentation.

L'affaire dura sept mois, mais Augustin Dupré, soutenu par David et par les artistes, académiciens ou non, qui complotaient pour la ruine de l'Académie et de toutes les institutions artistiques de l'ancien régime, Dupré manœuvrait depuis longtemps et se préparait à la lutte. Dès le mois d'octobre 1790, il avait fait paraître une brochure agressive contre l'administration des monnaies. Tout n'est pas injuste dans ses attaques. Il est évident, par exemple, que les hôtels des Monnaies de province émettaient parfois des espèces défectueuses; que plusieurs de ces hôtels étaient inutiles; que l'hérédité des emplois et des charges devait être abolie et un certain nombre de charges supprimées. Mais au reste, pour améliorer, unifier et fixer le titre et le poids des monnaies, un décret suffisait.

L'Assemblée nationale pouvait également abolir l'hérédité des charges, pouvait continuer la suppression des hôtels inutiles, commencée déjà par le pouvoir royal en 1738 et 1772. Quant à la pureté des empreintes et à la régularité des flans, la machine construite par Droz, dès 1786, l'assurait par la frappe simultanée des deux faces et de la tranche. Enfin, comme graveur général « un homme capable, praticien habile et artiste véritable » n'était pas à trouver : Benjamin Duvivier méritait depuis vingt-sept ans ces qualificatifs élogieux. L'Assemblée combla les vœux de Dupré et de ses protecteurs ; elle fit table rase de l'ancienne administration et décida, le 11 janvier 1791, la fabrication de nouvelles espèces et l'ouverture d'un concours pour le choix des types.

Le 9 avril, Belzais de Courmenil déposait, au nom du Comité des Monnaies, un rapport où les principaux sujets proposés par les concurrents sont décrits et classés avec impartialité. Il rendait compte ensuite des opérations du Comité. L'Académie des Inscriptions, sollicitée de donner son avis, choisit pour l'avers la tête du Roi par Duvivier ; pour les revers, elle emprunta quelques détails à chacun des concurrents et mélangea les propositions de Duvivier, de Gateaux et de Lorthior. Le Comité fit appel alors aux lumières de quatre artistes choisis en dehors des concurrents. Il s'adjoignit David, Pajou, Moitte et Goys. Le choix de ces quatre experts était désavantageux pour Duvivier. Je n'ai pas d'opinion sur Goys, mais je crains que l'agréé Moitte, que Pajou et David, encore tout meurtris de petites humiliations assez récentes, et d'ailleurs deux fort mauvaises têtes, aient manqué de bienveillance à l'égard d'un académicien correct et officiel, opposé à l'ami personnel d'un d'entre eux. Les quatre artistes, d'une seule voix, opinèrent que toutes les monnaies devaient avoir la tête du Roi comme avers et pour revers les sujets proposés par Dupré.

Belzais de Courmenil admira cette unanimité : « C'est une chose digne de remarque, écrivit-il, que l'accord qui régna dans l'opinion de ces artistes célèbres. Il semble que le Beau ait des principes qui échappent aux vulgaires, mais qui dirigent les hommes de génie. »

L'Assemblée Nationale avait trop de questions à résoudre à la fois pour s'attarder longtemps à discuter les conclusions du Comité des Monnaies. Elle approuva le rapport de Belzais de Courmenil avec des modifications insignifiantes, et son décret du 15 avril adopta les sujets proposés par le protégé de David.

14

« Bien que de longs services, des talents et des vertus réclament en faveur du graveur général actuel, » tels étaient les termes du rapport, un nouveau concours fut ouvert pour l'exécution des poinçons et matrices. Le jugement en fut confié à l'Académie de peinture et de sculpture. Ainsi le Comité des Monnaies dégageait sa responsabilité ; de plus, il décidait, pour éviter toute réclamation et toute critique, que le jugement de l'Académie ne serait précédé ni suivi d'aucune exposition publique. Les graveurs, parmi lesquels Duvivier, Dupré, Droz, Gateaux, Lorthior, Andrieux, remirent des épreuves en étain de leurs pièces le 25 juin. L'Académie procéda au jugement le 9 juillet. Sur cinquante-sept votants, Dupré obtint quarante voix, Duvivier quinze, Gateaux une et Lorthior une. Le surlendemain, l'Assemblée Nationale, après avoir entendu le rapport de l'Académie, ordonnait que Dupré serait nommé graveur général des Monnaies de France.

Je dois déclarer ici que la triomphante majorité de Dupré ne m'en impose pas. Je n'aime guère les concours : notre grand peintre Delacroix a dit, et avec quelle éloquence, tout ce qu'il fallait dire sur ce médiocre expédient, dans une lettre adressée au directeur de l'*Artiste*, en 1832. Les concours favorisent singulièrement les intrigues ; il est aussi difficile de plier un grand artiste aux conditions étroites d'un programme que de recruter un jury compétent et indépendant, sans passions ni préjugés. J'ai déjà fait partie de nombreux jurys artistiques et je sais quelles faibles raisons déterminent le plus souvent leur choix, et comment on entraîne une majorité. Je suppose qu'il en a toujours été de même.

Dans l'ancienne Académie divisée par les querelles et les rivalités de personnes, les cabales ne manquaient pas. Il y avait aussi les voix flottantes, celles qui dans toutes les assemblées se rangent toujours du côté du vainqueur probable, ou simplement du côté du parleur le plus bruyant. Or David qui ne paraissait jamais à l'Académie y vint pour le concours des Monnaies. Le fait que les noms des artistes aient été effacés sur les pièces et remplacés par des lettres pour assurer la liberté du jugement importe peu. Il est clair que les partisans de chaque graveur reconnaissaient l'œuvre de leur candidat, signée ou non. Je n'accuse pas les académiciens. Le jugement partial du 9 avril avait été escamoté par David ; le concours de juillet, où tous les graveurs devaient suivre le programme de

Dupré, était ainsi vicié en principe. Duvivier succomba, voilà le fait, mais il ne faut pas en tirer de conclusions touchant la valeur des concurrents. Mon savant confrère, M. Charles Saunier, a voulu nous montrer un Augustin Dupré rompant avec la tradition, représentée par B. Duvivier, pour apporter des formules nouvelles et relever l'art de la médaille « en décadence depuis deux siècles ». M. Roger Marx fut du même avis : « Pour n'avoir point su modifier au goût du jour sa poétique, il en coûtait à Duvivier sa place de graveur général... » Mon opinion est tout autre. Augustin Dupré fut un artiste de haute valeur dont l'école française peut être fière ; cependant, l'ensemble de son œuvre comparé à l'ensemble de celui de Benjamin Duvivier laisse à Duvivier la première place. Pendant le règne de Louis XVI, les médailles de Dupré suivaient de très près le style et la manière de Duvivier. Au moment de la Révolution, l'artiste se rapprocha davantage de l'antique ainsi que le voulait la mode ; pendant ce temps, Duvivier « conformant aux idées du jour sa poétique », gravait la médaille *Liberté assurée*, et l'évolution fut si complète que bientôt avec la médaille *Exemple au Peuple*, il donnait l'œuvre la plus caractéristique du goût nouveau qui ait été frappée. Dupré n'apportait rien que Duvivier n'eût pu réaliser comme lui, sinon mieux ; sur un seul point il le dépassait ; Charles Saunier dit expressément : « Qu'il avait de son pays le don de ténacité et le besoin d'arriver. » Il arriva en effet à prendre la place de son ancien chef.

Vaincu, le Parisien cultivé qu'était Benjamin Duvivier en tombant fit un beau geste. L'émission la plus urgente, celle de la monnaie de billon, pouvait commencer immédiatement sous les coins de Duvivier qui étaient prêts ; il les offrit à la Nation. L'Assemblée lui vota des félicitations et accepta les coins. Grâce à cette générosité, nous avons aujourd'hui des gros sous du même type gravé par Duvivier et par Dupré. La supériorité des premiers n'est pas contestable à mon avis.

Le Journal de Wille nous apprend qu'à la fin de cette année 1791, Duvivier fut appelé avec Wille pour expertiser de faux assignats et, détail assez singulier, Wille le qualifie encore : Graveur général des monnaies.

Benjamin Duvivier dut penser qu'avant tout il importait de ne pas se laisser abattre et oublier, et de prouver en même temps que

son civisme la vigueur intacte de son burin. Après la pièce du
10 août, il grava la *République une et indivisible*, et un peu plus
tard la première *Leçon que donne la Liberté*. Notre artiste ne retrou-
vait cependant pas ses anciens succès et les années passaient, les
années qui comptent double à partir d'un certain âge.

Et le découragement était venu. Mais voici qu'une nouvelle évolution politique se dessinait. Le général Bonaparte revenait d'Italie ;
Duvivier reprit ses burins en l'honneur du traité de Campo-Formio
et offrit son œuvre à l'Institut. Notons en passant que l'Institut
National nouvellement établi comprenait parmi les artistes des
acteurs mais pas de graveurs. En 1803 seulement les graveurs y
furent admis au nombre de trois. Duvivier ne fit pas partie de cette
première série ; il n'entra à l'Institut que trois ans plus tard en remplacement de son confrère Dumarest. Cette consolation tardive vint
heureusement s'ajouter à la joie qu'il avait eue d'obtenir, du nouveau pouvoir, un certain nombre de commandes, notamment :
« l'Exposition de l'Industrie, le Prix de Médecine, le Conseil d'État,
la Paix de Lunéville. »

Sur la médaille du traité de Campo-Formio, une légende s'est
formée : l'Institut ayant présenté au premier Consul un exemplaire
en platine, presque tous les ouvrages qui parlent de cet exemplaire
ajoutent qu'il nécessita deux mille coups de balancier. A défaut
d'un document authentique attestant la vérité de ce fait, je le tiens
pour peu vraisemblable, bien qu'il soit rapporté encore dans une
Histoire de la Bijouterie récemment publiée, et jusque dans les catalogues du Conservatoire des Arts et Métiers. J'ai consulté les fonctionnaires de la Monnaie le mieux informés de la fabrication. Ils
m'ont affirmé que le platine, dont la dureté et l'élasticité varient suivant les alliages, se comporte à la frappe sensiblement comme l'or.
J'ignore quel auteur a parlé, pour la première fois, des deux mille
coups de balancier, et depuis a toujours été recopié sans hésitation.
En attendant la preuve, je propose de supprimer deux zéros au
chiffre fantastique. Le *Moniteur*, en annonçant la remise de la
médaille de platine, ne dit rien d'une frappe singulière ; il dit seulement qu'il a déjà annoncé cette médaille « *dans le temps* », et que
les exemplaires de bronze qui sont à la disposition du public ont
été frappés sur le même coin et plus anciennement que l'exemplaire
de platine.

Medaille ordonnée par le Conseil de la
commune de Paris 1792

En même temps que ces dernières médailles allégoriques, Duvivier avait gravé ses derniers portraits : la médaille de son père, œuvre remarquable qui figura au Salon de l'an VI ; l'abbé de l'Épée terminé en l'an IX, et l'architecte Leroy en l'an XI. La date de la médaille de l'abbé de l'Épée nous est donnée par le *Moniteur* :

« Le citoyen Duvivier, artiste dont on connaît le talent, vient de graver une médaille de dix-huit lignes de diamètre, à la mémoire de l'immortel abbé de l'Épée ; la ressemblance en est si frappante que le Ministre de l'Intérieur a adopté la médaille pour être distribuée en prix dans les maisons d'Institutions des Sourds-Muets. La légende porte : Charles de l'Épée, né à Versailles en 1712, mort à Paris en 1780. Le revers : Au Génie inventeur de l'art d'instruire les sourds-muets dans les Sciences et les Arts. » (*Moniteur universel*, Primedi 21 Messidor An IX.)

J'ai eu naguère entre les mains le dessin d'une médaille ovale du 22e régiment de dragons, accompagné de la note suivante : dessin du dernier ouvrage de gravure de M. Duvivier en 1802. Il doit y avoir là une erreur, du moins quant à la date de 1802, puisque les coins de la médaille de Leroy sont signés et datés 1803 sur le côté, suivant un usage fréquent.

Les documents qui se rapportent à la dernière période de la vie de Benjamin Duvivier sont moins nombreux, comme on doit s'y attendre, que ceux qui concernent la période de son activité et de ses succès. Les plus importants ont été imprimés ou font double emploi avec des documents imprimés. Ainsi l'affaire de la médaille de La Fayette fut racontée par tous les journaux depuis le *Moniteur* jusqu'aux *Révolutions* de Prud'homme, et également dans les procès-verbaux manuscrits de la municipalité de Paris conservés à la Bibliothèque Nationale. V. aux dates des 13 octobre, 15 et 17 novembre 1791, et 25 août 1792.

Le rapport de Portiez sur les prix d'encouragement aux artistes a été imprimé : in-4 de 17 pp. intitulé :

« Convention nationale.

« Rapport fait au nom du Comité d'Instruction publique sur les concours de sculpture, peinture et architecture, ouvert par les décrets de la Convention nationale, par Portiez (de l'Oise), représentant du peuple, imprimé par ordre de la Convention nationale. »

Pour encourager, (explique Portiez), les arts desséchés par six années de stérilité, la Convention va distribuer quelques commandes ; c'est de l'argent bien employé puisque les arts enrichissent les nations. Les artistes ayant perdu par la Révolution tout ce qu'ils pouvaient trouver de travaux pour les temples, les couvents, les palais des ci-devants rois, les monuments que les flatteurs consacraient aux ci-devants princes, pour y remédier dans la mesure du possible, on a institué un jury chargé de distribuer des prix ou des commandes. Loi du 9 frimaire an III. A la suite du rapport se trouve la liste des prix. La sculpture et la gravure en médailles en obtiennent vingt-trois avec un total de cent vingt-huit mille livres. Duvivier a sa petite ligne dans cette liste.

Gravure en médailles.

Nᵒˢ des esquisses	Nom, patrie et demeure des sculpteurs qui ont obtenu des prix.	Nature des prix.
103	Duvivier de Paris, aux galeries du Louvre.	Le coin de sa médaille sera acquis par la Nation.

Parfois la présence d'un simple nom, la description d'une médaille, deviennent singulièrement expressives lorsqu'on les trouve à certaines places, dans les procès-verbaux de saisie par exemple :

Je trouve après une liste très brève de menus objets de vermeil et d'argent cette description de la médaille du 10 août. Une médaille en cuivre rouge portant ces mots : A la mémoire des glorieux combats du peuple français contre la tiranie aux Thuileries — plus bas, la Commune de Paris — de l'autre côté, la figure de la Liberté et autour : Exemple au peuple. Plus bas, 10 Août 1792. Ladite médaille dans sa boîte de galuchat vert estimée 3 $=$ » $=$ » .

..... En tête de la liste où se trouve cette description, on lit : Du 16 Brumaire An III récépissé pour remise faite par le citoyen Bertrand, commissaire du département de Paris, des objets provenant du nommé Chaumette, ci-devant procureur général de la Commune de Paris, condamné à mort et trouvés chez lui, rue Jacques Nᵒ 181, section de l'Observatoire. (Sommier des matières précieuses saisies et envoyées à la fonte. Domaines. Registre 160.)

Passons à une citation d'un autre ordre et qui évoque des idées moins lugubres.

MINISTÈRE DE L'INTÉRIEUR,
LIBERTÉ, — ÉGALITÉ.

État sommaire des médailles frappées à la Monnaie des Médailles, par ordre du gouvernement depuis le mois de messidor an VIII.

1. — Une de 24 lignes de diamètre (vieux style), gravée par le citoyen Duvivier pour être déposée dans la première pierre de la colonne nationale, posée le 25 messidor an VIII, représentant d'un côté le buste du général premier consul, Bonaparte.

2. — La même médaille, du diamètre de 18 lignes.

3. — Une médaille de 15 lignes, déposée dans la première pierre de la fondation du quai Desaix, le 25 messidor an VIII, à la mémoire de ce général tué à Marengo.

4. — Une de 24 lignes, qui représente d'un côté le buste de Bonaparte, général en chef de l'armée française en Italie, gravée par le citoyen Duvivier et par lui offerte à l'Institut national ; au revers, le même général à cheval, couronné par la Victoire qui apporte l'Apollon du Belvédère.

. . . .

7. — Une de 24 lignes de diamètre, gravée par le citoyen Duvivier, d'après le dessin du citoyen Moette, sculpteur, destinée à être distribuée en prix d'encouragement à l'Industrie et Arts utiles (Arch. nat., AF^{IV} 1049, Secrétairerie d'État, Empire).

Dans les derniers mois de l'an XIII, les artistes logés au Louvre furent expulsés des galeries. La date exacte du déménagement de Benjamin Duvivier ne m'est pas connue. Mais on peut supposer qu'elle se place entre les dates de deux documents concernant le délogement des artistes ; le premier est la pétition où ils demandent à n'être pas expulsés, faisant valoir qu'ils sont là depuis très longtemps, et la plupart d'entre eux très âgés ; elle est datée du 20 germinal an XIII.

Le deuxième document nous montre de plus que les artistes reçurent une certaine compensation à leur perte, et ainsi furent plutôt expropriés qu'expulsés. C'est l'état des pensions viagères accordées par Sa Majesté aux savants et aux artistes ci-après dénommés, ci-devant logés au Louvre :

Il est accordé 1.000 francs à J.-F. Hue, Aug. Pajou, Aug. Sylvestre, J.-H. Fragonard, Ch. Bossut (physicien).

900 francs à J.-G. Moitte, Cl. Dejoux, C.-A. Coulond, P.-S.-B. Duvivier, J.-J. Lagrenée, dame Coster Vallayer, Hubert-Robert, J.-Nic.
Buache (géographe), Ferd. Berthoud (ingénieur), J.-B. Regnault.

800 francs à Fr. Dumont, J.-G. Bervic, Ant.-Ch.-Horace Vernet,
Edm. Mentelle (géographe), J.-M. Vien.

700 francs à P. Pasquier.

500 francs à Fr.-L. Gounod.

Les brevets sont datés du 17 thermidor an XIII (5 août 1805)
pour jouir du 1er vendémiaire an XIV (23 septembre 1805), avec
approbation et signature de Daru, intendant de la maison de l'Empereur. Un premier paiement fut fait pour cent jours de l'an XIV.
Le paiement suivant est ordonnancé pour l'année 1806 : on était
revenu au calendrier grégorien. (Arch. nat., O^2 838.)

En quittant les galeries du Louvre, Duvivier vint s'installer 3, rue
des Champs-Élysées, dans une maison entourée d'un jardin, détruite
aujourd'hui. C'est là qu'il passa les dernières années de sa vie et
connut l'amertume d'une trop longue vieillesse. Il avait perdu ses
enfants, un fils et une fille, âgés de vingt-six et vingt-quatre ans,
coup sur coup, en 1798 [1]. Tous les artistes de sa génération, tous ses
amis personnels disparaissaient l'un après l'autre. Le 7 avril 1808, il
signait l'acte de décès d'Hubert-Robert, qui habitait près de lui, rue
Neuve-du-Luxembourg, actuellement rue Cambon.

Au sujet de la maison de Duvivier, 3, rue des Champs-Élysées,
actuellement rue Boissy-d'Anglas, Advielle écrit sans hésiter : « C'est
le Cercle des Mirlitons aujourd'hui. » Rectifions : Le Cercle est
installé dans l'ancien hôtel Grimod de la Reynière. Advielle pouvait ignorer les cartes gastronomiques de Grimod et son adresse
numéro 1. Il aurait dû consulter les révisions cadastrales et y constater que le numéro 3 de 1815 a formé les 9, 11 et 11 bis actuels.
Cette erreur n'est malheureusement pas la dernière que je doive
relever dans la déplorable notice d'Advielle. D'après cette notice,
Duvivier remplacerait à l'Institut, en 1806, Boucher-Desnoyers,
mort peu de temps après sa nomination. C'est à Desmarest, académicien de 1803 à 1806, que succéda Duvivier. Boucher-Desnoyers ne

---

1. Un dessin conservé dans la famille porte cette inscription au dos :
« Charles-Adrien-Benjamin Duvivier, dessiné à l'âge de vingt-quatre ans par sa sœur
Agathe-Sophie, alors âgée de vingt-deux ans, en 1796, an V de la Liberté.
« Le Seigneur les a retirés à lui, à la fin de l'année 1798, l'un le 14 novembre, l'autre le
3 décembre, tous deux emportés par la petite vérole, ornés de vertus chrétiennes et civiles et
de talents prématurés.

mourut qu'en 1857, après avoir fait partie de l'Institut pendant
quarante et un ans.

En quelques lignes, Quatremère de Quincy a tracé le tableau
douloureux des derniers jours de Duvivier :

« Cependant l'Académie des Beaux-Arts de l'Institut, à la première place qui vint à vaquer dans sa section de gravure, fit un
acte de justice en y appelant le graveur octogénaire que tant de
titres recommandaient à la reconnaissance publique.

« Malheureusement, à ce dernier terme de sa vie où il nous fut
donné de le revoir, son esprit ne pouvait plus jeter que des rayons
affaiblis, et toutefois M. Duvivier ne cessait pas encore de répandre
des clartés assez vives sur tous les objets de discussion auxquels on
le trouvait toujours prêt à prendre une part active, malgré l'état
habituel d'infirmités qui influaient sur toutes ses facultés. »

Après avoir loué sa bienveillance et son exquise politesse, Quatremère ajoute qu'impotent et aveugle il ne vivait plus que des
souvenirs de sa jeunesse et du trésor d'idées dues à la riche instruction qui avait doté son premier âge... « mais il n'avait pas épuisé
la coupe des épreuves. Il lui fallut supporter les suites d'un accident bien plus cruel encore, qui pendant plus d'une année le tint
enchaîné sur son lit de mort. C'est alors qu'il fut heureux de pouvoir invoquer un secours plus puissant que ceux de la philosophie
et de la littérature ; et en est-il un autre que celui de la Religion à
laquelle il n'avait jamais cessé d'être fidèle... »

Le témoignage de Quatremère sur les sentiments religieux de
Duvivier est confirmé par un document assez curieux. Je l'avais lu
dans les papiers de Lenoir (Archives des Monuments français,
1re partie, p. 74), et j'ai pu, grâce à l'obligeance de M. A. Tuetey,
en retrouver l'original aux Archives nationales. C'est une pétition
du 24 floréal an V, par laquelle les citoyens catholiques demandent,
d'accord avec Lenoir, un crucifix de bois, des balustres de marbre
et des tapisseries des Gobelins, emmagasinés au dépôt des Monuments Français, pour reconstituer un autel à Notre-Dame. Ils offrent
en échange de ces objets sans grande valeur une urne et une
colonne, plus intéressantes pour le Musée. Un des premiers signataires de la pétition est Benjamin Duvivier.

Il n'est pas inutile de noter que plusieurs officiers et soldats
étrangers cantonnèrent, en 1815, dans la maison du vieil artiste,

15

comme en fait foi l'État des logements occupés par les alliés en 1815, folio 79. Quartier des Champs-Élysées, rue des Champs-Élysées, n° 3... 1 officier anglais et sa suite, 5 soldats, 1 vivandière, 1 cocher, 10 chevaux, 1 colonel russe et sa suite... (Archives de la Seine, fonds des mairies, carton... cote provisoire). La maison devait être assez importante, et d'ailleurs les adresses portées aux actes d'état civil des différents membres de la famille nous laissent penser qu'en temps ordinaire les habitants y étaient déjà nombreux : Benjamin Duvivier et Anne-Geneviève Leroux, sa femme ; Jean-Jacques Lagrenée (mort en 1821) et Henriette-Victoire Leroux, sa femme ; Jean-Baptiste Lagrenée, sa femme et sa fille (et peut-être aussi une troisième sœur Leroux, restée fille) ; tous habitaient rue des Champs-Élysées, 3.

La mort de Benjamin Duvivier, le 10 juillet 1819, fut peu remarquée. Le *Moniteur*, qui consacrait l'avant-veille une notice nécrologique à Tiollier, chevalier de Saint-Michel, ancien graveur général des Monnaies et de la chancellerie de France, n'annonça pas la mort de Duvivier. Le *Journal des Débats* lui donna, dans son numéro du 13 juillet, les deux lignes suivantes :

« M. Duvivier, ancien graveur de la Monnaie, membre de l'Institut, est mort à Paris le 10 de ce mois. »

Ses obsèques furent assez simples. Voici la trace qui en subsiste dans les registres de l'église de la Madeleine :

Le 12 juillet 1819 a été présenté le corps de Pierre-Simon-Benjamin Duvivier, ancien graveur général des Monnaies et membre de l'Institut royal de France, décédé en sa maison, rue des Champs-Élysées, n° 3, âgé de 89 ans. = 3° classe.

Il fut inhumé au Père-Lachaise ; et si nous en croyons *L'Observateur au cimetière du Père-Lachaise* de 1822 (p. 406), dans la division 53 : « ... Viennent ensuite les tombes de M. Delassalle, la fosse dans laquelle gît M. Duvivier, ancien graveur général des Monnaies ; une pierre tumulaire érigée au fils de M. Stouf, habile statuaire... »

Quatremère de Quincy, comme secrétaire perpétuel de l'Académie des Beaux-Arts, prononça quelques paroles sur cette fosse, et, deux ans après il lut sa notice historique sur la Vie et les Ouvrages de M. Duvivier, dans la séance publique du 6 octobre 1821.

ŒUVRES DES DUVIVIER

Jean Duvivier ayant, au moins pendant sa jeunesse, pratiqué la peinture, subsiste-t-il quelqu'unes de ses œuvres peintes ? On l'ignore et on ne connaît de lui aucun bas-relief, aucune maquette. Les cires originales mentionnées, après sa mort, « aux petites affiches », sont perdues aujourd'hui. S'il a laissé quelques travaux de sculpture ou quelques médaillons fondus, je souhaite qu'un hasard heureux les remette bientôt en lumière.

Mais on conserve, au Cabinet de France, un bronze de Benjamin. C'est un médaillon décoratif, avec bélière, qui représente le Dauphin et ses enfants : au demeurant, une œuvre de second ordre : (Diamètre, 132 mm.; hauteur, avec la bélière, 155 mm.); au dos : n° 4 pour Madame, suivi d'un petit soleil.

DESSINS

Jean Duvivier dessinait beaucoup. On connaît, cependant, fort peu de ses dessins. Ils sont signés ou portent des annotations suffisamment probantes.

Il est clair qu'un examen attentif et la comparaison avec les dessins incontestables feront peu à peu restituer à Jean Duvivier des dessins anonymes pour lesquels on ne pense pas à lui. En principe, tous les dessins de médailles du xviiie siècle qui passent en vente et surtout les sanguines, sont attribués à Bouchardon. C'est trop tentant et trop facile. On en reviendra. Même, le recueil de contre-parties conservé au Cabinet des Estampes, sous le nom de Bouchardon (Pb 31), n'est déjà plus accepté comme tel sans réserves. Il accuse deux ou trois mains différentes.

M. Fernand Mazerolle, frappé et du nombre de ces dessins rouges et de leurs différences de facture, et, remarquant que certaines médailles (ou jetons) étaient dessinées à la fois dans l'album du Cabinet des Estampes et dans un album du même genre conservé à la Monnaie, a émis une hypothèse ingénieuse : « Nous avons à la Monnaie, disait-il, (et je résume, en quelques mots, son argumentation), deux dessins de la médaille de la paix d'Aix-la-Chapelle, 1748 ; un, très sommaire, simple croquis, portant cette note en écriture de l'époque : — le 5 février 1749, remis le dessein à Mr Roitier qui est celuy qu'il faut executer — ; l'autre, très soigné, analogue aux contreparties du Cabinet. Le dessin de Bouchardon, c'est l'esquisse ; le dessin poussé, c'est celui du graveur en médailles qui a du préciser tous les détails avant de commencer sa gravure. » Cette explication, si séduisante dans le cas examiné par M. F. Mazerolle, ne saurait être généralisée. Cette division, en deux catégories, ne suffit plus lorsqu'il subsiste trois dessins de la même pièce au lieu de deux (ainsi la médaille de la ville de Rennes, 1723, existe en trois dessins différents) ou lorsque la note : Remis à M^r.... se lit sur un dessin de la deuxième catégorie, tel que trois dessins appartenant à M. J. Guiffrey, dessins terminés et montés sur un carton bleu portant : Remis à Mr Marteau, le ..., inscrit à l'angle dudit carton bleu. Il sera très difficile d'arriver à une solution satisfaisante pour le recueil dit de Bouchardon, du Cabinet des Estampes, d'autant plus que son origine est incertaine ; sur les registres d'acquisitions de la Bibliothèque, le vendeur est appelé Morié et Moulière. Je préférerais Morié et j'en donnerai la raison lorsque j'étudierai, comme j'en ai l'intention, ces dessins des médailles de Louis XV et lorsque je croirai avoir découvert une partie de la vérité. En attendant, j'estime que M. Ferdinand Mazerolle eut raison de poser ce problème ; les médailles en sanguine sont-elles bien toutes de Bouchardon ? H. Destailleur a prudemment agi en classant, dans son recueil de dessins des Duvivier, un profil en sanguine de Louis XV, conforme à la médaille royale de 1751, par Jean Duvivier, bien que cette sanguine et sa contre-partie se présentassent dans les mêmes conditions que les dessins attribués en général, à Bouchardon, puisque nous savons, d'une façon certaine, que Jean Duvivier ne voulait graver la tête du roi que d'après ses propres dessins.

D'autre part, c'est probablement une erreur que de voir dans les dessins de médailles du xviiie siècle, à priori, des projets pour les médailles exécutées par le dessinateur en titre ou par les médaillistes eux-mêmes. Il faudrait penser que beaucoup de dessins aient été plus vraisemblablement faits d'après les médailles. A une époque où l'on formait si volontiers des collections de dessins et où les médailles étaient si estimées, il se trouvait, sans doute, des acheteurs de dessins de médailles ; les artistes devaient satisfaire à cette demande. De plus, il a été fait, pour l'étude, des dessins d'après les médailles par des élèves.

Dans le même temps, les médailles ont été très souvent reproduites par la gravure en taille-douce. En dehors des albums classiques de médailles et des « histoires métalliques », les médailles figurent encore comme effigies royales ou comme accessoires décoratifs dans d'innombrables frontispices ou culs-de-lampe, dans des encadrements, des dédicaces, et ont été souvent dessinées ou gravées par les meilleurs maîtres, tels que C. N. Cochin, N. Tardieu ou Moreau le Jeune. Aussi, lorsque je me trouve en présence d'un dessin de médaille très soigné, avec des ombres hachées régulièrement, je suis tenté d'y voir un dessin préparé pour la gravure d'estampes plutôt qu'un dessin fini de médailliste, car je pense que le médailliste pour « chercher » les détails de son œuvre aurait eu plutôt recours à la cire et à l'ébauchoir qu'à la sanguine ou au crayon.

Il est constant que les médaillistes interprétaient, avec une liberté relative, les projets remis par le dessinateur officiel ; lors donc qu'un dessin de médaille présente tous les détails en conformité avec la médaille frappée, surtout les menus ornements et les lettres que le médailliste enfonçait à la fin du travail avec des poinçons, il y a probabilité d'un dessin exécuté d'après la médaille.

Dessins d'après les projets de Chaufourier ou de Bouchardon ; dessins d'après nature et esquisses de médailles composées par le médailliste seul ; dessins d'après les monnaies anciennes, dessins de médailles en vue de l'estampe, Jean Duvivier, graveur en médailles et en taille-douce, exécutait également les uns et les autres. Je reproduis, ici, deux planches parues dans le *Mercure* et qui ont été dessinées et gravées par Jean Duvivier et je pense que sa collaboration aux planches de numismatique du *Mercure*, ne s'est pas bornée à ces deux gravures. Pendant tant d'années ses médailles ont été reproduites dans ce journal avec une telle régularité, une telle fidélité dans tous les détails et avec l'indication de sa signature, qu'on peut croire qu'il s'intéressait à cette reproduction ; peut-être, en donnait-il lui-même ou en retouchait-il les dessins. Il fournissait, certainement, des dessins à son gendre Tardieu, à preuve ce modèle d'une médaille destinée à l'église Saint-Sulpice, de Paris, qui orne le compte rendu de la consécration de la nouvelle église ; la gravure porte : *Duvivier del. Tardieu sculpsit.*

Jean Duvivier a beaucoup dessiné, mais je ne connais qu'un petit nombre de ses dessins : Benjamin Duvivier en a laissé davantage, mais ils sont très dispersés. Pour l'un et pour l'autre, il serait prématuré de dresser un catalogue. Voici tout ce que j'ai pu trouver jusqu'à présent, dans les collections publiques ou privées :

Musée du Louvre. — La collection des dessins du Musée ne comprend qu'un dessin de Jean Duvivier : le portrait de Bertholet Flemaele, trois quarts, en sanguine, et deux de Benjamin, acquis en 1910 ; le général La Fayette et Talleyrand Périgord, archevêque de Reims, tous deux à la mine de plomb, profils, à gauche (16 c. × 21 c.).

Cabinet des Estampes. — Le dépouillement des collections du Cabinet n'a donné que le portrait de l'abbé Barthélemy ; crayon noir, profil à gauche (coll. Hennin 12057, tome CXXXVII). Dans les recueils dits de l'Histoire de France, plusieurs médailles des Duvivier sont dessinées, mais non de leurs mains. Je retiens, cependant, un dessin, bien qu'il ne me paraisse pas de Jean Duvivier, d'un projet pour la médaille de la Régence, à cause de l'explication qui l'accompagne (Recueil Q^h 58) :

PHILIPPUS DUX, etc., le régent de profil à droite, signé : DUVIVIER. R⫟. ET JURE ET VOTIS. Ex. : ADMINISTRATIONE REGNI SUSCEPTA.

11 SEPT. MDCCXV. L'idée de cette médaille fut conçue le 2 sept. 1715 que son A. R. fut reconnu au Parlement régent du royaume. Le sieur Le Masson du Parc, aujourd'hui commissaire de la Marine, inspecteur général des pêches, l'inventa pour donner lieu au Sr Duvivier, aujourd'hui graveur ordinaire des médailles du roi et de l'académie de peinture et de sculpture, de produire son travail et pour avoir lieu d'en espérer une bonne réussite. On en communiqua le projet avec l'esquisse en bosse à M.M.: (plusieurs membres de l'Acad. des Inscriptions, notamment de Boze) dont le sr Duvivier était d'autant plus connu qu'il était le seul graveur qui eût pu exécuter la médaille de la place Bellecour, à Lyon... (Toutes les personnes les mieux qualifiées ayant approuvé le projet, ainsi que de Launay), Duvivier acheva la gravure. Mr Coypel nommé peintre du Roy, demanda à Duvivier de lui céder l'invention de cette médaille... (Duvivier refusa, Lemasson aussi. Le travail en resta là)... et la première médaille du règne est celle qui dépeint le roi d'un côté, et de l'autre, le régent.

Malgré une légère incertitude à la fin, ce document méritait d'être signalé ; il est amusant.

Si nous feuilletons l'œuvre d'A. de Saint-Aubin (B. N. : Ef, 35) nous y retrouvons une interprétation charmante du portrait de l'abbé Barthélemy ; en effet, le profil de Barthélemy a été gravé, deux fois par Saint-Aubin. La médaille, en grandeur réelle : 42 mill. face et revers, porte : dessiné et gravé par A. St Aubin, d'après la médaille de P. S. B. Duvivier. Et le profil interprété en manière de camée antique (38 mill. $\times$ 32 mill.) porte : *Duvivier del St Aubin sculpsit.*

Le même album de Saint-Aubin contient la gravure d'un autre dessin de Duvivier. Le portrait de profil du géographe Jean-Baptiste Bourguignon d'Anville (172 mill. $\times$ 112 mill.) est signé : B. Duvivier delin. à St Aubin sculp.

Musée Carnavalet. — Dans ce musée se trouve le recueil de dessins des Duvivier, provenant de la vente de Destailleur. Ces trente-trois dessins, des plus importants, comprennent : dix têtes de Louis XV, cinq de Louis XVI, deux de Marie-Antoinette, le dauphin fils de Louis XV, le duc de Bourgogne, le prince de Condé, l'impératrice Marie-Thérèse, le comte de Provence, la comtesse d'Artois, le duc de Villars, Lebrun-Pindare, Bonaparte et quelques autres. Ils sont tous montés et reliés en un album in-4°.

La Bibliothèque de la Faculté de médecine possède les trois portraits ayant appartenu à M. Steinheil, publiés déjà et étudiés par

M. Fournié : Alleaume, Levacher de la Feutrie et Bourdelin, par Benjamin Duvivier.

Les autres dessins connus sont dans des collections privées. Le projet de la médaille *Massilia resurgens*, dessin à la plume de Benjamin Duvivier, à M. Paul Gonzalès, de Marseille, figurait à l'Exposition d'art provençal de Marseille, en 1906 (n° 814 du Catalogue).

Deux crayons noirs : le cardinal de la Roche-Aymon, 15 c. $\times$ 19 c., David le Roy, 13 c. $\times$ 18 c., et deux sanguines : Melle Perrache, de Lyon, 16 c. $\times$ 21 c., M. Gavaudeau, 18 c. $\times$ 26 c., par Benjamin, appartiennent à M. Jean Lancelin.

Le portefeuille de Melle d'Arpentigny, parmi de nombreux souvenirs de famille et des croquis pour des médailles et des jetons, contient des dessins remarquables de Jean et de Benjamin Duvivier, dont j'ai publié ici les principaux (voir à la table des planches).

M. Jacques Doucet conserve un dessin de Jean Duvivier, probablement d'après un camée.

Enfin, un portrait de Louis XVI et un profil des plus curieux de Marie-Antoinette, par Benjamin Duvivier, ayant appartenu à Mme de Thiac, sont actuellement la propriété de M. de Ribes.

Du Vivier in et sculp

GRAVURES EN TAILLE-DOUCE

Les estampes de Jean Duvivier nous présentent des modèles accomplis de la plus belle technique du graveur. Quelquefois préparées à l'eau-forte et reprises au burin, souvent elles paraissent exécutées au burin pur ou entièrement reprises avec une si mâle fermeté, avec une telle certitude de l'outil qu'elles s'imposeraient déjà à notre étude pour la perfection de leur métier. Il y a plus : les ornements composés et gravés par Jean Duvivier, bien qu'ils suivent les formules de la fin du règne de Louis XIV, assez abondants et contournés, tordus en volutes, retordus en feuilles d'acanthe, accrochés à des mascarons, décrochés sur des coquilles et enguirlandés de feuillages, sont cependant assez caractéristiques pour qu'on en retrouve les détails ou l'esprit dans certains décors des revers de jetons. J'en ai reproduit quelques spécimens ici, je n'insisterai donc pas davantage sur leur style et me contenterai de donner la liste des estampes que j'ai classées; liste trop brève, j'en suis certain, mais il n'existe aucune série complète de Duvivier, ni dans nos collections publiques ni, jusqu'à plus ample information, dans aucune collection privée. Guilmard a signalé les estampes d'ornements qu'il connaissait, en tout dix-huit pièces (dont cinq douteuses). On en trouvera bien davantage. Il est très probable, notamment, que Jean Duvivier ait gravé des ex-libris. Sa fille Louise en a signé un certain nombre et les amateurs d'ex-libris que j'ai consultés à ce sujet ne doutent pas que Jean Duvivier, excellant dans la gravure héraldique, ne soit aussi l'auteur de quelques armoiries de bibliophiles. Je n'en ai pas encore rencontré, je n'ai même pas pu me procurer l'ex-libris de Joanne de la Carre de Saumery, dont je ne connais que la description et qui est signé D. V.

— Portrait de Bertholet Flemaele, de trois quarts dans un ovale ($250^{mm} \times 345^{mm}$). Sous le portrait, dans une base ornée d'une palette : Bertholet Flemaele, peintre liegeois, reçu professeur de l'Academie royal (*sic*) de Paris en 1670. — En bas, à gauche : *peint par Berth. Flemaele.* A droite : *gravé par Jean du Vivier à Liége,* 1711.

— Portrait de Pierre des Gouges, de trois quarts ($345^{mm} \times 283^{mm}$) sous le portrait, Petrus des Gouges Latiné (*sic*) Cesonius Juris utriusque Doctor in Senatu Galliarum Principe et in Regiâ advocatorum ordine primus ætatis 80 a Christo nato M.DCC.XII. — En bas, à gauche : *peint par R. Tournière.* A droite : *Gravé par I. du Vivier.*

Vir omnium horarum
In Theologia Jurisprudentia et arte Medica profundus.....

— Une suite de six cartouches en hauteur ($145^{mm} \times 107^{mm}$) numérotés de 1 à 6. Le n° 1 porte, dans le cartouche, l'inscription : NOUVEAU LIVRE de CARTOUCHE pour ornement des armes

16

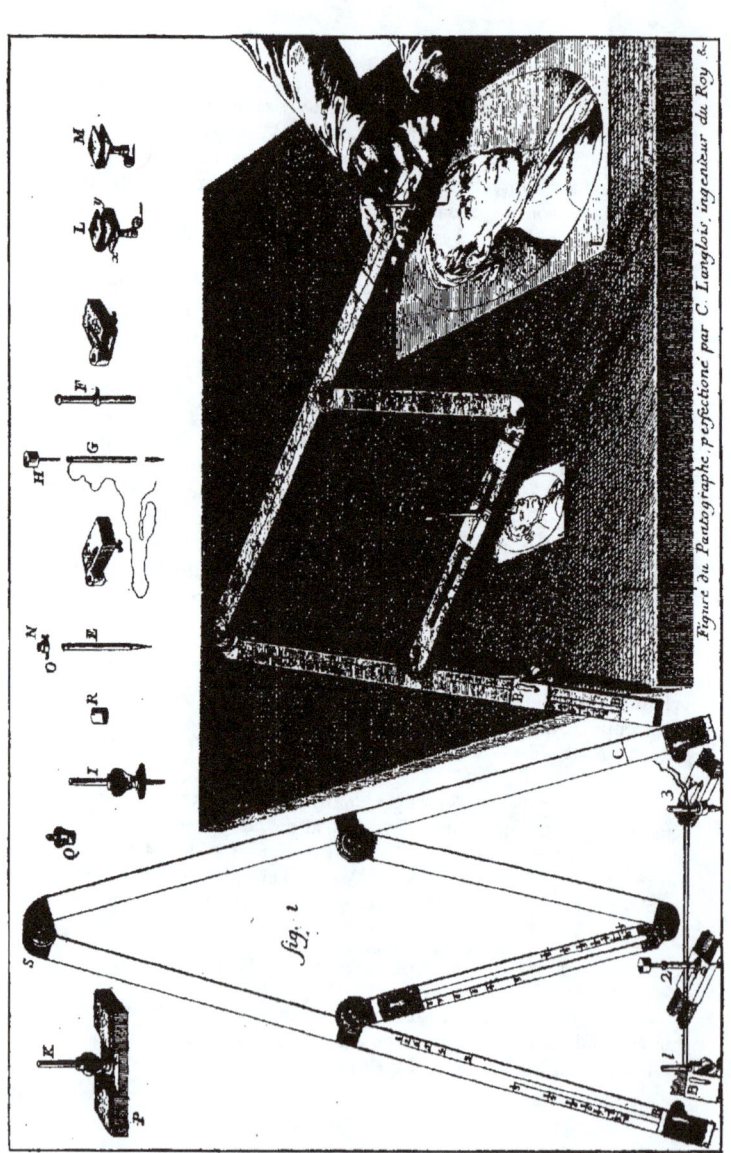

fig. 1

Figure du Pantographe, perfectioné par C. Langlois, ingenieur du Roy. &.

inventé et gravé par Jean du Vivier 1712. En bas à gauche : à *Paris chez Poilly, rue s. jacques à l'image s. Benoist C. P. R.* Les cinq autres portent le nom de Poilly, à gauche, de Duvivier, à droite.

—Une suite de six cartouches en largeur (150 m. $\times$ 115) numérotés de 1 à 6. Le n° 1 porte en bas, à droite, la signature *I. du Vivier* et à gauche : *A Paris chez Poilly rue S. Jàque, à l'image S.-Benoist.*

— Une troisième suite de modèles de boîtes ou de tabatières, conservée au Cabinet des estampes, est d'une touche si incertaine que je suis tenté de l'attribuer à un homonyme ou à un des enfants de Duvivier.

— Un grand cartouche analogue au titre des cartouches en hauteur édités chez Poilly, mais gravé à l'eau-forte (260^{mm} $\times$ 220^{mm}). Il contient une armoirie : d'argent à l'aigle noir aux ailes éployées et surmonté d'un arbre... (?).

— Les armoiries du duc d'Orléans dans un cartouche ailé entouré d'attributs religieux et militaires, gravées pour une Bible, d'après un dessin de Louise Duvivier. En bas, à gauche : *LT inv.* A droite : *I du Vivier sculp. 1743* (206^{mm} $\times$ 118).

— Armoirie soutenue par deux sirènes, sommée d'une couronne ducale ; de gueules fretté de six lances d'or, les clairevoyes remplies chacune d'un écusson de même et un écusson d'azur chargé d'une fleur de lis d'or brochant sur le tout, qui est de Villeneuve, seigneur de Vence.

— Armoiries sans cartouche ni supports : d'or à deux (oiseaux ? essorants de ?) et dans un franc-quartier, d'azur à trois taus posés deux et un.

— Le pantographe. Planche de démonstration qui accompagne le mémoire de l'inventeur.

En bas, à droite : *dessiné et gravé par du Vivier 1744. Figure du Pantographe perfectionné par C. Langlais, ingénieur du Roy &.*

— Mercure volant à droite, portant une banderole où on lit : *quæ colligit spargit.* Marque du journal *le Mercure*, gravée à l'eau-forte.

— Pierre antique publiée dans *le Mercure* de février 1738 (30^{mm} $\times$ 38^{mm}) : signée : *grandeur de la pièce de Laurent de Médicis : du Vivier sculp.*

— Une médaille de la suite du roi Louis XV parue dans *le Mercure* de juillet 1739 : Signée *du Vivier in. et sculp.*

— J'attribue à Jean Duvivier l'estampe encartée dans *le Mercure* de juin 1734, de sa médaille de la statue royale à Bordeaux.

— Enfin, parmi les planches des médailles parues dans *le Mercure* et reproduisant des œuvres de Jean Duvivier, il en est qui présentent dans leur dessin fidèle un caractère suffisamment duviviérique pour qu'on puisse dire: il n'est pas prouvé qu'elles soient de Duvivier lui-même, mais s'il n'en a pas fourni le dessin à un des graveurs ordinaires du *Mercure*, il en a surveillé ou retouché l'exécution. Tels sont: le duc de Bourbon, publié en 1724; le jeton du clergé, 1735, le roi Stanislas, 1737, et le maréchal de Villons 1742.

Benjamin Duvivier a-t-il gravé des estampes ? Cela n'est pas impossible. A tout hasard, je signale une vignette en largeur (185ᵐᵐ × 65ᵐᵐ), représentant un cartouche d'armoiries porté par deux aigles. Le style des oiseaux est assez proche de ceux qu'on voit sur les jetons de Benjamin. L'armoirie sommée d'une couronne de comte est difficile à identifier : d'or à deux fasces d'azur. Daté : 1783 . La signature, peu lisible, a été lue : *Duvivier*, par plusieurs personnes à qui je l'ai montrée.

MONNAIES

Il n'y a pas de monnaie de Jean Duvivier. Mais Benjamin Duvivier, comme graveur général des monnaies de France, est l'auteur des monnaies de Louis XVI depuis le commencement du règne jusqu'à la Révolution. Ces monnaies sont décrites par Hoffmann et, d'ailleurs, sauf le louis à la corne, très communes. J'en résumerai seulement l'histoire en quelques lignes accompagnées d'un tableau.

L'édit du 23 mai 1774, treize jours après l'accession de Louis XVI au trône, prescrivait, en même temps que la fabrication des espèces nouvelles, le maintien des anciennes. L'effigie du nouveau roi devait remplacer seulement celle de Louis XV, sur les monnaies fabriquées désormais sans autre changement. Telle est la première série des pièces qui fut frappée jusqu'en 1777. Sur les louis d'or et les écus d'argent, le roi est représenté en habit. Le revers porte l'écusson de France simple, entouré de deux palmes. Les numismates appellent ces pièces : louis aux palmes.

Les coins furent modifiés en 1777. Le roi, en habit, figure encore sur la face. Mais au revers les armes de France et de Navarre sont

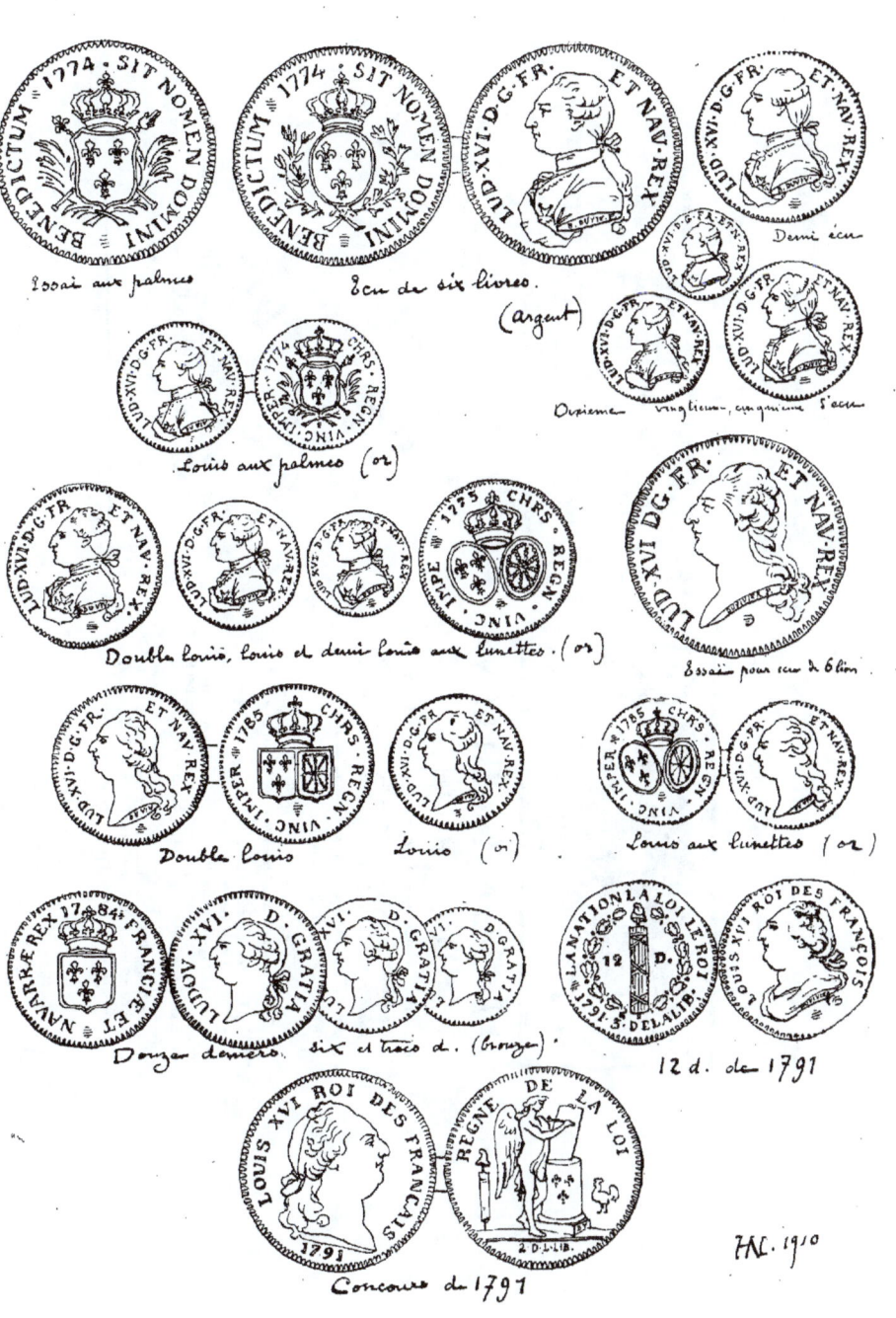

Essai aux palmes

Écu de six livres.

(argent)

Demi écu

Dixième, vingtième, cinquième d'écu

Louis aux palmes (or)

Double Louis, Louis et demi Louis aux lunettes. (or)

Essai pour écu de 6 liv.

Double Louis Louis (or)

Louis aux lunettes (or)

Douze deniers, six et trois d. (bronze).

12 d. de 1791

Concours de 1791

H.N. 1910

DÉCLARATION DU ROI,

Qui ordonne le changement des Poinçons, pour la fabrication des Espèces, sans que néanmoins le titre, le poids & la valeur en soient changés: Et qui, en conséquence, ordonne que les précédentes Espèces continueront d'avoir cours, concurremment avec les nouvelles.

Donnée à la Muette le 23 Mai 1774.

Registrée en la Cour des Monnoies le 30 desdits mois & an.

LOUIS, PAR LA GRÂCE DE DIEU, ROI DE FRANCE ET DE NAVARRE: A tous ceux qui ces présentes Lettres verront, SALUT. Nous étant fait représenter, en notre Conseil, l'Edit du mois de janvier 1726. par lequel le feu Roi, notre très-honoré Seigneur & Aïeul, avoit ordonné la fabrication des Espèces d'or & d'argent ayant actuellement cours dans notre royaume, ensemble la Déclaration du 12 février, & l'arrêt du Conseil du 26 mai de la même année, qui a porté le prix des Louis d'or à Vingt-quatre livres, les doubles & demis à

de quoi nous avons fait mettre notre scel à cesdites présentes. DONNÉ à la Muette le vingt-troisième jour du mois de mai, l'an de grâce mil sept cent soixante-quatorze, & de notre règne le premier. *Signé* LOUIS. *Et plus bas*, Par le Roi. *Signé* PHELYPEAUX. Vu au Conseil, TERRAY. Et scellé du grand sceau de cire jaune.

Lûe, publiée & registrée au greffe de la Cour, oui & ce requérant le Procureur général du Roi, pour être exécutée selon sa forme & teneur; & copies collationnées d'icelle envoyées à la diligence du Procureur général du Roi, ès Sièges des Monnoies du royaume, pour y être pareillement lûe, publiée & registrée: Enjoint aux Substituts du Procureur général du Roi d'y tenir la main, & d'en certifier la Cour au mois, suivant l'arrêt de ce jour. FAIT en la Cour des Monnoies, le trentième jour de mai mil sept cent soixante-quatorze. Signé GUEUDRE.

Collationné par nous Greffier en chef de la Cour des Monnoies, Conseiller-Secrétaire du Roi, Maison, Couronne de France & de ses Finances.

Empreintes des Espèces d'Or.

Empreintes des Espèces d'Argent.

A PARIS, DE L'IMPRIMERIE ROYALE. 1774.

accolées dans deux écussons ovales : louis aux lunettes. L'édit du 30 octobre 1785 ayant ordonné la refonte des espèces d'or, la nouvelle gravure représente le roi nu et les cheveux flottants. Lors de cette nouvelle émission, soit par suite d'un accident, soit par suite d'une mauvaise plaisanterie, un petit nombre de pièces émises à Strasbourg (où le cardinal de Rohan était évêque), montrent au front du roi un appendice qui a fait nommer ces pièces : louis à la corne.

A la même époque, on dut songer à renouveler les types de la monnaie d'argent. Un essai pour écu de six livres où le roi est nu avec les cheveux flottants comme dans les nouvelles monnaies d'or existe en bronze au Cabinet de France.

Les effigies pour les monnaies de bronze, ordonnées en 1777, n'ont pas varié jusqu'à la fin du régime. Elles ne sont pas signées, alors que toutes les monnaies d'or et d'argent portent le nom du graveur. Mais la pièce de douze deniers de 1791, ou sou constitutionnel, est signée en toutes lettres.

Les hôtels des Monnaies de province ne pouvaient employer pour leurs frappes que des coins exactement conformes à ceux de la Monnaie de Paris, l'effigie donnée par le graveur général étant seule adoptée pour la France entière. Aussi les monnaies de province, sauf une fabrication plus ou moins soignée, ne se distinguent des monnaies de Paris que par leurs différents; c'est-à-dire qu'à la légende et sous l'effigie s'ajoutent une lettre et un signe symbolique, ou deux signes symboliques pour indiquer l'hôtel des Monnaies et le directeur responsable de la frappe. Par exemple, la lettre A et une lyre signifient la Monnaie de Paris et le directeur Dupeyron de Lacoste.

Pour la liste des différents et tous détails de fabrication monétaire, qui sortiraient du cadre de cette étude, je renvoie à l'*Almanach des Monnaies*. J'y renvoie également, pour la suite des édits, ordonnances, déclarations qui prescrivirent ou réglementèrent les émissions d'or, d'argent, de bronze dans les établissements monétaires de Paris et de province pendant le règne de Louis XVI.

MÉDAILLES DES DUVIVIER

Les médailles, étant donné leur but commémoratif ou laudatif, portent en général une date dans la légende ou dans l'exergue, donc le classement le plus facile est le classement par ordre chronologique : je l'ai adopté.

Les médailles n'ont pas toujours été gravées à l'époque même de l'événement auquel elles se rapportent. Dans ce cas, chaque fois que j'ai trouvé l'indication de la date de la gravure dans Gougenot, dans *le Mercure*, etc., j'en ai fait mention. A plus forte raison, lorsque le coin original conservé dans les vitrines du Musée Monétaire porte sur le côté le nom de Jean ou de Benjamin Duvivier avec une date, j'ai noté ce renseignement important après le numéro du catalogue des coins du Musée : coin signé et daté.

L'écart entre la date inscrite sur une médaille et la date réelle de sa fabrication augmente l'incertitude où nous sommes quelquefois de l'avers et du revers assemblés lors de la première frappe de la pièce. Ajoutons que des refrappes nombreuses ont associé les coins au hasard, et que le catalogue du Musée Monétaire ne nous fournit aucun argument décisif, puisque le déménagement de 1832 a dû troubler le classement ancien des coins, en supposant qu'il y en ait eu un bien rigoureux et qu'il ait traversé intact la période révolutionnaire. Pour les pièces de l'histoire métallique de Louis XIV et de Louis XV, dont l'avers fut toujours une tête de roi, cette tête a été renouvelée assez souvent pour suivre les modifications du visage royal dans les différents âges de la vie, le module restant le même. Comme on ne sait pas avec une précision rigoureuse le moment où chaque type a commencé et cessé d'être utilisé, on n'a pas de certitude sur la véritable et initiale combinaison. Cependant, si la médaille a été décrite ou dessinée, — face et revers, — dès l'origine, dans un document administratif ou dans un périodique sérieux, ce témoignage doit être écouté ; j'ai donc pris note des descriptions des journaux : *Mercure, Journal de Paris...*, et j'y ai joint à l'occasion quelques autres références.

A défaut de témoignages contemporains, il convient d'examiner les exemplaires les plus anciens des médailles. On trouvera donc ici les numéros des médailles de Duvivier conservées au Cabinet de France. Les médailles frappées pour les provinces et pour des particuliers ne figurent pas toutes à la Bibliothèque nationale. Celles de la collection historique royale s'y trouvent à peu près toutes ; elles constituent quatre séries presque semblables rangées chronologiquement dans leurs anciens cartons de maroquin rouge : une en or, une en argent, une en bronze, et une en bronze dont les reliefs sont dorés et les fonds vernis en rouge. Cette dernière série mérite toute notre attention, puisque nous savons de la façon la plus certaine que cette manière de décorer les médailles était pratiquée dès le commencement du règne de Louis XV, sous la direction de de Launay, vers 1720.

Il n'est pas prouvé que les séries en or et en argent, représentant une haute valeur métallique, aient subi au xviiie siècle le sort des vaisselles de la couronne, aient été détruites et remplacées ensuite suivant l'état des finances du roi. Je veux croire que le médaillier échappait à ces cruelles nécessités. Cependant il y a là un doute, l'ombre d'un doute qui n'existe pas pour les bronzes. De plus, la collection en bronze est plus complète. Ainsi les premières médailles de mon catalogue se rapportent au règne de Louis XIV. Elles sont toutes du module de 41 millimètres, et font partie des suites qu'on appelle au Cabinet de France : séries uniformes. En effet, Jean a été chargé de graver quatorze revers de médailles pour compléter la collection de l'histoire de Louis XIV. Les uns font double emploi avec des revers déjà existant qui sans doute n'avaient pas donné toute satisfaction ; les autres manquaient jusque-là à la collection. Ces revers sont associés dans le catalogue des coins du Musée Monétaire à des avers de Molart ou de Roussel ; mais les exemplaires anciens nous les montrent associés à des avers de J. Mauger. Au Cabinet des Médailles, ils ne figurent pas dans la série en or ; ils se rencontrent exceptionnellement dans la série en argent ; mais ils figurent tous dans la série en bronze décoré d'or

17

et de vernis rouge. Mes descriptions suivent ces exemplaires de bronze.

Autre exemple : lorsque le catalogue du Musée Monétaire donne un avers, portrait du roi Louis XV par Duvivier, et l'exemplaire du Cabinet de France, un avers de Marteau, pendant la période où Jean Duvivier a cessé de graver les portraits du roi, je m'en rapporte à l'exemplaire du Cabinet. Et j'ai complètement supprimé de mon catalogue des pièces comme la bataille de Rocoux, dont le revers, de J.-C. Rœttiers, est accompagné d'une tête de Duvivier au Musée Monétaire, mais dont les exemplaires anciens portent toujours un avers de Marteau.

Le cas s'est présenté : c'est celui de la petite médaille de la Chambre de Commerce de Bayonne, où le seul exemplaire que j'ai vu soit en ma possession ; alors, malgré ma répugnance à parler de ma modeste collection, et malgré l'adage : *testis unus, testis nullus*, j'ai dû indiquer cette provenance.

Enfin je dois avouer n'avoir pas vu, de mes yeux, certaines pièces décrites. Ce cas, très rare d'ailleurs, est celui de la médaille de la Caisse d'escompte. Mais l'autorité incontestable de M. le commandant Babut est un sûr garant de l'exactitude de la description.

Tel est le sens des indications diverses et des références que j'ai ajoutées à la description de chaque pièce. Pour alléger les descriptions, j'ai supprimé souvent le détail de l'avers, quand cet avers donne le portrait du roi. Ayant numéroté les principaux types des effigies royales, je renvoie à mes numéros par des indications telles que celle-ci : « Louis XV », ou « buste du roi, type 3 » ; et comme il existe un certain nombre de têtes de Louis XV, gravées par Benjamin Duvivier, pour les différencier des têtes gravées par Jean, je les désigne par un chiffre accompagné de l'indice '. Exemple : « Buste du roi, type 3' ».

Les médailles de Jean et celles de Benjamin ne forment ici qu'une seule liste ; car j'estime qu'elles sortent sans interruption d'un seul atelier : l'atelier des Duvivier. Il est clair qu'à partir de 1761, toutes sont l'œuvre de Benjamin. Celles qui remontent à l'époque des dernières années et de la mort de Jean, quand elles sont de Benjamin, portent la signature B. Duviv. ou B. Duvivier, ou Duvivier fils.

J'aurais désiré m'abstenir de numéroter mon catalogue, pour per-

mettre aux amateurs, d'ajouter, chaque fois que cela serait nécessaire, les pièces que j'ai oubliées. On m'a objecté que cette suppression serait contraire aux usages, et nuirait aux services que mon
catalogue pourrait rendre dans la suite. Et j'ai cru devoir suivre cet
avis.

CATALOGUE

1. — (1643.) *Prise de Trino et de Pont de Sture.*

LUD.XIIII.FR.ET.NAV.REX.CHRISTIANISS. — Buste de
Louis XIV enfant, à droite, cheveux bouclés, par J. Mauger.

℞. PADUS LIBER. — Le Pô, seul [1], couché parmi les roseaux,
tenant de la main droite un gouvernail et s'appuyant du bras
gauche sur le sol auprès de son urne renversée où on lit : PADUS.

Exergue : TRINO ET PONTE STURÆ — CAPTIS — M.DC.XLIII, en
trois lignes.

Signé sur le bord à droite : D.V.

Module 41 mill.
Cabinet des médailles : bronze doré et verni : n° 1572.
  bronze : n° 1900.
N° 11 *bis* du Catalogue du Musée monétaire, règne de Louis XIV. Coin et
poinçon du revers signés.
Cette médaille est décrite par Gougenot, comme gravée en 1720.

2. — (1645.) *Prise de Roses.*

Buste de Louis XIV enfant, à droite. Signé J. Mauger F.,
comme précédemment.

℞. RHODA CATALONIÆ CAPTA. — Mars, brandissant
son épée de la main droite, saisit de la gauche le bouclier aux
armes que la ville de Roses, drapée, couronnée de tours, lui
remet à genoux.

1. Il existe une médaille, en tout semblable à celle-ci, où, derrière la figure du Pô, on voit
au second plan la Sture tenant aussi son urne versante (STURA).

Exergue : XXVIII MAII — M.DC.XLV, en deux lignes.

Signé en bas, à droite, au-dessus de la plinthe : D.V.

Module 41 mill.
Cabinet des médailles : bronze doré et verni : n° 1577.
              bronze : n° 1918.
N° 20 du Catalogue du Musée monétaire, règne de Louis XIV. Coin et poinçon du revers signés et datés 1721.
Décrite par Gougenot, comme gravée en 1721.

3. — (1648.) *Prise d'Ypres.*

Buste de Louis XIV, de J. Mauger, comme le précédent.

℞. FRACTA HISPANORUM FIDUCIA. — Une femme drapée à l'antique, la couronne royale en tête, est renversée à terre ; auprès d'elle, son drapeau. Le dieu Mars debout, de profil à droite, casqué et cuirassé, avec une écharpe flottante, emporte l'écusson et la couronne murale de la Ville d'Ypres.

Exergue : YPRIS CAPTIS. — XXVIII. MAII. MDCXLVIII, en deux lignes.

Signé en bas, à gauche : D. V.

Module 41 mill.
Cabinet des médailles : bronze doré et verni : n° 1588.
              bronze : n° 1926.
N° 34 du Catalogue du Musée monétaire, règne de Louis XIV. Poinçon du revers signé et daté 1720. Coin du revers signé et daté 1723.
Médaille décrite par Gougenot, comme gravée en 1720.

4. — (1648.) *Paix de Westphalie.*

LUDOVICUS XIIII.REX CHRISTIANISS.

Buste de Louis XIV jeune, à droite, les cheveux longs tombant sur l'épaule, par J. Mauger.

℞. PACIS EVENTUM. — Une femme assise, de profil à gauche, s'appuie de la main gauche sur un bouclier aux trois fleurs de lis ; à ses pieds des armes ; devant elle, la Paix descend du ciel, de face, élevant du bras droit un caducée et tenant dans son bras gauche une corne d'abondance. Flanc concave.

Exergue : FŒDUS WESTPHALICUM — XXIV OCT. MDCXLVIII, en deux lignes.

Signé en bas, à gauche : D. V.

Module 41 mill.

Indiquée comme signée de Le Blanc dans le Catalogue du Musée monétaire, et comme de Duvivier par Gougenot, cette pièce est signée : D. V.

Cabinet des médailles : bronze doré et verni : n° 1594.

bronze : n° 1927.

N° 42 du Catalogue du Musée monétaire, règne de Louis XIV. Poinçon du revers signé et daté 1723.

Médaille décrite par Gougenot, qui fait remarquer que le champ de cette pièce est concave.

5. — (1649.) *Campagne de Flandre.*

Buste de Louis XIV jeune, à droite, les cheveux longs tombant sur l'épaule, par J. Mauger, comme le précédent.

℞. MINERVA FAUTRIX. — Minerve debout, de face, appuyée de la main sur sa lance et portant de l'autre une Victoire ; à ses pieds sont deux écussons aux armes de Condé et de Maubeuge.

Exergue : RES IN BELGIO GESTÆ --- M.DC.XLIX, en deux lignes.

Signé en bas, à droite, dans le fond : D. V.

Module 41 mill.

Cabinet des médailles : bronze doré et verni : n° 1595.

bronze n° 1936.

N° 44 du Catalogue du Musée monétaire, règne de Louis XIV. ℞. Coin ancien. Poinçon signé et daté 1720.

Décrite par Gougenot, comme gravée en 1720.

6. — (1650.) *Levée du siège de Guise.*

Buste de Louis XIV, par J. Mauger F., comme le précédent.

℞. HISPANORUM COMMEATU INTERCEPTO. — Un guerrier debout, de dos, parmi des tonneaux, des gerbes et des munitions, la main gauche tenant une lance, reçoit de la main droite une couronne de lauriers que la ville de Guise, drapée à l'antique, appuyée sur l'écusson de ses armes, couronnée de tours, lui remet de la main droite.

Exergue : GUSIA LIBERATA. --- 1 JULII M.DC.L, en deux lignes.

Signé en bas, à droite, au fond : D. V.

Module 41 mill.

Cabinet des médailles : bronze doré et verni : n° 1596.

bronze : n° 1937.

No 45 du Catalogue du Musée monétaire, règne de Louis XIV. ℞. Coin ancien. Poinçon signé et daté 1721.

Décrite par Gougenot comme gravée en 1721.

7. — (1651.) *Majorité de Louis XIV*.

Buste de Louis XIV, par J. Mauger F., comme le précédent.

℞. REGE LEGITIMAM ÆTATEM ADEPTO. — Le jeune roi, de profil à droite, debout, en grand costume du sacre, couronne en tête, saisit de la main droite et pose sur un globe orné de trois fleurs de lis, le gouvernail fleurdelisé que la reine, debout devant lui, en costume royal, vient de lui remettre.

Exergue : VI SEPT. MDCLI.

Signé en bas, à droite : D. V.

Module 41 mill.
Cabinet des médailles : bronze doré et verni : n° 1598.
bronze : 1941.
No 50 du Catalogue du Musée monétaire, règne de Louis XIV. ℞. Coin ancien. Poinçon signé et daté 1720.

Décrite par Gougenot comme gravée en 1720.

8. — (1669.) *Chambre de justice (révocation de la)*.

LUDOVICUS XIIII REX CHRISTIANISSIMUS. — Buste de Louis XIV, à droite, coiffé de la grande perruque, par J. Mauger.

℞. PECULATORES ÆRE MULCTATI. — La Justice est assise de face sur un trône ; elle élève de la main gauche ses balances, tandis que sa droite laisse tomber son glaive [1] ; à ses pieds se tient à genoux, de profil à gauche, un homme en costume drapé qui présente un coffre plein d'argent.

Exergue : INTERMISSA PECULATUS ET — REPETUNDARUM JUDICIA. — MENSE AUG. M.DC.LXIX, en trois lignes.

Signé sur la marche du trône, en bas, à gauche : D. V.

Module 41 mill.
Cabinet des médailles : bronze doré et verni : 1678.
bronze : 2065.
No 160 du Catalogue du Musée monétaire, règne de Louis XIV. ℞. Coin et poinçon datés 1724.

Médaille décrite par Gougenot, sans date.

1. Le glaive qu'elle élevait dans la médaille pour l'Institution de la Chambre de Justice.

9. — (1703.) *Prise de Brisach.*

LUDOVICUS MAGNUS REX CHRISTIANISSIMUS. — Buste de Louis XIV âgé, par J. Mauger.

℞. EXPEDITO DUCIS BURGUNDIÆ. — Le duc de Bourgogne, costumé à l'antique, monté sur un cheval galopant à gauche, indique de sa main droite tenant le bâton, une ville dans le lointain.

Exergue : BRISACUM CAPTUM — VII SEPTEMBRIS — MDCCIII, en trois lignes.

Signé en bas, à gauche, au-dessus de la plinthe : D. V.

Module 41 mill.
Cabinet des médailles : bronze doré et verni : n° 1858.
bronze : n° 2269.
N° 360 du Catalogue du Musée monétaire, règne de Louis XIV. ℞. Coin et poinçon signés.
Décrite par Gougenot comme gravée en 1716.

10. — (1703.) *Bataille de Spire et prise de Landau.*

Buste de Louis XIV, par Mauger, comme précédemment.

℞. VICTIS AD SPIRAM HOSTIBUS. — La France, drapée à l'antique, coiffée de la couronne royale, appuyée sur un bouclier ovale aux trois fleurs de lis, et ayant à ses pieds un casque, un bouclier et un carquois, est assise sous un palmier; à droite, la ville de Landau, debout, drapée, couronnée de tours, ayant derrière elle un bouclier à ses armes, lui présente une couronne murale; la Victoire, à gauche, arrive en volant et dépose une couronne de lauriers sur la tête de la France.

Exergue : LANDAVIA CAPTA. — XVII. SEPTEMBRIS — M.DCCIII, en trois lignes.

Signé en bas, à gauche : D. V.

Module 41 mill.
Cabinet des médailles : bronze doré et verni : n° 1861.
bronze : n° 2270.
N° 361 du Catalogue du Musée monétaire, règne de Louis XIV. ℞. Coin ancien, poinçon signé.
Décrite par Gougenot comme gravée en 1716.

11. — (1707.) *Prise de Lérida.*

Buste de Louis XIV, par J. Mauger, comme le précédent.

℟. NOVA GLORIA. — Mars plante l'étendard fleurdelisé sur un roc au pied duquel une femme, personnifiant la ville de Lérida, est renversée parmi des débris avec l'écusson de ses armes et laisse tomber sa couronne murale.

Exergue : ILERDA EXPUGNATA XI. NOV. MDCCVII.

Signé, sur un rocher à gauche : D. V.

Module 41 mill.
Cabinet des médailles : argent : n° 1550.
                          bronze verni et doré : n° 1871.
                          bronze : n° 2280.
N° 371 du Catalogue des coins du Musée monétaire, règne de Louis XIV. ℟. coin ancien ; poinçon signé et daté 1720.
Décrite par Gougenot.

12. — (1712.) *Campagne de 1712. Douai, Le Quesnoy et Bouchain repris.*

Buste de Louis XIV, par J. Mauger, comme le précédent.

℟. MARTI LIBERATORI. — Les écussons de Douai, du Quesnoy et de Bouchain suspendus au tronc d'un chêne.

Exergue : DUACO QUERCETO BUCHENIO — RECUPERATIS. — M.DCC.XII, en trois lignes.

Signé, sur la plinthe à droite : D. V.

Module 41 mill.
Cabinet des médailles : argent : n° 1557.
                          bronze doré et verni : n° 1877.
                          bronze : n° 2287.
N° 379 du Catalogue du Musée monétaire, règne de Louis XIV. ℟. Coin ancien ; pas de poinçon.
Décrite par Gougenot.

13. — (1713.) *Paix d'Utrecht.*

Buste de Louis XIV, par J. Mauger, comme le précédent.

℟. SPES FELICITATIS ORBIS. — La Justice, descendant du ciel sur un nuage, apporte les attributs de la paix.

Exergue : PAX ULTRAJACTENSIS. — XI APR. M.DCC.XIII, en deux lignes.

Signé en bas, à droite, au-dessus de la plinthe : D. V.

Module 41 mill.

Cabinet des médailles : argent : n° 1559.

                   bronze doré et verni : n° 1879.

                   bronze : n° 2289.

N° 381 du Catalogue du Musée monétaire, règne de Louis XIV. ℞. Coin daté 1720 ; poinçon signé et daté 1720.

Décrite par Gougenot comme gravée en 1720.

14. — (1714.) *Paix d'Utrecht* (?) *ou Rastadt*.

Buste de Louis XIV âgé, par J. Mauger, comme précédemment.

℞. UNI DEBEMUS UTRAMQUE. — Mars debout, costumé à l'antique, la main droite sur la hanche, présente, de la main gauche, une couronne de lauriers à Minerve, qui, debout, tient une couronne de la main droite et s'appuie de la gauche sur sa lance.

Exergue : VICTORIA PACEM FECIT — M.DCCXIIII, en deux lignes.

Module 59 mill.

N° 468 du Catalogue du Musée monétaire, règne de Louis XIV. Coin de revers ancien.

15. — (1714.) *Le duc de Villars (paix de Rastadt)*.

LUD.HECT.DUX DE VILLARS FR.PAR ET MARESCAL-LUS. — Buste du maréchal tourné à droite, coiffé de la grande perruque, le cou découvert, revêtu de son armure avec un grand cordon en sautoir, et drapé dans un manteau bordé de fourrure, brodé d'une croix du Saint-Esprit.

Signé, sur le tranché du bras : DUVIVIER F.

℞. UNI DEBEMUS UTRAMQUE, comme le précédent.

Module 59 mill.

Cabinet des médailles : bronze : n° 1086. Une fiche, avec la date 1734, accompagne cette pièce ; cependant Gougenot donne pour l'avers et le revers la date 1714.

N° 469 *bis* du Catalogue du Musée monétaire, règne de Louis XIV. Coin avers ancien non signé ; deuxième coin avers signé et daté (?) 1754 et 1738.

16. — (1714.) *Statue équestre de Louis XIV à Lyon*.

LUDOVICO MAGNO VICTORI PACIFICO. — La statue équestre de Louis XIV, de profil à gauche, en costume antique, sur un haut piédestal orné de trophées et de consoles, et dont le côté visible porte une figure de femme couchée devant l'inscription dédicatoire.

Exergue : SUB VILLAREGIO PRO REGE — PRÆF. ET COSS. LUGD. P. P. — MDCCXIIII, en trois lignes.

Signé à droite, sur une marche de piédestal : I. DUVIVIER.

℞.

QUOD

SAEVISSIMO BELLO

FELICITER CONFECTO

HISPANIARUM REGNUM

PHILIPPO NEPOTI

ASSERUIT

ET TOTIUS EUROPÆ

TRANQUILLITATI

CONSULUIT

ANNO REGNI

LXXI

En onze lignes horizontales dans une couronne de deux branches d'olivier nouées en bas par un ruban.

Module 72 mill.

Cabinet des médailles : bronze : n° 3111.

N° 472 du Catalogue du Musée monétaire, règne de Louis XIV. (L'avers ci-dessus est décrit comme revers associé à un buste du roi gravé par Delahaye.) Coin et poinçon d'avers signés.

17. — (1714.) *Joseph Clément, archevêque de Cologne, électeur du Saint-Empire romain, duc de Bavière.*

IOS . CLEM . ARCH . COL . ET . S.R.I . ELECT . BAV . DUX. — Buste de l'archevêque tourné à gauche, en costume ecclésiastique, avec perruque, calotte, rabat, pèlerine d'hermine, croix épiscopale.

Signé sous le buste : I. DU VIVIER. F.

℞. FIDES . INCONCUSSA, sur une banderole. — La Fidélité, ayant un chien couché à ses pieds à gauche, assise de face auprès d'une colonne sur laquelle elle s'accoude du bras droit, regarde à droite un rocher battu par les flots et par les vents.

Exergue : IN FIDE SUA PROBATIS — ECCLI. 46, 17. — 1714, en trois lignes.

Signé au-dessus de la plinthe, à droite D. V. :

Module 43 mill. (et non 41).
Cabinet des médailles : bronze : n° 516.
Cabinet royal de Munich : argent (44 gr.) : n° 1780.
N° 497 du Catalogue du Musée monétaire, règne de Louis XIV. Coin de l'avers signé et daté; poinçon du revers signé J. D.

18. — *Joseph Clément, archevêque, électeur de Cologne.*

Buste du prélat à droite, signé H. B.

℞. FIDES INCONCUSSA. — Même revers que le précédent.
Module 43 mill.

Cabinet des médailles : argent : n° 515.
Cabinet de Munich : argent (41 gr. 5) : n° 1779.
Merle, page 142, n° 101.
Appel, t. II, page 97, n° 804.

N. B. — Il existe plusieurs mélanges des coins de Du Vivier et de coins signés H. B. et D. La médaille dont la description suit, avers et ℞. signés de Duvivier, est conforme à la description de Gougenot.

19. — *Joseph Clément, archevêque de Cologne.*

JOS : CLEM . ARCH . COL : ET . S.R.I . ELECT . BAV . DUX. — Buste du prélat à gauche, en costume épiscopal, avec perruque calotte, rabat, pèlerine d'hermine et croix pastorale.

Signé sous le buste : I. DUVIVIER. F.

℞. RECORDABOR FŒDERIS MEI. — L'arc-en-ciel, au-dessus d'un paysage au premier plan duquel est un tronc d'arbre croissant sur un rocher.

Signé sur le roc à droite : D. V.

Module 43 mill. (et non 41).
Cabinet royal de Munich : or (71 gr. 3) : n° 1790.
                          argent (44 gr.) : n° 1790.
N° 498 du Catalogue du Musée monétaire, règne de Louis XIV. Coin du revers signé.
Décrite par Gougenot : médaille de 19 lignes, page 334.

20. — *Joseph Clément, archevêque de Cologne.*

Buste du prélat, à droite, signé : H. B.

℞. RECORDABOR FŒDERIS MEI.

Non signé.

Cabinet des médailles : bronze : n° 518.
Cabinet royal de Munich : bronze : n° 1789.

21. — *Joseph Clément, archevêque de Cologne.*

Buste du prélat, à gauche, signé : I. DU VIVIER.

℞. Pas de légende. Le prince-évêque baptise un enfant.
Exergue : SIC CHRISTO MANCIPAT QUOS REGIT.

Module 43 mill.
Cabinet royal de Munich : argent (39 gr. 8) : n° 1792.
N° 499 du Catalogue du Musée monétaire, règne de Louis XIV.

22. — *Joseph Clément, archevêque de Cologne.*

Buste du prélat, à droite, signé : H. B.

℞. Exergue : SIC CHRISTO MANCIPAT..., comme le précédent.

Même module.
Cabinet royal de Munich : argent : n° 1791.

23. — (1715.) *Mort du roi.*

Buste de Louis XIV âgé, par J. Mauger, comme précédemment.

℞. SUPREMA VIRTUTUM MERCES. — Le Temps, couché
de face sur un rocher, remet le portrait de Louis XIV à la Renommée qui vole vers la gauche, au milieu des nuages ; dans le fond,
à gauche, les pyramides ; en bas, à droite, la faux du Temps.

Exergue : OBIIT I. SEPTEMBRIS. — M.DCC XV, en deux lignes.

Signé en bas, à droite, sur le rocher : DUVIVIER. F.

Module 41 mill.
Cabinet des médailles : argent : n° 1564.
                       bronze doré et verni : n° 1883.
                       bronze : n° 2294.
   N° 387 du Catalogue du Musée monétaire, règne de Louis XIV. Le revers
ci-dessus est associé à un avers, buste du roi âgé, par T. Bernard. ℞. poinçon et
coin signés et datés 1723.
   Décrite par Gougenot.

24. — (1715.) *Avènement de Louis XV.*

LUDOVICUS . XV . D . G . FR . ET . NAV . REX. — Buste de
Louis XV enfant, tourné à droite, cheveux longs, tête et cou nus,

couronne de laurier, avec rubans flottants, draperie agrafée sur l'épaule, une fleur de lis sur la couronne. Type 1.

Signé en bas : DU VIVIER.

1

2

4

3

℞. LUDOVICUS MAGNUS REX CHRISTIANISSIMUS (Louis le Grand, roi très chrétien). — Tête de Louis XIV, tournée à droite, par Bernard.

Module 41 mill.

N° 1 du Catalogue du Musée monétaire, règne de Louis XV. Coin d'avers ancien.

Goddonesche et Fleurimont, pl. I.

25. — (1715.) *Avénement de Louis XV.*

LUDOVICUS XV. D.G FRAN . ET NAV. REX. — Buste du roi enfant, longs cheveux bouclés tombant sur les épaules, couronne de laurier, cuirasse romaine avec épaulette, draperie sur la poitrine. Type 4.

Signé dans le tranché du bras : DUVIVIER F.

℞. LUDOVICUS MAGNUS REX CHRISTIANISSIMUS, par Mauger.

Cabinet des médailles : bronze : n° 2571.

26. — (1715.) *Déclaration de la Régence.*

PHILIPPUS DUX AURELIANENS. FR . ET NAV . REGENS. — Tête du régent, tournée à droite, le cou nu, coiffé d'une grande perruque très frisée.

Signé en bas : DU VIVIER.

℞. PHILIPPUS DUX AURELIANENS. REGENS RENUN-CIATUS, par Le Blanc.

Module 41 mill.

N° 2 du Catalogue du Musée monétaire, règne de Louis XV. Coin avers ancien.

Au XVIIIe siècle, le revers ci-dessus a dû vraisemblablement être associé en vue de la série uniforme à un avers : Louis XV enfant.

27. — (1715.) *Le Roi et le Régent.*

LUDOVICUS XV . D . G . FR . ET NAV . REX. — Buste de Louis XV enfant. Type 1.

Signé en bas : DU VIVIER.

℞. PHILIPPUS DUX AURELIANENS. FR. ET NAV. REGENS. — Tête du Régent, tournée à droite, comme le précédent.

Module 41 mill.

N° 3 du Catalogue du Musée monétaire, règne de Louis XIV.

28. — (1715.) *Le roi et le régent.*

LUDOVICUS XV . D . G . FR . ET NAV . REX. — Tête du jeune roi, à droite, tête et cou nus, lauré, cheveux longs et bouclés. Type 2.

Signé en bas : DU VIVIER.

℞. Le duc d'Orléans par Le Blanc.

Module 34 mill.

N° 217ª du Catalogue du Musée monétaire, règne de Louis XV.

29. — (1715.) *Chambre de commerce de Lille.*

LUDOVICUS XV D. G. FR. ET NAV. REX. — Buste de Louis XV enfant, comme le précédent. Type 2.

Signé en bas : DU VIVIER.

℞. TOTUS MIHI PERVIUS ORBIS.

Exergue :   INSTITUTO MERCATORUM
                    COLLEGIO INSULIS
                    1715.

Un navire toutes voiles dehors voguant à gauche.

Module 34 mill.
Cabinet des médailles : bronze : nº 2297.
Journal de la Monnaie des médailles, nº 863 : frappée en 1717.

30. — (1716.) *Espérances données par le roi.*

LUDOVICUS XV. D. G. FR. ET NAV. REX. — Buste à droite de Louis XV enfant. Type 1.

Signé en bas, contre le listel : DU VIVIER.

℞. JUBET SPERARE. — Le soleil se lève dans un ciel nuageux, à l'horizon d'un paysage désolé.

Exergue : MDCCXVI.

Signé en bas, à gauche, au-dessus de la plinthe : IDV.

Module 41 mill.
Cabinet des médailles : argent : nº 2510.
Gougenot, Vie de M. Duvivier, etc., dans les *Mémoires inédits.* T. II, p. 313, p. 337.
Goddonesche, pl. VI. Fleurimont, pl. VI.

31. — (1716.) *Espérances données par le roi.*

LUDOVICUS XV. D. — G. FR. ET NAV. REX, par J. G. Rœttiers.

℞. JUBET SPERARE, par J. Duvivier, comme le précédent.

Cabinet des médailles : argent : nº 2511.

32. — (1716.) *Espérances données par le roi.*

LUDOVICUS XV D. G. FR. ET NAV. REX. — Buste de Louis XV enfant, à droite, par J. Le Blanc.

℞. JUBET SPERARE, comme le précédent.

Cabinet des médailles : or : n° 2403.

bronze doré et verni : n° 2547.

N° 6 du Catalogue des coins du Musée monétaire, règne de Louis XV, avec un autre avers de Duvivier : tête du Régent.

℞. Coin ancien non signé.

33. — (1716.) *Espérances données par le roi.*

LUDOVICUS XV. D. G. — FRAN. ET NAV. REX. — Le jeune roi, à droite, lauré, le cou nu, vêtu d'une cuirasse romaine avec épaulette et draperie. Type 4.

Signé dans le tranché du bras : DUVIVIER (voir plus loin).

℞. JUBET SPERARE, comme précédemment.

Cabinet des médailles : bronze : n° 2583.

N. B. — Le type n° 1 représente le roi à l'âge de cinq ans. Le type n° 4 est de 1719, suivant Gougenot. Or, suivant le même Gougenot, la première tête du roi gravée par J. Duvivier a pour revers : JUBET SPERARE, et cette indication est conforme à l'épreuve d'argent du Cabinet des médailles, n° 2510.

34. — (1716.) *La Chambre de Justice.*

LUDOVICUS XV. D. G. FR. ET NAV. REX. — Buste de Louis XV enfant, à droite, par J. Le Blanc.

℞. VINDEX AVARÆ FRAUDIS. — Hercule, ayant terrassé Cacus dans son antre, maintient le géant à terre de la main droite; au fond, les bœufs volés.

Exergue : CHAMBRE DE JUSTICE. 1716.

Signé en bas, à droite : D. V.

Module 41 mill.

Cabinet des médailles : or : n° 2400.

bronze doré et verni : n° 2548.

bronze : n° 2580.

35. — (1716.) *Chambre de Justice.*

Même légende que le précédent. — Buste de Louis XV, à droite, par J. C. Rœttiers.

℞. VINDEX AVARÆ FRAUDIS. — Même revers que le précédent, par Duvivier.

Module 41 mill.

Cabinet des médailles : argent : 2508.

36. — (1716.) *La Chambre de Justice.*

LUDOVICUS XV — REX CHRISTIANISS. — Buste du roi, à droite, tête, cou et poitrine nus, longs cheveux bouclés flottants sur l'épaule. Type 9.

Signé dans le tranché de l'épaule : DU VIVIER F.

℞. VINDEX AVARÆ FRAUDIS, comme le précédent.

Cabinet des médailles : bronze : n° 2581.

F° 7 du Catalogue du Musée monétaire, règne de Louis XV. Le revers ci-dessus accompagne un autre avers de Duvivier : buste du Régent. Poinçon du revers signé.

Décrite par Gougenot.

Goddonesche et Fleurimont, pl. 7.

37. — (1717.) *Pierre le Grand à Paris.*

PETRUS ALEXIEWITZ TZAR MAG. RUSS. IMP. — Buste du tsar à droite, tête nue, cheveux longs et bouclés, en armure, cravate au cou, grand cordon, manteau doublé d'hermine agrafé sur la poitrine.

Signé sur le tranché du bras du buste : DU VIVIER F.

℞. VIRES ACQUIRIT EUNDO. — Coin de Rög.

Module 59 mill.

N° 159 du Catalogue du Musée monétaire, règne de Louis XV. Coin d'avers ancien.

Voir F. Mazerolle, *Gazette des Beaux-Arts,* 1897.

38. — (1717.) *Entrevue de Louis XV et de Pierre le Grand.*

Buste du Régent (?).

℞. PETRI RUSSOR . AUTOKRATOR . CUM REGE CONGRESSIO. — Le jeune roi debout, en costume de ville, tête nue, et le tzar qui s'avance au-devant de lui, tête nue et revêtu d'un manteau de voyage, se tendent les bras.

Pas de signature. Œuvre de Benjamin Duvivier, qui a signé sur le coin, avec la date 1760.

Exergue : LUTETIÆ. MDCCXVII.

Module 41 mill.

N° 10 du Catalogue du Musée monétaire, règne de Louis XV. Coin du revers signé : B. Duvivier filius sculpsit 1760.

Cf. F. Mazerolle, *Gazette des Beaux-Arts,* 1897.

39. — (1717.) *Portrait du roi.*

LUDOVICUS XV. D. G. FRAN. ET NAV. REX. — Buste du jeune roi à droite, les cheveux longs, frisés et flottants, en habit avec une cravate de dentelle et le grand cordon.

Signé dans le tranché du bras : DUVIVIER F. Type 3.

℞. HINC SUPREMA LEX. — Le trône royal, par Le Blanc.

Module 59 mill.

Cabinet des médailles : or : n° 2296. Avers décrit par Gougenot comme gravé en 1717.

Il paraît difficile que l'avers ci-dessus ne soit pas le même que le 874 du *Journal de la Monnaie.* L'année et les dimensions concordent, ainsi que les noms des graveurs. Le rédacteur du journal a dû mélanger deux articles différents.

40. — (1717.) *Éducation du roi.*

Buste du roi à droite, par J. Leblanc.

℞. ACCIPE QUÆ PERAGENDA PRIUS. — Minerve, couvrant de son égide le jeune roi, costumé à l'antique, lui montre de la main droite le temple de la Gloire.

Exergue : 1717.

Signé au-dessous de la plinthe, à droite : D. V.

Module 41 mill.

Cabinet des médailles : bronze : n° 2585.

　　　　　　　　　　bronze doré et verni : n° 2500.

Mercure : juin 1722, page 93, description et planche.

Goddonesche et Fleurimont, planche 9.

Le *Journal de la Monnaie des médailles* (865) donne comme avers « la tête du roi par le sieur Rœttiers ».

41. — (1717.) *Éducation du roi.*

LUDOVICUS XV. D. G. — FRAN. ET NAV. REX. — Buste du roi lauré, en cuirasse romaine, par J. Duvivier. Type 4.

℞. ACCIPE QUÆ PERAGENDA PRIUS. — Minerve, couvrant de son égide le jeune roi, costumé à l'antique, lui montre de la main droite le temple de la Gloire.

Exergue : 1717.

Non signé.

Module 41 mill.

Cabinet des médailles : bronze : 2586.

No 9 du Catalogue du Musée monétaire, règne de Louis XV. Le revers ci-dessous accompagne un autre avers de Duvivier : buste du Régent. R⳽. coin ancien ; poinçon signé.

42. — (1718.) *Progrès du Roi.*

LUDOVICUS XV. D. G. FR. ET NAV. REX. — Buste de Louis XV enfant, à droite, par J. C. Roettiers.

R⳽. VIS ANIMI CUM CORPORE CRESCIT. — Apollon debout, la tête nimbée de rayons, s'appuie de la main gauche sur son arc, et écrase de son pied droit la tête du serpent Python terrassé.

Exergue : M.DCC.XVIII.

Signé au bord, à droite : D. V.

Module 41 mill.
Cabinet des médailles : or : no 2406.
                          bronze doré et verni : no 2551.
Mercure : juin 1722, page 93, description et planche.
Fleurimont, pl. 10.

43. — (1718.) *Progrès du Roi.*

LUDOVICUS XV. D. G. FR. ET NAV. REX. — Buste du roi enfant. Type 1.

R⳽. VIS ANIMI CUM CORPORE CRESCIT. — Comme le précédent.

Module 41 mill.
No 14 du Catalogue du Musée monétaire, règne de Louis XV. Coin R⳽. ancien ; poinçon signé.

44. — (1718.) *Progrès du Roi.*

LUDOVICUS XV D. G. — FRAN. ET NAV. REX. — Buste du roi. Type 4.

R⳽. VIS ANIMI CUM CORPORE CRESCIT. — Mêmes légende, exergue, sujet et signature que le précédent.

Module 41 mill.
Cabinet des médailles : bronze : no 2589.

45. — (1719.) *Prise de Fontarabie.*

Buste de Louis XV, à droite, par J. C. Roettiers. Semblable au précédent.

℞. PACIS FIRMANDÆ EREPTUM PIGNUS. — La France, cuirassée et casquée, debout, la main gauche appuyée sur un bouclier à trois fleurs de lis, le pied gauche posé sur l'écusson de Fontarabie, présente de la main droite un rameau d'olivier à l'Espagne, qui debout, casquée, appuyée sur un bouclier à ses armes, tend le bras droit en détournant la tête, comme humiliée.

Exergue : FONTARABIA CAPTA. — XVI. JUN. MDCCXIX, en deux lignes.

Signé en bas, à gauche : D. V.

Module 41 mill.
Cabinet des médailles : or : n° 2410.
        bronze doré et verni : n° 2555.
N° 17 du Catalogue du Musée monétaire, règne de Louis XV. Poinçon signé et daté 1719. Coin ancien. — Le revers ci-dessus, accompagne un autre avers de Duvivier : buste du roi. Type 1.
Mercure : juillet 1722, page 123 ; description et planche (D.v.).
Fleurimont : pl. 13.

46. — (1719.) *Prise de Fontarabie.*

Buste du roi. Type 4.

℞. PACIS FIRMANDÆ EREPTUM PIGNUS. — Comme le précédent.

Cabinet des médailles : bronze : n° 2594.

47. — Buste du roi. Type 9.

℞. Comme le précédent.

Cabinet des médailles : bronze : n° 2595.

48. — (1719.) *Nicolas de Launay, directeur général de la Monnaie des médailles.*

N. DE LAUNAY REG. A SEC. MON. NUM. ET VAS. REG. FABR. PRAEF. — Buste de de Launay à droite, tête et cou nus, coiffé de la grande perruque très frisée ; légère draperie.

Signé sous le buste : DUVIVIER F.

℞. PRÆEST ET PERFICIT. — Minerve, parée de ses attributs traditionnels, assise sur un nuage, en haut et au milieu de la pièce, donne des ordres à trois petits génies qui manœuvrent un balancier et à deux autres qui martèlent des vases.

Exergue : M.DCC.XIX.

Signé sous la plinthe, à droite : DU VIVIER F.

Module 41 mill.

N° 213 du Catalogue du Musée monétaire, règne de Louis XV. Poinçon avers signé et daté 1719.

Décrite par Gougenot, p. 339, qui indique qu'on a donné pour ℞. à de Launay un ℞. de la suite des médailles du roi. Je n'ai pas trouvé d'épreuve de ladite médaille, qui serait donc :

49. — *La Monnaie des médailles.*

Buste du roi (?).

℞. PRÆEST ET PERFICIT, comme le précédent.

50. — (1719.) *Visite de la Monnaie des médailles.*

LUDOVICUS XV. REX CHRISTIANISSIMUS. — Buste du roi enfant, à droite, cheveux frisés, couronne de lauriers, le cou nu ; petite draperie.

Signé sous le buste : I. DUVIVIER F. Type II.

℞. LUSTRANDO FOVET ET RECREAT. — Le soleil, sortant des nuages, traverse le Zodiaque.

Exergue :   DUM SUAM NUMISMATUM
FABRICAM INVISERIT
M.DCC.XIX.

Module 41 mill.

Cabinet des médailles : bronze : n° 2597.

N° 19 du Catalogue du Musée monétaire, règne de Louis XV, avec l'avers type 1. Coin ℞. ancien.

Mercure : juillet 1722, p. 123, description et planche.

Fleurimont, pl. 14.

Journal de la Monnaie des médailles, 937 et 938.

51. — (1720.) *L'Instruction du Roi.*

Buste de Louis XV enfant, à droite, par J. Le Blanc.

℞. STAT CURA OMNIS IN UNO. — Le jeune roi debout, nu-tête, costumé à l'antique, écoute Mars, debout auprès de lui, costumé et casqué, appuyé de sa droite sur sa lance, et Minerve assise sur un nuage, qui étend son bouclier sur la tête du roi de sa main gauche et de la droite lui montre le ciel.

Exergue : M.DCC.XX.

Signé à droite, en bas : D. V.

Module 41 mill.
Cabinet des médailles : or : n° 2413.
bronze doré et verni : n° 2557.
N° 23 du Catalogue du Musée monétaire, règne de Louis XV. Le ℞ ci-dessus avec un autre avers de Duvivier : buste du roi, type 1. ℞ coin ancien ; poinçon signé et daté 1720.
Mercure : juillet 1722, page 123, description et planche (D. V.)
Fleurimont, pl. 15. .

52. — (1720.) *L'instruction du roi.*

Buste du roi. Type 11.

℞ STAT CURA OMNIS IN UNO, comme le précédent.

Cabinet des médailles : bronze : n° 2602.

53. — (1720.) *La paix avec l'Espagne.*

Buste du roi. Type 11.

℞ TRANQUILLITAS EUROPÆ, par Jean Le Blanc.

Module 41 mill.
Cabinet des médailles : bronze : n° 2604.

54. — (1721.) *Congrès de Cambrai.*

LUDOVICUS XV. D. G. FR. ET NAV. REX. — Buste de Louis XV, à droite, par Le Blanc.

℞ FELIX CONGRESSUS. — La Victoire et la Paix, tenant chacune de la main gauche leurs attributs, palme et rameau, se donnent la main droite.

Exergue : M.DCC.XXI.

Signé en bas, à droite : D. V.

Module 41 mill.
Cabinet des médailles : or : n° 2414.
bronze doré et verni : n° 2560.
bronze : n° 2611.
N° 32 du Catalogue du Musée monétaire, règne de Louis XV, avec un avers de Duvivier, type 4.
℞ coin ancien ; poinçon signé et daté 1721.
Même revers associé au buste de Louis XV, par Duvivier, type 9.
Cabinet des médailles : bronze : n° 2610.

55. — (1721.) *Projet de mariage entre Louis XV et l'Infante d'Espagne.*

LUD. XV. FR . ET NAV . REX : MAR . ANN . VICT . HISP . INF.
— Le roi et l'infante, face à face.

Signé : J. BLANC (Jean Le Blanc).

℞. PIGNUS TRANQUILLITATIS PUBLICÆ. — La France,
vêtue à l'antique, avec un manteau fleurdelisé et une couronne
royale, ayant derrière elle l'écusson de ses armes, debout, de face,
reçoit, les mains tendues, la jeune infante debout, de profil à
gauche, en costume de son temps, amenée par un génie ailé, couronné de fleurs, qui descend d'un nuage et apporte de la main
droite le flambeau de l'hymen.

Exergue : M.DCC.XXI.

Signé en bas, à droite, au fond : D. V.

Module 41 mill.
Cabinet des médailles : or : n° 2415.
      argent : n° 2513.
      bronze : n° 2614.
      bronze doré et verni : n° 2562.

N° 31 du Catalogue du Musée monétaire, règne de Louis XV. ℞. coin signé ;
poinçon signé et daté 1721.

56. — (1721.) *Guérison du roi.*

Buste du roi. Type 4.

℞. LÆTITIA POPULI PRO SALUTE PRINCIPIS. — Un
encensoir fleurdelisé, fumant sur un autel orné de guirlandes de
fleurs.

Exergue :   IV AUGUSTI
        M.DCC.XXI

Module 41 mill.
Cabinet des médailles : bronze : n° 2606.

57. — Buste du roi. Type 9.

Même revers.

Cabinet des médailles : bronze : n° 2607.

58. — (1722.) *Mariage d'Élisabeth d'Orléans et de Louis, prince des
Asturies.*

LUDOVICUS XV — REX CHRISTIANISS. — Buste de Louis XV enfant, à droite, tête, cou et poitrine nus, cheveux longs, frisés et retombant sur les épaules. Type 9.

Signé dans le tranché du bras : DU VIVIER. F.

℞. LUD.ELIZ.AUREL.LUD.AST PRINCIPI COLLOCATA. Revers de C. N. Rœttiers fils.

Exergue : M.DCC.XXII.

Module 41 mill.
Cabinet des médailles : or : n° 2417.

N° 34 du Catalogue du Musée monétaire, règne de Louis XV. Le revers ci-dessus accompagne un autre avers de Duvivier : Buste du roi. Type 4.

59. — (1722.) *Arrivée de l'Infante d'Espagne.*

LUDOVICUS XV.D.G.FRAN.ET NAV.REX. — Buste de Louis XV. Type 4.

℞. FEL.ADVENT.MAR.ANN.VICT.HISP.REF.FIL. Revers de Jean Le Blanc.

Module 41 mill.
Cabinet des Médailles : or : n° 2419.
        bronze : n° 2617.
        bronze doré et verni : n° 2563.
Mercure : février 1724, p. 335, description et planche.

60. — (1722.) *Citadelle de Briançon.*

LUDOVICUS XV.REX CHRISTIANISS. — Buste de LouisXV. Type 9.

℞. TUTELA FINIUM. — Plan en relief de deux forteresses, bâties l'une près de l'autre sur des hauteurs.

Exergue :   ARX BRIGANTIONE CONDITA
              PHILIPPO REGENTE
              M.DCC.XXII.

En trois lignes.

Module 41 mill.
Cabinet des médailles : or : n° 2418.

61. —

LUDOVICUS XV.D.G.FRAN.ET NAV.REX. — Type 4.
℞. TUTELA FINIUM, comme le précédent.

Cabinet des médailles : argent : n° 2515.
bronze : n° 2618.

N° 38 du Catalogue du Musée monétaire, règne de Louis XV. R̶. coin ancien.

62. — (1722.) *Sacre du Roi.*

LUDOVICUS XV. REX CHRISTIANISSIMUS. — Grand buste de Louis XV jeune, de profil à droite, cheveux longs et frisés,

5

5, 6, 8 : reproduits hors texte.

6   7   8

couronne en tête, en costume du sacre, manteau d'hermine attaché sur l'épaule droite par une cordelière avec glands, rabat de dentelle et collier du Saint-Esprit.

Signé dans le tranché du bras : DU VIVIER F. Type 5.

20

℞. REX CŒLESTI OLEO UNCTUS. — Le roi, revêtu de son long manteau fleurdelisé, à genoux devant l'autel, reçoit l'onction; autour de l'archevêque se tiennent debout les pairs ecclésiastiques et laïcs.

Exergue : REMIS.XXV.OCTOBRIS.MD.CC.XXII.

Signé sous la plinthe, à gauche : DU VIVIER F.

Module 72 mill.
Cabinet des médailles : argent : n° 3114.
                   bronze : n° 3115.
N° 35 du Catalogue du Musée monétaire, règne de Louis XV. Avers, poinçon signé et daté 1722 (brisé).
Mercure : décembre 1724, p. 2850, description et planche. Signatures face et ℞. : DUVIVIER F.
Fleurimont, pl. 21.

63. — (1722.) *Sacre du Roi.*

LUDOVICUS XV.REX CHRISTIANISSIMUS. — Le Roi debout, en costume du sacre, couronne en tête, tient de la main droite le sceptre de Charlemagne, et de la main gauche la main de justice.

Exergue : M.DCC.XXII.

Signé au-dessus de la plinthe, à droite : D. V.

℞. REX CŒLESTI OLEO UNCTUS. — Réduction du revers du précédent, par J. Le Blanc.

Module 41 mill.
Cabinet des médailles : or : n° 2420.
                   bronze doré et verni : n° 2564.
N° 37 du Catalogue du Musée monétaire, règne de Louis XV. (L'avers ci-dessus y devient un revers qui accompagne un avers : buste du roi, par Rög.)
Cabinet des médailles : bronze : n° 2620.
Avers, coin ancien ; poinçon signé et daté 1722.
Mercure : mai 1723, p. 965, description et planche.
Fleurimont, pl. 22.

64. — (1722.) *Le cardinal Dubois.*

GUILL.DUBOIS S.R.E.CARD.PRIM.REGNI ADMINIS-TER. — Buste du cardinal à droite, en camail avec rabat, cheveux longs et bouclés, coiffé d'une calotte.

Sous le buste : DUVIVIER F.

℞. SEDES SUPREMO NUMINE DIGNA. — Un aigle, tenant la foudre, vole au-dessus d'un paysage accidenté et passe devant l'arc-en-ciel.

Exergue : MDCCXXII.

En bas, à droite : D. V.

Coin face et ℞. conservés dans les vitrines de jetons au Musée monétaire.

65. — (1723.) *Majorité du Roi.*

LUDOVICUS XV.D.G. — FRAN.ET NAV.REX. — Buste à droite du roi. Type 4.

℞. IMPERIUM STABILE, de J. C. Rœttiers.

Module 41 mill.
Cabinet des médailles : or : n° 2422.
                         bronze : n° 2627.
Mercure : mars 1724, p. 527, description et planche (erratum en avril).
N° 41 du Catalogue du Musée monétaire, règne de Louis XV.
(Le n° 40 du Catalogue du Musée monétaire, règne de Louis XV, décrit le même avers ci-dessus avec un revers de Le Blanc : IMPERIUM SUSCEPTUM.)
Cabinet des médailles : bronze : n° 2625.
                       bronze doré et verni : n° 2566.
Mercure : mai 1723, p. 963, description et planche.
Fleurimont, pl. 23.
Le revers : IMPERIUM SUSCEPTUM, avec le type n° 9.
Cabinet des médailles : bronze : n° 2626.

66. — (1723.) *A la mémoire de Louis XIV.*

LUD.XV.REX — CHRISTIANISS. — Buste à droite du roi, en habit brodé, à six boutons, sans col, avec cravate et grand cordon. Coiffure avec grosses boucles sur l'oreille, catogan, mèches sur l'épaule. Type 15.

Signé dans le tranché du bras : DUVIVIER F.

℞. ÆTERNÆ MEMORIÆ LUDOVICI XIV PROAVI SUI, par J. Le Blanc.

Module 41 mill.
Cabinet des médailles : or : n° 2423.
                        argent : n° 2517.
N° 42 du Catalogue du Musée monétaire, règne de Louis XV. Le revers ci-dessus avec un autre avers de Duvivier. Type 4.
Cabinet des médailles : bronze doré et verni : n° 2567.

67. — *A la mémoire de Louis XIV.*

Le buste de Louis XV, type 9, accompagne le même revers dans un exemplaire du Cabinet des médailles : bronze : n° 2622.

Le revers de Le Blanc est associé à l'avers : buste du roi, par Le Blanc, comme précédemment, dans l'exemplaire du Catalogue des médailles : bronze doré et verni : n° 2568.

68. — (1723.) *Peste de Marseille.*

LUDOVICUS XV — REX CHRISTIANISS. — Buste du roi. Type 9.

9   10 et 11

12

℞. SALUS PROVINCIARUM, par C. N. Rœttiers fils.

Module 41 mill.

Cabinet des médailles : or : n° 2424.

N° 43 du Catalogue du Musée monétaire, règne de Louis XV. Le revers ci-dessus, associé à un autre buste de Duvivier. Type 4.

69. — (1723.) *Le cardinal Dubois.*

GUILL. DUBOIS S. R. E. CARD. PRIM. REGNI ADMINIS-
TER. — Buste du cardinal à droite, en camail, avec rabat, cheveux longs et bouclés, coiffé d'une calotte.

Signé sous le buste : DUVIVIER F.

℞. ARCHIEPISC. ET PRINCEPS CAMERACI. NATUS
AN° M. DC. LVI. OBIT AN° M. DCC. XXIII, en six lignes, sur
champ uni.

Module 34 mill.
N° 214 du Catalogue du Musée monétaire, règne de Louis XV. Coins anciens
au Musée monétaire.
Cf. Gougenot, *op. cit.*, page 340.

70. — (1723.) *Fondation de l'ordre de Saint-Michel de Bavière.*

DOMINUS POTENS IN PRÆLIO. PSAL. 23-V. 8. — Le
Triangle de Jéovah, en haut, entouré de rayons ; au milieu, saint
Michel tenant un bouclier où on lit : QUIS UT DEUS, lance la
foudre sur les anges révoltés qui tombent parmi les nuages.

Signé en bas, à droite : J. DUVIVIER F.

℞. Les armes de la Bavière entourées d'un collier d'ordre ;
brochant sur le tout, un bouclier portant : QUIS UT DEUS,
entouré de foudres.

Module 72 mill.
N° 161 du Catalogue du Musée monétaire, règne de Louis XV. Coin avers
signé et daté 1723.

71. — (1724.) *Médiation de la France entre la Turquie, la Russie et la
Perse.*

LUDOVICUS XV — REX CHRISTIANISS. — Buste du roi à
droite, tête, cou et poitrine nus, longs cheveux tombant sur
l'épaule. Type 9.

Signé dans le tranché de l'épaule : DU VIVIER F.

℞. FINIUM ARBITER, par... (Rœttiers ?)

Module 41 mill.
Cabinet des médailles : or : n° 2427.
N° 46 du Catalogue du Musée monétaire, règne de Louis XV, associe le revers
ci-dessus avec un avers de J. C. Rœttiers.

72. — (1724.) *Médiation entre la Russie et la Turquie.*

LUDOVICUS XV — REX CHRISTIANISS. — Buste à droite, en habit à quatre boutons, avec grand cordon, cravate à pans de dentelle, cheveux longs et bouclés flottant sur les épaules. Type 6.

Signé dans le tranché du bras : DU VIVIER F.

℞. VIRTUTIS ET JUSTITIÆ FAMA, par N. Rœttiers.

Cabinet des médailles : or : n° 2425.

N° 47 du Catalogue du Musée monétaire, règne de Louis XV. Le revers ci-dessus est associé à un autre avers de Rœttiers.

73.

Le même revers associé au buste n° 9.
Cabinet des médailles : bronze : n° 2628.
Le même revers associé au buste n° 8.
Fleurimont, pl. 25.

74. — (1724.) *Le pont de Blois.*

LUDOVICUS XV.D.G.FRAN.ET NAV.REX. — Le buste du roi. Type 4.

℞. AUGENDO POPULORUM COMMERCIO. — Le pont de Blois, vu d'amont, en face au milieu de la pièce, la ville à droite; des bateaux sur le fleuve.

Exergue : PONS LIGERI IMPOSITUS — AD BLESUM CASTRUM — M.DCC.XXIV, en trois lignes.

Signé sur la plinthe à droite : D. V.

Module 41 mill.
Cabinet des médailles : bronze : n° 2630.
N° 48 du Catalogue du Musée monétaire, règne de Louis XV. ℞. coin ancien signé et daté 1724.

75. — *Le pont de Blois.*

Même revers associé au type n° 9.
Cabinet des médailles : bronze : n° 2631.
Fleurimont, pl. 26.

76. — (1724.) *Promotion de chevaliers du Saint-Esprit.*

LUDOVICUS XV.D.G.FRAN.ET NAV.REX. — Buste de Louis XV. Type 4.

Ŗ. DECUS ET MERCES. — Le roi, revêtu du costume du Saint-Esprit, et assis sur un trône dans la chapelle de l'ordre, remet le collier à un nouveau chevalier, à genoux devant lui.

Exergue : LVIII. PROCERES TORQUE DONATI.

III.JUNII.M.DCC.XXIV.

Signé au-dessus de la plinthe, à droite : D. V.

Module 41 mill.
Cabinet des médailles : or : n° 2426.
     bronze : n° 2629.
     bronze doré et verni : n° 2569.
N° 45 du Catalogue du Musée monétaire. Le revers ci-dessus est associé à un autre avers de Rœttiers.
Fleurimont, pl. 27.

77. — (1724.) *Ministère du duc de Bourbon.*

LUD.HEN.DUX BORBONIUS PR.REG.ADMINISTER. — Buste du duc, à gauche, tête nue, en grande perruque, habit à boutons, sans col, cravate, grand cordon, Toison d'or et plaque du Saint-Esprit.

Signé sur le tranché du bras : DUVIVIER F.

Ŗ. ORDO FIDESQUE PERENNANT. — L'Abondance s'appuyant sur la Paix qui, un rameau d'olivier dans la main gauche, met le feu, de la main droite, à un amas d'armes gisant à terre.

Exergue : M.DCC.XXIV.

Signé sur la plinthe à droite : DU VIVIER F.

Module 59 mill.
Cabinet des médailles : bronze : princes 102.
N° 162 du Catalogue du Musée monétaire, règne de Louis XV. Droit : coin ancien, signé et daté 1724 ; poinçon signé. Ŗ. coin et poinçon signés et datés 1724.
Mercure : décembre 1725, page 3.121, description et planche (Du Vivier F.).

78. — (1725.) *La chasse du roi.*

LUDOVICUS XV.REX — CHRISTIANISSIMUS. — Buste à gauche du jeune roi, cheveux bouclés autour du front et sur les joues, noués sur la nuque ; costume militaire avec cuirasse doublée et cravate serrée autour du cou ; grand cordon sur l'épaule droite, la croix du Saint-Esprit visible sous le buste ; pas de manteau. Type 8.

Signé dans le tranché du bras : DUVIVIER F.

℞. ET HABET SUA CASTRA DIANA. — Un trophée d'armes et d'instruments de chasse, au pied duquel se tiennent quatre chiens.

Module 41 mill.
Cabinet des médailles : or : n° 2428.
       argent : n° 2518.
       bronze : n° 2636.
       bronze doré et verni : n° 2570.
N° 52 du Catalogue du Musée monétaire, règne de Louis XV. Le revers ci-dessus avec un autre avers de J. C. Rœttiers.
Mercure : février 1725, description et planche (sig. DUVIVIER F) : La tête du roi qu'on voit dans cette médaille est très ressemblante.
Fleurimont, pl. 28.

79. — (1725.) *Mariage du Roi.*

LUDOVICUS XV. — REX . CHRISTIANISS. — Buste de Louis XV à droite, tête nue, cheveux longs et bouclés. Type 9.

Signé dans le tranché du bras : DU VIVIER F.

Coin avers signé et daté 1726.

℞. MARIA REGIS ST ANISL. FIL. FR. ET. NAV. REGINA. V. SEPT. M. DCC. XXV. — Buste de Marie Leczinska à gauche, un diadème sur le front, les cheveux bouclés, attachés derrière la tête par un nœud de perles et retombant en nattes dans le dos ; le cou nu, un bijou sur la poitrine ; draperie agrafée sur l'épaule gauche.

Signé dans le tranché du bras : DU VIVIER.

Module 41 mill.
Cabinet des médailles : or : n° 2430.
« Le portrait de la reine gravé en 1725 » (Gougenot).
N° 51 du Catalogue du Musée monétaire. ℞. coin signé et daté 1725.
Mercure : août 1726, page 1869, description et planche (signé : DUVIVIER).
Reproduit hors texte.

80. — *Mariage du roi.*

Buste du roi. Type 6.

℞. Buste de la reine, comme le précédent.

Cabinet des médailles : bronze : n° 2632.

81. — *Mariage du roi.*

LUDOVICUS XV . REX CHRISTIANISS. — Buste du roi à droite, cheveux longs et bouclés, en habit à boutons, cravate et grand cordon en sautoir. Type 7.

Signé dans le tranché de l'épaule : DU VIVIER F.

℞. MARIA REGIS STANISL . FIL . FR . ET NAV . REGINA. 5 SEPT. 1725. — Buste de Marie Leczinska à gauche, robe de cour, coiffée à la mode du temps, avec bijoux dans les cheveux, boucles d'oreilles et collier.

Signé en bas : DU VIVIER.

Module 32 mill.
Cabinet des médailles : bronze : n° 2314.
N° 51, du Catalogue du Musée monétaire, règne de Louis XV. Coin de la reine signé et daté 1725.
Mercure : août 1726.
M. du Vivier, qui excelle dans cet art, a gravé les poinçons et les coins de ces deux médailles lesquelles ont été fort goûtées tant pour l'ouvrage que pour la ressemblance des têtes.
Fleurimont, pl. 31.

82. — (1725.) *Mariage du Roi.*

LUD . XV . REX . CHRISTIANISS . MARIA FR . ET NAV . REGINA. — Buste face à face du roi et de la reine, le roi de profil à droite, lauré, cheveux courts, petite draperie. La reine, cheveux frisés, avec natte et rubans derrière la tête, diadème, petite draperie agrafée.

Signé sous le buste de la reine : DU VIVIER F.

&. SEDANDÆ POPULORUM ANXIETATI.

Exergue : NUPTIÆ REGIÆ
FONTIBELLAQUEO
M.DCC.XXV

Signé : DO.

Module 41 mill.
Cabinet des médailles : or : n° 2429.
Avers gravé en 1727 (Gougenot, p. 337), et le *Mercure* indique comme avers (septembre 1725, page 2206) : les bustes en habit de cour décrits par Gougenot comme gravés en 1726, avec cette légende : LUD . XV . D . G . FR . ET NAV . REX . MARIA STANISLAI REGIS FIL. De ce dernier avers, il n'y a pas d'exemplaire au Cabinet, et pas de coin à la Monnaie.

21

83. — (1725.) *Mariage du Roi.*

LUDOVICUS XV REX CHRISTIANISS. — Buste du roi. Type 9.

℞. SPES MATURÆ FELICITATIS, par Jean Leblanc.

Cabinet des médailles : bronze : n° 2633.
Fleurimont, pl. 29.

84.

Buste du roi. Type 8.
Même revers.

Cabinet des médailles : bronze : n° 2634.

85. — (1725.) *Mariage du Roi.*

LUDOVICUS XV . REX CHRISTIANISSIMUS. — Tête de Louis XV, tête et cou nus, lauré, cheveux courts. Type 13.

Signé sous le cou : I. DUVIVIER F.

℞. SEDANDÆ POPULORUM ANXIETATI, de Le Blanc.

Module 72 mill.
N° 50 du Catalogue du Musée monétaire, règne de Louis XV. Avers coin signé et daté 1726.

86 ¹, ², ³. — *Mariage du Roy.*

Les bustes de Louis XV par Duvivier se trouvent associés aux revers de J. Le Blanc.

℞. SEDANDÆ POPULORUM ANXIETATI.

Exergue : NUPTIÆ REGIÆ FONTIBELLAQUEO M.DCC.XXV.

Signé : I. B.

Module 72 mill.
41 mill.

℞. NUPTIALIA SACRA . FON . BELL.

Exergue : CIƆDCCXXV.

Module 32 mill.

87. — (1726.) *Le Roi gouvernant par lui-même selon les maximes de son bisaïeul Louis XIV.*

LUDOVICUS XV REX CHRISTIANISS. — Buste du roi à droite, cheveux longs et bouclés, le cou et la poitrine nus. Type 9.

Signé dans le tranché du bras : DU VIVIER F.

℞. EXEMPLAR REGNI. — Louis XV, revêtu de ses habits royaux, la tête nue, debout devant le trône où sont déposés la couronne, le sceptre et la main de justice, reçoit le globe que lui remet Minerve ; la déesse lui montre en même temps, de son bras gauche levé, la Renommée qui vole au milieu et au-dessus d'eux en sonnant de la trompette et apporte le médaillon de Louis XIV.

Exergue : AVITUM REGIMEN RESTITUTUM. M.DCC.XXVI.

Signé au-dessus de la plinthe, à droite : DU VIVIER F.

Module 41 mill.
Cabinet des médailles : or : n° 2431.
                   bronze : n° 2638.
N° 53 du Catalogue du Musée monétaire, règne de Louis XV. ℞. coin signé et daté 1726.
Mercure : février 1727, page 332, description et planche (signat. : DUVIVIER F).
Fleurimont, pl. 32.

88. — *Le roi gouvernant...*

Même revers, avec le type 17 comme avers.

Cabinet des médailles : bronze : n° 2637.

89. — (1726.) *Levée de 60000 hommes.*

LUDOVICUS XV. REX — CHRISTIANISSIMUS. — Buste à droite, cheveux courts, avec grosse mèche devant l'oreille, couronne de laurier au ruban tombant ; cou nu, cuirasse antique, draperie avec frange et bijou sur l'épaule. Type 17.

Signé dans le tranché du buste : DUVIVIER.

℞. PATER EXERCITUUM, par J. C. Rœttiers.

Module 41 mill.
Cabinet des médailles : or : n° 2432.
N° 54 du Catalogue du Musée monétaire, règne de Louis XV. Le revers ci-dessus est associé à un autre avers de Duvivier. Type 9.

90. — (1726.) *Chambre de commerce de Bayonne.*

LUDOVICUS XV REX CHRISTIANISS. — Buste du roi à droite, longs cheveux flottants ; habit de ville avec cravate et

13

15

14

16

17

18

19

20
(Reproduit hors texte)

grand cordon (presque semblable au type 7, mais méplat comme un jeton).

Signé en bas : DU VIVIER F.

℞. COMMERCII GERMANA COMES. — Sur un nuage, une femme drapée, assise à droite, tient de la main droite une coupe, de la gauche une clef; auprès d'elle, un lévrier; en bas, la ville de Bayonne avec des navire dans le port.

Exergue :

V. VIRI BAYONENSES

COMMER. REG :

ANNO . 1726.

Signé en bas, à droite, au-dessus de la plinthe : D. V.

Module 34 mill.
Collection Henry Nocq, bronze doré et verni.

91. — (1727.) *Les préliminaires de paix.*

LUDOVICUS XV REX CHRISTIANISS. — Buste du roi. Type 9.

℞. SPES PACIS ÆTERNÆ FUNDATA. — Mars et Minerve, costumés à l'antique, se donnent la main droite devant un olivier planté au milieu et portant suspendus les écus de l'Empire, de France, d'Espagne, d'Angleterre et de Hollande.

Exergue : PRÆVIIS CONDITIONIBUS — SANCITIS LUT. PAR. — XXXI. MAII. M.DCC.XXVII, en trois lignes.

Signé au-dessus de la plinthe, à gauche : DU VIVIER F.

Module 41 mill.
Cabinet des médailles : or : n° 2433.
bronze : n° 2639.
Mercure : octobre 1727, page 2301, description et planche. Signat. face et ℞. : DUVIVIER F.
N° 55 du Catalogue du Musée monétaire, règne de Louis XV. ℞. coin signé et daté 1727; poinçon ancien, non signé.
Fleurimont, pl. 33.

92. — *Préliminaires...*

Même revers, avec avers buste type 17.

Cabinet des médailles : bronze : n° 2640.

93. — (1727.) *Naissance des Dames de France.*

LUD . XV . REX CHRISTIANISS . MARIA FR . ET . NAV . REGINA. — Bustes en regard. Le roi, tourné à droite, tête et cou nus, lauré, cheveux courts, légère draperie agrafée à l'épaule ; la reine, tournée à gauche, coiffée du diadème, petit chignon derrière la tête avec rubans, cou nu, légère draperie agrafée sur l'épaule gauche.

Signé sous le buste de la reine : DU VIVIER F.

Rʒ. FECUNDITAS AUG. — Figure de femme, drapée à l'antique, debout de face, tenant un jeune enfant sur chaque bras.

Exergue : GEMELLÆ REGIÆ — NATÆ XIV . AUGUSTI — MDCCXXVII, en trois lignes.

Signé au-dessus de la plinthe à gauche : DU VIVIER F.

Module 41 mill.
Cabinet des médailles : or : nᵒ 2434.
             argent : nᵒ 2519.
             bronze : nᵒ 2643.
Mercure : décembre 1727, page 2943, description et planche (signat. F. et Rʒ. : DU VIVIER F.).
Nᵒ 56 du Catalogue du Musée monétaire, règne de Louis XV. Coin et poinçon du revers signés et datés 1727.
Fleurimont, pl. 35.

94. — (1727.) *Rétablissement des compagnies de cadets.*

LUDOVICUS XV REX CHRISTIANISS. — Buste du roi. Type 9.

Revers de Rõg.

Cabinet des médailles : nᵒ 2642.
Nᵒ 57 du Catalogue du Musée monétaire, règne de Louis XV.
Mercure : janvier 1728, page 140, description et planche. Signature : DUVIVIER F.

95. — *Même sujet.*

Buste du roi. Type 14.
Même revers de Rõg.

Module 41 mill.
Cabinet des médailles : bronze : nᵒ 2641.

96. — (1728.) *Guérison du roi.*

LUDOVICUS XV — REX CHRISTIANISS. — Buste du roi. Type 9.

℞.

VOTA
SUSCEPTA
ET SOLUTA
PRO SALUTE
OPTIMI PRINCIPIS
FONTIS BELLAQU.
M.DCC.XXVIII

en sept lignes horizontales dans une couronne formée de deux branches d'olivier nouées en bas.

Module 41 mill.
Cabinet des médailles : or : n° 2435.
                bronze : n° 2644.
N° 58 du Catalogue du Musée monétaire, règne de Louis XV. Coin ℞. signé et daté 1728.
Fleurimont, pl. 37.

97. — (1728.) *Bombardement de Tripoli.*

LUDOVICUS XV.REX — CHRISTIANISSIMUS. — Buste à droite, à la grosse mèche. Type 17.

Signé dans le tranché du buste : DUVIVIER.

℞. TUNETUM SUPPLEX TRIPOLIS INCENSA. — Neptune, de profil à droite, élève de la main droite son trident enflammé sur les deux villes vaincues qui font des gestes d'effroi et de supplication.

Exergue : 1728.

Module 41 mill.
Cabinet des médailles : or : n° 2436.
N° 59 du Catalogue du Musée monétaire, règne de Louis XV. Le revers ci-dessus associé à un autre avers de Duvivier. Buste type 9.

98. — (1728.) *Congrès de Soissons.*

LUDOVICUS XV REX — CHRISTIANISSIMUS. — Buste du roi. Type 17.

℞. CONCILIANDIS EUROPÆ PRINCIPIBUS, par Rœttiers fils.

Module 41 mill.
Cabinet des médailles : or : n° 2432.
N° 60 du Catalogue du Musée monétaire, règne de Louis XV. Le revers ci-dessus est associé à un autre revers de Duvivier, type 9.

99. — (1728.) *Le roi protecteur des sciences, lettres et arts.*
Buste du roi. Type 17.

℞. HERCULES MUSARUM, par J. Le Blanc.

Module 41 mill.
Cabinet des médailles : bronze : n° 2646.

100. — *Même sujet.*
Buste du roi. Type 9.
Même revers.

Cabinet des médailles : bronze : n° 2646.
N° 61 du Catalogue du Musée monétaire, règne de Louis XV.
Mercure : septembre 1728, page 2060, description du revers seulement.

101. — (1729.) *Bonheur de la France.*
LUDOVICUS XV. — .REX CHRISTIANISS. — Buste du roi.
Type 9.

℞. FELICITAS PERPETUA, de J. Le Blanc.

Module 41 mill.
Cabinet des médailles : or : n° 2438.
bronze : n° 2650.
Mercure : décembre 1729, page 2915, description et planche : — Médaille présentée au roi le 24 août dernier, pour la Saint-Louis selon l'usage.
N° 62 du Catalogue du Musée monétaire, règne de Louis XV.

102. — *Même sujet.*
Même revers avec l'avers: buste 17.

Cabinet des Médailles : bronze : n° 2651.

103. — (1729.) *L'ordre de Saint-Michel.*
LUDOVICUS XV. REX CHRISTIANISSIMUS. — Tête du roi
à droite. Type 11.
Signé en bas : J. DU VIVIER.

℞. REGIUS Sᵀᴵ MICHAELIS ORDO, par Le Blanc.

Cabinet des médailles : bronze : n° 2649.
N° 63 du Catalogue du Musée monétaire, règne de Louis XV.

104. — *L'ordre de Saint-Michel.*
LUD . XV . REX — CHRISTIANISS. — Buste du roi, tête et cou
nus, cheveux longs et bouclés. Type 20.
Signé dans le tranché du bras : I. DU VIVIER. F.

℞. REGIUS S^ti MICHAELIS ORDO.

Module 41 mill.
Cabinet des médailles : argent : n° 2521.
(Variété évidemment postérieure à la précédente.)

105. — (1729.) *Naissance du dauphin.*

LUDOVICUS XV.REX CHRISTIANISSIMUS. — Tête du roi à droite, le cou nu, les cheveux courts avec la mèche devant l'oreille, couronne de laurier nouée d'un ruban. Type 13.

Signé dans le tranché du cou : I. DUVIVIER F.

℞. VOTA ORBIS, par Rôg.

Module 72 mill.
N° 64 du Catalogue du Musée monétaire, règne de Louis XV.
Cabinet des médailles : or : n° 3118.

106. — *Naissance du dauphin.*

LUD . XV REX CHRISTIANISS . MARIA FR . ET NAV . REGINA. — Bustes affrontés, comme précédemment.

Signé sous le buste de la reine : DUVIVIER F.

℞. VOTA ORBIS, de Rôg.

Module 41 mill.
Cabinet des médailles : or : n° 2439.
　　　　　　　　　　　　 bronze n° 2647.
Un mélange du coin VOTA ORBIS ci-dessus avec le coin de Saint-Michel : REGIUS S. MICHAELIS ORDO MDCCXXIX est au Cabinet des médailles en bronze : n° 2648.

107. — *Naissance du dauphin.*

Buste du roi. Type 7.

℞. de Rôg, semblable aux deux précédents.

Module 32 mill.

108. (1729.) *Repas à l'Hôtel de Ville pour la naissance du dauphin.*

LUDVICO XV.FR.ET NAV.REGI OPTIMO. — Buste du roi à droite, tête et cou nus, lauré, cheveux courts, avec une grosse boucle roulée devant l'oreille ; légère draperie agrafée sur l'épaule. Type 14.

Exergue : LUTETIA, sous une plinthe.

Signé sur le tranché de l'épaule : DUVIVIER.

22

℞. REGI — OB NATALES DELPHINI — FESTIVOS INTER IGNES — CŒNAM URBS PRÆBET, — PRÆFECTUS MINISTRAT, — PRINCIPIBUS ÆDILES — VII SEPTEMB. — MDCCXXIX.

En huit lignes au milieu d'une couronne d'olivier.

Module 72 mill.

Cabinet des médailles : bronze : n° 2324.

N° 163 du Catalogue du Musée monétaire, règne de Louis XV. Poinçon et coin avers signé et daté 1730. Coin ℞. ancien.

109. — (1729.) *Repas à l'Hôtel de Ville.*

Même légende. Au-dessous, sans plinthe : LUTETIA. Tête semblable au buste précédent, mais un peu plus petite et sans draperie, cou nu. Type 15.

Signé sur le tranché du cou : DU VIVIER.

℞. Même inscription.

Module 54 mill.

Cabinet des médailles : or : n° 2322.

bronze : n° 2323.

110. — (1730.) *Hommage du duc de Lorraine.*

LUDOVICUS XV. REX CHRISTIANISSIMUS. — Tête à droite, à la romaine, cheveux courts et frisés, couronne de laurier avec rubans flottants, petite draperie légère à la naissance du buste. Type 11.

Signé sous le buste : J. DUVIVIER F.

℞. HOMAG. LIGIUM FRANC. STEPHANI LOTHARING. DUCIS. OB DUCAT. BARRENSEM, par Jean Le Blanc.

Module 41 mill.

Cabinet des médailles : or : n° 2441.

N° 66 du Catalogue du Musée monétaire, règne de Louis XV. Le revers ci-dessus accompagne un autre avers de Duvivier, type 6.

111. — (1730.) *Hommage du duc de Lorraine.*

LUDOVICUS XV. REX CHRISTIANISSIMUS. — Buste du roi. Type 17.

℞. HOMAG. LIGIUM FRANC. STEPHINAI LOTHARING DUCIS. OB DUCAT. BARRENSEM, par Jean Le Blanc.

Module 41 mill.

Cabinet des médailles : bronze : n° 2653.

112. — (1730.) *Naissance du duc d'Anjou.*

LUDOVICUS XV. REX CHRISTIANISSIMUS. — Type 11.

R. Inscription en six lignes :

SALUS
DOMUS AUGUSTÆ.
PROPAGO IMPERII.
POPULORUM
FELICITAS

Exergue : M.DCC.XXX.

Module 41 mill.

Cabinet des médailles : or : nº 2442.

bronze : nº 2654.

Nº 65 du Catalogue du Musée monétaire, règne de Louis XV. R. Coin ancien.

113. — (1730.) *Naissance du duc d'Anjou.*

Buste du Roi. Type 10.

R. NOVUM PERENNITATIS PIGNUS, par J. Le Blanc.

Module 41 mill.

Cabinet des médailles : or : nº 2443.

Nº 67 du Catalogue du Musée monétaire, règne de Louis XV. Même revers associé au buste du roi par Duvivier, type 17.

Cabinet des médailles : bronze : nº 2658.

114. — (1730.) *Le pont de Compiègne.*

LUDOVICUS XV . REX CHRISTIANISSIMUS. — Buste à droite du roi, tête et cou nus, lauré, cheveux courts et bouclés, formant un gros rouleau devant l'oreille, draperie. Type 16.

Signé dans le tranché du buste : DU VIVIER.

R. COMPENDIUM ORNATUM ET LOCUPLETATUM. — Le pont de Compiègne vu de face au milieu de la pièce, au premier plan ; à droite et à gauche, deux urnes versantes sur lesquelles on lit : ISARA et AXONIA, mêlant leurs eaux dans la rivière.

Exergue : PONTE NOVO — ISARÆ IMPOSITO — MDCCXXX.

Module 54 mill.

Cabinet des médailles : or : nº 2326.

Nº 68 du Catalogue du Musée monétaire, règne de Louis XV. Avers coin signé et daté 1731.

Fleurimont, pl. 43.

115. — (1730.) *Le pont de Compiègne.*

Mêmes légende et buste que le précédent, avec de légères différences dans les draperies. Type 17.

℞. Semblable au précédent.

Module 41 mill.
Cabinet des médailles : or : n° 2440.
                   bronze : n° 2656.

116. — (1732.) *Nouvelles fortifications de Metz.*

LUDOVICUS XV.REX — CHRISTIANISSIMUS. — Buste du roi. Type 17.

℞. PAX PROVIDA, par Jean Le Blanc.

Module 41 mill.
Cabinet des médailles : or : n° 2444.
                   bronze : n° 2662.
N° 70 du Catalogue du Musée monétaire, règne de Louis XV. Le revers ci-dessus accompagne un autre avers de Duvivier, type 6.

117. — (1733.) *Les grandes routes.*

LUD . XV . REX CHRISTIANISS. — Buste du roi à droite, habit à boutons avec cravate, grand cordon sur l'épaule droite. Type 18.

Signé : DUVIVIER F.

℞. VIÆ PUBLICÆ, de Le Blanc.

Module 41 mill.
Cabinet des médailles : bronze : n° 2665.

118. — *Même sujet.*

Buste du roi. Type 6.
Même revers de Le Blanc.

N° 73 du Catalogue du Musée monétaire, règne de Louis XV.

119. — (1733.) *Statue du roi à Bordeaux.*

CIVITAS BURDIGAL. — OPTIMO PRINCIPI. — Statue du roi de profil à gauche, en costume romain, tenant de la main droite son bâton de commandement, monté sur un cheval au pas ; sur le piédestal, orné de consoles et d'un trophée d'armes, se lit l'inscription suivante :

LUDOVICUS XV FRAN.

ET NAVARRÆ REX OB

ÆTERNO... (?)

Exergue : MDCCXXXIII.

Signé au-dessous de la plinthe, à droite : DUVIVIER F.

℞. PRÆSIDIUM ET DECUS. — La Place Royale où est élevée la statue ; au premier plan, les flots de la Gironde.

Signé sur la plinthe, à gauche : J. DUVIVIER F.

Module 59 mill.

Cabinet des médailles : or : n° 2330.

          bronze : n° 2331.

Mercure : description et planche : juin 1734.

M. Evrard de Fayolle a publié de nombreux et curieux documents sur cette médaille. — *Gazette de numismatique*, 1902.

120. — (1734.) *Prise de Philipsbourg.*

Buste du roi. Type 18.

℞.   RHENO

EXUNDANTE

ET TOTIUS GERMANIÆ

EXERCITU SPECTANTE

PHILIPPI BURGUM

EXPUGNATUM

XVIII.JULII.

M.DCC.XXXIV

en huit lignes horizontales entourées d'une couronne murale.

℞. poinçon ancien.

Module 41 mill.

Cabinet des médailles : bronze : n° 2670

N° 77 du Catalogue du Musée monétaire, règne de Louis XV. Ce revers accompagne le buste du roi, type 6.

121. — (1734.) *Les Allemands repoussés au delà de l'Adige.*

Buste du roi. Type 18.

℞.
PULSIS
ULTRA ATHESIM
GERMANIS.
MDCCXXXV

en quatre lignes horizontales au milieu d'une couronne de deux branches de laurier liées en bas.

Module 41 mill.
Cabinet des médailles : n° 2671.
N° 79 du Catalogue du Musée monétaire, règne de Louis XV. ℞. coin ancien.

122. — (1734.) *Bataille de Guastalla.*

LUD.XV.REX CHISTIANISS. — Buste du roi à droite, tête nue ; cheveux relevés sur le front, noués par un ruban à l'occiput, grosses boucles cachant la tempe, la joue et l'oreille ; habit à boutons, cravate, grand cordon en sautoir. Type 18.

Signé sur le tranché du bras : DU VIVIER (sans F).

℞. DE GERMANIS ITERUM, par Le Blanc.

Module 41 mill.
Cabinet des médailles : or : n° 2448.
bronze : n° 2669.
N° 78 du Catalogue du Musée monétaire, règne de Louis XV. Poinçon d'avers signé et daté 1734 ; coin d'avers signé et daté 1736.
Fleurimont, pl. 52.

123. — (1735.) *Préliminaires de paix signés à Vienne.*

Buste du roi. Type 18.

Signé : DUVIVIER (sans F.).

℞. PACIS NUNTIUS, par C. N. Rœttiers.

Module 41 mill.
Cabinet des médailles : or : n° 2451.
N° 80 du Catalogue du Musée monétaire, règne de Louis XV.

124. — (1736.) *Éducation du dauphin.*

Même buste que précédemment, Type 18, signé sans F.

℞. AUGENDÆ POPULORUM FELICITATI, par J. Le Blanc.

Module 41 mill.
Cabinet des médailles : or : n° 2452.
bronze : n° 2673.
N° 81 du Catalogue du Musée monétaire, règne de Louis XV.

125. — (1737.) *Réunion de la Lorraine à la France.*

Même buste, Type 18 sans F.

℞. MINERVA PACIFERA. — Le roi, costumé à l'antique, nu tête, le bras droit appuyé sur un bouclier aux trois fleurs de lis, est assis sur un trône élevé de deux marches et sous un dais drapé ; la Lorraine lui présente son écusson, conduite par Minerve cuirassée et casquée, qui, debout derrière elle, tient un caducée de la main gauche.

Exergue : LOTHARING . ET BAR. — REGNO ADD. — MDCCXXXVII.

Signé au-dessus de la plinthe, à droite : D. V.

Module 41 mill.

Cabinet des médailles : bronze : n° 2674.

N° 82 du Catalogue du Musée monétaire, règne de Louis XV. ℞. coin signé, non daté ; poinçon signé et daté 1737.

Le même revers associé au revers Saint-Michel. Cabinet des médailles : argent : n° 2523.

Fleurimont, pl. 55.

126. — (1738.) *Paix avec l'Allemagne.*

Même buste. Type 18. Signé sans F.

℞. PAX INITA CUM GERMANIS. — La France, costumée en Minerve et drapée dans un manteau fleurdelisé, est debout de face sous un palmier ; la tête tournée vers le rameau qu'elle tient de la main gauche, tandis qu'elle met le feu, de la main droite, avec une torche, à un monceau d'armes gisant à terre.

Module 41 mill.

Cabinet des médailles : bronze : n° 2677. Coin ℞. signé : gravé en creux par Duvivier, 1737 (*sic*).

N° 83ᴬ du Catalogue du Musée monétaire, règne de Louis XV.

Publiée par Duvivier lui-même dans le *Mercure* de juillet 1739.

127. — (1738.) *Paix avec l'Allemagne.*

Même buste.

℞. PAX INITA CUM GERMANIS, par J. C. Rœttiers.

N° 83ᴮ du Catalogue du Musée monétaire, règne de Louis XV.

128. — (1738.) *Pacification de Genève.*

LUD.XV.REX CHRISTIANISS. — Type 18. (Le coin, enfoncé avec le même poinçon, a été retouché notamment dans les cheveux et l'habit. L'F est revenu dans la signature.)

℞. REP. GENEVENSIS PACATA. — Un génie ailé, portant un bouclier aux trois fleurs de lis, s'avance sur un nuage et remet un rameau d'olivier à une femme couronnée de tours, assise de profil à gauche sur un cube orné de l'écusson de Genève.

Exergue : MDCCXXXVIII.

Signé au-dessus de la plinthe, à gauche : D. V.

Module 41 mill.

Cabinet des médailles : or : n° 2453.

bronze : 2675.

N° 84 du Catalogue du Musée monétaire, règne de Louis XV. ℞. coin signé et daté : J. DUVIVIER, 1738.

Fleurimont, pl. 56.

129. — (1738.) *Renouvellement du vœu de Louis XIII.*

Buste du roi. Type 18, sans F.

℞. AVITÆ PIETATIS HÆRES, par J. C. Rœttiers.

Module 41 mill.

Cabinet des médailles : or : n° 2454.

130. — (1738.) *Prix de l'Académie de Marseille.*

L.HEC.D.DE VILLARS FR.PAR.ET M.GENERALIS. — Buste de maréchal à droite, tête et cou nus, coiffé de la grande perruque, cuirassé, drapé dans un manteau garni de fourrure et brodé d'une croix du Saint-Esprit.

Signé sur le tranché du bras : DUVIVIER F.

℞. PRÆMIUM — ACADEMIÆ — MASSILIENSIS, en trois lignes au centre d'une couronne de lauriers.

Module 54 mill.

Cabinet des médailles : bronze : n° 1087.

Décrit par Gougenot comme gravé en 1738.

N° 196 du Catalogue du Musée monétaire, règne de Louis XV. Le portrait du maréchal de Villars gravé à l'avers de cette médaille est semblable, dans ses principaux traits et dans son arrangement, au portrait gravé pour la paix d'Utrecht, mais il est d'un modelé plus doux, plus enveloppé et peut-être plus complet ; l'autre a plus de caractère et, sans doute, plus de sincérité.

Mercure : description et planche : décembre 1742.

131. — (1738.) *Alliance avec les Suédois.*

Buste 18, sans F.

℞. FÆDUS CUM SUECIS REDINTEGRATUM, par J. C. Rœttiers.

Module 41 mill.
Cabinet des médailles : or : n° 2455.

132. — (1739.) *Mariage de la princesse Louise-Élisabeth avec l'infant d'Espagne.*

Buste du roi. Type 18, sans F.

℞. HEROUM PROPAGO, par Rœttiers fils.

Module 41 mill.
Cabinet des médailles : or : n° 2457.

133. — (1742.) *Nouvelle audience de l'ambassadeur de Turquie.*

Buste de Louis XV par Marteau.

℞. COLENDÆ REGIS AMICITIÆ. — Le roi, en costume de ville avec grand cordon, son chapeau sur la tête, est assis sur son trône ; l'ambassadeur, vêtu d'une longue robe droite et coiffé d'un turban, s'avance en s'inclinant, un papier à la main.

Exergue : AB IMPERAT. TURCARUM LEGATIO ALTERA MDCCXLII.

Signé sur la marche du trône : B. DUVIV.

Module 41 mill.
N° 93 du Catalogue du Musée monétaire, règne de Louis XV. ℞. coin signé : B. Duvivier f. ; poinçon ancien non signé.
Cette médaille a été gravée vers 1760 pour compléter l'histoire métallique ; elle a, comme la suivante, figuré au Salon de 1765.

134. — (1744.) *Maladie du roi à Metz.*

Buste du roi par Marteau.

℞. LUCTUS NULLI ÆVO COGNITUS. — La France, age-nouillée devant un autel parmi les attributs de la royauté.

Exergue : REGE GRAVITER ÆGROTANTE METIS MENSE AUG. M.DCC.XLIV.

Signé au-dessus de la plinthe, à gauche : B. DU V. FILS.

23

Module 41 mill.
N° 99 du Catalogue du Musée monétaire, règne de Louis XV. ℞. coin signé et daté 1757.
Exposé au Salon de 1765.

135. — (1747.) *États de Provence.*

COMITIA PROVINCIÆ. — Armes de la Provence, couronnées d'une couronne de comte dans un riche cartouche orné de guirlandes de feuilles de chêne et de branches de laurier. La signature D. V. se lit sur le cartouche, sous l'écusson, en bas, à droite.

℞.
STEPHANO
MICHAELI BOURET
QUOD
JUSSU LUDOVICI XV
REGIS CHRISTIANISSIMI
ET OPE JO. BAPT. DE MACHAULT
GENERALIS ÆRARII MODERATORIS
PROVINCIAM
MAXIMA RÆI FRUMENTARIÆ
PENURIA LABORANTEM
PROVIDENTISSIME SUSTENTAVIT
HOC GRATI ANIMI MONUMENT.
PROCURATORES PROVINCIÆ
· DICANT CONSECRANT
M D CC XLVII.

En quinze lignes sur champ uni.

Module 72 mill.
Cabinet des médailles : bronze : n° 2352

136. — (1749.) *Hommage des villes de l'Artois.*

Buste du roi. Type 18.

℞. DULCE TROPHÆORUM CULMEN. — Un amas de canons, d'armes et d'instruments de musique militaire, au sommet duquel est planté une branche d'olivier. (Le coin paraît brisé à la hauteur de la branche.)

.·'Exergue : PACATORI ORBIS
URBES ARTESIANÆ
MDCGXLIX

Signé au-dessus de la plinthe, à droite : D. V.

Module 41 mill.
Cabinet des médailles : argent : n° 2526.

137. — (1751.) *Naissance du duc de Bourgogne.*

LUD.XV.REX CHRISTIANISS. — Buste du roi à droite, lauré, les cheveux relevés sur le front, roulés sur l'oreille en trois boucles et retombant en « boudins » sur l'épaule et par derrière, le cou et la poitrine nus. Type 20.

Signé dans le tranché de l'épaule : J. DUVIVIER F.

℞. PROLE ET PARTU FELIX, par Marteau.

Module 41 mill.
Cabinet des médailles : or : n° 2480.
                        bronze : n° 2701.

138. — (1751.) *Naissance du duc de Bourgogne. Les mariages de Paris.*

LOUIS XV.ROY TRES CHRETIEN. — Buste du roi de profil à droite, coiffé à quatre boucles sur l'oreille et à catogan; couronne de lauriers, revêtu d'une cuirasse ornée de petites fleurs de lis, avec le grand cordon en sautoir et une cravate. — Type 19.

Signé dans le tranché du bras : DU VIVIER F.

℞. NAISSANCE DE Mᵍʳ LE DUC DE BOURGOGNE. — Dans le champ, au tiers inférieur : MARIAGES, surmonté des armes de Paris dans un écusson ovale, sans couronne, et entouré d'une branche d'olivier et d'une branche de myrte.

Exergue : PARIS MDCCLI, en deux lignes.

Module 34 mill.
Cabinet des médailles : bronze : n° 2364.
Coin ℞. signé dans les vitrines de jetons du Musée monétaire.

139. — (1751.) *Naissance du duc de Bourgogne.*

LUDOVICUS XV ARTIUM PARENS. — Buste à droite, le cou et la poitrine nus. Type 6ᵃ.

Signé sous le buste B. DUVIVIER F.

℞. NAISSANCE DE MONSEIGNEUR LE DUC DE BOURGOGNE M.DCC.LI. — Inscription en six lignes horizontales sur champ uni.

Module 34 mill.
N° 127 du Catalogue du Musée monétaire, règne de Louis XV. Mélange de coins évident. Cet avers est postérieur de vingt ans à l'avers précédent.

140. — (1752.) *Chambre de commerce de Rouen.*

Buste du roi. Type 20.

℞. FIRMATA CONSILIO COMMERCIA. — Mercure volant au-dessus de la ville.

Exergue : VIRI ROTHOMAGENSES
COMM. REGUND.
MDCCLII

Signé au bord, à droite : D. V.

Module 41 mill.
Cabinet des médailles : or : n° 2481.
bronze : n° 2702.

141. — (1753.) *Façade de Saint-Eustache (Première pierre de la).*

D.O.M.
SERENISS.PRINC.CARNUT.DUX
OPT.PARENT.JUSSU ET VICE
EXSTRUEND.HUJ.BAS^{e} FRONTI
PRIM.LAPID.POSUIT
M D CCC LIII.

en six lignes. En tête, les armes du duc d'Orléans, entre les palmes et le cor de saint Eustache posés horizontalement sur trois guirlandes égales.

℞. ✠
EJUSD.ECC.S^{ti} EUST.
PAROC.J.F.R.SECOUSSE
DOCT.THEOLOG.PARIS.
ÆDITUIS HONORARIIS
LUD.PHELYPEAUX
COM.A S^{to} FLORENTINO
REGNI ADMINISTRO.

J.MASSON DE PLISSAY
REG.ORD.EQUITE
ÆDITUIS
G.RAPH.BOSCHERON
N.CHABOÜILLÉ
L.C.VIEILLARD.

en treize lignes sur champ uni.

Module 47 mill.
Bronze : collection Henry Nocq.

142. — *Même sujet.*

LUD.PHILIPP.JOS.AUREL.DUX CARNUT. — Buste du duc de Chartres, à gauche, les cheveux relevés en arrière, avec catogan, vêtu d'une cuirasse moderne avec grand cordon.

Signé sur le tranché du bras : B. DUVIVIER. F.

℞. La face du précédent.

Nº 130 du Catalogue du Musée monétaire, règne de Louis XV. Coin avers ancien. Coin revers signé : D. V.
Trésor de numismatique, pl. XLIX.

143. — (1754.) *Statue équestre du roi (première pierre).*

LUD.XV.REX CHRISTIANISS. — Buste du roi, à droite. Type 20.

℞.

PRINCIPI OPTIMO
OB
QUÆSITAM VICTORIIS
PACEM
EQUESTREM STATUAM
PRÆF.ET ÆD.LUT.PAR.
DEDICARUNT
ET
PRIM.LAPIDEM PP.
MDCCLIV.

Cette inscription, en dix lignes horizontales, surmontée des armes de la ville de Paris dans un cartouche sans couronne.

Module 41 mill.
Cabinet des médailles : or : nºs 2483 et 2484.

144. — *Même sujet.*

Même avers, même revers, mais avec l'écusson plus petit et la date plus serrée.

Cabinet des médailles : bronze : n° 2704.

145. — (1756.) *Alliance avec Marie-Thérèse.*

LUD.XV.REX.CHRISTIANISS. — Buste du roi. Type 20.

℞. FŒDUS VERSALIIS SANCITUM. — La France et la Hongrie, costumées à l'antique, couronne royale en tête, debout de profil, tenant devant elles les écussons de leurs armes, se donnent la main droite au-dessus d'un autel où brûle une petite flamme.

Exergue : PRIMA DIE MAII MDCCLVI.

Signé au-dessus de la plinthe, à droite : B. DUV.

Module 41 mill.

N° 135 du Catalogue du Musée monétaire, règne de Louis XV. ℞. coin signé.

146. — (1763.) *Statue équestre du roi, place Louis XV.*

LUDOVICO XV OPTIMO PRINCIPI. — Buste du roi à droite, les cheveux relevés au front, roulés en trois boucles sur l'oreille et flottant sur la nuque ; couronne de lauriers attachée par un ruban ; un manteau de fourrure attaché sur l'épaule droite par un bijou ; cravate ; cuirasse avec brassards. Type 1.

Signé sur le tranché du bras : B. DUVIVIER. F.

℞. AMORIS MONUMENTUM. — Statue équestre. Le roi, costumé à l'antique, la tête nue, la main droite tenant son bâton appuyé sur sa cuisse, la main gauche tenant la bride, chevauche à gauche au pas ; le piédestal est orné aux angles de figures de femmes, et au milieu d'un trophée d'armes surmonté d'un bas-relief.

Exergue : PRÆF.ET ÆDIL.PARIS.D.D.MDCCLXIII.

Signé au-dessus de la plinthe, à gauche : B. DUVIVIER.

Module 72 mill.

N° 141 du Catalogue du Musée monétaire, règne de Louis XV. Poinçon et coin d'avers signés et datés 1763 ; coin avers signé et daté 1764 ; poinçon ℞. signé ; coin ℞. signé et daté 1764.

147. — (1763.) *Statue équestre. Médaille des six corps de marchands.*
LUDOVICUS XV. PATRIÆ PARENS DILECTISSIMUS. —
La statue du roi comme le ℞. précédent.

Exergue : VERA LAUS REGIS AMOR CIVIUM.

Signé sur la plinthe, à gauche : B. DUV.

1ᵃ

2ᵇ

N.B. Le type 3ᵉ LUDOVICUS XV REX CHRISTIANISS, reproduit hors texte, en tout
semblable comme visage et comme buste, diffère par quelques détails dans la coiffure.

℞. SEDAT FLUCTUS, TERRAM ALIT, ARTES FOVET. —
Un port de mer au-dessus duquel rayonne le soleil.

Exergue : SEX MERCATORUM PARIS. ORDINES. MDCCLXIII.

Signé sur la plinthe, à gauche : B. DUVIVIER F.

Module 72 mill.
N° 174 du Catalogue du Musée monétaire, règne de Louis XV.

148. — (1763.) *Statue équestre du roi, place Louis XV.*

LUDOVICO XV PATRI PATRIÆ. — Buste du roi de profil à droite, le cou et la poitrine nus, lauré, cheveux roulés sur l'oreille et retombant en longues boucles sur l'épaule. Type 2ᵉ.

Signé dans le tranché du buste : B. DUVIVIER F.

℞. GALLIA PLAUDENTE.
Exergue : LUTETIA MDCCLXIII.

Signé au-dessous de la plinthe à gauche : B. D. V.

Module 41 mill.
Cabinet des médailles : or : n° 2493.

149. — (1763.) *Paix avec l'Angleterre.*

LUDOVICUS XV.REX CHRISTIANISS. — Buste du roi déjà vieilli, à droite, lauré, cheveux relevés sur le front, roulés sur l'épaule et dans le dos en longues mèches ondulées ; cou et poitrine nus. Type 3ᵇ.

Signé dans le tranché de l'épaule : B. DUVIVIER F.

℞. PAX UBIQUE VICTRIX.

Signé J. C. R. (J. C. Rœttiers).

Module 41 mill.
Cabinet des médailles : or : n° 2492.
N° 141 du Catalogue du Musée monétaire, règne de Louis XV.

150. — (1764.) *Statue de Louis XV à Reims.*

La statue du roi en costume romain, à pied, sur un socle rond, orné des figures allégoriques du Commerce (?) et de l'Autorité (?) ; entre les deux, les armes de France.

Sur le socle on lit : A LOUIS XV ⅠⅠⅠⅠⅠⅠⅢ, quatre lignes illisibles.
Pas de légende.

Signé sur la plinthe, à gauche : B. DUVIVIER F.

℞.

LUDOVICO XV
REGI CHRISTIANISS.
PRINCIPI OPTIMO
HOC AMORIS MONUMENT.

DECREVERUNT
SEN.POP.QUE REM.
ET
PRIM.LAPIDEM PP.
MDCCLXIV

En neuf lignes, dans une couronne formée de deux branches.

Module 55 mill.
Cabinet des médailles : or : n° 2375.
bronze : n° 2376.

151. — (1764.) *Portail de Saint-Étienne de Metz.*

LUDOVICUS XV REX CHRISTIANISS. — Buste du roi déjà vieilli, à droite, cou et poitrine nus, lauré, les cheveux relevés sur le front, roulés sur l'oreille et tombant en boudins sur le dos et l'épaule. Type 3ª.

Signé dans le tranché de l'épaule : B. DUVIVIER F.

℞. OB RESTIT.IN URBE MET AN.1744.OPT.PRINC. SALUTEM. — De la plinthe partent, à droite et à gauche, deux branches d'olivier formant couronne, entourant l'inscription :

PORTICUM
AEDIS S.STEPH.
AB ECCLES.METEN.
DECR.ET INCHOATAM
REX
OPIS DIVINÆ MEMOR
IMPENSA SUA
PERFECIT

en huit lignes.

Exergue : CURANT.MARESC.DUCDETREES.
PRAEF.PROV.ANNO
1764.

Module 41 mill.
Cabinet des médailles : bronze : n° 2716.

152. — (1764 ?) *La princesse Trubetskoy.*

ANAST.PR.TRUBETSKOI L.G.HES.HOM.CONJ.NATA 4 OCT.1700.OB.27.NOV.1755. — Buste de la princesse à gauche, cheveux relevés sur le front, bouclés sur le côté, flottant derrière

24

en deux longues mèches et ornés de perles; corsage décolleté, brodé et bordé de dentelles; manteau doublé d'hermine portant une plaque d'ordre.

Signé sous le buste : DUVIVIER FIL. F.

℞. DOLORIS MONUMENTUM. — Un socle surmonté d'une urne, entouré de six cyprès.

Exergue :

DILECTISS. SORORI
FRATER. MŒSTISS.

en deux lignes.

Sur la plinthe : D. V.

Cabinet des médailles : argent : Russie : n° 1370.
bronze : 1371.

N° 219 du Catalogue du Musée monétaire, règne de Louis XV.
Salon de 1765.

153. — (1766.) *Pose de la première pierre de la nouvelle église de Saint-Germain.*

LUDOVICUS XV . REX CHRISTIANISS. — Buste du roi déjà vieilli, à droite, lauré, cheveux relevés sur le front, roulés sur l'oreille cachée, et retombant sur l'épaule et dans le dos en longues mèches ondulées; cou et poitrine nus. Type 3ª.

Signé dans le tranché de l'épaule : B. DUVIVIER F.

℞.
PIETAS AUGUSTA
NOVI SANCTI GERMANI
TEMPLI PRIMUM
LAPIDEM POSUIT.
ANNO MDCCLXVI

en cinq lignes sur champ uni.

Module 41 mill.

N° 145 du Catalogue du Musée monétaire, règne de Louis XV.

154. — (1766.) *Prix de l'Académie de Marseille.*

ARM . HON . DUX DE VILLARS FR. PAR . PROV . GUB. — Buste du duc de Villars à gauche, tête nue, cheveux roulés sur l'oreille et noués sur la nuque en catogan, cravate au cou, cuirassé, drapé dans un manteau de fourrure.

Signé sur le tranché du bras : B. DUVIVIER 1766.

℞. DOCTARUM PRÆMIA FRONTIUM. — Un génie debout sur le bord de la mer, portant des couronnes, entouré des attributs de sciences, des lettres, du commerce et de l'agriculture.

Exergue : LITTER. SCIENT. ET ARTIUM ACADEM.MASSIL.

Signé sur la tranche d'un livre, à gauche : B. DUVIV.

Module 54 mill.

Nº 197 du Catalogue du Musée monétaire, règne de Louis XV. Poinçon d'avers signé et daté 1770. Poinçon et coin ℞. signés et datés 1769.

155. — (1767). *Basilique d'Orléans.*

LUDOVICUS XV REX CHRISTIANISS. — Buste du roi à droite, les cheveux relevés sur le front, roulés en trois boucles sur le côté et retombant en longs boudins sur l'épaule et dans le dos ; couronne de laurier, petite cravate de dentelle, cuirasse damasquinée, grand cordon. Type 4ª.

Signé en bas : B. DUVIVIER F.

℞. BASILICA SS. CRUCIS AURELIANENSIS. — La façade de la cathédrale d'Orléans.

Exergue :

           HENRICI IV VOTUM

           PERSOLVIT LUDOV.XV

           MDCCLXVII

Signé au-dessous de la plinthe, à gauche : B. DUVIV.

Module 63 mill.

Cabinet des médailles : or : nº 2379.,

           bronze : nº 2380.

156. — (1768.) *Prix pour les chirurgiens de la Marine.*

Buste du roi. Type 20 (?).

℞. PRIX POUR LES CHIRURGIENS DE LA MARINE DU ROY, FONDÉ EN 1768, en six lignes sur champ uni.

Module 41 mill.

Nº 146 du Catalogue du Musée monétaire, règne de Louis XV.

157. — (1768.) *Prix de l'Académie de La Rochelle.*

HENRI IV.ROI DE FR.ET DE NAV. LE BIEN-BON-AMI DES ROCHELLOIS. — Buste d'Henri IV à gauche, tête nue en costume de son temps, avec fraise autour du cou et Saint-Esprit sur la poitrine, écharpe sur l'épaule.

Signé en bas, sur l'écharpe : B. DUVIVIER.

4ᴮ

5ᴮ

6ᴮ

7ᴮ

R. PRIX — ADJUGÉ — PAR L'ACADÉMIE DE LA ROCHELLE — A L'ÉLOGE — D'HENRI QUATRE — EN 1768, en sept lignes, dans une couronne de laurier et d'olivier.

Module 63 mill.

Cabinet des médailles : bronze : nᵒ 2381.

Nᵒ 200 du Catalogue du Musée monétaire, règne de Louis XV. Coin de face signé et daté 1768.

158. — (1768.) *Prix du collège d'Orléans.*

LUDOVICUS XV ARTIUM PARENS. — Buste du roi, cou et poitrine nus, longs cheveux tombant sur l'épaule et dans le dos, couronné de laurier. Type 5ᵉ.

Signé en bas : B. DUVIV. F.

℞. DICENT ET PHILOSOPHOS CORONÆ. — Un génie, volant de profil à gauche, apporte une couronne à une jeune fille assise qui réfléchit, un livre posé sur ses genoux et le coude gauche appuyé à une table ; autour d'elle et sur la table sont des instruments de physique et d'astronomie, et des livres sur lesquels on lit : LOGI CA MORAL.

Exergue : COLLEGIUM AURELIANUM.

Module 34 mill.
Cabinet des médailles : argent : n° 2397.
Exposée au Salon de 1769.

159. — (1768.) *Fondation de l'École militaire.*

LUDOVICUS XV REX CHRISTIANISS. — Type 4ᵉ.

℞. CRESCENTI AD MILITIÆ DECUS NOBILITATI. — La façade de l'École militaire vue géométralement.

Exergue : PALESTRA EXÆDIFICATA — MDCCLXVIII, en deux lignes.

Signé sur la plinthe à droite : B. DUVIVIER F.

Module 63 mill.
Cabinet des médailles : bronze : n° 2385.
N° 147 du Catalogue du Musée monétaire, règne de Louis XV. ℞. coin signé et daté 1769.

160. — *Fondation de l'École militaire.*

Buste du roi. Type 3ᵉ.

℞. semblable au précédent, réduit.

Signé à gauche sur la plinthe : B. DUV.

Module 41 mill.
℞. coin signé et daté 1769.

161. — (1769.) *Marie-Thérèse, pour la Société des lettres de Bruxelles.*

MARIA THERESIA . AUG . SCIENT . PATRONA. — Buste de l'impératrice de profil à gauche, la tête couverte d'un voile attaché à un diadème ; corsage décolleté, orné de dentelles, manteau d'hermine.

Signé sous le buste : B. DUV.

℞. Une couronne de laurier entourant l'inscription :

SOCIET. LITTER
BRUXELL. PALMA
EX
LARGIT. PRINCIP.

Module 52 mill.
Coin ancien à la Monnaie de Vienne.
Catalogue des coins de la Monnaie de Bruxelles, 1880. — Piot, 2ᵉ édit., coin ℞. ancien : nᵒˢ 955, 956.
Salon de 1773.

162.

Le même droit que la précédente avec un revers de Wurth (coin ancien de la Monnaie de Vienne).

PALMA
ACADEM. CÆSAR
REGIÆ
SCIENTI. ET LITTE.
BRUXELL. EX
LARGIT. PRINC.

Lors du centenaire de l'Académie, en 1872, on a frappé avec un revers approprié à ce centenaire une nouvelle édition du buste de Marie-Thérèse (coins restitués par Michaux, graveur de la Monnaie belge).

163. — (1769.) *Prix d'histoire naturelle* (*Lyon*).

LUDOVICUS XV . REX CHRISTIANISSIMUS. — Buste du roi à droite, le cou nu, les cheveux frisés et flottants, vêtu d'une cuirasse romaine recouverte d'une draperie. Type 12.

Sous le buste : DUVIVIER F.

℞. HISTORIÆ NATURALIS INCREMENTO. — L'écusson aux armes d'Adamoli (représentant Adam et Ève au pied de l'arbre), enguirlandé des attributs de l'histoire naturelle, attachés avec lui à des anneaux.

Exergue : PETRUS ADAMOLI DE PATRIA BENE MERIT. PRÆM . INST. MDCC.LXIX.

Module 51 mill.

Nº 186 du Catalogue du Musée monétaire, règne de Louis XV. Coin avers signé et daté 1728. Coin R⁄. ancien douteux.

Ce revers est celui qui a été publié par M. Charvet. Mais il n'est pas de Duvivier, ni peut-être même du xviiiᵉ siècle. M. Morin Pons pense que la face primitive portait, non le buste du roi, mais l'emblème de l'Académie de Lyon. Cette médaille n'aurait alors rien de Duvivier.

164. — (1770.) *Mariage du Dauphin (Louis XVI)*.

LUDOVICUS XV REX CHRISTIANISS. — Tête du roi à droite, un peu plus petite que les précédentes, le cou nu, cheveux roulés sur l'oreille en deux boucles, noués sur la nuque avec un ruban. Type 6'.

Signé sous le buste : B. DUVIV. F.

R⁄. SACRUM ÆTERNÆ CONCORDIÆ PIGNUS. — Marie-Antoinette et le dauphin, en costume de cérémonie, debout de profil, se donnent la main au-dessus d'un autel ; derrière eux, un écusson de France et un aigle à deux têtes caractérisent deux figures féminines qui occupent le fond de la composition et représentent la France et l'Autriche embrassées.

Exergue : M. ANTONIA AUSTR. — LUD . DELPHINO NUPTA — MDCCLXX, en trois lignes.

Signé au-dessus de la plinthe, à droite : B. DUV.

Module 41 mill.

Cabinet des médailles : or : nº 2496.

Maurice Tourneux : la médaille de mariage du dauphin, planche, fig. 2.

165. — *Mariage du dauphin*.

LUD . AUG . DELPHINI ET M . ANT . JOS . II . IMP . SORORIS CONNUB. — Buste en regard du dauphin tourné à droite et de Marie-Antoinette à gauche, tête et cou nus, en coiffure de leur temps.

Exergue : DIE XVI MAII MDCCLXX.

Signé dans le tranché du buste du dauphin : DU VIV.

R⁄. SACRUM ÆTERNÆ CONCORDIÆ PIGNUS. — Marie-Antoinette et le dauphin, en costume de cérémonie, debout de profil, se donnent la main au-dessus d'un autel ; derrière eux, l'écusson aux trois lis et l'aigle à deux têtes, posés à terre, caractérisent deux figures féminines qui occupent le fond de la com-

position et représentent la France et l'Autriche embrassées.
Exergue : M.ANTONIA AUSTR.LUD.DELPHINO NUPTA MDCCLXX.
Signé au-dessus de la plinthe, à droite : DUV.

Module 41 mill.
Nᵒ 149 du Catalogue du Musée monétaire, règne de Louis XV. Avers coin
refait en 1787 et poinçon relevé sur l'ancien coin. R⁄. coin refait en 1787.

166. — *Mariage du dauphin.*

LUD.XV.REX CHRISTIANISS. — Buste du roi déjà âgé, le
cou nu, lauré, les cheveux roulés en deux boucles sur l'oreille,
noués sur la nuque avec un ruban. Type 7ᵇ.

R⁄. l'avers du précédent.

Module 41 mill.
Cabinet des médailles : or : nᵒ 2497.
M. Tourneux, fig. 1.

167. — (1770.) *Le prince de Condé (prix de dessin).*

LOUIS JOSEPH DE BOURBON PRINCE DE CONDÉ. —
Buste du prince à droite, nu-tête, coiffure à catogan, habit avec
cravate et grand cordon.

Signé sous le buste : B. DUVIVIER F.

R⁄. ÉTATS DE BOURGOGNE.1770.
Exergue : PRIX DE L'ÉCOLE GRATUITE DE DESSIN.

Module 41 mill.
Argent : Florange.
Nᵒ 151 du Catalogue du Musée monétaire, règne de Louis XV (se frappe avec
une tête de roi comme avers). Coin avers signé et daté 1770.

168. — (1771.) *Mariage du comte de Provence.*

Buste du roi. Type 7ᵇ.

R⁄. FELIX SACRÆ CONCORDIÆ RENOVATIO. — Les
deux écussons de France et de Sardaigne suspendus à une
colonne tronquée, entre deux branches d'olivier.

Exergue : M.J.LUD.SARD.REGIS FILIA LUD.STA.XAV.COMITI
PROV.NUPTA MDCCLXXI.

Module 41 mill.
Cabinet des médailles : or : nᵒ 2498.
bronze : nᵒ 2717.
Nᵒ 152 du Catalogue du Musée monétaire, règne de Louis XV. R⁄. coin signé
et daté 1771.

169. — (1772-73.) *Le prince de Saxe-Gotha.*

DIVO FRIDERICO SAX . GOTHANO OPTIMO PRINCIPI. — Buste du prince à gauche, le cou nu, les cheveux frisés, demi-longs, un bandeau à pans flottants autour du crâne.

Signé sous le buste : B. DUVIVIER F.

℞. REQUIES OPTIMOR . MERIT. — Le prince, vêtu de dra-peries antiques, assis sur un trône de profil à gauche, étend la main droite d'un geste accueillant ; à gauche, un palmier, au pied duquel sont posés un casque, une épée, un faisceau, porte un écu ovale aux armes de Saxe.

Exergue :   ' NATUS $\frac{XIV}{XXV}$ APRIL. $\overline{MDCXCIX}$

OBIT X. MARTII
$\overline{MDCCLXXII}$

en trois lignes.

Sur le terrain à droite : B. D. V.

Module 47 mill.
Cabinet des médailles : bronze : n° 664.
Salon de 1773.

170. — (1773.) *Mariage du comte d'Artois.*

Buste du roi. Type 7ᵉ.

℞. SPES ALTERA. — Le comte d'Artois et sa jeune femme, en costumes antiques, debout près d'un autel, se tiennent par la main droite ; devant eux l'Amour, élevant son flambeau de la main gauche, descend sur un nuage ; le comte s'appuie de la main gauche sur l'écu de ses armes ; les armes de la princesse sont à terre, à gauche.

Exergue : M . THER . REG . SARD . FILIA — CAR . PHIL . COMITI ARTES. — NUPTA — MDCCLXXIII.

Signé au-dessus de la plinthe au milieu : DUVIV.

Module 41 mill.
Cabinet des médailles : or : n° 2500.
N° 154 du Catalogue du Musée monétaire, règne de Louis XV. Coin ℞. signé.

171. — (1773.) *J.-C. Soumard, maire de Bourges.*

Buste du roi. Type 7ᵉ.

℞. J.-C. SOUMARD . EC   S^{GR} DE CROSSES NOMMÉ PAR LE ROI MAIRE DE LA VILLE DE BOURGES (sur une banderole) 1773 (à la suite, mais en dehors de la banderole). — Les armes de la ville de Bourges, écusson ovale, dans un cartouche découpé et orné de palmes, sommé d'une couronne de duc.

Module 41 mill.
Cabinet des médailles : bronze : L. 151.

172. — (1774.) *Le commerce de Marseille avec l'Afrique.*

Buste du roi. Type 7ª.

℞. AUCTA LIBYCIS OPIBUS MASSILIA. — Une négresse, vêtue d'une robe assez courte et serrée, le haut du corps nu, coiffée d'une tête d'éléphant, une corne d'abondance dans les mains, une peau de lion suspendue dans son dos, s'avance, à gauche, vers la flotte française alignée au fond et à gauche; à droite, on aperçoit un rocher fortifié.

Exergue : LUD . XV . ARMIS ET CONSILIIS MDCCLXXIV.

Signé sur la coque du navire, à gauche : B. DUV.

Module 41 mill.
Cabinet des médailles : or : nº 2501.
Nº 155 du Catalogue du Musée monétaire, règne de Louis XV. Coin ℞. signé.

173. — (1774.) *Collège de France.*

Buste du roi. Type 7ª.

℞. COMMODIORI ARTIUM EGREGIARUM CONTUBERNIO, par Lorthior.

Module 41 mill.
Cabinet des médailles : or : nº 2502.
                          bronze : nº 2718.

174. — (1774.) *Mort de Louis XV.*

Buste du roi. Type 7ᵇ.

℞. MOERENS FRANCIA. — Au pied d'un mausolée surmonté de la couronne royale, une femme en pleurs s'est laissé tomber; elle est vêtue de longs vêtements drapés et tient l'écusson aux trois lis; sur les marches, à droite, une branche de cyprès.

Exergue : OBIIT X. MAII MDCCLXXIV.

Signé sur la première marche à droite : B. DV.

Module 41 mill.
N° 156 du Catalogue du Musée monétaire, règne de Louis XV. ℞. coin signé.
Trésor de numismatique, pl. LII, médailles françaises.

175. — (1774.) *Académie et école de chirurgie.*

LUDOVICUS . XVI . REX . CHRISTIANISS. — Buste du roi à droite, tête et cou nus, les cheveux roulés en trois boucles flottant sur la nuque et le dos, draperie sur les épaules. Type 1.

℞. ÆDES ACADEMI . ET SCHO . CHIRURGO. — L'école de médecine, gravée par N. Gatteaux.

Signé au bas B. DUVIVIER F.

Module 59 mill.

176. — *Même sujet.*

Même droit et même revers.

Module 41 mill.
Cabinet des médailles : or : n° 2719.
              bronze : n° 2720.
N° 2 du Catalogue du Musée monétaire, règne de Louis XVI. Coin avers ancien.

177. — (1775.) *Le portrait du roi.*

LUDOVICUS . XVI . REX . CHRISTIANISS. — Buste du roi. Type 1.

℞. HINC SUPREMA LEX (le trône par Le Blanc). — Comme au portrait de Louis XV de 1717.

Module 59 mill.
Cabinet des médailles : or : n° 2722.

178. — (1775.) *Sacre de Louis XVI.*

LUDOVICUS XVI . REX CHRISTIANISSIMUS. — Buste du roi à droite, couronne en tête, cheveux longs et bouclés, en costume du sacre, avec marteau, rabat de dentelle et collier du Saint-Esprit. Type 2.

Signé sous le bras : B. DUVIVIER F.

℞. DEO CONSECRATORI. — La Religion, étendue sur un nuage, drapée de voiles flottants, tenant de la main gauche un calice rayonnant, de la droite oint le roi agenouillé, en grand cos-

Le type 3 est le même coupé plus
court : LUDOVICUS XVI = REX
CHRISTIANISS.

tume du sacre, devant un autel élevé de deux marches ; dans le fond à droite, la couronne et le sceptre sur un coussin.

Exergue : UNCTIO REGIA REMIS
XI JUN MDCCLXXV

en deux lignes.

Module 41 mill.
Cabinet des médailles : argent : n° 2729.
bronze : n° 2732.
N° 3 du Catalogue du Musée monétaire, règne de Louis XVI. Poinçon avers signé et daté 1775 ; coin ancien. R̸. coin signé et daté.

179. — (1775.) *Sacre de Louis XVI.*

LUDOVICUS XVI. — REX CHRISTIANISS. — Buste du roi à droite, comme le précédent, mais coupé un peu plus court ; la légende est modifiée et la signature n'a plus l'F. Type 3.

Signé sous le bras : B. DUVIVIER.

R̸. DEO CONSECRATORI. — La Religion oignant le roi, gravure de N. Gatteaux.

Exergue : UNCTIO REGIA . REGIS
XI JUN MDCCLXXV

Module 37 mill.
Cabinet des médailles : n° 2730.
N° 4 du Catalogue du Musée monétaire, règne de Louis XVI. Coin avers daté 1775.

180. — (1775.) *Sacre de Louis XVI.*

Buste par Gatteaux.

R̸. DEO CONSECRATORI, comme le précédent.

Signé à gauche : D. V.

Module 34 mill.
Cabinet des médailles : argent : n°ˢ 2731 et 2732.
R̸. coin ancien.

181. — (1775.) *Sacre de Louis XVI (pour les six corps des marchands).*

LUD . XVI . REX CHRISTIANISS. — Buste du roi à droite, tête et cou nus, cheveux relevés sur le front, bouclés à trois étages sur les oreilles, tombant en boudins sur l'épaule ; draperie. Type 4.

Signé en bas : DUVIVIER F.

℞. LES SIX CORPS DE MARCHANDS PRÉSENTÉS PAR LE DUC DE COSSE GOUVERNEUR DE PARIS ONT COMPLIMENTÉ LE ROY SUR SON SACRE ET COURONNEMENT LE 2 JUILLET 1775. En onze lignes sur champ uni.

Module 41 mill.
N° 8 du Catalogue du Musée monétaire, règne de Louis XVI. Avers coin ancien daté 1776. Poinçon signé et daté 1777.

182. — *Sacre de Louis XVI (pour la ville de Troyes).*

Buste du roi. Type 2.

℞.

URBIS
PRIMARIÆ
DECUS FIRMATUM
TRECIS
A LUDOVICO XVI
SIGNANTE DEO
CHRISTUM SUUM
OVANTE GALLIA
MDCCLXXV

en neuf lignes.

Module 41 mill.
Cabinet des médailles : or : n° 2733.
bronze : n° 2734.
N° 6 du Catalogue du Musée monétaire, règne de Louis XVI. ℞. coin ancien.

183. — *Sacre de Louis XVI (pour la ville de Troyes).*

Même revers, associé à l'avers DEO CONSECRATORI.

Cabinet des médailles : or : n° 2735.
argent : n° 2736.

184. — (1775.) *Académie de Châlons.*

Pas de légende.

Pas d'exergue.

Signé sur le globe, à gauche : B. DUVIVIER.

Guidée par le génie des lettres, la Renommée vole sur le globe terrestre en portant un bouclier sur lequel on lit : A L'UTILITÉ.

℞. PRIX DE L'ACADÉMIE DE CHAALONS. — Le caducée,

au-dessus des attributs des sciences, des arts, du commerce et de l'industrie.

Exergue : MDCCLXXV.

Module 54 mill.

N° 9 du Catalogue du Musée monétaire, règne de Louis XVI. Coin avers ancien. Poinçon signé et daté 1782. Coin ℞. ancien.

185. — (1775.) *Le Parlement rendu. Prisonniers délivrés.*

LE PARLEMENT RENDU PAR LE ROY AUX VŒUX DE LA NATION, — Le roi, assis de face sur son trône, en costume romain, présente trois magistrats qui s'avancent vers la France, agenouillée à gauche, les bras croisés, couronne en tête ; en haut, un génie, portant une épée et un sceptre, émerge d'un nuage et couronne le roi.

Exergue : LOUIS XVI.

Signé sur la plinthe, à droite : DUVIV.

℞. PRISONNIERS DÉLIVRÉS PAR LES COMMERÇANTS DE TOULOUSE. — Trois missionnaires apportent à deux prisonniers dont les fers sont tombés l'argent de leur rançon ; au fond, une forteresse.

Exergue : MDCCLXXV.

Signé sur la plinthe, à gauche : B. DUVIV.

Module 41 mill.

Cabinet des médailles : argent : n°s 2725 et 2726.
                        bronze : n° 2727.

Annoncée pour le Salon de 1775, n'a sans doute pas été prête à temps, a figuré au Salon de 1777.

186. — (1775.) *Fête des bonnes gens. La bonne fille* [1].

HIC PIETATIS HONOS. — Une femme couronnée de rayons, drapée à l'antique, de face, pose de sa main droite une couronne sur la tête d'une jeune fille, vêtue à l'antique, qui s'avance en s'inclinant ; dans le fond à gauche, des arbustes ; à droite, des rosiers et des lys.

Exergue : LA BONNE FILLE.

Signé au-dessus de la plinthe, à gauche : DUV.

1. Voir n° 252, *Lycée des Arts.*

℞. L'avers du suivant : MATERNUM PERTENTANT GAU-
DIA PECTUS.

Module 41 mill.
Cabinet des médailles : argent : n° 2781.
N° 79 du Catalogue du Musée monétaire, règne de Louis XVI. Poinçon avers
signé D. V. Coin avers signé et daté 1775. Coin ℞. ancien.
Hennin, *Numismatique de la Révolution*, p. 391, n° 579, pl. 57.
Salon de 1777.

187. — (1776.) *Fête des bonnes gens. La bonne mère* [1].

MATERNUM PERTENTANT GAUDIA PECTUS. — Une
femme assise sur un tertre, tournée vers la gauche, allaite un
enfant; deux autres enfants jouent à gauche; à droite, une que-
nouille est appuyée contre le tertre, et au fond, à droite, un pélican nourrit de sa chair ses petits.

Signé au-dessus de la plinthe, à droite : DUVIV.
Exergue : LA BONNE MÈRE.

℞.   FÊTE DES
                  BONNES GENS

            INSTITUÉE EN LA SEIGNEURIE
                  DE CANON
        PAR Mʀ ET Mᵐᵉ ÉLIE DE BEAUMONT
              SEIGNEURS DE CANON

              DE LA Pˢˢᵉ
            NOMMÉE BONNE MÈRE

                LE 9 OCTOBRE

en neuf lignes, dans une couronne de deux guirlandes de fleurs

Module 41 mill.
Cabinet des médailles : argent : n° 2780.
N° 78 du Catalogue du Musée monétaire, règne de Louis XVI. Coin avers
signé et daté 1776. Coin ℞. signé LÉONARD.
Hennin, *Numismatique de la Révolution*, p. 391, n° 578, pl. 57.
Salon de 1777.

188. — (1776.) *Washington à la prise de Boston.*

GEORGIO WASHINGTON SVPREMO DVCI EXERCI-

1. Voir nᵘ 253, *Lycée des Arts*.

TVVM ADSERTORI LIBERTATIS. — Buste de G. Washington à droite, nu, les cheveux longs, non frisés, avec catogan.

Exergue : COMITIA AMERICANA,

Signé sous le buste : DUVIVIER / PARIS.F. en deux lignes.

℞. HOSTIBUS PRIMO FUGATIS. — A gauche, le général Washington, en costume militaire de son temps, sur un cheval cabré de profil à droite, devant quatre cavaliers de son état-major, donne des ordres, le bras droit tendu ; au fond, à droite, la ville de Boston assiégée.

Exergue : BOSTONIUM RECUPERATUM — XVII MARTII — MDCCLXXVI, en trois lignes.

Signé en bas, à droite, sur un canon : DU VIV.

Module 68 mill.

Cabinet des médailles, collection Vattemare : bronze : F. 402.

Nº 10 du Catalogue du Musée monétaire, règne de Louis XVI. Coin ancien d'avers daté 1789 et poinçon ancien de la tête.

J. E. Loubat, *Medallic history of the United states of America*, texte 1, pl. I.

189. — (1776.) *Prix de géométrie et de dessin.*

LUD.XVI.REX CHRISTIANISS. — Buste du roi, à droite. Type 4.

Signé sous le buste : DUVIVIER F.

℞. DEBILIS ADHUC IPSE DAT OPEM ALIIS.. — Un cep de vigne s'enroulant au tronc d'un jeune olivier.

Exergue : GEOM.ET DELINEAT.PRÆMIUM FUND.MDCCLXXVI.

Module 41 mill.

Nº 11 du Catalogue du Musée monétaire, règne de Louis XVI. Coin ℞. signé : BDV.

190. — (1777.) *Renouvellement de l'alliance avec les Suisses.*

LUDOVICUS XVI FRANC.ET.NAV.REX. — Buste du roi à droite, tête et cou nus, cheveux relevés sur le front et les tempes, roulés sur les côtés, et retombant en boudins sur l'épaule et dans le dos; un manteau doublé de fourrure et bordé d'une broderie formant draperie; assez fort relief. Type 6.

Signé en bas : DUVIVIER F.

26

R⁄. FŒDUS CUM HELVETIIS RESTAURATUM ET STABI-LITATUM MDCCLXXVII, en cinq lignes horizontales dans une couronne d'olivier nouée d'un ruban.

Module 72 mill.
Cabinet des médailles : or : n° 3125.
N° 14 du Catalogue du Musée monétaire, règne de Louis XVI. R⁄. coin ancien.
Salon de 1777.

191. — (1777.) *Renouvellement de l'alliance avec les Suisses.*

LUD.XVI REX CHRISTIANISS. — Buste du roi, à. droite. Type 5.

Signé en bas : B. DU VIVIER F.

R⁄. FŒDUS — CUM HELVETIIS — RESTAURATUM — ET STABILITATUM — MDCCLXXVII, en cinq lignes, dans une couronne d'olivier.

Module 41 mill.
Cabinet des médailles : argent : n° 2738 (avec bélière).
N° 15 du Catalogue du Musée monétaire, règne de Louis XVI. Avers coin daté 1777. R⁄. deux coins anciens.

192. — (1777.) *Prix d'art et d'industrie.*

Buste du roi. Type 6.

R⁄. ARTIS ET INDUSTRIÆ PRÆMIUM DATUM, en quatre lignes suivies d'un vide, dans une couronne de chêne.

Module 72 mill.
N° 72 du Catalogue du Musée monétaire, règne de Louis XVI. R⁄. coin ancien.
Cette médaille n'est pas datée, mais le Catalogue de 1817 la classe à la même place que « l'Alliance avec les Suisses ».

193. — (1778.) *La caisse d'escompte.*

SURETÉ DANS LA CONFIANCE. — Une femme assise de trois quarts à gauche, la tête tournée vers la droite, tient sur ses genoux, de la main gauche, une liasse de billets ; de la main droite, elle ouvre un coffre rempli de sacs, sur lequel sont figu-rées deux mains enlacées ; à droite, près de son pied gauche, un tas de registres et de sacs.

Exergue : CAISSE D'ESCOMPTE — ÉTABLIE EN 1776, en deux lignes.

Signé en bas, à gauche sur le coffre B. DUVIVIER.

℞. GAGE DE LA RECONNOISSANCE DES ACTION-NAIRES. — Une femme drapée, assise de profil à droite sur un ballot, reçoit sur ses genoux les pièces de monnaie et les fruits que verse d'une corne d'abondance Mercure debout, nu et voilé d'une légère draperie flottante; à terre et à droite, un caducée; au loin, la mer avec un navire.

Exergue : DÉCERNÉ PAR L'ASSEMBLÉE GÉNÉRALE DU XVI AVRIL MDCCLXXVIII.

Signé à gauche, au-dessus de la plinthe : DU VIV.

Module 55 mill.
Com¹ Babut, *Gazette de numismatique*, 1909, description et planche.
Salon de 1781.

194. — (1778.) *Église de Port-Marly.*

LUD.XVI.REX.CHRISTIANISS. — Buste du roi. Type 5.

Signé en bas : B. DUVIVIER F.

℞. PIETAS — REGIA — ÆDE AD MARLIACI — PORTUM STRUCTA — ANNO — M.DCC.LXXVIII, en six lignes sur champ uni.

Module 41 mill.
Cabinet des médailles : or : n° 2739.
      argent : n° 2740.
      bronze : n° 2741.
N° 84 du Catalogue du Musée monétaire, règne de Louis XVI. ℞. coin ancien.

195. — (1778.) *Naissance de Madame.*

LUD . XVI . REX CHRISTIANISS : MAR . ANT . AUSTR. REGINA. — Bustes superposés à gauche : le Roi, tête et cou nus les cheveux longs, retenus par un bandeau et retombant en boucles sur les épaules nues; la Reine décolletée, sa haute coiffure ornée d'un diadème, double collier de perles.

Signé en bas : DUVIVIER.

℞. FŒCUNDITATIS AUGUSTÆ PIGNUS ET OMEN. — La France, revêtue du manteau royal, la couronne en tête, l'écu aux armes de France à son côté, est assise de face et tient dans ses bras la jeune princesse.

Exergue : NATAL . MARIÆ THER . CAR . REGIS PRIMOG . XIX . DEC. MDCCLXXVIII.

Module 41 mill.

Nº 16 du Catalogue du Musée monétaire, règne de Louis XVI. Poinçon et coin ℞. anciens.

Salon de 1779.

196. — (1778.) *Naissance de Madame.*

Buste du roi. Type 5.

FŒCUNDITATIS AUGUSTÆ PIGNUS ET OMEN. — La France, revêtue des insignes de la royauté, assise de face, tient dans ses bras la jeune princesse.

Exergue : NATAL . MARLÆ THER . CAR . REGIS PRIMOG . XIX DEC MDCCLXXVIII.

Sur la plinthe à gauche : B. DU VIV.

Module 41 mill.

Cabinet des médailles : or : nº 2737.

Nº 16 du Catalogue du Musée monétaire, règne de Louis XVI (avec un avers différent).

197. — (1778.) *L'Académie française.*

LOUIS XVI. ROI DE FRANCE ET DE NAVARRE. — Buste du roi à gauche, les cheveux relevés sur le front, roulés en trois boucles sur l'oreille, noués par derrière, en habit avec cravate de dentelles, grand cordon et plaque du Saint-Esprit, toison d'or ; une draperie fleurdelisée termine le buste en avant. Type 9.

Dans le tranché du bras : B. DUVIVIER F. 1778.

℞. PROTECTEUR DE L'ACADÉMIE FRANCOISE. — Une couronne de laurier, surmontée de deux palmes croisées, entoure ces mots : A L'IMMORTALITÉ, en trois lignes ; en bas, une fleur de lis dans une guirlande.

Module 59 mill.

Nº 71 du Catalogue du Musée monétaire, règne de Louis XVI. ℞. coin ancien.

Salon de 1779.

198. — (1778.) *Prix de l'Université de Perpignan.*

Buste du roi. Type 4.

℞. (PRIX) DE L'UNIVERSITÉ FONDÉ PAR M. LE MARÉCHAL DE MAILLY 17$\frac{+}{+}$78, en six lignes dans une couronne de laurier. Le mot « prix » est placé entre deux palmes ;

la date est disposée de chaque côté d'un ruban qui attache deux bâtons de maréchal croisés et l'insigne de l'ordre du Saint-Esprit.

Module 41 mill.

Nº 85 du Catalogue du Musée monétaire, règne de Louis XVI. R⧹. coin ancien.

9

10

11

12

Il n'existe d'exemplaires anciens des médailles de l'Université de Perpignan ni au cabinet de France, ni au Musée ni à la Bibliothèque de Perpignan.

199. — (1779.) *Prix de l'Université de Perpignan.*

Même face que le précédent.

℞. PRÆMIUM IN UNIVERS . PERPIN . INSTITUTUM A JOS . AUG . COM . DE MAILLY PRÆFECT . GENER PROV . RUSCIN . MDCCLXXIX, en huit lignes dans une couronne sans fin, formée de feuilles de laurier.

Module 41 mill.
Nº 86ᵇ du Catalogue du Musée monétaire, règne de Louis XVI. ℞. coin ancien.

200. — (1779.) *Prix de l'Université de Perpignan.*

Même face que le précédent.

℞. PRÆMIUM IN UNIV . PERP . INST . A MARES . DE MAILLY PRÆF . GEN . PROV . RUSCIN . 1779 ✠ — Les armes de Mailly, entourées des insignes de maréchal et de chevalier des ordres, et surmontées de la devise : HOGNE QUI VONRA, dans une banderole.

Module 41 mil.
Nº 86 du Catalogue du Musée monétaire, règne de Louis XVI. ℞. coin ancien.

201. — (1779.) *Prix de sauvetage de la Ville de Paris.*

CIVITATIS PARISIENSIS PRÆMIUM FUND . 1779. — Les armes de la ville de Paris dans un cartouche.

Signé en bas : B. DUVIVIER F.

℞. OB SUBMERSUM CIVEM REDIVIVUM. — Couronne de plantes aquatiques attachées par un ruban entourant le centre uni destiné à recevoir une inscription gravée en creux.

Module 41 mill.
Nº 89 du Catalogue du Musée monétaire, règne de Louis XVI. Coins face et revers anciens.
Salon de 1781.

202. — (1779.) *Acte de bienfaisance de la Reine.*

MARIA ANT . AUSTR . FR . ET NAV . REGINA. — Buste de la reine à gauche, tête et cou nus, haute coiffure surmontée d'un petit diadème, costume de cour brodé et gemmé, largement décolleté, double collier de perles avec médaillon, manteau royal agrafé sur l'épaule par un bijou et formant draperie.

Signé en bas : B. DU VIVIER.

R⫶. ACTE DE BIENFAISANCE DE LA REINE. — MARIAGES CÉLÉBRÉS EN FÉVRIER 1779, en sept lignes horizontales sur champ uni.

Module 41 mill.

N° 17 du Catalogue du Musée monétaire, règne de Louis XVI.

203. — (1779.) *Le colonel de Fleury.*

VIRTUTIS ET AUDACIÆ MONUM. ET PRÆMIUM. — Un guerrier, vêtu à l'antique, avec cuirasse, casque en tête, debout, de face, brandit une épée de la main droite et tient une lance de la main gauche ; il pose son pied droit sur les ruines d'un édifice.

Exergue :
D. DE FLEURY EQUITE GALLO
PRIMO SUPER MUROS
RESP. AMERIC. D. D

en trois lignes.

Signé sur une pierre en bas, à gauche : DU VIVIER.

R⫶. AGGERES PALUDES HOSTES VICIT. — Vue à vol d'oiseau d'une forteresse bâtie sur un roc escarpé, au bord d'un fleuve ou d'un bras de mer où voguent sept navires.

Exergue :
STONY-PT. EXPUGN.
XV JUL. MDCCLXXIX

en deux lignes.

Module 41 mill.

J. E. Loubat, *Medallic history of. U. S. A.*, n° 4, p. 22, pl. IV.

Salon de 1781.

204. — (1781.) *Louis XVI et Marie-Antoinette.*

LUDOVICUS XVI FRANC. ET NAV. REX. — Buste du roi à droite, tête et cou nus, cheveux très longs relevés sur le front et les tempes, roulés sur les côtés en trois boucles et retombant en boudins sur l'épaule et dans le dos ; un manteau doublé de fourrure et bordé d'une broderie formant draperie. Assez fort relief. Type 6.

Signé en bas : DU VIVIER F.

R⫶. MAR. ANTON. AUSTR. FRANCIÆ ET NAVARR. REGINA. — Buste de la reine à gauche, tête et cou nus ; la haute coiffure, ornée de rubans, de trois plumes d'autruche, d'un diadème, d'un rang de perles et d'un « bandeau d'amour » ; une boucle d'oreille volumineuse pend à l'oreille ; riche costume brodé et gemmé, très décolleté ; double collier de perles avec médaillon ; manteau fourré et brodé de fleurs de lis agrafé sur l'épaule par un joyau et formant draperie.

Signé en bas : DU VIVIER 1781.

Module 72 mill.
N° 12 du Catalogue du Musée monétaire, règne de Louis XVI.

205. — *Louis XVI et Marie-Antoinette.*

LUD . XVI . REX CHRISTIANISS. — Buste de Louis XVI à droite, tête et cou nus, cheveux longs, coiffés en boucles et boudins, draperie. Type 4.

Signé en bas : DUVIVIER F.

℞. MARIA ANT.AUSTR.FR.ET NAV.REGINA. — Buste de la reine à gauche, haute coiffure sans plumes, corsage brodé de perles, deux colliers de perles, manteau royal.

Module 41 mill.
N° 13 du Catalogue du Musée monétaire, règne de Louis XVI.

206. — (1781.) *Naissance du Dauphin. Pour les six corps de marchands.*

LUD.XVI.FR. ET NAV.REX ✱ MAR.ANT.AUSTR.REG. — Bustes en regard. Le roi en habit de cour avec cravate, Toison d'or et grand cordon du Saint-Esprit ; la reine en corsage brodé décolleté, double collier de perles avec médaillon, manteau royal agrafé sur l'épaule, coiffée à la mode de son temps avec diadème.

Signé en bas, à gauche, le long du listel : B. DUVIVIER F.

℞. ASSERENDI NOVA SPES COMMERCII. — Un dauphin, portant un gouvernail fleurdelisé, entouré de six navires.

Exergue : REGI DE ORTU S.S.DELPHINI SEX MERCATOR . PARIS. ORDINES GRATULANTUR AUSP . DUCIS DE COSSÉ . URBIS GUB . DIE IV NOV.MDCCLXXXXI.

Module 63 mill.
N° 26 du Catalogue du Musée monétaire, règne de Louis XVI. Coin avers daté 1782. Coin ℞. daté 1781.
Salon de 1783, ainsi que la suivante.

207. — *Naissance du Dauphin.*

LUD.XVI.FR.ET NAV.REX ❀ MAR.ANT.REGIN.FRANC.
— Bustes en regard du roi et de la reine, tête et cou nus, coiffures modernes; le roi non habillé, la reine légèrement drapée en fichu, un double collier de perles avec médaillon sur la poitrine.

Signé à gauche, sous le buste du roi : B. DUVIVIER.

℞. FELICITAS PUBLICA. — Assise de trois quarts sur un socle auquel s'appuie l'écu aux trois fleurs de lis, une femme drapée à l'antique, le pied droit posé sur un tabouret, présente un enfant nouveau-né.

Exergue : NATALES DELPHINI DIE XXII OCTOBRIS MDCCLXXXI.

Signé en bas, à gauche : DV.

Module 41 mill.

Cabinet des médailles : or : n° 2749.

N° 22 du Catalogue du Musée monétaire, règne de Louis XVI. Coin et poinçon avers anciens. ℞. coin signé, poinçon ancien.

Un coin ancien du type : bustes superposés, daté de 1781, est conservé au Musée monétaire, au n° 44 : Naissance du duc de Normandie.

208. — *Strasbourg heureux (de la naissance du dauphin).*

Buste du roi. Type 4.

℞.

ARGENTORATUM
FELIX
VOTIS SECULARIBUS
MDCCLXXXI

en quatre lignes dans une couronne de deux branches de chêne.

Module 41 mill.

Cabinet des médailles : or : n° 2751.

209. — (1781.) *Mariages de Bourgogne.*

LOUIS XVI.ROY DE FRANCE ET DE NAV.ET MAR. ANT.J.J.D'AUTRICHE REINE. — Bustes superposés du roi, non habillé, ses longs cheveux relevés par un bandeau, et de la reine, en costume décolleté, haute coiffure ornée de perles.

Signé en bas : B. DUVIVIER.

℞. MARIAGE DE DOUZE FILLES DOTÉES PAR LES ÉTATS DE BOURGOGNE ✦ — A LA NAISSANCE DE

27

M. LE DAUPHIN 1781, en deux lignes concentriques. — Écusson aux armes de Bourgogne dans un manteau d'hermine sommé de la couronne ducale.

Module 45 mill.
Cabinet des médailles : or : n° 2754.
bronze : n° 2755.
N° 25 du Catalogue du Musée monétaire, règne de Louis XVI. Coin avers daté 1781, poinçon signé et daté 1781. Coin ℞. ancien.

210. — (1781.) *Bataille de Cowpens.* (*Le colonel W. Washington.*)

GULIELMO WASHINGTON LEGIONIS EQUIT . PRÆFECTO. — En haut et au milieu, la Victoire, volant à gauche, tient de la main gauche une palme; de la droite, une couronne au-dessus du colonel Washington, qui galope à gauche en franchissant deux ennemis morts; des armes jonchent le sol; au fond, la cavalerie américaine alignée charge la cavalerie ennemie en fuite.

Exergue : COMITIA AMERICAN.

Signé au-dessus de la plinthe, à droite : DUV.

℞. QUOD PARVA MILITUM MANU STRENUE PROSECUTUS HOSTES VIRTUTIS INGENITÆ PRÆCLARUM SPECIMEN DEDIT IN PUGNA AD COWPENS XVII . JAN. MDCCLXXXI, en sept lignes dans une couronne de laurier, attachée en haut et en bas par des rubans.

Module 45 mill.
Collection Vattemare.
N° 20 du Catalogue du Musée monétaire, règne de Louis XVI. Coin avers signé et daté 1789. Coin ℞. ancien.
J. E. Loubat, *Medallic history of U. S. A.*, texte 9, p. 46, pl. IX.
Salon de 1789.

211. — (1781.) *Mariages de Perpignan.*

MARIA ANT . AUSTR . FR . — ET NAV . REGINA . — Buste de la reine à gauche, haute coiffure avec diadème, robe décolletée, ornée de broderies et de pierreries, double collier avec médaillon, manteau royal drapé et retenu sur l'épaule par un bijou.

Signé en bas : B. DU VIVIER.

℞. LA BIENFAISANCE ORDONNE LEUR UNION, revers de N. Gatteaux.

Module 41 mill.

Cabinet des médailles : or ; n° 2745.

N° 24 du Catalogue du Musée monétaire, règne de Louis XVI.

212. — (1781.) *Bataille de Cowpens.* (*Le colonel J. E. Howard.*)

JOH. EGAR. HOWARD LEGIONIS PEDITUM PRÆFECTO ·
— Précédé par la Victoire, qui tient une palme de la main gauche
et de la droite élève une couronne au-dessus de lui ; le colonel
Howard à cheval, galopant à droite, l'épée haute, poursuit un
fantassin ennemi qui emporte un drapeau, mais qui a laissé choir
son épée et son chapeau. Fond uni.

Exergue : COMITIA AMERICANA.

Signé au-dessous de la plinthe, à gauche : DU VIV.

℞. QUOD IN NUTANTEM HOSTIUM ACIEM SUBITO
IRRUENS PRÆCLARUM BELLICÆ VIRTUTIS SPECIMEN
DEDIT IN PUGNA AD COWPENS XVII JAN. MDCCLXXXI,
en sept lignes dans une couronne de laurier, attachée en haut et
en bas par des rubans.

Module 45 mill.

N° 21 du Catalogue du Musée monétaire, règne de Louis XVI. Coin avers
signé et daté 1789. Coin ℞. ancien.

J. E. Loubat, *Medallic history of U. S. A.*, texte 10, p. 48, pl. X.

213. — (1782.) *Fêtes à l'occasion de la naissance du Dauphin.*

LUDOV. XVI ET MAR. ANT. AUST. FR. ET NAV. REGI ET
REGINÆ. — Bustes superposés du roi et de la reine à droite :
le roi en avant, les cheveux relevés sur le front, roulés en trois
boucles sur l'oreille, noués sur la nuque et flottants derrière en
boudin, habit civil avec grand cordon et cravate. La reine, en
corsage décolleté, avec garniture et collier de perles ; dans les
cheveux, des perles.

Sous le buste du roi : DUVIVIER.

Exergue : LUTETIA.

℞. SOLEMNIA DELPHINI NATALITIA. — La Ville de Paris cou
ronnée de tours, et tenant de la main droite son écusson, s'age-
nouille devant le couple royal et l'invite à s'approcher d'une
table somptueusement servie ; Louis XVI en grand costume
royal, nu-tête, avance la main droite ; la reine, au deuxième plan,

a pris une grenade; derrière eux, une femme à genoux tient sur son bras gauche une corne d'abondance et dans sa main droite un caducée.

Exergue :   REGE ET REGINA URBEM
             INVISENTIBUS XXI JAN
             MDCCXXXII

en trois lignes.

Au-dessus de la plinthe, à gauche : DV.

Module 72 mill.

Cabinet des médailles : argent : n° 3127.
                        bronze : n° 3127 *bis*.

214. — (1782.) *Fêtes à l'occasion de la naissance du Dauphin.*

LUDOVICO XVI.ET M.ANT.AUSTR.FR.ET NAV.REGI ET REGINÆ. — Bustes superposés du roi et de la reine, à droite, comme le précédent.

Exergue : LUTETIA.

Signé sous le buste du roi : DUVIVIER.

℞. SOLEMNIA DELPHINI NATALITIA, comme le précédent.

Exergue : REGE ET REGINA URBEM — INVISENTIBUS XXI JAN — MDCCXXXII,.en trois lignes.

Signé au-dessus de la plinthe, à gauche : DV.

Module 50 mill.

Cabinet des médailles : argent : n° 2756.
                        bronze : n° 2757.

N° 27 du Catalogue du Musée monétaire, règne de Louis XVI. Coins et poinçons avers et ℞. signés et datés 1782.

215. — (1782.) *Prix d'industrie à l'Académie des Sciences.*

Buste du roi. Type 6.

℞. ARTIBUS PERFICIENDIS, ARTIFICUM SALUTI TUENDÆ LAUREAM CONSECRAT CIVIS BENEFICUS, REGIA SCIENTIARUM ACADEMIA DECERNIT MDCCLXXXII, en neuf lignes dans une couronne sans fin tressée de feuilles de laurier, rubans flottants en bas et en haut.

Module 72 mill.

N° 29 du Catalogue du Musée monétaire, règne de Louis XVI. Coin ℞. signé et daté 1784.

216. — (1783.) *Le canal du Centre.*

LUDOVICO XVI.FR.ET NAVAR.REGI OPTIMO. — Buste
du roi, à droite, la tête nue, cheveux roulés en trois boucles sur
l'oreille, noués par derrière, vêtu d'un habit à boutons, avec cravate
et Toison d'or, manteau agrafé par un joyau sur l'épaule droite.
Type 7.

Exergue : COMITIA BURGUNDIÆ.

Signé sous le buste : B. DUVIVIER.

7
Le type 8 est le même en 50 mm.

℞. UTRIUSQUE MARIS JUNCTIO TRIPLEX. — La Loire,
la Saône et la Seine à gauche, le Rhin plus loin, à droite, versent
leurs eaux (LIGER, ARAR, SEQUAN., RHEN.); au milieu la Bourgogne, ayant auprès d'elle son écusson et une corne d'abondance
chargée de raisins, élève de sa droite un caducée.

Exergue : FOSSIS AB ARARI AD LIGERIM SEQUANAM ET RHENUM
SIMUL APERTIS MDCCLXXXIII.

Signé sous la plinthe, à droite : DUVIVIER F.

Module 72 mill.
Bronze : Florange.
N° 31 du Catalogue du Musée monétaire, règne de Louis XVI.
Salon de 1785.

217. — (1783.) *Le canal du Centre.*

Même légende. Même buste. Type 8.

Même exergue.

Signé dans le tranché du bras : B. DUVIVIER F.

℞. Même légende. Même sujet.

Même exergue.

Signé sous la plinthe, à droite : DUV.

Module 50 mil.
Cabinet des médailles : bronze : 2757 *bis*.
                 argent : Florange.
                 bronze : Florange.
Nº 32 du Catalogue du Musée monétaire, règne de Louis XVI. Coin droit ancien. Coin ℞. signé et daté 1784. Poinçon ℞. signé et daté 1784.

218. — (1783.) *Paix avec l'Angleterre.*

LUD.XVI.REX — CHRISTIANISS. — Buste du roi. Type 5.

℞. PAX FRANCIAM INTER ET ANGLAM. — La Paix, tenant une corne d'abondance et un rameau d'olivier, descend d'une galère.

Exergue : VERSALIIS — MDCCLXXXIII, en deux lignes.

Signé sous la plinthe, à gauche : DU VIV.

Module 41 mill.
Cabinet des médailles : or : nº 2760.
Nº 33 du Catalogue du Musée monétaire, règne de Louis XVI. Coin ℞. ancien.
Salon de 1785.

219. — (1784.) *Fondation de Beaujon.*

Buste du roi, à droite. Type 5.

℞. AD XII.PUERORUM ET XII PUELLARUM GRATUIT EDUCATIONEM HOSPITIUM A NIC.BEAUJON REG.CONS. FUNDAT MDCCLXXXIV, en neuf lignes sur champ uni.

Module 41 mill.
Nº 41 du Catalogue du Musée monétaire, règne de Louis XVI.

220 — (1784.) *Les six corps de marchands délivrent des prisonniers.*

Buste du roi. Type 5.

℞. LES SIX CORPS DES MARCHANDS DE PARIS CELEBRENT LA PAIX EN DELIVRANT DES PRISONNIERS

XV JANV.MDCCLXXXIV, en sept lignes dans une couronne d'olivier, avec les attributs du commerce.

Module 59 mill.

N° 40 du Catalogue du Musée monétaire, règne de Louis XVI. Coin ℞. signé.

221. — (1784.) *Prix d'accouchement.*

MARIA ANT . AUSTR . FR . — ET NAV . REGINA MDCCLXXIV. — Buste de la reine à gauche, coiffée sans « bandeau » avec diadème, corsage décolleté et richement brodé, collier de perles; manteau royal.

Signé en bas : DUVIVIER.

℞. ARTIS — OBSTETRICÆ — INCREMENTO FAVENTE REGINA — C.T.VERMONT INSTITUIT — MDCCLXXXIV, en sept lignes dans une couronne.

Module 41 mill.

Cabinet des médailles : bronze : n° 2764.

N° 90 du Catalogue du Musée monétaire, règne de Louis XVI. Coin ℞. ancien.

222. — (1785.) *A Joseph Chrétien.*

Buste du roi. Type 5.

℞. LE ROY — A DÉCORÉ — DE CETTE MÉDAILLE JOSEPH CHRÉTIEN, — NATIF DE VERSAILLES, AGÉ DE 17 ANS, — QUI S'EST COURAGEUSEMENT — PRÉCIPITÉ SOUS LA GLACE — ET EN A RETIRÉ DEUX ENFANS — PRÈS DE PÉRIR LE 23 DÉCEMBRE — 1785, en douze lignes sur champ uni.

Module 41 mill.

Cabinet des médailles : argent : n° 2965.
bronze : n° 2966.

N° 46 du Catalogue du Musée monétaire, règne de Louis XVI (coin de face daté 1771). Deux coins de ℞. anciens.

223. — (1785.) *Naissance du duc de Normandie.*

Buste du roi. Type 5.

℞. NATALES LUDOVICI CAROLI DUCIS NEUSTRIÆ. — La France, vêtue à l'antique, couronne en tête, sa tunique garnie d'une bordure de fleurs de lis, est assise de profil sur un dé, à l'ombre d'un palmier; elle tient de sa main gauche, sur son genou, une tablette, où elle trace les mots : VOTA PUBL…

Exergue : XXVII MARTII MDCCLXXXV.

Signé sous la plinthe, à gauche : DUV.

Module 41 mill.
Cabinet des médailles : or : n° 2770.
N° 44 du Catalogue du Musée monétaire, règne de Louis XVI (avec un autre avers cf. : page 209). Coin ℞. ancien.
Salon de 1785.

224. — (1785.) *Voyage de Lapeyrouse et de Langle.*

LOUIS XVI, ROI DE — FRANCE ET DE NAVARRE. — Buste de Louis XVI à gauche, les cheveux relevés sur le front, en trois boucles sur l'oreille, noués sur la nuque; en habit avec cravate, Toison d'or et plaque du Saint-Esprit; manteau royal. Type 9.

Signé dans le tranché du bras : B. DUVIVIER F 1778.

℞. LES FRÉGATES DU ROI DE FRANCE LA BOUSSOLE ET L'ASTROLABE COMMANDÉES PAR MM. DE LA PEROUSE ET DE LANGLE PARTIES DU PORT DE BREST EN JUIN 1785, en dix lignes dans une couronne de deux branches de laurier liées par un ruban.

Module 59 mill.
Cabinet des médailles : or : n° 2771.
bronze : n° 2772.
N° 45 du Catalogue du Musée monétaire, règne de Louis XVI. Coin ℞. ancien.

225. — (1785.) *Prix de l'Académie de peinture et de sculpture.*

LUDOVIC.XVI.FRANC.ET NAVAR.REX. — Tête du roi à gauche, le cou nu, les cheveux relevés sur le front et flottants par derrière. Type 10.

Signé en bas : DU VIVIER.

℞. MENTEM FURATUS OLYMPO. — Un génie, debout de face, draperies flottantes, tient un papier de la main gauche et un crayon de la main droite; à terre gisent, de chaque côté, les attributs des divers arts.

Exergue : PRÆM.IN ACAD.REG.PICT.ET SCULPT.PAR.

Signé au-dessus de la plinthe, à droite, sur une feuille de papier déroulée : DV.

Module 34 mill.
Cabinet des médailles : bronze : n° 2947.
Module 33 mill.
Cabinet des médailles, surmoulés fondus en métal de cloche : n°s 2948 et 2949.
N° 50 du Catalogue du Musée monétaire, règne de Louis XVI. Coin d'avers signé et daté 1785. Coin R⁄. signé et daté 1785.
Salon de 1785.

226. — (1785.) *Canal de la Saône à l'Yonne.*

LOUIS XVI ROI DE FRANCE ET DE NAVARRE. — Buste du roi à droite, cheveux relevés sur le front, roulés sur l'oreille en quatre boucles, flottants sur l'épaule; le cou nu; vêtu d'une cuirasse et d'une draperie antiques. Type 11.

Signé sous le buste : DU VIVIER. S.

R⁄. NOUVELLE JONCTION DES DEUX MERS. — Le Rhône et la Saône d'une part, la Seine et l'Yonne d'autre part versent leurs urnes (où leurs noms sont écrits en français)[1] et mélangent leurs eaux. La Saône et l'Yonne se donnent la main.

Exergue : CANAL DE LA SAONE A L'YONNE MDCCLXXXV.

Signé sur la plinthe à gauche : DUVIVIER.

Module 54 mill.
Cabinet des médailles : or : n° 2774.
N° 47 du Catalogue du Musée monétaire, règne de Louis XVI. Coins avers et R⁄. anciens. Poinçon R⁄. signé et daté 1784.
Salon de 1785.

227. — (1786.) *Cônes de Cherbourg.*

LUDOVICUS XVI.FRANC.ET NAVARRÆ REX. — Buste du roi à droite, coiffé à la mode de son temps, habit avec cravate, Toison d'or et grand cordon; manteau fourré, attaché sur la poitrine par un bijou. Type 12.

Signé dans le tranché du bras : DU VIVIER F.

R⁄. MARE PER NOVAM ARTEM FRENATUM CÆSARIS-BURGI. — Un génie ailé, dont le vêtement est semé de fleurs de

1. La même composition a été gravée par Gatteaux, les noms des fleuves sont écrits en latin.

28

lis, tenant une ancre de la main gauche, montre de la main droite la route suivie par les navires.

Exergue : REGE ADSTANTE ET PROMOVENTE XIII JUNII MDCCLXXXVI.

Signé au-dessus de la plinthe, à gauche : D.V.

Module 63 mill.
Nº 58 du Catalogue du Musée monétaire, règne de Louis XVI. Poinçon avers signé et daté 1783. Coin daté 1787. Coin R. signé.
Salon de 1789.

228. — (1786.) *Manufacture royale d'horlogerie.*

LE TEMPS A PRIS UN CORPS ET MARCHE SOUS NOS YEUX. — Le Temps, sa faux à la main, marche sur un cadran où sont gravées les heures et les minutes.

Signé en bas, à droite : DU VIV.

R. MANUFACTURE ROYALE D'HORLOGERIE ÉTABLIE A PARIS PAR ARREST DU CONSEIL DU XXVI DÉCEMBRE MDCCLXXXVI M. DE CALONNE ÉTANT CONTROLEUR GENERᴬᴸ DES FINANCES, en dix lignes sur champ uni.

Module 54 mill.
Nº 59 du Catalogue du Musée monétaire, règne de Louis XVI. Coins avers et R. anciens.
Salon de 1789.

229. — (1786.) *La ville de Poitiers à Boula de Nanteuil.*

CIVITAS PICTAVIUM. — Les armes de la ville de Poitiers dans un cartouche posé sur des gerbes de blé et orné de guirlandes de chêne.

Signé en bas du cartouche, à gauche : D.V.

R. ANTONIO FR. ALEX. — BOULA DE NANTEUIL — QUI, — REGN. MUNIFICENTISSIMO — LUDOVICO XVI, — PROVINCIÆ PICTON. PRÆFECTUS — ILLI GRAVIS ANNONÆ — DIFFICULTATE OPPRESSÆ — FRUMENTUM SUBMINISTRARI — PROVIDENTISSIME CURAVIT — HOC GRATI ANIMI MONUM. — PICTAV. MUNICIPIUM — VOVET, CONSECRAT — MDCCLXXXVI, en quatorze lignes sur champ uni.

Module 54 mill.
Cabinet des médailles : bronze : nº 2779.

N° 62 du Catalogue du Musée monétaire, règne de Louis XVI. Coin d'armoiries signé et daté 1786. Coin ℞ ancien.

230. — (1786.) *Au major Bouvard.*

LUD.XVI.REX CHRISTIANISS. — Type 4.

Signé sous le buste : DUVIVIER F.

℞. DONNE PAR LE ROI AU S.BOUVARD MAJOR DE LA MILICE BOURGEOISE DE RENNES POUR AVOIR EN EXPOSANT SA VIE SAUVE CELLE DE QUATRE OUVRIERS ENSEVELIS SOUS LES RUINES D'UNE MAISON EN FEU LE 14 JANVIER 1786, en onze lignes sur champ uni.

Module 41 mill.

N° 56 du Catalogue du Musée monétaire, règne de Louis XVI. ℞. coin ancien.

231. — (1787.) *A Jean-Claude Bilon.*

Même face que le précédent.

℞. DONNÉ PAR LE ROI A JEAN CLAUDE BILON DE LA VILLE DE NANTUA LE 29 JANVIER 1787 POUR AVOIR EN EXPOSANT SA VIE SAUVÉ CELLE DE DEUX JEUNES GENS PRÊTS A ÊTRE ENGLOUTIS SOUS LES GLACES, en neuf lignes sur champ uni.

Module 41 mill.

N° 63 du Catalogue du Musée monétaire, règne de Louis XVI. ℞. coin ancien.

232. — (1787.) *Généralité d'Orléans.*

Même face que le précédent.

℞. ASSEMBLÉE PROVINCIALE DE LA GÉNÉRALITÉ D'ORLÉANS 1787, en six lignes, au centre d'une couronne sans fin, formée de feuilles de chêne.

Module 41 mill.

N° 65 du Catalogue du Musée monétaire, règne de Louis XVI. ℞. coin ancien.

233. — (1788.) *Pont Louis XVI.*

LOUIS XVI ROI DE FRANCE ET DE NAVARRE. — Buste du roi à droite, longs cheveux flottants ; cuirasse romaine recouverte d'une draperie bordée de fourrure. Type 13.

Exergue : VILLE DE PARIS.

Signé au-dessus de la plinthe, à gauche : B. DUVIV. F.

℞. PONT DE LOUIS XVI MDCCLXXXVIII. — Vue du pont de Louis XVI, sur la Seine où l'on voit des bateaux et des trains de bois flotter.

Signé au-dessus de la plinthe, à gauche : B. DUVIV. F.

13   15

14

· Module 54 mill.
Cabinet des médailles : argent : n° 10413
bronze : n° 2785.
N° 67 du Catalogue du Musée monétaire, règne de Louis XVI. Coin avers signé et daté 1787. Coin ℞. ancien.
Salon de 1789.

234. — (1789.) *Généralité de Paris.*

LUDOV.XVI.FRANC.ET.NAVARRÆ REX. — Buste du roi à gauche, tête et cou nus, longs cheveux retenus par un bandeau noué derrière la tête. Type 14.

Signé en bas : DU VIVIER F.

℞. LEGI REGIQUE FIDELES. — Une couronne formée d'une branche de chêne et d'une branche d'olivier nouées par un ruban, et entourant les mots : CONVENTUS — NOBILIUM — PARISIEN — SIUM, en quatre lignes.

Exergue : LUTETIÆ MAIO MDCCLXXXIX.

Module 41 mill.
Cabinet des médailles : argent : n° 2792.
　　　　　　　　　　　bronze : n°ˢ 2793 et 2794.
N° 2 du Catalogue du Musée monétaire, règne de Louis XVI, constitut. Coin avers daté 1786.
Le même revers avec un avers de Gatteaux, Cabinet des médailles : bronze : n° 2795.

235. — *Necker (de face)*.

M.NECKER D.V.S. — Buste de Necker, de face, cravate et vêtement flottants (seulement ébauché à l'échoppe).

Revers uni.

Module 41 mill.
Cabinet des médailles : bronze : n° 503 *a*.
　　　　　　　　　　cliché d'étain : n° 503 *b*.
N° 8 du Catalogue du Musée monétaire, règne de Louis XVI, Constitut. Coin face ancien.
Trésor de numismatique, X, 1.

236. — (1789.) *J. Necker*.

JACQUES NECKER GENEVOIS NÉ EN OCTOBRE MDCCXXXII. — Buste de Necker à gauche, coiffé en catogan, vêtu d'un habit brodé avec cravate.

Signé dans le tranché du bras : INSCIUM S. DUVIVIER.

℞. VŒU PUBLIC SATISFAIT. — Une couronne de feuilles de chêne, au centre de laquelle on lit : ÉLEVÉ — AU MINISTÈRE — DES FINANCES — EN OCTOBRE 1776, — RAPPELÉ EN AOUST 1786 — ET POUR LA IIIᵐᵉ FOIS — EN JUILLET 1789, en sept lignes horizontales.

Module 41 mill.
Cabinet des médailles : bronze : n° 1039 ᴬ.
N° 7 du Catalogue du Musée monétaire, règne de Louis XVI, Constitut. Coin face signé et daté 1789. Coin ℞. ancien.
Salon de 1789.

Un autre revers a été gravé pour Necker mais, ne faisant pas allusion au troisième ministère de Necker, a dû être remplacé par le R̸. précédent. C'est celui-ci :

237.

R̸. RAPPELÉ AU MINISTÈRE DES FINANCES DE FRANCE. — Une couronne formée de deux branches de chêne, liées en bas, au centre de laquelle on lit :

VŒU
PUBLIC

Exergue : LE XXVI AOUST— MDCCLXXXVIII, en deux lignes.

238. — (1789.) *Lafayette.*

M . P . J . R . I . G . MOTIER M^{quis} DE LA FAYETTE NÉ LE 6 SEPT . 1757. — Buste de Lafayette à gauche, coiffé à la mode de son temps avec queue, habit militaire à revers orné de la croix de Saint-Louis, épaulettes, cravate.

Exergue : OFFERT PAR B. DUVIVIER — A LA GARDE NATION^{LE}, en deux lignes.

R̸. VENGEUR DE LA LIBERTÉ DANS LES DEUX MONDES. — Dans le champ, l'inscription suivante :

MAJOR GÉNÉRAL — DANS LES ARMÉES — DES ÉTATS UNIS D'AMÉ-RIQ^E — EN 1777. — MARESCHAL DE CAMP, — VICE PRÉSID. DE L'AS-SEMBLÉE — NATIONALE LE 12 JUILLET — COMMANDANT GÉNÉRAL — DE LA GARDE NATION^E PARIS^E — LE 15 JUILLET — 1789, en onze lignes horizontales.

Module 41 mill.

Cabinet des médailles : bronze : n° 613.

N° 5 du Catalogue du Musée monétaire, règne de Louis XVI, Constitut. Coin avers piqué. Coin R̸. usé (probablement limé).

239. — (1789.) *Mairie de Paris.*

LOUIS XVI ROI DES FRANCOIS. — Buste du roi à droite, les cheveux relevés sur le front, bouclés à cinq étages sur le côté, noués sur la nuque par un ruban, flottant derrière ; habit avec cravate et jabot, grand cordon sur l'épaule droite. Type 15.

Exergue : VILLE DE PARIS.

Signé dans le tranché du bras : B. DUVIVIER. F.

R⁀. ÉTABLISSEMENT DE LA MAIRIE DE PARIS ❀

Exergue : J. SILVAIN BAILLY PREMIER MAIRE ÉLU LE 15 JUILLET 1789.

R⁀. gravé par Dupré.

Module 54 mill.
Nº 4 du Catalogue du Musée monétaire, règne de Louis XVI, Constitut. Coin avers daté 1789.

240. — (1789.) *Assemblée des électeurs de Paris.*

LOUIS XVI ROI DES FRANCAIS PERE D'UN PEUPLE LIBRE. Buste du roi à gauche, nu, les cheveux longs et bouclés, couronne de chêne. Type 16.

Exergue : ASSEMBLᴱ DES ELECTˢ DE PARIS LE ROI Y SEANT LE 17 JUILLET 1789.

Signé au-dessus de la plinthe, au milieu : DUVIVIER.

R⁀. LIBERTÉ ASSURÉE. — Une femme vêtue à l'antique, avec une écharpe flottante, les cheveux dénoués, les pieds nus, tenant de la main gauche une pique surmontée du bonnet phrygien, s'avance à gauche devant un obélisque où elle vient d'écrire en trois lignes : JUILLET — MDCC — LXXXIX. Sur la base de l'obélisque on lit : PRÉSIDENTS — DES ÉLECTEURS — J DE LAVIGNE — ET M LE MOREAU — DE Sᵀ MERY, en cinq lignes.

Signé sous la plinthe, à gauche : DUVIV.

Module 45 mill.
Cabinet des médailles : argent : nº 2831.
⠀⠀⠀⠀⠀⠀⠀⠀⠀⠀⠀⠀bronze : nº 2833.
⠀⠀⠀⠀⠀⠀⠀⠀⠀⠀⠀⠀argent : nº 2832 (rupture du coin R⁀.).
⠀⠀⠀⠀⠀⠀⠀⠀⠀⠀⠀⠀bronze : nº 2834 (rupture du coin R⁀.).
Nº 6 du Catalogue du Musée monétaire, règne de Louis XV, Constitut.
Trésor de numismatique, IX, 6.

241. — (1789.) *Abandon des privilèges.*

LOUIS XVI RESTAURATEUR DE LA LIBERTÉ FRANÇAISE. — Buste du roi à droite, coiffé à trois étages de boucles avec catogan ; habit bordé d'un galon, et grand cordon d'ordre ; manteau fourré d'hermine agrafé au milieu de la poitrine. Type 17.

Signé en bas : DUVIVIER S.

℞. ABANDON DE TOUS LES PRIVILÈGES. — Revers gravé par Gatteaux.

Exergue : ASSEMBLÉE NATIONALE IV AOUT MDCCLXXXIX.

Module 63 mill.

Cabinet des médailles : bronze : nᵒˢ 2837, 2838 et 2839.

Nᵒ 9 du Catalogue du Musée monétaire, règne de Louis XVI, Constitut.

C. Saunier, *Augustin Dupré*, p. XII.

17

16   18

242. — (1789.) *Arrivée du roi à Paris.*

LOUIS XVI ROI DES FRANCOIS — Buste du roi à droite.

Type 15.

Exergue : VILLE DE PARIS.

Signé sur le tranché du bras : B. DUVIVIER F.

℞. J'Y FERAI DÉSORMAIS MA DEMEURE HABITUELLE.
— Louis XVI en habits de ville, suivi de Marie-Antoinette qui
tient le dauphin par la main ; tous les trois, la tête nue, s'avancent
à droite, conduits par la Ville de Paris, drapée et couronnée de
tours, qui leur montre la façade des Tuileries, au fond à droite, en
perspective, devant laquelle la foule est rassemblée.

Exergue : ARRIVÉE DU ROI A PARIS LE 6 OCT. 1789.

Signé au-dessus de la plinthe, à droite : DUVIV.

Module 54 mill.
Cabinet des médailles : bronze : nᵒˢ 2842 et 2843.
Nᵒ 10 du Catalogue du Musée monétaire, règne de Louis XVI, Constitut. Coin
℞. ancien.
Marx, *Médailleurs contemporains*, p. 4 et 5 ; vignette.
Saunier, *Augustin Dupré*, p. XII.
Trésor de numismatique, XII, 4.
Hennin, pl. 8, nᵒ 63.

243. — (1789.) *J. S. Bailly.*

J. SILVAIN BAILLY NÉ A PARIS LE XV . SEPT .
MLCCXXXVI. — Buste de Bailly, de profil à droite et coiffée
d'une perruque avec queue ; habit sans ornement et cravate.

Exergue : OFFERT A LA VILLE — PAR B. DUVIVIER.

℞. MÉRITE RECONNU. — Une branche de chêne et une
branche d'olivier, nouées en bas par un ruban contenant l'inscription suivante :

MEMBRE

DES TROIS ACADÉMIES

FRANÇOISE, DES B. LETTRES

ET DES SCIENCES

PRÉSIDENT DE L'ASSEMBLÉE

NATIONALE LE 17 JUIN

ÉLU D'UN VŒU UNANIME

MAIRE DE PARIS

LE 15 JUILLET 1789

en neuf lignes horizontales.

Module 41 mill.
Cabinet des médailles : bronze : nᵒ 457.
Hennin, p. 28, nᵒ 37, pl. 5. Millin, nᵒ 25.
Recueil des procès-verbaux de la Commune de Paris, 29 octobre 1789.

29

Journal de Paris, 2 et 16 novembre 1789.
Trésor de numismatique, IX, 2.
Salon de 1789.

244. — *Bailly*.

Même droit et même ℞.

Module 32 mill.
Hennin : n° 38, pl. 5.

245. — (1789.) *A. Murget*.

LUD.XVI.REX.CHRISTIANISS. — Buste du roi à droite, cheveux flottants sur le cou nu, draperie à l'antique.

Signé sous le buste, dans le champ : DU VIVIER F.

℞. DONNÉ — PAR LE ROI — A JEAN Bᵗᵉ MURGET — CAVᵉʳ AU Rⁿᵗ Rᵃˡ ROUSSILLON — QUI BRAVANT DEUX FOIS — LA MORT — A SAUVÉ LA VIE — A UNE CITOIENNE — DE TOURS — 1789, en dix lignes sur champ uni.

Module 41 mill.
Cabinet des médailles : bronze : n° 2791.
N° 1 du Catalogue du Musée monétaire, règne de Louis XVI, période constitutionnelle. Poinçon signé et daté 1792. Coin ancien. Coin ℞. ancien (mélange de coins évident).

246. — (1791.) *Sauvetage à Brest*.

LOUIS XVI ROI DES FRANCOIS. — Tête du roi à droite, le cou nu, les cheveux flottants, couronné de chêne. Type 18.

Signé dans le tranché du cou : DUVIVIER.

℞.

A

POUR AVOIR
COURAGEUSEMENT DÉFENDU
ET SAUVÉ LA VIE
A UN CITOYEN
LE 17 NOVᵣᵉ 1791
A BREST

en sept lignes et une ligne vide dans une couronne de feuilles de chêne nouée en haut.

Module 41 mill.
Cabinet des médailles : bronze : n° 2885.

No 21 du Catalogue du Musée monétaire, règne de Louis XVI, Constitut. Deux coins anciens du revers.

Trésor de numismatique, XXI, 7.

247. — (1792.) *A J.-B. Réveillon.*

LUDOVICUS XVI FRANC. ET NAV. REX.

Signé en bas : DU VIVIER F.

℞. L'AN 4ᴵᴱᴹᴱ DE LA LIBERTÉ, LE 14 MAI 1792, L'ASSEM-BLÉE NATIONALE A DÉCRÉTÉ QUE CETTE MÉDAILLE SERAIT DONNÉE A J.-B. RÉVEILLON EN REMPLACEMENT DU PRIX D'INDUSTRIE QU'IL AVOIT REÇU DU ROI EN L'ANNÉE 1786, POUR SERVICES PAR LUI RENDUS A L'ART DE LA PAPETERIE ET QUI LUI FUT ENLEVÉ AU PILLAGE DE SA MAISON LE 28 AVRIL 1789, en quinze lignes horizontales sur champ uni.

Module 72 mill.

No 23 du Catalogue du Musée monétaire, règne de Louis XVI, Constitut. Le coin ancien d'avers conservé sous ce numéro est daté 1777.

Il n'y a pas d'épreuve de cette médaille au Cabinet de France.

248. — (1792.) *Le 10 Août.*

EXEMPLE AUX PEUPLES. — Une femme, drapée à l'antique, ailée, debout de trois quarts à droite, tenant de la main gauche une pique surmontée du bonnet phrygien, et de la droite un foudre, pose son pied gauche sur les attributs de la royauté : couronne, sceptre et main.

Exergue : X AOUST MDCCXII.

℞. A LA MÉMOIRE DU GLORIEUX COMBAT DU PEUPLE FRANÇAIS CONTRE LA TYRANNIE AUX TUILE-RIES, en sept lignes horizontales au-dessous d'un faisceau, de chaque côté duquel deux victoires, volant de profil, apportent une palme et un bonnet.

Exergue : LA COMMUNE DE PARIS.

Module 54 mill.

Cabinet des médailles : argent : no 2975.
     bronze doré : no 2976.
     bronze : nos 2977 et 2978.

N⁰ 24 du Catalogue du Musée monétaire, règne de Louis XVI, Constitut. Coin ancien signé et daté 1793. Coin ℞. daté 1792.
Trésor de numismatique, XXXVI, 4.
Salon de 1793.

249. — (1792.) *Le 10 Août.*

EXEMPLE AUX PEUPLES, comme le précédent.
Exergue : X AOUST MDCCXCII.
Signé au-dessus de la plinthe, à gauche : DUV.

℞. A LA MÉMOIRE DU GLORIEUX COMBAT DU PEUPLE FRANÇAIS CONTRE LA TYRANNIE AUX TUILE-RIES, en sept lignes horizontales au-dessous d'une couronne de laurier liée par un ruban avec longs bouts flottants.
Exergue : LA COMMUNE DE PARIS.

Module 41 mill.
Cabinet des médailles : bronze : n⁰ 2980.
N⁰ 24ᵉ du Catalogue du Musée monétaire, règne de Louis XVI, Constit. Coin avers signé. Coin ℞. ancien.

250. — (1792.) *Nouvelle ère française.*

RÉPUBLIQUE UNE ET INDIVISIBLE. — Une femme, vêtue à l'antique, casquée, la main droite appuyée sur un faisceau, la main gauche tenant une pique surmontée du bonnet phrygien, est assise sur un siège mouluré, orné d'une tête de coq et d'un niveau.
Exergue : NATION FRANÇAISE.
Signé sous la plinthe, à droite : DUVIVIER.

℞.   ÈRE FRANÇAISE
                      COMMENCÉE
              A L'ÉQUINOXE D'AUTOMNE.
                   22 SEPT. 1792
         9 HEURES 18 MIN. 30 S⁰ DU MATIN
                      A PARIS

en six lignes au-dessous d'une portion du Zodiaque comprenant les signes de septembre, octobre et novembre.

Module 41 mill.
Cabinet des médailles, Convention : bronze : n⁰ 1.
N⁰ du Catalogue du Musée monétaire, République. Coin·face signé et daté 1793. Coin ℞. signé.
Trésor de numismatique, XXXVIII, n⁰ 1.

251. — (1793.) *La Constitution républicaine.*

RÉPUBLIQUE UNE ET INDIVISIBLE. — Comme précédemment.

Exergue : NATION FRANÇAISE.

Signé sous la plinthe, à droite : DUVIVIER.

℞. CONSTITUTION RÉPUBLICAINE
ADOPTÉE ET JURÉE
EN PRÉSENCE
DE L'ÊTRE SUPRÊME
PAR LE PEUPLE FRANÇAIS
INDIVIDUELLEMENT
CONSULTÉ

en sept lignes sous un livre ouvert, au milieu de rayons, et qui

porte sur sa page de gauche : | DROITS DE L'HOMME | en trois lignes, et sur

la page de droite : | CONSTI TUTION FRAN ÇAISE | en quatre lignes.

Exergue : LE 10 AOUST 1793 en deux lignes.

Module 41 mill.

N° 3 du Catalogue du Musée monétaire, République. Coin ℞. ancien.

Trésor de numismatique, XLV, p. 3.

Salon de 1793.

252. — (1793.) *Prix du Lycée des Arts (La bonne fille).*

HIC PIETATIS HONOS (Voir : Les bonnes gens de Canon 1775).

℞. PRIX DÉCERNÉ PAR LA FRATERNITÉ.

Au milieu, dans une couronne : LYCÉE DES ARTS, en trois lignes.

En bas : FONDÉ EN 1793.

Hennin, n° 578.

253. — (1793). *Prix de vertu (La bonne mère).*

PRIX DE VERTU, par Bompart.

℞. MATERNUM PERTENTANT... par Duvivier.

(Voir : Les bonnes gens de Canon, 1776.)

Hennin, *Numismatique de la Révolution*, p. 391, n° 579, pl. 57.

254. — (1794 ?) *J.-S. Bailly.*

J. SILVAIN BAILLY ·NÉ A PARIS LE XV . SEPT. MDCCXXXVI. — Buste analogue à la médaille de 1789, mais terminé assez négligemment.

Pas d'exergue.

℞.

ASTRONOME
AUTHEUR DE L'HISTOIRE
DE L'ASTRONOMIE
MEMBRE DES TROIS ACADÉMIES
FRANÇAISE DES BELLES LETTRES
ET DES SCIENCES
PRÉSIDENT DE L'ASSEMBLÉE
NATIONALE LE 17 JUIN
ÉLU Ier MAIRE DE PARIS
LE 15 JUILLET 1789
ET HÉLAS (une petite hache).....
11 NOV. 1793

en douze lignes sur champ uni.

Module 41 mill.

Cabinet des médailles, bronze : n° 4572.

N° 4 du Catalogue du Musée monétaire, République. Coins face et revers anciens.

Trésor de numismatique, XLVII, 3.

Millin : n° 96,

Hennin : n° 551, pl. 54.

255. — (1796.) *Castorland.*

FRANCO-AMERICANA COLONIA. — Tête de femme, de profil à gauche, couronnée de tours, voilée et laurée.

Exergue : CASTORLAND — 1796, en deux lignes.

Signé sous le buste : DUV.

℞. SALVE MAGNA — PARENS FRUGUM. — Une femme drapée, debout de face, la tête à droite, tient de son bras droit une corne d'abondance, de son bras gauche un foret ; derrière elle à gauche une gerbe, à droite un arbre qui fait couler sa résine dans un bassin.

A l'exergue : un castor passant à droite.

Signé sous la plinthe, à droite : D. V.

Module 32 mill.
Méplat comme un jeton.
Cabinet des médailles : non classé, inventaire T. 797.
N° 25 du Catalogue du Musée monétaire, République. Coins face et ℞. anciens.
Trésor de numismatique, LXI, 8.

256. — (1796.) *Prix de l'école de Sorèze.*

PREMIÈRE LEÇON QUE DONNE — LA LIBERTÉ. — Une femme drapée, tête nue, assise de trois quarts à droite, tient de la main droite une pique surmontée du bonnet phrygien ; de la gauche, elle montre à un enfant nu, debout, de dos, entre ses genoux, une table placée sur un autel et appuyée contre un palmier, sur laquelle on lit :

DROITS

DE

L'HOMME

CONSTI-

TUTION.

L'AN 3.

en six lignes.

Exergue : ESPOIR DE LA — PATRIE, en deux lignes.

Signé en bas, à gauche sur le siège de la Liberté : DUV.

℞. Une couronne formée d'une branche de chêne et d'une branche de laurier liées en bas, au milieu de laquelle on lit :

PRIX

DE L'ÉCOLE

DE SORÈZE

en trois lignes horizontales.

Module 34 mill.
Cabinet des médailles : argent : n° 58.
Hennin, *Histoire numismatique de la Révolution française*, n° 758, p. 536 et pl. 75.
Trésor de numismatique, LXII, 7.

257. — (1797.) *Jean Duvivier.*

JOANN . DUVIVIER NAT . LEOD . 1687 OB . PARIS . 1761. — Tête de Jean Duvivier, à droite, le cou nu, cheveux courts et frisés, crâne chauve.

Signé en bas : B . DUVIVIER . F.

℞. PARENTI CARISS . NUMISMATUM INCISORI EXIMIO . REG . PICTURÆ ET SCULPT . ACADEMIÆ PARIS . SOCIO HOCCE PIETATIS MONUM . P . S . B . DUVIVIER FIL . ET ALUMNUS CŒL . ET CONS, en neuf lignes sur champ uni ; au-dessous, outils de graveur réunis par un nœud de ruban.

Module 41 mill.

N° 70 du Catalogue du Musée monétaire, règne de Louis XVI. Coin face signé et daté 1797. Coin ℞. ancien.

Salon de 1798.

258. — (1798.) *J.-J. Barthélemy.*

J. JAC . BARTHELEMY NAT . CASSICI IN PROVINC . 1716, OBIIT PARIS . 1795. — Buste de Barthélemy, de profil à gauche, tête et cou nus, drapé à l'antique.

Signé au-dessous du buste : B . DUVIVIER F.

℞. VIRO REI ANTIQUARIÆ PERITISSIMO, PHŒN . ET PALMYR . LINGG . ELEMENTOR . RESTITUTORI . INSCRIPT . ET GALL . ACADEM . SOCIO, NUMISM . GAZOPHYL . PRESIDI, ANACHARSEOS PER GRÆC . ITINER . ENARRATORI P . S . B . DUVIVIER OFF . MEM . CÆLAT . ET DIC .. en onze lignes sur champ uni.

Module 41 mill.

Cabinet des médailles : bronze : n° 479.

N° 12 du Catalogue du Musée monétaire, République française. Coin face signé et daté 1798. Coin ℞. ancien.

Salon de 1798.

259. — An VI (1798). *Traité de Campo Formio.*

BONAPARTE GEN^AL EN CHEF DE L'ARMÉE FRANC^se EN ITALIE. — Buste de Bonaparte, de profil à droite, tête nue, les cheveux longs avec queue ; en uniforme de général.

Exergue : OFFERT A L'INSTITUT NATION . — PAR B . DUVIVIER — A PARIS, en trois lignes.

Signé dans le tranché du bras : B . DUVIVIER F.

℞. LES SCIENCES ET LES ARTS RECONNAISSANTS. — Sur un cheval au galop à gauche, précédé de deux femmes représentant la Science et la Vertu guerrière, le général Bonaparte, en costume stylisé, une palme dans la main droite ; au-dessus de sa tête, la Victoire élève, de la main droite, une couronne et tient dans son bras gauche la statue d'Apollon du Belvédère.

Exergue : PAIX SIGNEE L'AN 6. RÉP. FR.

Signé au-dessus de la plinthe, à droite : B. DUV.

Module 57 mill.

Cabinet des médailles : platine. Exp. dans les vitrines.

          or.

          bronze. Dépôt légal ancien, n° 70.

          étain, clichés d'artiste : coll. Henry Nocq.

N° 35 du Catalogue du Musée monétaire, République. Coins face et revers signés et datés 1798 (numéros fantaisistes dans les vitrines).

Salon de 1798.

260. — (1798.) *Prix de la Société de médecine de Paris.*

A L'HUMANITÉ, en deux lignes, dans une couronne formée de deux branches de lauriers, dont chacune est enroulée d'un serpent qui boit dans une coupe placée à la base ; sur le bord, à gauche : DUV.

℞. PRIX DE LA SOCIÉTÉ DE MÉDECINE DE PARIS, en quatre lignes dans une couronne de deux branches d'olivier liées en bas par un ruban.

Module 52 mill.

N° 47 du Catalogue du Musée monétaire, République. Coins face et ℞. signés et datés an VI.

261. — (1799.) *Exposition de l'Industrie.*

ENCOURAGEMENS ET RÉCOMPENSES A L'INDUSTRIE. — L'Industrie, tenant de la main droite un caducée, de la gauche un gouvernail, les ailes de Mercure aux talons, s'avance de trois quarts vers la droite ; la République, coiffée d'un bonnet phrygien lauré, et vêtue d'une longue robe flottante, l'accueille et lui touche l'épaule de la main droite, tandis qu'elle élève de son bras gauche les couronnes destinées aux exposants ; au fond, à gauche, une charrue et un compas ; à droite, un coq et un autel.

30

Exergue : AUX ARTS UTILES
REP. FR.

en deux lignes.

Signé sous la plinthe, à gauche : B. DUVIVIER.

℞. Une couronne de laurier encadrant un champ uni.
Module 56 mill.
Cabinet des médailles : argent : T. 850.
N° 46 du Catalogue du Musée monétaire, République. Coins face et ℞. signés
et datés an VII.
Trésor de numismatique, LXX, 5.

262. — (An VIII (1800.) *Conseil d'État.*

RÉPUBLIQUE | FRANCAISE. — Tête à gauche, le cou nu,
coiffée d'un casque surmonté d'un coq et d'une crinière, entouré
d'une couronne de lauriers et terminé par un couvre-nuque
d'écailles.

Signé en bas : DUVIVIER AN 8.

℞. CONSEIL
D'ÉTAT

en deux lignes.

Un espace vide pour graver un nom en creux. En bas, deux
branches d'olivier attachées par un ruban.

Ovale 48 × 40 mill.
Cabinet des médailles : argent : n° 110.
N° 64 du Catalogue du Musée monétaire, République. Coin de face signé :
DUVIVIER an 8. Coin ℞. ancien.
Trésor de numismatique, LXXIV, n° 6.

263. — (1800.) *Colonne nationale.*

BONAPARTE PREMIER CONSUL. — Buste de Bonaparte à
droite, tête nue, habit militaire.

En bas : CAMBACÉRÈS SECOND CONSUL
LEBRUN TROISIEME CONSUL
DE LA REPUBLIQUE
FRANCAISE

en quatre lignes sous le buste.

Signé dans le tranché du bras : DUVIVIER.

℞. LE PEUPLE FRANÇAIS A SES DÉFENSEURS. — Dans une banderole :

PREMIÈRE PIERRE

DE LA COLONNE NATION^{LE}

POSÉE PAR

LUCIEN BONAPARTE

MINISTRE DE L'INTÉRIEUR

25 MESSIDOR AN 8

14 JUILLET 1800

en sept lignes sur champ uni.

Module 56 mill.
Cabinet des médailles : or : exp. dans les vitrines.
argent (non classés) : 12.
bronze (non classés) : 13. Dépôt légal, ancien fonds 29.
Nº 83 du Catalogue du Musée monétaire, République. Coin ancien signé et daté an 8. Coin ℞. ancien.
Trésor de numismatique, LXXVIII, nº 6.

264.

Même médaille, face et ℞.

Module 41 mill.
Musée monétaire.
Coins face et ℞. anciens.

265. — (1800.) *Courses du Champ de Mars.*

Pas de légende. — Victoire volant à gauche au-dessus du globe terrestre : elle tient de la droite une, trompette et de la gauche des palmes et des couronnes.

Sur la terre en bas du champ à gauche : DUVIVIER.

℞. couronne de lauriers.

Module 63 mill.
Nº 107 du Catalogue du Musée monétaire, République. Coin avers signé et daté 1800. Coin ℞. signé.

266. — (1801 (an IX.) *Paix de Lunéville.*

BONAPARTE PREMIER CONSUL GÉNÉRAL A MARENGO. — Buste de Bonaparte, de profil à gauche, tête et cou nus, cheveux courts.

Signé sous le buste : B. DUVIVIER F.

R⁄. LA FRANCE — VICTORIEUSE. — La France, drapée à l'antique et casquée, debout sous un palmier, tient un rameau de la main droite ; un coq est auprès d'elle ; à ses pieds le Rhin, le Danube, le Pô et le Tibre, avec leurs attributs et leurs urnes versantes, l'entourent et l'acclament.

Exergue : PAIX CONTINENTALE A LUNÉVILLE AN 9.

Signé sous la plinthe à droite : D. V.

Module 57 mill.
Cabinet des médailles : plomb : ancien dépôt légal 50.
Étain du revers seul : non classé T. 909.
N⁰ 88 du Catalogue du Musée monétaire, République. Coins face et R⁄. signés et datés 1801.
Trésor de numismatique, LXXXII, 2.

267. — (1801.) *A l'abbé de l'Épée.*

CH. MICHEL DE L'ÉPÉE NÉ A VERSAILLES 1712, MORT A PARIS 1789. Buste de l'abbé de l'Épée, de profil à gauche, cheveux longs, coiffé de la calotte, en costume ecclésiastique avec collet et rabat.

Signé B. DU VIVIER F.

R⁄. AU GÉNIE INVENTEUR DE L'ART D'INSTRUIRE LES SOURDS-ET-MUETS DANS LES SCIENCES ET LES ARTS B. DUVIVIER 1801, en huit lignes sur champ uni.

Module 41 mill.
Cabinet des médailles : n⁰ 450 (vitrines).
N⁰ 111 du Catalogue du Musée monétaire, République. Coin R⁄. ancien.

268. — (1803.) *J.-D. Leroy.*

J. DAVID LEROY MEMBRE DE L'INSTITUT NATION. DE FRANCE. — Buste de Leroy, de profil à droite, la tête nue, perruque bouclée avec queue ; habit civil de son temps.

Exergue : NÉ EN 1724. M. EN 1803.

Signé en bas : DU VIVIER.

R⁄. VOTÉ PAR LES ARCHITECTES SES ÉLÈVES. — Une colonne dorique surmontée d'une chouette ; dans le champ à droite, un compas, à gauche une galère.

Module 41 mill.

Cabinet des médailles : argent : n° 499.

bronze : n°s 500 et 500 '.

N° 136 du Catalogue du Musée monétaire, République. Coins face et R⁄. signés et datés 1803.

Trésor de numismatique, XCV, 4.

269. — (1805.) *Pie VII visite les sourds-muets.*

CH.MICHEL DE L'EPEE NÉ A VERSAILLES 1712, MORT A PARIS 1789, comme précédemment.

R⁄. OFFERT AU SOUV.PONT.PIE VII PAR LES ADMI-NISTRATEURS DE L'INSTITUTION DES SOURDS-MUETS LORS DE LA VISITE DE SA SAINTETÉ PARIS 23 FEVRIER 1805.

En dix lignes sur champ uni.

Module 41 mill.

N° 20 du Catalogue du Musée monétaire, Napoléon Ier. Coin R⁄. ancien.

LISTE DES PRINCIPAUX JETONS DES DUVIVIER

Ce titre indique déjà que je ne pense pas donner ici un tableau complet et vrai des jetons de Jean et de Benjamin Duvivier. Je n'ai jamais cru qu'il fût possible d'y parvenir dès la première tentative ; arrivé au bout de mon travail, je dois reconnaître que les imperfec-tions de mon répertoire dépassent mes prévisions. Il eût été facile de le grossir en y ajoutant toutes les pièces signées ou attribuées et toutes les pièces vraisemblablement duviviériques classées dans les études publiées sur des jetons de provinces, de villes ou de corpo-rations et toutes celles qui figurent dans le beau catalogue Feuar-dent. Sans négliger ces excellents ouvrages, je m'en suis servi avec prudence, car je ne me plaçais pas au même point de vue que leurs savants auteurs. Je n'avais pas comme eux pour objet de donner le plus grand nombre possible de jetons d'une certaine catégorie ; je cherchais à présenter l'œuvre des Duvivier et à compter les jetons qui, en dehors des mélanges de coins et des refrappes, ont eu, dès l'origine, au moins une de leurs faces gravée par un Duvivier : entreprise périlleuse, sinon vaine. Telle qu'elle est, cette liste montre l'importance numérique des travaux dus aux deux graveurs les plus féconds de l'école française. On pourra la rectifier ou la refaire ; je le souhaite, car il y a un intérêt capital à connaître en détail l'œuvre de nos grands devanciers.

L'ordre chronologique était impossible à observer ici ; j'ai adopté l'ordre traditionnel par séries : le roi, la reine, les princes, le clergé, les administrations royales, Paris, les provinces et les particuliers.

Les portraits du roi sont souvent numérotés : Louis XV, 1 à 15 et 1ª à 7ª ; Louis XVI, 1 à 9 : pour les mêmes raisons qui m'ont fait numéroter les portraits en médailles. La lettre C suivie d'un chiffre (ex. : B. N. c. 52, ou Cab. méd. c. 52...) indique un carton du médaillier des jetons au Cabinet de France. Les initiales L. T. renvoient au *Catalogue* de M. de La Tour; le mot Florange signifie : *Armorial* de M. Florange ; le mot Feuardent : *Catalogue de jetons et méreaux* de M. Feuardent,... etc., suivant l'usage.

Le roi.

(Cf. La Tour, 2170 et suivants.)

1. — LUDOVICUS XV D . G . FR . ET NAV . REX. Louis XV enfant. Type 1. Signé : I. D. V.

    ℞. LUDOVICUS MAGNUS REX. Louis XV, par Bernard (L. T., 2179).

2. — LUDOVICUS XV . D . G . FRAN . ET NAV . REX. Louis XV enfant. Type 2. Signé : D. V.

    ℞. Comme le précédent (L. T., 2180).

3. — LUD . XV . REX . CHRISTIANISS. Type 5. Signé : DUVIV. LATE CUNCTA PROFUNDIT (L. T., 2170).

    N. B. — M. de La Tour ajoute à ces pièces le jeton VIGENT FIDE. V. à Bayonne.

4. — LUD . XVI . REX . CHRISTIANISS. Louis XVI. Type 7. Signé : DUVIV.

    ℞. CONSOCIARE AMAT. Minerve avec les attributs des arts (L. T. 2274).

Le Régent.

5. — PHILIP. DUX AUREL. FR. ET NAV. REGENS. Tête à droite. Signé : D. V.

℟. PAR VIRTUS ONERI. 1716. Hercule.

6. — Même face.

℟. Le roi, par Le Blanc.

7. — Même face.

℟. Le roi, par J. C. Rœttiers.

8. — Même face.

℟. LUDOVICUS. XV. D. G. FRAN. ET NAV. REX. Buste à droite. Type 3. Signé : D. V. Exergue : $^{com.}_{17} \oplus ^{occit.}_{18}$

La reine.

(Cf. La Tour, 2206 et suivants ; Florange, 209 et suivants.)

9. — MARIA D. G. FR. ET NAV. REGINA. Buste de la reine à gauche. Signé : DU VIVIER F.

℟. LUD. XV. REX CHRISTIANISS. Type 4. Signé ; DUVIVIER F. (L. T. 2242).

N. B. — Tous les jetons qui suivent portent uniformément au droit le buste de la reine comme le précédent ; au revers : un symbole avec une légende ; exergue : maison de la reine, avec de légères variantes dans l'orthographe et la disposition de ces quatre mots, suivis de la date en chiffres arabes.

10. — Buste de la reine, comme le précédent.

℟. IN FŒDERA NATÆ. Exergue ' MAISON DE LA REINE, 1728 (L. T., 2206).

11. — .....

℟. par Le Blanc, 1729.

12. — .....

℟. NEC VOTA FEFELLIT ..... 1730 (L. T., 2210).

13. — .....

℟. PROLES GEMINAVIT ODOREM ... 1731 (L. T., 2212, etc.).

14. — .....

℟. FŒCUNDO IMPLEBIT LUMINE TERRAS... 1732.

15. — . . . . .
$\qquad$ ℞. QUOT FŒTA CORONIS... 1733.

16. — . . . . .
$\qquad$ ℞. NON STERILIS COMMENDAT HONOS... 1734.

17. — . . . . .
$\qquad$ ℞. DULCIA VINCLA... 1735.

18. — . . . . .
$\qquad$ ℞. GRATISSIMA PHŒBO... 1736 (Florange, 209).

19. — . . . . .
$\qquad$ ℞. MAJOR QUO FIRMIUS HŒRET..... 1737.

20. — . . . . .
$\qquad$ ℞. HINC SUMIT OPES ANIMUMQUE... 1738.

21. — . . . . .
$\qquad$ ℞. COMES FIDISSIMA SOLIS... 1739.

22. — . . . . .
$\qquad$ ℞. TOTO SPARGET IN ORBE... 1740.

23. — ... . . .
$\qquad$ ℞. par Le Blanc, 1741.

24. — . . . . .
$\qquad$ ℞. POPULIS GRATISSIMA SURGIT... 1742.

25. — . . . . .
$\qquad$ ℞. MICAT INTER OMNES... 1743.

26. — . . . . .
$\qquad$ ℞. EX VIRTUTE DECUS... 1744.

27. — . . . . .
$\qquad$ ℞. SECURA HOC SOSPITE... 1745.

28. — . . . . .
$\qquad$ ℞. SPES JAM CERTA FUTURI... 1746.

29. — . . . . .
$\qquad$ ℞. NON EX CORONA PRETIUM... 1747.

30. — . . . . .
$\qquad$ ℞. IMIS ET SUMMIS GRATA... 1748.

31. — . . . . .

℞. QUAMVIS VICINO SOLE REFULGET... 1749.

32. — . . . . .

℞. AUGET FŒCUNDA DECOREM... 1750 (Florange, 217).

33. — . . . . .

℞. NATA CORONIS PROGENIES... 1751 (L. T., 2230), etc.

34. — . . . . .

℞. CŒLIS HŒRET TERRIS LUCET... 1752.

35. — . . . . .

℞. FULGET LUCE SUA... 1753.

36. — . . . . .

℞. TOT LILIA AB UNO...1754.

37. — . . . . .

℞. NOVUM EX SERIE DECUS... 1755.

38. — . . . . .

℞. DIGNIOR UNA COLI... 1756.

39. — . . . . .

℞. LÆTA NEPOTIBUS... 1757.

40. — . . . . .

℞. QUOT AB UNO LUMINE SOLES... 1758.

41. — MARIE ANT. JOS. J. REINE DE FR. ET DE NAV. Buste de Marie-Antoinette à droite. Signé : DUVIV.

℞. Les armes de la reine, accolées de France et d'Autriche. Exergue : MAISON DE LA REINE (L. T., 2332).

Comte et comtesse de Provence (Louis XVIII et M.-Jos. de Savoie).

42. — LUD. STAN. XAV. DE FRANCE COMTE DE PROVENCE. Tête à gauche. Signé : B. DUVIV.

℞. MAISON DE Mᵍʳ LE COMTE DE PROVENCE. Ses armes.

43. — MONSIEUR FRERE DU ROY. Buste à gauche. Signé : DUVIVIER.

℞. MAISON DE MONSIEUR. Armoiries.

31

44. — Même jeton, octogone.

45. — M.JOS.L.DE SAVOYE COMTESSE DE PROVENCE. Tête à droite. Signé : DUVIVIER,

℞. MAISON DE MAD^E LA COMTESSE DE PROVENCE. Armoiries.

46. — Armoiries du comte de Provence.

℞. Inscription : JETTON DE MONSEIGNEUR LE COMTE DE PROVENCE, 1771.

47. — Armoiries de Provence et Savoie.

℞. Inscription : JETTON DE MADAME LA COMTESSE DE PROVENCE.. 1771.

Marie-Thérèse de Savoie, comtesse d'Artois.

48. — M . THÉRÈSE DE SAVOYE COM | TESSE D'ARTOIS. Buste à gauche. Haute coiffure à bandeau avec plumes et rubans ; draperie. Signé : DU VIV. (Sur le coin : B. DUVIV. 1777.)

℞. MAISON DE MAD^E LA COMTESSE D'ARTOIS. Armoiries accolées.

49. — Même droit, légèrement varié dans le visage, une aigrette droite sur la coiffure. Signé : DUVIV.

℞. comme le précédent.

50. — Même face.

℞. Le comte d'Artois, par Lorthior.

51. — Armoiries accolées dans un cartouche (sur le coin : DUVIVIER 1773).

℞. JETTON DE MADAME LA COMTESSE D'ARTOIS 1773, dans une couronne.

Stanislas Leczinski, duc de Lorraine.

52. — STANISLAUS I REX POL.MAG.D.LITH. Buste à droite. Signé : DU VIVIER.

℞. ACCEPTO A LOTHARINGIS ET BARIENSIBUS FIDE-LITATIS SACRAMENTO MDCCXXXVII, en six lignes.

Ordre du Saint-Esprit.

53. — LUD.XV.REX CHRISTIANISS. Type 5. Signé : DUVIVIER
℞. VIRTUS OMNIS AB ILLO. Le Saint-Esprit rayonnant.
Exergue : 1728 (Cab. méd., c. 50 et Feuardent, 1620).

54. — Buste. Type 4.
℞. Même revers.

55. — Buste à la mèche, sans draperie.
℞. Même revers. (Feuardent, 1620 et suivants.)

Ordre de Saint-Louis.

56. — LUD . XV . REX CHRISTIANISS. Buste à droite ; habit à boutons. Signé : DUVIVIER F.
℞. FIRMATUR CONSILIO VIRTUS. Saint Louis debout Signé : D. V. Exergue : Ordre militaire de Saint-Louis.

57. — Buste type 5.
℞. Même revers.

58. — Buste à la mèche, sans draperie.
℞. Même revers.

59. — LUDOVICUS XVI REX CHRISTIANISS. Tête à droite, catogan, cou nu. Signé : DUVIV. Type 4.
℞. Même revers.

60. — LUDOVIC.XVI.REX CHRISTIANISS. Buste à droite, catogan, habit signé : DUVIV. Type 9.
℞. LUD . MAGNUS INSTITUIT. 1693. LUD . XVI . ILLUS-TRAVIT 1779. Croix de Saint-Louis avec l'inscription : BELLI-CÆ VIRTUTIS PRÆMIUM. Octogone (Feuardent, 1633 et suivants).

Ordre du Mont-Carmel et de Saint-Lazare.

61. — LUD.XV REX CHRISTIANISS. Type 5.
℞. LOUIS.DUC.D'ORLÉANS GRAND MAITRE. Armoiries.

Trésor royal.

62. — LUD.XV.REX CHRISTIANISS. Type 4.

℞, STABIT HONOS ET GRATIA VIVAX. Lauriers. Exergue : TRESOR ROYAL 1723.

63. — LUD.XV.REX CHRISTIANISS. Buste à droite, en habit sans boutons. Signé : D. V. Type 4 var.

℞. DABIT ESSE FERACEM. Vigneron. Exergue : TRESOR ROYAL 1727.

64. — LUD.XV.REX CHRISTIANISS. Buste à droite, en habit à boutons. Signé : DU VIVIER F. Type 4.

℞. BELLO PACIQUE LABORAT, par Le Blanc, 1728.

65. — Même face.

℞. RETULIT IN MELIUS LABOR. Rivière dans la campagne. Exergue : TRESOR ROYAL 1729.

66. — LUD.XV REX CHRISTIANISS. Tête à la mèche, laurée, cou nu. Signé : DUVIVIER. Type 5 var.

℞. ORDINE CUIQUE. Le soleil sur le zodiaque. Exergue : TRESOR ROYAL 1730.

67. — LUD.XV REX CHRISTIANISS. Buste à la mèche, draperie agrafée. Signé : DUVIVIER. Type 5.

℞. PROPERAT SUCCURRERE TERRIS. Exergue : . . . 1731.

68. — Même face.

℞. EXHAUSTIS GENEROSA METALLIS. Trois mineurs. Exergue : . . . 1732.

69. — Même face.

℞. NON SPOLIANT HYEMES. Un oranger. Exergue : . . . 1735.

70. — LUD.XV REX CHRISTIANISS. Buste en habit, signé au bras : DUVIVIER. Type 7.

℞. PRINCIPIS ÆRARIUM ÆRARIUM POPULI. Une ruche. Signé : D. V. Exergue : . . . 1736.

71. — Même face.

℞. Même revers. . . . 1737.

72. — LUD.XV.REX CHRISTIANISS. Buste à droite. Signé : D. V. Type 8.

℞. DECET ESSE PERENNEM. Fleuve personnifié. Signé : D. V. Exergue : TRESOR ROYAL 1738.

73. LUD.XV REX CHRISTIANISS. Même type.

℞. CRESCENT HOC SYDERE FRUCTUS. Palmier et laurier. Exergue : TRESOR ROYAL 1739.

74. — LUD.XV.REX CHRISTIANISS. Buste à droite, cuirassé. Signé : D. V. Type 12.

℞. NON SIBI SED ORBI. Le soleil. Exergue : TRESOR ROYAL 1751.

75. — Même face.

℞. PERENNITER. Un fleuve versant. Exergue : TRESOR ROYAL. 1753 (Marteau ?).

Parties casuelles (Cabinet de France, cartons 71 et 72).

76. — LUD.XV REX CHRISTIANISS. Buste à droite, en habit. Non signé. Type 4.

℞. Jardinier, par Le Blanc.

77. — LUD.XV.REX CHRISTIANISS. Buste à droite en habit. Signé : DUVIVIER F. Type 4.

℞. DAMNUM PENSATUR HONORE. Jardinier. Exergue : PARTIES CASUELLES. 1728.

78. — LUD.XV.REX CHRISTIANISS. Comme le précédent. Signé : DUVIVIER.

℞. EST LUCRO QUODCUMQUE PARAT. Meule de lapidaire. Exergue : ... 1729.

79. — LUD.XV REX CHRISTIANISS. Buste à la mèche, cou nu. Signé : DUVIVIER.

℞. SOLVIT FORMIDINE CASUS. Laurier. Exergue : ... 1730.

80. — Buste du roi, draperie agrafée. Type 5. Signé : DUVIVIER.

℞. SOLUERE SPONTE JUVAT. Un arbre. Exergue : PARTIES ... 1731.

81. — Même face.

℞. TUTIUS UT VIVANT. Orangers. Exergue : ... 1732.

82. — Même face (ou Rœttiers ? Bibl. nat.)

℞. VITAT PRUDENTIA CASUM. Icare. Exergue : ... 1733.

83. — LUD.XV.REX CHRISTIANISS. Buste à la natte. Signé : DUVIVIER. Type 10.

℞. PARVO THURE LITATUR. Autel de la Fortune. Exergue : ... 1735.

84. — LUD.XV.REX.CHRISTIANISS. Buste en habit. Signé au bras : DUVIVIER. Type 7.

℞. CUSTODE PERENNIS. Vestale. Exergue : 1736.

85. — Même face.

℞. HIC SECURA QUIES. Trois navires. Signé : D. V. Exergue : ... 1737.

86. — Même face.

℞. TUTUM SIGNAT ITER. Un phare et un navire. Exergue : ... 1738.

87. — Même face.

℞. MITTIT DE PECTORE CURAS. Une boussole. Exergue : ... 1739.

88. — LUD.XV.

℞. URGET PROLIS AMOR. Pélican et ses petits. Exergue : ... 1740.

89. — LUD.XV.REX CHRISTIANISS. Buste à droite, cuirassé. Signé : D. V. Type 12.

℞. FŒDERE TUTI. Arc-en-ciel. Exergue : ... 1751.

Le catalogue Feuardent classe aux *Parties casuelles* le jeton suivant :

89 *bis*. — LOUIS XV. Type 7.

℞. CRESCIT QUE CADENTIBUS UNDIS. Campagne sous la pluie. Exergue : MARINE.

Chambre aux deniers (Cabinet de France, carton 76).

90. — LUD.XV.D.G.FR ET.NAV.REX. Buste enfantin à droite, costume romain (Rœttiers ?).

℞. FELIX SECLORUM NASCITUR ORDO. Saturne et Rhéa. Signé : D. V. Exergue : CHAMBRE AUX DENIERS 1720.

91. — Même face.

℞. EX DAMNO COPIA. La chèvre Amalthée. Exergue : CHAMBRE AUX DENIERS 1722

92. — LUD.XV.D.G.FR.ET NAV.REX. Buste à droite, en habit. Signé D. V. Type 4 var.

℞. SUPERIS PLACET ET IMIS. Encensoir. Exergue : etc... 1727.

93. — LUD.XV.REX CHRISTIANISS. Buste en habit. Signé : DUVIVIER F. Type 4 var.

℞. INNUMERI QUOS RORE BEAT, par Le Blanc, 1728.

94. — Même face.

℞. OMNES MAGNUS ALIT. Un fleuve. Exergue : ... 1729.

95. — LUD.XV.REX CHRISTIANISS. Tête à la mèche, cou nu. Signé : DUVIVIER.

℞. NEC INSCIA. La Fortune. Exergue : ... 1730.

96. — LUD.XV.REX CHRISTIANISS. Tête à la mèche, drapée. Signé : DUVIVIER. Type 5.

℞. PROLEM ALIT ILLA DEORUM. Romulus et Rémus allaités. Exergue : ... 1731.

97. — Même face.

℞. DAPES ET MUNERA DIVUM. Deux cornes d'abondance. Exergue : ... 1732.

98. — LUD.XV.REX CHRISTIANISS. Buste, en habit. Signé au bras : DUVIVIER. Type 7.

℞. DAPES DEIS ET POCULA PRESTAT. Vigne. Exergue : 1735.

99. — Même face.

℞. REGI ET REGIS AULÆ, par Le Blanc. 1736.

100. — Même face.

℞. DIVIS MINISTRAT MUNERA DIVUM. Grand prêtre. Exergue : ... 1737.

101. — Même face, sans signature. Type 6.

℞. ALIT HOMINESQUE DEOSQUE. Un autel. Exergue :
... 1738.

102. — Même face, avec signature : DU VIVIER.

℞. IPSO FŒCUNDA QUOTANNIS. Palmier et soleil.
Exergue : ... 1739.

Ordinaire des guerres.

(Cab. des méd., carton 79 ; Feuardent, 527 à 567.)

103. — LUDOVICUS XV . D . G . FRAN . ET NAV . REX. Buste
enfantin, draperie. Signé : D. V.

℞. HAUD EXARMATA QUIESCIT. Minerve assise. Exergue :
ORDINAIRE DES GUERRES : 1715.

104. — LUD . XV . REX CHRISTIANISS. Type 4 var.

℞. BELLO LECTA COHORS, par Le Blanc. 1721.

105. — Même face.

℞. CONTINET ASPECTU. Lion couché. Exergue : ORDINAIRE
DES GUERRES 1723.

106. — LUD . XV . REX . CHRISTIANISS. Type 4 var. : habit sans
boutons. Signé : D. V.

℞. EXPERTUS . FIDELEM . JUPITER. Un aigle planant.
Exergue : ... 1727.

107. — LUD . XV . REX CHRISTIANISS. Type 4 var. : habit à boutons. Signé : DUVIVIER F.

℞. NOTA DOMI BELLOQVE FIDES. Une ruche. Exergue :
... 1728.

108. — LUD . XV . REX CHRISTIANISS. Tête à la mèche, cou nu.
Signé : DU VIVIER.

℞. MAJOR MOLE ANIMUS. Abeilles. Exergue : ... 1730.

109. — LUD . XV REX CHRISTIANISS. Type 5.

℞. DONEC SUSCITET HOSTIS. Trois lions. Exergue :
... 1731.

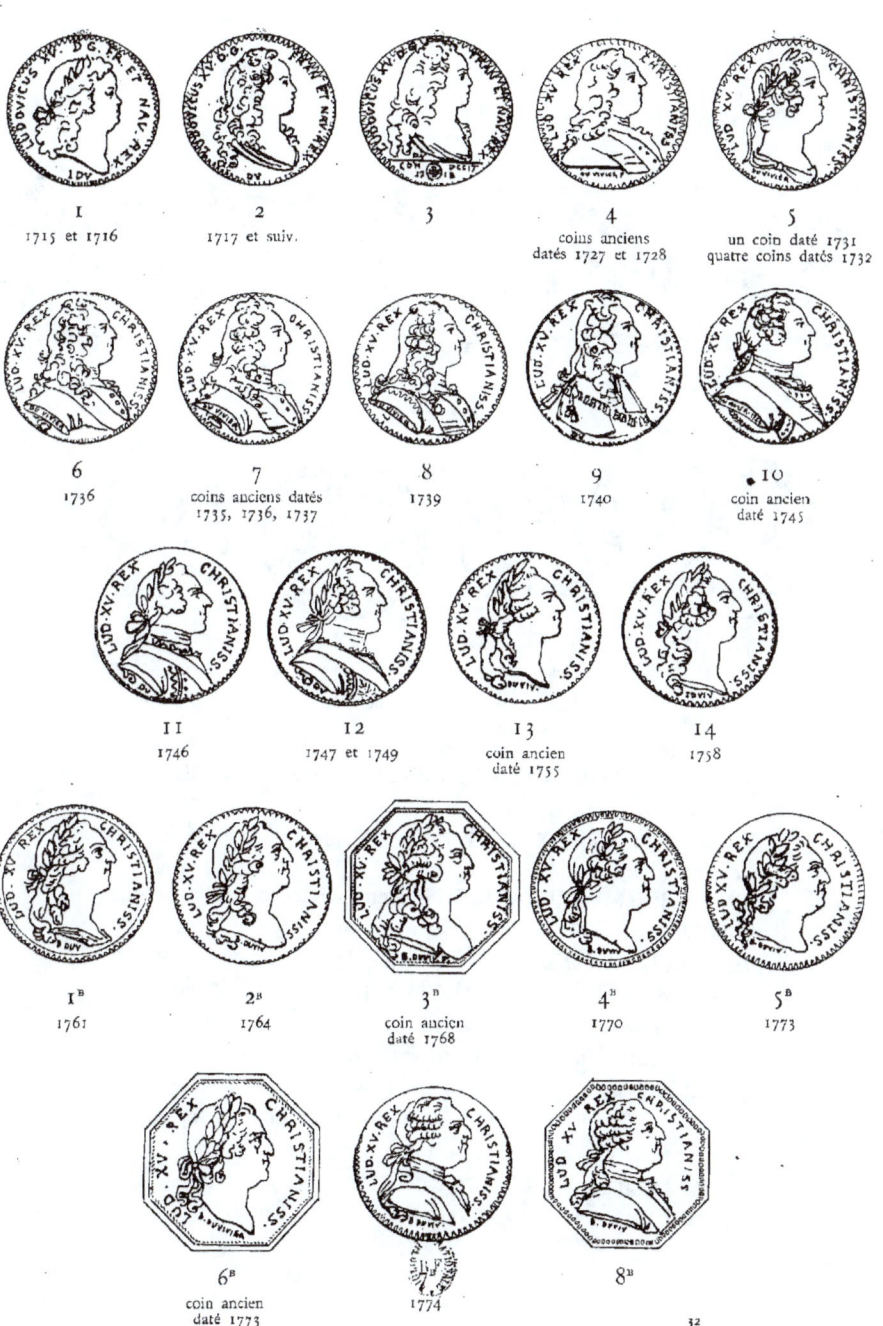

1	**2**	**3**	**4**	**5**
1715 et 1716	1717 et suiv.		coins anciens datés 1727 et 1728	un coin daté 1731 quatre coins datés 1732
6	**7**	**8**	**9**	**10**
1736	coins anciens datés 1735, 1736, 1737	1739	1740	coin ancien daté 1745
11	**12**	**13**	**14**	
1746	1747 et 1749	coin ancien daté 1755	1758	
1ᴮ	**2ᴮ**	**3ᴮ**	**4ᴮ**	**5ᴮ**
1761	1764	coin ancien daté 1768	1770	1773
6ᴮ	**7ᴮ**	**8ᴮ**		
coin ancien daté 1773	1774			

1
1774

2
1774, 1775

3
coin ancien
daté 1776

4
1776

5
coin ancien
daté 1777

6
1779

7
plusieurs coins
légèrement variés
1782 à 1786

8
analogue à
l'essai d'écu
de 1785

9
coins légèrement
variés 1787
1788.

110. — Même face.

℞. FIDISSIMA CUSTOS. Minerve armée, assise. Exergue :
... 1732.

111. — LUD.XV REX CHRISTIANISS. Buste à la natte. Signé :
DUVIVIER. Type 10.

℞. HINC VIVIDA VIRTUS. Deux aigles et trois aiglons.
Exergue : ... 1735.

112. — LUD.XV.REX CHRISTIANISS. Type 7. Signé : DUVIVIER.

℞. AD UTRUMQUE PARATUS, par Le Blanc. 1736.

113. — Même face, sans signature. Type 6.

℞. comme en 1728, mais daté 1737.

114. — Même face, avec la signature.

℞. EXCUBIÆ ILLVSTRES. Foudre. Exergue : ... 1738.

115. — Même face.

℞. FELICI IN SEDE QUIESCIT. Guerrier antique assis.
Exergue : ... 1739, par Le Blanc.

116. — LUD . XV . REX CHRISTIANISS. Buste à droite, cuirassé.
Signé : D. V. Type 12.

℞. LÆTITIÆ VERTUNTUR IN USUM. Pièces d'artifices.
Exergue : . . . 1751.

117. — Même face.

℞. IN CERTAMEN UTRUMQUE. Cavalier et fantassin
antiques. Exergue : ORDI. DES GUERRES 1753.

Extraordinaire des guerres.
(Bibl. nat., cart. 12 et suivants ; Feuardent, 771 à 904.)

118. — LUD . XV . REX . CHRISTIANISS. Buste par J. C. Roettiers
(variétés) et par Le Blanc.

℞. DIRIGIT ET PUGNAT. Conseil de la guerre : main lan-
çant un javelot. Signé : D. V. Exergue : EXTRAORDINAIRE DES
GUERRES. 1717.

119. — LUD . XV . D . G . FRAN . ET . NAV . REX. Buste enfantin à
droite. Signé : D. V. Type 2.

℞. ARMATUS PACIS AMORE. Hercule. Signé : D. V.
Exergue : . . . 1719.

120. — LOUIS XV. Non signé, par Roettiers (?).

℞. BELLI PACISQUE SEQUESTER. Minerve debout. Signé :
D. V. Exergue : . . . 1720.

121. — LUD . XV . REX CHRISTIANISS. Type 4 var. (Roettiers,
non signé, Bibl. nat.).

℞. APTA CORONIS. Laurier. Exergue : . . . 1721.

122. — LVD . XV REX CHRISTIANISS. Comme le précédent
(Le Blanc, Bibl. nat.).

℞. HONOS BELLI PACISQUE. Laurier. Exergue : . . . 1723.

123. — LUD . REX . CHRISTIANISS. Buste à droite en habit sans
boutons. Signé : D. V. Type 4.

℞. NIL ARDUUM. Hercule : Signé : I. D. Exergue : . . . 1727.

124. — Même jeton, effigie signée DUVIVIER F.

125. — Même buste, même légende. Signé : DUVIVIER F.

℞. ORBEM PACARE TRIUMPHUS. Hercule. Exergue :
... 1728.

126. — Même face que le précédent.

℞. HIC POSUISSE JUVAT. Attributs d'Hercule. Exergue :
... 1729.

127. — LUD.XV.REX CHRISTIANISS. Tête à la mèche, cou nu.
Signé : DUVIVIER.

℞. PACEM NON BELLA CIENT. Trompettes. Exergue :
... 1730.

128. — LUD.XV LEX CHRISTIANISS. Buste à la mèche, draperie
agrafée. Signé : DU VIVIER. Type 5.

℞. NON IGNAVA QUIES. Guerrier assis, par Le Blanc.
Exergue : ... 1731.

129. — Même face.

℞. AMBÆ SPLENDIDIUS NITENT. Couronnes. Exergue :
... 1732.

130. — Même face.

℞. IMPATIENS PUGNÆ. Faucon, par Roettiers. Exergue :
... 1733.

131. — Même face.

℞. VEL JURE VEL ARMIS. La Justice. Exergue : ... 1735.

132. — Même jeton, avec le type 10.

133. — LUD.XV.REX CHRISTIANISS., habit à boutons. Type 7.
Signé : DUVIVIER.

℞. NEC VIRTUS ÆMULA CESSAT. Trois chiens. Exergue :
... 1736.

134. Même face.

℞. ULTRICIA TELA. Vulcain forgeant. Exergue : ... 1737.

135. — Même face, sans signature. Type 6.

℞. NEC ADIMUNT DETRACTA DECUS. Palmier. Exergue :
1738.

136. — Même face, signée. Type 7.

℞. EDUCET CUM FATA VOLENT. Hercule et l'Hydre.
Exergue : ... 1739.

137. — LUD.XV.REX CHRISTIANISS. Buste à droite, cuirassé.
Signé : D. V.

℞. PAX TUTA SUB ARMIS. Guerrier et captive. Exergue :
... 1753.

138. — LUD.XV.REX CHRISTIANISS. Buste à droite âgé, catogan,
habit. Signé : B. DUVIV. Type 7ª.

℞. CRESCIT AB ASPECTV VIS ET DECOR. Châteaux forts
et torrent. Exergue : ... 1768.

139. — Même face.

℞. DULCIA VINCLA. Captive et guerrier. Exergue : ... 1769.

140. — LUDOVICUS XV.REX CHRISTIANISS. Tête laurée à
droite, cou nu. Type 5ª var.

℞. INVIA NULLA VIA EST. Lions. Exergue : ... 1770.

141. — LUD.XV REX CHRISTIANISS. Tête laurée à droite, catogan, cou nu. Signé : B. DUVIV. Type 4ª.

℞. PATRIAS EXERCET AD ARTES. Aigles. Exergue .
... 1771.

142. — LUDOVICUS XV REX CHRISTIANISS. Tête laurée, à
droite, cou nu. Type 5ª var.

℞. PRÆTERITI MERCES PIGNUSQUE FUTURI. La France.
Exergue : ... 1773.

143. — LUDOV.XVI.REX CHRISTIANISS. Tête à droite, cheveux courts, bandeau, cou nu. Signé : DUVIV. Type 1.

℞. DONEC TUBA SURGERE COGAT. Soldat moderne
couché. Exergue : ... 1774.

144. — LUD.XVI.REX CHRISTIANISS. Tête à droite, catogan.
cou nu. Signé : DU VIV. Type 4.

℞. NEC PAX SINE ARMIS. Minerve debout. Signé : D. V.
Exergue : ... 1776.

Artillerie.

145. — LUD.XV.REX CHRISTIANISS. Type 4 var.

℞. REGALIS NUNCIA PARTUS. La Renommée. Exergue :
ARTILLERIE. 1730.

146. — LUD.XV.REX CHRISTIANISS. Buste à la mèche drapé Type 5. Signé : DUVIVIER.

Ɍ. JOVIS QUO JUSSERIT IRA. Foudre et globe terrestre. Exergue : ... 1733.

147. — Même face.

Ɍ. SI VIS PACEM PARA BELLUM. Minerve. Exergue : ... 1734.

148. — LUD.XV.REX CHRISTIANISS. Buste à la mèche, nu. Signé : D. V.

Ɍ. Même revers.

149. — LUD.XV.REX CHRISTIANISS, Type 6. Signé : D. V.

Ɍ. DUM MITTAR IN HOSTEM. Chien enchaîné. Exergue : ... 1739.

Artillerie et Génie.

150. — LUDOV.XVI.REX CHRISTIANISS. Tête à droite, cou nu, catogan. Signé : DUVIV.

Ɍ. ET PLACIDO METUENDA JOVE. Minerve assise parmi les canons. Signé : B. D. V. Exergue : ARTILLERIE ET GÉNIE (Cabinet des médailles, carton 55).

151. — Tête sans signature. Type 4.

Ɍ. Comme le précédent (2 variétés. Feuardent, 1138, 1139).

Invalides de la Marine.

152. — LUD.XV.REX CHRISTIANISS. Tête à droite. Type 6ᵇ. Signé : B. DUVIVIER, obliquement.

Ɍ. LUD.XV MAJORUM EXEMPLIS AD MAJORA INVITANTI. Statue du roi entre deux bustes. Exergue : INVALIDES DE LA MARINE. 1773. Octogone.

153. — Même face, cheveux plus courts. Signature droite. Type 6ᵇ var.

Ɍ. Comme le précédent. Coin Ɍ. signé : B. D. V. S.

Bâtiments.
(Cabinet de France, carton 85).

154. — LUD.XV.REX CHRISTIANISS. Buste en habit. Signé : DU VIVIER F. Type 4 var.

℞. SIC PACEM IMPENDISSE JUVAT. Minerve tenant une équerre. Exergue : BATIMENS DU ROY. 1722.

155. — Même face.

℞. SAXA AURITA MOVENTUR. Amphion. Exergue : ... 1724.

156. — Même face (le premier de ce type au Cabinet de France).
℞. INSTANT OPERI. Ruches d'abeilles. Exergue : ... 1727.

157. — Même face.

℞. NON DESUNT DONA MINERVÆ. Attributs des arts. Exergue : ... 1728.

158. — Même face.

℞. NUNCIA.RECTI. Règle et compas. Exergue : ... 1729.

159. — LUD.XV.REX CHRISTIANISS. Buste à la mèche, cou nu. Signé : DUVIVIER.

℞. NATURA MICAT ET ARTE. Une bague. Exergue : ... 1730.

160. — LUD.XV.REX CHRISTIANISS. Buste à la mèche, draperie agrafée. Signé : DUVIVIER. Type 5.

℞. NATURÆ ARS ÆMULA. Une ruche ouverte. Exergue : BASTIMENTS DU ROY. 1731.

161. — Même face.

℞. NON INDECORA QUIES. Génie de l'architecture. Exergue : BATIMENS ... 1732.

162. — Buste du roi par J. C. Roettiers.

℞. AD UTRUMQUE PARATA. Minerve tenant un javelot et une équerre. Signé : D. V. IN. Exergue : ... 1734.

163. — LUD.XV.REX CHRISTIANISS. Buste à la natte. Signé au bas : DUVIVIER.

℞. PRISCI NON OBLITA DECORIS. Minerve debout. Exergue : ... 1735.

164. — Même légende. Type 7.

℞. SPLENDORIS IMAGO. Miroir au soleil. Exergue : ... 1736.

165. — Même face.

℞. IDEM RERUM MODERATUR HABENAS. Apollon. Signé : D. V. Exergue : 1738.

166. — Même face.

℞. URGET PRÆSENTIÆ REGIS. Ruche. Exergue : ... 1739.

167. — Même face.

℞. PLACIDAS UT REVOCET ARTES. Minerve assise. Exergue : ... 1740.

168. — LUD . XV . REX CHRISTIANISS. Tête à droite, laurée, cheveux noués, cou nu. Signé : DUVIV. Type 13.

℞. UTRIQUE INTENTA. Minerve assise. Exergue : ... 1757.

Jurés du roy et greffiers des bâtiments.

169. — LUD . XV . REX CHRISTIANISS. Buste à la mèche, cou nu. Signé : DUVIVIER.

℞. OMNIA CUM PONDERE NUMERO ET MENSURA. L'Architecture personnifiée. Exergue : JURÉS DU ROY ET GREFFIERS DES BASTIMENS.

170. — LUDOV . XVI . REX CHRISTIANISS. Tête à droite, catogan, cou nu. Signé : DUVIV. Type 4.

℞. comme le précédent.

Experts des bâtiments.

171. — LUD . XV . REX CHRISTIANISS. Type 4.

℞. RECTI IRREQUITA CUPIDO. Palais en construction. Exergue : EXPERTS DES BASTIMENS.

172. — LUDOV . XVI . REX CHRISTIANISS. Buste à gauche drapé, cheveux flottants. Signé : DUVIV. Type 6.

℞. comme le précédent.

Menus plaisirs.
(Cabinet de France, carton 77.)

173. — LUD.XV.REX CHRISTIANISS. Buste en habit, non signé.
Type 6.

℞. SUPERIS NON GRATIOR USUS. Cassolette. Exergue :
MENUS PLAISIRS ET AFFAIRES DE LA CHAMBRE. 1739.

Argenterie.

174. — LUDOVICUS XV.D.G.FRAN.ET NAV.REX. Type 2.
Signé : D. V.

℞. QUAM VARIO SPLENDORE MICAT. Arc-en-ciel.
Exergue : ARGENTERIE. 1718.

Écuries.

175. — LUD.XV.D.G.FR.ET NAV.REX. Buste enfantin, non
signé (Roettiers?).

℞. BELLI PACISQUE DECUS. Cheval galopant. Signé : D. V.
Exergue : ÉCURIES DU ROI (Feuardent, 2935).

176. — LUD.XV.REX CHRISTIANISS. Buste à droite en habit.
Signé : DUVIVIER F. Type 4.

℞. comme le précédent (Cab. méd., carton 50).

177. — Buste par Leblanc.

℞. comme le précédent.

178. — Buste par Marteau.

℞. comme le précédent (ces deux variétés au Cab. des méd.).

179. — LUD.XV.REX CHRISTIANISS. Buste à la mèche, draperie
agrafée. Type 5.

℞. comme le précédent (Feuardent, 2936ᶜ).

Chasses royales.

180. — LUD.XVI REX CHRISTIANISS. Buste en habit. Signé :
DUVIV.

℞. CAP.ROYALE DES CHASSES DE LA VARENNE DU
LOUVRE.MDCCLXXXII. Chasseur avec son chien.

33

Substituts au grand conseil.

181. — LUD . XV . REX CHRISTIANISS. Buste lauré à droite. Signé : D. V.

℞. REGI . CIVIBUS . ARIS. Couronne de chêne. Exergue : SUBSTITUTS : AU . G. D. CONSEIL. 1735 (Feuardent, 262).

Secrétaires du roi.

182. — LUD . XV . REX . CHRISTIANISS. Buste à droite, cheveux flottants, habit à boutons. Signé : DU VIVIER F, sous le buste. Type 4.

℞. DUCEM REGEMQUE SEQUUNTUR. Essaim d'abeilles volant vers le soleil. Exergue : SECRETAIRES DU ROY. 1724.

183. — LUD . XV . REX CHRISTIANISS. Buste à la mèche, lauré, draperie agrafée. Signé : DUVIVIER. Type 5.

℞. Même revers, avec la date 1731.

184. — LUD . XV . REX CHRISTIANISS. Buste à droite, cheveux sur l'épaule, habit. Signé : J. D. V. au bras. Type 6.

℞. comme le précédent (Feuardent, 329 à 338).

185. — LUD . XV . REX CHRISTIANISS. Tête à droite, cou nu, catogan. Signé : DU VIV. Type 6.

℞. comme le précédent, avec la date 1776 (Cabinet, carton 50).

186. — LUDOV . XVI REX CHRISTIANISS. Buste à gauche, cheveux flottants, draperie. Signé : DU VIV.

℞. comme le précédent (Feuardent, 340).

Avocats aux conseils du roi.

187. — LUD . XV REX CHRISTIANISS. Buste à droite, cheveux flottants, habit à boutons. Signé : DUVIVIER. Type 4.

℞. SOLIS . FAS . CERNERE . SOLEM. Trois aiglons volant au soleil. Exergue : AVOCATS AUX CONSEILS DU ROI. 1725.

188. — LUD . XV . REX CHRISTIANISS. Buste en habit, à droite. Signé au bras : D. V. Type 6.

℞. comme le précédent. 1738.

189.. — LUD.XV.REX CHRISTIANISS. Buste à droite, lauré, avec catogan ; cuirasse moderne. Signé : D. V. Type 11.

℞. SOLIS.FAS.CERNERE SOLEM. Quatre aiglons. Exergue : ... 1751.

190. — LUD.XV.REX CHRISTIANISS. Buste à droite, âgé, lauré, cou nu, draperie. Signé : B. DUV.

℞. SOLIS.FAS.CERNERE SOLEM. Cinq aiglons. Exergue : ... 1762 (Feuardent, 360 à 372).

Avocats au Parlement.
(Carton 89.)

191. — LUD.XV.REX CHRISTIANISS. Tête à droite, catogan, cou nu. Signé : B. DUVIV. Type 4².

℞. UTILIUS COEUNT. Deux fleuves. Exergue : AVOCATS DU PARLEMENT. 1771.

Le même jeton, avec une petite différence dans la signature.

Procureurs de la cour (carton 89).

192. — Le roi à droite, cuirassé. Signé : D. V. Type 10.

℞. des procureurs de la cour, plus ancien.

Syndics généraux.

193. — LUDOV. XVI.REX CHRISTIANISS. Tête à droite, catogan, cou nu. Signé : DUVIV. Type 4.

℞. PRIVILEGIE DU ROY SUIVANT LA COUR. Massue et deux épées, champ fleurdelysé, banderole portant l'inscription : ERIT HÆC QUOQUE COGNITA MONSTRIS. Exergue : SYNDICS GÉNÉRAUX. 1776. (Feuardent, 2893.)

194. — Même face.

℞. Même revers : ... 1779.

Contrôleurs du papier.

195. — LUD.XV.REX.CHRISTIANISS. Buste à la mèche, draperie agrafée. Signé : DU VIVIER. Type 5.

℞. QUOT ET QUANTOS IN USUS. Génie tenant des papiers. Exergue : CONTROLLEURS DU PAPIER. 1730.

196. — LUD.XV.REX CHRISTIANISS. Buste en habit. Signé au bras : DUVIVIER. Type 7.

℞. comme le précédent.

Monnaies.

197. — LUD.XVI.REX CHRISTIANISS. Tête à droite, catogan, cou nu. Signé : DUVIV.

℞. ET LEGE ET PONDERE. Balancier. Exergue : MONNOYE.

Académie française.

198. — LOUIS XV.ROY DE FR.ET DE NAV. Signé : DUVIVIER. Type 5.

℞. PROTECTEUR DE L'ACADÉMIE FRANÇAISE. Au centre : A L'IMMORTALITÉ, dans une couronne.

199. — LUD.XV.REX CHRISTIANISS. Signé : DUVIVIER F. Type 4.

℞. comme le précédent (variante).

200. — LOUIS XVI ROI DE FR.ET DE NAVARRE. Grande tête à gauche. Signé : DUVIVIER. Type 8.

℞. comme le précédent (variante).

Académie des Inscriptions.

201. — LUD.XV.REX CHRISTIANISS. Signé : DUVIVIER F. Type 4.

℞. VETAT MORI. L'Académie personnifiée. Exergue : REGIA INSCRIP. ET HUMAN.LITT.ACADEMIA. Coin plus ancien.

202. — LUD.XVI.REX CHRISTIANISS. Type 4.

℞. VETAT MORI. L'Académie personnifiée. Exergue : ...

203. — LUDOVICUS XVI.FR.ET NAV.REX. Signé : DUVIV. Type 9.

℞. VETAT MORI. L'Académie avec ses attributs. Signé : DUVIV. Exergue : ... ET HU. LITTER... (coin daté 1781).

Académie des Sciences.

204. — Buste de Louis XV. Type 4.
℞. INVENIT ET PERFECIT. Coin plus ancien.

205. — Buste de Louis XVI. Signé : DUVIV. Type 4.
℞. INVENIT ET PERFECIT. Minerve assise à droite : Exergue :
REGIA SCIENTIARUM ACADEMIA.

Académie de Peinture et Sculpture.

206. — LUDOVICUS XVI ARTIUM PARENS. Buste à gauche,
draperie. Signé : DUVIV. Type 6.
℞. La Peinture et la Sculpture, par J. C. Roettiers.

207. — LUDOVIC.XVI FRANC.ET NAVAR.REX, Signé : DUVI-
VIER. Type 8 var.
℞. MENTEM FURATUS OLYMPO. Génie ailé. Signé : D. V.
Exergue : PRÆM. ACAD. REG. PICT. ET SCULPT. PAR.

Académie d'Architecture.

208. — LUDOV.XVI.REX CHRISTIANISS. Signé : DUVIV. Type 4.
℞. ACADÉMIE ROYALE D'ARCHITECTURE.

Sorbonne.

209. — SCRIPTURA SACRA CURSUI PHILOSOPHICO SUB-
STITUTA MDCCLXIV, en six lignes, accompagnées d'un livre
ouvert.
℞. SOCIETAS SORBONICA. Vue du portail de la Sorbonne.
Signé : B. DUV.

Collège de France.

210. — LUD.XVI.REX CHRISTIANISS. Signé : DUVIV. ou non
signé. Type 4.
℞. COLLÈGE ROYAL DE FRANCE. Armes du collège ; sur
le livre : DOCET OMNIA.

École de chirurgie.

211. — Buste de Louis XVI. Type 4.

℞. SALUTI PUBLICÆ. Façade de l'école. Exergue : SCHOLÆ REGIÆ CHIRURG. PAR. 1775.

Académie royale de chirurgie.

212. — Buste de Louis XV. Type 4.

℞. CONSILIO MANUQUE. Emblèmes. Exergue : ACAD. CHIR. PARIS. 1723. (Qualifié : « énigme » par M. Lacronique.)

213. — Buste de Louis XV. Type 12.

℞. COLIT ET COLITUR. Minerve et un génie. Signé : D. V. Exergue : ACAD. REG. CHIR. MDCCLI. (Un essai en plomb, au Musée de Cluny, porte à l'exergue : FACULTAS CHIRURG. PARIS. BEN. MEMOR. 1743.)

214. — Buste de Louis XVI. Type 4.

℞. comme le précédent.

215. — Buste de Louis XVI. Type 9.

℞. comme le précédent.

Collège de pharmacie.

216. — LUDOV. XVI REX CHRISTIANISS. Buste à gauche, draperie. Signé : DUVIV.

℞. IN IIIS TRIBUS VERSANTUR. Armoiries-palmier. Exergue : COLLÈGE DE PHARMACIE. 1778.

Société royale d'agriculture.

217. — LOUIS XVI ROI DE FR. ET DE NAVARRE. Signé : DUVIV. Type 8.

℞. SOCIÉTÉ ROYALE D'AGRICULTURE. 1789, dans une couronne de blé et de vigne.

La Ville de Paris.
(D'Affry, p. 36-40, nᵒˢ 3450 et suiv.)

218. — LUD.XV.REX CHRISTIANISS. Signé : DUVIVIER F. Type 5.
℞. L'HOSTEL.DE VILLE.DE.PARIS. Vue de l'hôtel de ville (type plus ancien).

219. — LUD.XV REX CHRISTIANISS. Buste à la mèche, nu. Signé : DUVIVIER.
℞. LA VILLE.DE.PARIS. Vue de la Cité au Pont Neuf (type plus ancien).

220. — LUD.XVI.REX CHRISTIANISS. Tête à droite, cou nu. Signé : DUVIV. Type 4.
℞. comme le précédent.

221. — Même face, sans signature.
℞. comme le précédent.

222. — LUDOV.XVI REX CHRISTIANISS. Signé : DUVIV. Type 1.
℞. comme le précédent.

223. — LUDOV.XVI REX CHRISTIANISS. Signé : DUVIV. Type 6.
℞. comme le précédent.

224. — LUD.XVI.FRANC.ET.NAVARR.REX. Buste à droite en habit. Signé : DUVIV.
℞. L'HOSTEL.DE VILLE.DE.PARIS. Vue de l'Hôtel de Ville (type ancien).

Élection de Paris.
(Carion 106.)

225. — LUD.XV.REX CHRISTIANISS. Buste à droite en habit. Signé : DUVIVIER F. Type 4.
℞. ÉLECTION DE PARIS. Armes royales.

226. — Buste. Type 5.
℞. comme le précédent.

227. — LUDOV.XVI.REX CHRISTIANISS. Tête à droite au bandeau. Signé : DUVIV.
℞. comme le précédent.

Impositions de Paris.

228. — LUDOV. XVI REX CHRISTIANISS. Buste à gauche, drapé. Signé : ᴅᴜᴠɪᴠ. Type 5.
℞. IMPOSITIONS DE PARIS. Palmes.

Contrôleurs des rentes.

229. — LUDOVICUS XV D . G . FRAN . ET NAV . REX. Buste enfantin à droite. Signé : ᴅ. ᴠ. Type 2.
℞. UT SIT CUIQUE SUUM. Œil et table. Exergue : ᴄᴏɴ- ᴛʀᴏʟᴇᴜʀs ɢᴇɴ. ᴅᴇs ʀᴇɴᴛᴇs.

Prévôts des marchands.

230 — Trudaine (?).

231. — Châteauneuf (?).

232. — DE LA PREVOTÉ DE MESS. NICOLAS LAMBERT PRES. AUX REQ. DU PALAIS. Armoiries de N. Lambert.
℞. Les armoiries de la Ville dans un cartouche. Exergue : ʟᴀ ᴠɪʟʟᴇ ᴅᴇ ᴘᴀʀɪs [1725].

233. — DE LA PREVOTÉ DE Mᴿᴱ MICH. EST. TURGOT PRES. AUX REQ. DU PALAIS. Armoiries de Turgot.
℞. OPTATO SIDERE GAUDET. Navire. Dans le ciel un dauphin. Exergue : ᴜʀʙs. ᴍᴅᴄᴄxxx.

234. — Même face.
℞. Les armoiries de la Ville dans un cartouche. Exergue : ʟᴀ ᴠɪʟʟᴇ ᴅᴇ ᴘᴀʀɪs, sans date.

235. — DE LA ɪᴿᴱ ᴘʀᵀᴱ DE Mᴿᴷ MICH . ETI . TURGOT PRESᵀ AUX REQ. DU PAL. 1732. Armoiries de Turgot. Signé : ᴅ. ᴠ.
℞. comme le précédent.

236. — DE LA II PRᵗᴱ DE Mᴿᴱ MICH. ETI. TURGOT PRESᵀ AUX REQ. DU PAL. 1733. Armoiries de Turgot. Signé : ᴠ. ᴅ.
℞. Les armes de la ville dans un cartouche nouveau. Exergue : ʟᴀ ᴠɪʟʟᴇ ᴅᴇ ᴘᴀʀɪs.

237. — DE LA PR^{TÉ} DE M^{RE} FEL. AUBERY M^{QUIS} DE VASTAN M^{TRE} DES REQ. HON. 1740. Armoiries d'Aubery de Vastan. Signé : D. V.

R. Les armes de la ville dans un cartouche rocaille penché à gauche. Signé : D. V. Exergue : VILLE DE PARIS, dans une banderole.

238. — DE LA II. PR^{TÉ} DE M^{RE} FELIX AUBERY M^{QUIS} DE VASTAN M^{TRE} DES REQ. 1742. Armoiries du prévôt, cartouche et supports différents. Signé : D. V.

R. Les armes de la ville dans un cartouche penché à droite. Signé : D. V. Exergue : VILLE DE PARIS.

239. — PREV^{TÉ} DE M^{RE} LOUIS BAZILE DE BERNAGE CONS^{ER} DETAT ORD^{RE} 1743. En deuxième ligne de légende : COMM. GRAND CROIX DE L'ORDRE DE S^T LOUIS. Armoiries de Bernage entourées des insignes de l'ordre avec ces mots : LUD. MAG. INSTIT. 1691.

R. Les armes de la ville dans le cartouche penché à gauche. Signé : D. V. Exergue : VILLE DE PARIS dans une banderole.

240. — Même face, différant seulement dans la légende : I. PREV^{TÉ} DE etc... 1744.

R. comme le précédent.

241. — Même face : II. PREVO^{TÉ} DE... 1746.

R. comme le précédent.

242. — Même face : III. PREV^{TÉ} DE ... 1748.

R. comme le précédent. Coin signé : D. V.

243. — Même face. IIII. PREV^{TÉ} DE M^{RE} LOUIS BAZ. DE... 1750.

R. comme le précédent.

244. — Même face. V. PREV^{TÉ} DE M^{RE} LOUIS BAZILE DE ... 1753.

R. comme le précédent.

245. — Même face. VI. PREV^{TÉ} DE ... 1754.

R. comme le précédent.

246. — PREV^{TÉ} DE M^{RE} J. B. ELIE CAMUS DE PONTCARRE DE VIARME C^R DET. Armoiries du prévôt. Signé : J D V. Exergue : 1758.

34

℞. La Ville personnifiée appuyée sur son écusson. Exergue :
VILLE DE PARIS.

247. — Même face. II PREV^{té} ... 1760.

℞. comme le précédent. Signé : J. DUVIV.

248. — Même face. III. PREV^{té} ... 1763.

℞. VILLE DE PARIS. Même figure que le précédent. Signé .
J. DUVIV. A l'exergue, fleurs de lys et guirlande.

249. — PREV^{té} DE M^{re} ARM. JER. BIGNON CONS^{er} D'ETAT
BIBLIOTEQ^{re} DU ROY. 1766. Armoiries de Bignon, supportées
par des anges tenant des palmes.

℞. VILLE DE PARIS. Armes de la ville dans un cartouche.

250. — II PREV^{té} DE M^{re} ARM. JER. BIGNON CONS^{er} D'ETAT
BIBLIOT^{re} DU ROY. 1766. Mêmes armoiries. Les anges, sans
palmes.

℞. comme le précédent.

251. — Même droit. III PREV^{té} etc. ... 1769. Les anges tiennent
des palmes.

℞ comme le précédent.

252. — Même droit. III PREV^{té} etc... BIBLIOT^e ... 1770. Anges
sans palmes.

℞. comme le précédent.

253. — Même droit. IIII PREV^{té} ... 1771.

℞. comme le précédent.

254. — PRÉVOSTÉ DE Mre L. LEPELETIER CONSEIL^a DETAT.
Armoiries. Exergue : 1784.

℞. Les armes de la ville. Exergue : VILLE DE PARIS. Octogone
encadré d'oves.

255. — Même droit. II. PRÉVOSTÉ etc.... 1786.

℞. comme le précédent. Octogone encadré de filets.

256. — III. PREV^{té} DE Mre L. LEPELETIER COMM^r GR^d TRES^{er}
DE L'ORDRE DU S^t ESP^t C^{er} D'ET. Armoiries dans un cartouche, sans supports et avec les ordres. Exergue : 1788.

℞. comme le précédent. Octogone. Coins ℞. signés : D. V.

Le clergé.
(Cab. Fr., carton 90.)

257. — BONIS TESTATUR AMOREM. La Religion debout. Signé : D. V. F.

℞. CONVENTUS CLERI GALLICANI EXTRA ORDINEM HABITUS LUTETIÆ PARISIOR. MDCCXXXIV.

258. — Deux anges portant un écusson d'armoiries. Signé : D. V. Exergue : 1735.

℞. CONVENTUS CLERI GALLICANI. MDCCXXXV.

259. — VOTIS PACEM DONIS TRIUMPHOS. La Religion devant l'autel. Signé : D. V.

℞. comme le précédent.

260. — Les armoiries, comme précédemment.

℞. Le droit du précédent (Florange, t. II, n° 1010).

261. — NUNQUAM FŒDERIS IMMEMOR. La Religion devant un arc-en-ciel. Signé : D. V.

℞. CONVENTUS CLERI GALLICANI HABITUS LUT. PARISIOR. MDCCXL.

262. — LAURUM IRRIGAT UT CRESCAT OLIVA. 1742. Emblème pour cette légende.

℞. CONVENTUS CLERI . GALLI . EXTRA ORDINEM HABITUS LUTETIÆ PARISI MDCCXLII.

263. — LUDOVICUS XV REX CHRISTIANISS. Buste à droite cuirassé. Signé : D. V.

℞. CONVENTUS CLERI GALLICANI HABITUS LUT. PARISIOR. MDCCXLV. Croix et palmes.

264. — Même face.

℞. CONVENTUS ... EXTRA ORDINEM ... MDCCXLVII dans une couronne.

265. — IMMUNITATES ASSERTÆ. Le roi et la religion. Signé : DU VIVIER F.

℞. LENIS ALIT FLAMMAS. Autel. Exergue : CONVENT. CLERI GALLICANI. 1726.

266. — MEDIO TUTISSIMA. Navire. Signé : D. V.
℞. CONVENTUS CLERI GALLICANI. MDCCXXX, dans une couronne.

267. — LUD.XV.REX CHRISTIANISS. Type 13. Signé : DUVIV.
℞. CONVENTUS CLERI . GALLICANI HABITUS LUT. PARISIOR. MDCCLV. Fleuron et guirlande.

268. — Armoiries de Rigoley de Juvigny. Signé : D. V.
℞. comme le précédent.

269. — LUD.XV.REX CHRISTIANISS. Type 13.
℞. CONVENTUS CLERI GALLICANI EXTRA ORDINEM HABITUS LUT. PARISIOR. MDCCLVIII.

270. — LUD.XV.REX CHRISTIANISS. Buste à droite lauré, draperie. Signé : B. DUVIV. Type 1ᵇ.
℞. CONVENTUS ... etc. ... MDCCLXII.

271. — LUD.XV.REX CHRISTIANISS. Buste à droite, nu. Signé : B. DUVIV. Type 2ᵃ.
℞. CONVENTUS ... etc. ... MDCCLXV.

272. — LUD.XV.REX CHRISTIANISS. Buste à droite en habit. Signé : B. DUVIV. F. Type 8ᵉ.
℞. CONVENTUS ... etc. ... MDCCLXX. Octogone.

273. — LUD . XVI . REX CHRISTIANISS. Tête à droite, catogan, cou nu. Signé : DUVIV. Type 4.
℞. CONVENTUS... etc. ... MDCCLXXL. Octogone.

274. — LUD.XVI.REX CHRISTIANISS. Buste à droite en habit. Signé : DUVIV. Type 9.
℞. CONVENTUS ... etc. ... MDCCLXXX. Octogone.

275. — Même buste. Type 9.
℞. PRO RE NAVALI NAUTARUMQUE VIDUIS ET PUPILLIS SPONTE DONA OFFEREBAT CLERUS GALLIC. MDCCLXXXII. Octogone.

276. — Même buste. Type 9.
℞. CONVENTUS... etc. ... MDCCLXXXV.

Doyens de la Faculté de médecine de Paris.

277. — M. J. DOYE MED. PARIS DECANUS. Portrait de Doye à droite. Signé : D. V.

℞. Jupiter foudroyant les géants. Exergue : AN. 1715 ET 1716.

278. — A. DOUTE REGI A CONS. S. B. D. ARCH. Portrait de Douté à droite. Signé D. V.

℞. A. DOUTÉ REGI A CONS. S. B. D. ARCH. L'écusson de la Faculté de Médecine avec la devise : URBI ET ORBI.

279. — STEPH. FR. GEOFFROY DECANUS. Buste de Geoffroy à droite. Signé : DUVIVIER.

℞. L'écusson de la Faculté avec sa devise. Exergue : FACUL. MEDIC. PARISIENS. 1728.

280. — STEPH. FR. GEOFFROY ITERUM DECANUS. Même buste. Signé : D. V.

℞. L'écusson de la Faculté (différent du précédent). Exergue : FACUL. MEDIC. PARISIENS. 1730.

281. — M. L. RENEAUME BLÆS. F. M. P. DECANUS. Buste à gauche. Signé : DUVIVIER.

℞. L'écusson de la Faculté. Exergue : FACUL. MEDIC. PARIS. 1734-1735-1736.

282. — L. C. BOURDELIN PARIS. F. M. P. DECANUS. Buste à droite. Signé : D. V.

℞. SUPREMÆ CURIÆ DECRETO SIRVATÆ ET AUCTÆ PARISIENS. MEDICORUM ORDINI ANNUÆ PENSIONES, en six lignes. Exergue : 1736-1737-1738.

283. — J. B. CHOMEL. PARIS. F. M. P. DECANUS. Buste de Chomel père à droite. Signé : DU VIVIER.

℞. L'écusson de la Faculté. Exergue : FACUL. MEDIC. PARIS. 1738-1739-1740.

284. — Même avers.

℞. Armoiries de Chomel. Exergue : 1738-1739-1740.

285. — Même avers.

℞. DECANNO 1738 OBIIT 4° JULII 1740 HUIC UNANIMI

VOCE SUFFECTUS EST DECANUS M. URBANUS LEAULTÉ ANTIQUIOR SCHOLÆ MAGISTER, en neuf lignes.

286. — URB. LEAULTÉ P. ANT. SCH. MAG. F. M. D. Buste à gauche. Signé : DU VIVIER F.

℞. L'écusson de la Faculté. Exergue : 1740.

287. — COL. DE VILARS INCULISM. F. M. P. DECANUS. Buste à droite. Signé : DU VIVIER.

℞. L'écusson de la Faculté. Exergue : 1740-1741.

288. — Même avers.

℞. L'écusson dans un cartouche. Exergue : 1741-1742.

289. — Même avers.

℞. UT PROSIT ET ORNET. Le nouvel amphithéâtre. Exergue : AMPHIT. MEDIC. PARIS. REÆDIFICATUM. 1744.

290. — Même avers. Même ℞., avec de légères différences dans le bâtiment.

291. — UT PROSIT ET ORNET. Semblable au n° 289.

℞. L'écusson de la Faculté. Semblable au n° 288.

292. — G. J. DE LEPINE PARISIN. SAL. FAC. P. DEC. Buste à gauche. Signé : DUVIVIER F.

℞. PULCHIOR EXURGIT. Coupe perpendiculaire de l'amphithéâtre. Exergue : INAUGURAVIT J. B. WINSLOW [XVIII FEBR. MDCCXLV [1744-1745-1746.

293. — Même avers.

℞. OLIM DATI | OBSTETRICIB. PROF. , RESTIT. 17 MAII 1745. | J. EX. BERTIN 18 MAII | J. B. ASTRUC 14 JUN. EJUSD. A. | — BIBLIOTHECA | PUBLICI JURIS FACTA | DIE JOV. | 3 MART. | MDCCXLVI, en neuf lignes. Exergue : G. J. DE LEPINE DEC.

294. — PULCHIOR EXURGIT. Coupe de l'amphithéâtre, comme plus haut.

℞. Le revers précédent.

295. — J. B. MARTINENQ PAR. MED. FAC. DEC. Exergue : AN INDE FELICIOR ? | 1746-1747. | 1748.

℞. L'écusson de la Faculté.

296. — Même avers.

℞. RECOGNITA ITER ET AUCTA PHARMAC. PARIS.
J. B. MARTINENQ MED. FAC. DECANO MDCCXLVIII, en six
lignes entourées des signes symboliques des métaux.

297. — Même avers.

℞. PRÆVISA FERIENT MINUS. Armoiries de Martinenq.
Exergue : M. J. B. MARTINENQ PARIS. ITER. DEC. 1749-1750.

298. — HY. THEOD. BARON DECANUS. Buste de Baron fils à
droite. Signé : D. V.

℞. L'écusson avec la devise de la Faculté. Exergue : FACULT.
MEDIC. PARIS. 1751.

299. — Même avers.

Même ℞. . . . 1754.

300. — Même avers.

℞. SANCITIS | A SUPREMO SENATU | CONFIRMATIS-
QUE | FACULTATIS | MEDICINÆ PARIS. | LEGIBUS, en six
lignes. Exergue : H. T. BARON DECANO | MDCCLI.

301. — Même avers.

℞. Le portrait de Baron père par J. C. Roettiers. (Ce jeton
hybride, dit « le Baron aux deux têtes », n'a été frappé qu'à trente
exemplaires.)

302. — J. B. L. CHOMEL PARIS. F. M. P. DECANUS. Buste à
gauche. Signé : 1756. J. D. V.

℞. L'écusson avec la devise de la Faculté. Exergue : FACUL.
MEDIC. PARIS. 1754, 1755, 1756 (en conjonction inverse, suivant
l'usage).

303. — Même avers, mais la tête plus grande et signée : D. V.

℞. comme le précédent, mais en conjonction droite.

304. — J. B. BOYER REG. Sᵣ MICH. ORD. EQ. F. M. P. DEC.
1756. Buste à droite. Signé : J. DU VIV.

℞. Armoiries de Boyer (en conjonction droite).

305. — Même avers.

℞. Les armes de la Faculté, coin emprunté au jeton de Caron
(1723).

306. — Même avers.

℞. MONSTRAT ITER. Le serpent, coin emprunté au jeton de Hecquet (1712).

307. — Même avers.

℞. Armoiries de Boyer. Exergue : ITERUM DECANUS | 1758.

308. — J. LE THIEULLIER PARIS. F. M. P. DECAN. Buste à droite. Signé : B. DU VIVIER.

℞. Les armes de la Faculté, coin de 1723.

309. — Même avers.

℞. Les armoiries de Le Thieullier, signées : B. DUVIV.

310. — Même avers.

℞. L'écusson et la devise de la Faculté. Exergue : FAC. MEDIC. PAR. | 1760, 1761 | 1762.

311. — Même avers.

℞. L'écusson comme le précédent. Exergue : FAC. MEDIC. PAR. 1760, 1761 (Feuardent, Fournié).

312. — JO. JAC. BELLETESTE PARIS. FAC. MED. P. DECAN. Buste à droite. Signé : B. DUVIVIER.

℞. Écusson avec la devise de la Faculté. Exergue : FAC. MEDIC. PAR. | 1762, 1763.

313. — Même avers.

℞. Écusson avec la devise de la Faculté. Exergue : FAC. MEDIC. PAR. 1762, 63, 64, sur une banderole.

314. — Même avers.

℞. Écusson avec la devise. Exergue : ITERATO DECAN. | 1764, 65, 66.

315. — Même avers.

℞. Écusson avec la devise. Exergue : FAC. MEDIC. PAR. | 1766, 1767.

316. — PETRUS BERCHER PARIS. FAC. MED. P. DECAN. Buste à gauche. Signé : B. DU VIV.

℞. Le précédent.

317. — Même avers.

℞. Écusson de la Faculté. Exergue : FAC. MEDIC. PAR. | 1766, 67, 68.

318. — JAC. LUD. ALLEAUME PARIS. FAC. MED. P. DECAN. Buste à droite. Signé : B. DUVIV.

℞. Les armoiries d'Alleaume. Exergue : 1774, 75.

319. — Même avers.

℞. TUTO DONEC AUGUSTE. Génie ailé quittant les ruines pour une nouvelle demeure. Exergue : VET. JURIS SCHOLÆ | MEDI-COR. REFUG. 1725. Signé : D. V.

320. — JOAN. CAR. DESSESSARTZ LING. FAC. MED. P. DEC. Buste à gauche. Signé : B. DUVIV.

℞. Armoiries de Dessessartz. Exergue : 1776-1777.

321. — Même avers.

℞. SECTIO | SYMPHYS. OSS. PUB. | LUCINA NOVA | 1768 | INVENIT PROPOSUIT | 1777 | FECIT FELICITER | J. R. SIGAULT D. M. P. | JUVIT | ALPH. LEROI | D. M. P.

322. — THOM. LE VACHER DE LA FEUTRIE EBROIC. S FAC. P. DEC. Buste à droite, signé B. DUVIVIER.

℞. Armoiries parlantes de Le Vacher. Exergue : 1779-1780 (exemplaires anciens en conjonction droite).

323. — JOS. PHILIP. INTERVALL. GLANDAT. SAL. FAC. P. DEC. Buste à gauche. Signé : B. DUVIVIER.

℞. EX FIDE FIDUCIA. Alexandre le Grand et son médecin Philippe. Exergue : 1780, 1781.

324. — Même avers.

℞. comme le précédent. Exergue : 1780, 1781 | 82.

325. — ST. POURFOUR DUPETIT PARIS. FAC. MED. PAR. DEC. Buste à droite. Signé : DUVIV.

℞. PRO REGE REGNO ET UNIVERSIT. PARIS. Hygie sacrifiant. Signé : D. V. Exergue : PRECES FUND. 1782. (Un accident au coin ℞. ayant déformé le chiffre 2 a fait croire à une frappe avec la date 1783. — Il a été frappé cinq exemplaires d'or. — Calend. médic.)

326. — J. CAR. HEN. SALLIN GRAYACUS FAC. MED. P. DEC. Buste à droite, Signé : DUVIV.

℞. Les armoiries de Sallin. Exergue : 1784-1785.

327. — EDM. CL. BOURRU PARIS. FAC. MED. PAR. DECA-
NUS. Buste à gauche. Signé : B. DUVIV.

℞. CONCORDIA ET CONSTANTIA VINCENT. La Con-
corde et la Constance. Signé : D. V. Exergue : 1886-87. Le coin de
face s'étant rompu après 60 exemplaires fut refait ainsi qu'il suit :

328. — Même légende et même effigie. plus ressemblante, paraît-il.
(Calend. médic.) ...DECAN. au lieu de DECANUS, et DUVIV.,
sans l'initiale du prénom.

℞. comme le précédent.

329. — Même avers.

℞. EDM. CL. BOURRU PARIS. SAL. FAC. PAR. DECANO
1787-88. LECTIONES | PUBLIC. GALL. IDIOM. | DE ANA-
TOM. ET CHIRUR. | IN SCHOLIS MEDIC. PAR. | INSTITU-
TÆ | EX LIBERALITATE | CL. M. A. PETIT | MDCCLXXXVII,
en huit lignes.

330. — Même avers.

℞. HUJUS FILIUM | A SAL. FAC. P. AD. SAC. | BAPT.
FONTES OBLATUM | CL. FELIC. HIPPOCRATEM | M. FR.
FELICIT. COCHU | SCHOL. PENE ANTIQUIOR | NOMINA-
VIT | DIE XI SEPT. | MDCCXC. Exergue : IT. EL. 1788. CONF.
1789.

PAROISSES DE PARIS.

Saint-André-des-Arcs.

331. — ELEO. MARIÆ DES BOIS DE ROCHEFORT PASTORI
CARISS. Buste à gauche. Signé : DUVIVIER.

℞. INTELLIGIT SUPER EGENUM. La Charité. Exergue :
S. ANDRÆ AB ARG. ÆDITUI. 1779.

332. — LUDOVICUS XVI. REX CHRISTIANISS. Type 9. Signé :
DUVIV.

℞. comme le précédent (Feuardent, n° 4134).

Saint-Eustache.

333. — CONSILIO ET EXEMPLO. Sainte Anne et la Vierge.
Exergue : CLERI STI EUSTACHII PATRONA. Signé : D. V. IN. ET F.

℞. DAT SCOPULOS DAT CERNERE PORTUS. 1726. Phare et navires.

334. — LUD.XV.REX CHRISTIANISS. Type 13.

℞. CONF^{RIE} ROYALE ET PATRONA^E ETABLI^E POUR LE SOULAGEM^T DES PAUVRES NOUVEAU^X CONVERTIS A LA FOY DE LA PAROISSE DE S^T EUSTACHE. 1740.

335. — Saint Eustache à genoux devant le cerf. Exergue : FABRIQUE DE S^T EUSTACHE.

℞. COMMOVET ET LAUDAT. Cor de chasse et palmes. Exergue : J. J. POUPART CURE 1786. Coins anciens. Coin ℞. signé : DUVIVIER 1786.

Saint-Germain-le-Vieux.

336. — LUD.XV REX CHRISTIANISS. Buste à droite. Type 1^a. Signé B. DUV.

℞. SAINT GERMAIN LE VIEIL. Évêque debout. Exergue : FABRIQUE. Coin plus ancien (jeton douteux).

337. — LUD . XVI. REX CHRISTIANISS. Buste type 4. Signé : DUVIV.

℞. comme le précédent (Feuardent, n° 4189).

Saint-Gervais.

338. — LUD.XV REX CHRISTIANISS. Buste type 4.

℞. AMBO NOS VITA MARTHIRIO ET LAUREA DOCENT. Saint Gervais et saint Protais. Exergue : LES MARGUILLIERS DE S^T GERVAIS 1715.

339. — Buste de Louis XV. Type 5.

℞. comme le précédent.

340. — Buste de Louis XVI. Type 1.

℞. comme le précédent.

Saint-Jean-de-Latran.

341. — Buste de Louis XV. Type 1^a. Signé : U. B. DV.
℞. LES CHEVALIERS COMTES DE St JEAN DE LATRAN. Écu.

Saint-Laurent.

342. — Buste de Louis XV. Type 4.

℞. LES MARGUILLERS DE ST LAURENT. 1728. Saint Laurent debout tenant son gril.

Saint-Médard.

343. — LUD.XVI. REX CHRISTIANISS. Type 9.

℞. FABRIQUE DE S MEDARD DE PAˢ. 1783.

Saint-Merry.

344. — LUD.XV.REX CHRISTIANISS. Type à la mèche, cou nu.

℞. MARGUILLIERS DE SAINT MERRY. 1754. Emblèmes religieux.

345. — LUD.XVI.REX CHRISTIANISS. Type 4.

℞. comme le précédent.

Saint-Pierre-de-Chaillot.

346. — LOUIS XVI. Type 4.

℞. CLAVES REGNI CŒLORUM. Clefs et tiare de saint Pierre. Exergue : FAB. DE Sᵀ PIERRE DE CHAILLOT. 1780.

Saint-Roch.

347. — Louis XVI. Type 4.

℞. PER MANUM EJUS SALUS DATA. Exergue : FABRIQUE DE Sᵀ ROCH. 1744. Saint Roch, par J. C. Rœttiers.

Saint-Sulpice.

348. — Buste de Louis XV. Type 4.

℞. DISPERSIT DEDIT PAUPERIBUS. Un commissaire au milieu des pauvres. Exergue : HOR. PUB,

PROFESSIONS DIVERSES.

Les six corps des marchands.

349. — Louis XVI. Type 4.

℞. VINCIT CONCORDIA FRATRUM. Hercule assis à gauche.
Exergue : LES SIX CORPS DES MARCHANDS 1776.

350. — Louis XVI. Type 9.

℞. VINCIT CONCORDIA FRATRUM. Hercule à droite.
Exergue : LES SIX CORPS DES MARCHANDS.

Agents de change.

351. — LUDOV.XVI.REX CHRISTIANISS. Tête à droite. Type 1.
Signé : D. V.

℞. AD REIPUBLICÆ UTILITATEM. Figure allégorique.
Exergue : CONSEILLERS DU ROY AGENS DE CHANGE. 1777.

352. — LUDOV.XVI.REX CHRISTIANISS. Buste type 9. Signé :
DU VIV.

℞. ET SERVAT ET AUGET. Figure allégorique. Exergue :
CONS. DU ROY AGENTS DE CHANGE. (Octogone.)

Avoués.

353. — NAP. BONAPARTE PREMIER CONSUL. Buste à gauche.
Signé : DUVIVIER F.

℞. DEF. AVOUÉS PRÈS LE TRIBUNAL D'APPEL A
PARIS AN XII. (Octogone.)

Arquebuse (Chevaliers de l').
(B. N., carton 112.)

354. — LUD . XV REX CHRISTIANISS. Type 4. Signé : DUVI-
VIER F.

℞. PER TELA PER IGNES. Arquebuse et arbalète. Exergue :
CHEVALIERS DE L'ARQUEBUSE DE PARIS. C. R.

Assurances sur la vie.

355. — IL RENAIT DE SES CENDRES. Un phénix.
℞. COMPAGNIE D'ASSURANCES ÉTABLIE PAR ARRÊT
DU CONSEIL DU VI NOVEMBRE MDCCLXXXVI. Octogone.

Brasseurs.

356. — LUD.XV. REX CHRISTIANISS. Type 6. Signé : DUVIVIER.

℞. BACCHI CERES ÆMULA. Cérès assise. Exergue : COMMU-
NAUTÉ DES BRASSEURS.

Caisse d'escompte.

357. — Louis XV. Type 3ᴮ.

℞. CAISSE D'ESCOMPTE, dans une couronne. Exergue :
1767.

358. — Même jeton. ... 1768.

Charbonniers.

359. — Louis XVI. Type 4.

℞. CUNCTA SINE NATURA FOVET. Un charbonnier.
Exergue : 1775.

Corroyeurs.

360. — Louis XV âgé. Type 4 . Signé : B. DU VIV. F.

℞. M. CORROYEURS PORTEURS DE LA CHASSE DE
Sᵀ MERRY. Quatre porteurs passant à droite. Exergue : 1755.

Eaux de Paris (Adm. royale des).

361. — LE DIEU DU FEU DEVIENT LE DIEU DES EAUX.
Vulcain versant une urne : SEINE. Signé : DUV.

℞. ADMINISTRATION ROYALE DES EAUX DE PARIS
ET ENVIRONS. 1788. Armoiries de Paris. (Coin avers signé :
B. DUVIVIER.)

Étoffes d'or et d'argent (Fabrique d').

362. — ÆTERNUM DIGNA COLI. Minerve assise enseigne deux
petits génies. Signé : D. V. Exergue : FABRIQUE DES ÉTOFFES DE
SOYE OR ET ARGENT. 1745. (Coin signé.)

℞. MARCH. FABRIQUANTS D'ÉTOFFES D'OR ARGENT
ET SOYE D'ETABLISSEM. ROYAL A PARIS. Armoiries de
cette profession.

Fayenciers-verriers.

363. — Louis XV âgé. Type 5ᴮ.

℞. M^{ᵈˢ} VERRIERS FAYANCIERS EMAILLEURS PATENO-
TRIERS. 1767 ★. Emblèmes de la communauté.

Fruitiers-orangers.

364. — Louis XV. Type 8.

℞. SANCTUS LEONARDUS. Le saint debout entre deux
personnages agenouillés. Exergue : COMMUNAUTÉ DES Mˢ FRUITIERS
ORANGERS DE PARIS. 1758.

Huissiers du Parlement.

365. — LUD.XIV.REX CHRISTIANISS. Tête à droite. Type 4.
Signé : DU VIV.

℞. Aigle par Gatteaux.

Huissiers à cheval.

366. — LUD.XV.REX CHRISTIANISS.Type 5. Signé : DU VIVIER.

℞. EQUES PATRONUS NON DEGENERUM. Saint Martin.
Exergue : HUISSIERS A CHEVAL 1731.

Huissiers commissaires-priseurs.
(B. N., carton 112.)

367. — LUD.XV.REX CHRISTIANISS. Type 5. Signé : DUVIVIER.

℞. ELECTIS FIDITE. La Justice. Exergue : HUISSIERS COMMIS-
SAIRES PRISEURS, par J. C. Rœttiers.

Jurés crieurs.
(B. N., carton 112.)

368. — LUD.XV. REX CHRISTIANISS. Type 4.

℞. OFFICIERS JURÉS CRIEURS. Armoiries.

Jurés aulneurs.

369. — Buste de Louis XV. Type 5.

℞. ET PROBAT ULNA FIDEM. Minerve. Exergue : JUREZ
AULNEURS ET VISITEURS DE TOILES.

Lingères.

370. — Louis XV. Buste 5.

℞. COMMUNAUTÉ DES MARCH. LINGÈRES. Un voile portant VERONICA dans une couronne d'épines. Exergue : 1719.

371. — Même jeton, avec le type 12.

Maréchaux ferrants.

372. — Louis XV. Type 8.

℞. COMMUNAUTÉ DES MAITRES MARÉCHAUX. Emblèmes de la communauté. Exergue : D. T. DE DOUCET FICHET GILBERT MAUGUY. ANNÉE 1762.

373. — Louis XVI. Type 4.

℞. MARECHAUX FERRANTS EPERONNIERS ✶. Emblèmes de la communauté. Exergue : D. T. DE PEYNAUD BODEVIN DARDAINE MORONVALLE. ANNÉE 1783.

Menuisiers.

374. — SIC FINGIT TABERNACULUM DEO. Sainte Anne enseignant la Vierge. Signé : D.V. Exergue : 1748.

℞. COMMUNAUTÉ DES MAISTRES MENUISIERS ET ÉBÉNISTES, en cinq lignes. En bas, des outils de menuisier.

Mesureurs de grains.

375. — PRÆSIDIO DEIPARÆ TUTA SOCIETAS. La Vierge et l'Enfant Jésus; au fond, un navire. Signé : D. V. Exergue : 1716.

℞. SICUT SOL MICAT ÆQUITAS. Le soleil rayonnant sur un boisseau. Exergue : JUREZ MESUREURS ET VISITEURS DES GRAINS.

Orfèvres.

376. — Louis XV. Type 4.

℞. IN SACRA, INQUE CORONAS. Armoiries. Exergue : AURIFICES PARISIENSES.

377. — Même jeton, avec le type 5.

378. — Même jeton, avec le type 8.

Passeurs d'eau.

379. — Louis XV. Type 11.

R⃫. Armes de la ville. Exergue : OFFICIERS PASSEURS D'EAU.

Pâtissiers oublayers.

380. — Louis XV. Type 12.

R⃫. MAITRES PATISSIERS OUBLAIERS DE PARIS 1770. Outils, emblèmes.

Rubaniers.

381. — Buste de Louis XVI. Type 4.

R⃫. LA COMᵗᵉ DES TISSUTIERS RUBANIERS FRANGERS. Mᴰˢ FAB. DE PARIS. 1743.

Traiteurs.

382. — Louis XV. Type 5».

R⃫. MATER CHRISTI. La Vierge portant l'Enfant Jésus. Exergue : COMM. DES MAITR. TRAITEURS. 1771.

Violons du roi.

383. — Louis XV. Type 13.

R⃫. NUMERUM SACRAVIT APOLLO. Apollon. Signé : D. V. Exergue : LES XXIV VIOLONS DE LA CHAMBRE 1751.

PROVINCES ET VILLES

Angers (Ville et mairie d').

384. — LUDOVICUS XV D.G.FRAN.ET.NAV.REX. Type 1. Signé : D. V.

R⃫. ASSIDUIS CONSILIIS. Armes d'Angers.

385. — LUD.XV.REX CHRISTIANISS. Buste à droite. Signé : DU VIVIER F. Type 4.

R⃫. ASSIDUIS CONSILIIS. Armes d'Angers.

36

386. — Buste type 5.

℞. comme le précédent.

387. — Buste type 11.

℞. ASSIDUIS CONSILIIS. Armes d'Angers.

388. — Buste type 12.

℞. comme le précédent.

389. — Buste type 4ᵉ.

℞ MUNICIPALE PRÆMIUM. Armes d'Angers. Exergue : MAIRIE D'ANGERS.

390. — LUD.STAN.XAVER.DUX ANDEGAV. Buste à gauche. Signé : DUVIV.

℞. MUNICIPALE PRÆMIUM. Armes d'Angers. Exergue : MAIRIE D'ANGERS.

391. — Même face.

℞. ASSIDUIS CONSILIIS. Armes d'Angers. Exergue : . . .

392. — Même face.

℞. CHARLES FELIX CLAVEAU ECUYER MAIRE 1789. Ses armoiries.

393. — LUD.STAN.XAV.DUX ANDEGAV.AD REGEM MEDIA-TOR. Le prince montre à la ville le buste du roi. Signé : B. D. V. Exergue : MDCCLXXIII.

℞. MUNICIPALE PRÆMIUM. Exergue : MAIRIE D'ANGERS.

394. — RENE ROMAIN Cᵗᵉ SGᵘʳ DE LA POSONIERE MAIRE DANGERS. Armoiries de Romain.

℞. ROMANIS DECUS UNDE FUIT. Porte-enseigne romain. Signé : D. V. Exergue : 1747.

395. — FRANCOIS CHARLES PAYS DUVAU. Armoiries de Pays du Vau.

℞. MAIRERIE D'ANGERS. Armoiries de la ville d'Angers.

396. — CHARLES GAUDICHER ECUYER MAIRE 1763. Armoi-ries.

℞. MAIRIE D'ANGERS. Armes de la ville.

397. — JEAN FRANCOIS ALLARD ECUYER MAIRE 1777. Armoiries.

℞. MUNICIPALE PRÆMIUM. Armoiries. Exergue : MAIRIE D'ANGERS.

398. — JACQUES BOULLAY DUMARTRAY ECUYER MAIRE 1781. Armoiries.

℞. comme le précédent.

399. — ANS. RENÉ BUCHER ECUYER MAIRE 1785. Armoiries.

℞. ASSIDUIS CONSILIIS. Armes d'Angers. Exergue : MAIRIE D'ANGERS.

Artois (États d').

400. — LUD. XV. REX CHRISTIANISS. Buste à la mèche, cou nu.

℞. COMITIA ARTESIÆ. Armoiries.

401. — LUD. XV. REX CHRISTIANISS. Buste à la mèche, draperie agrafée. Signé : DUVIVIER. Type 5.

℞. COMITIA ARTESIÆ. Armoiries.

402. — LUD. XV. REX CHRISTIANISS. Buste cuirassé. Signé : D. V. Type 12.

℞. comme le précédent.

403. — LUD. XVI REX CHRISTIANISS. Tête à droite, cou nu. Signé : DUVIV. Type 4.

℞. comme le précédent, variantes.

404. — LUDOV. XIV. REX CHRISTIANISS. Buste à droite en habit. Signé : DUVIV. Type 7.

℞. comme le précédent.

Bayonne (Chambre de commerce de).
(Cf. la médaille n° 90).

405. — Louis XV. Type 12.

℞. Armoiries de Bayonne.

406. — Louis XVI. Type 4.

℞. comme le précédent.

407. — Louis XVI. Type 7.

℞. comme le précédent.

408. — Louis XVI. Type 9.

℞. comme le précédent.

409. — LUD.XV.REX CHRISTIANISS. Type 4. Signé : DUVIVIER F.

℞. Six personnages déchargeant un navire. Exergue : VIGENT FIDE.

[M. de La Tour (2189) considère cette pièce comme un jeton banal.]

410. — Même jeton. Type 5 (Feuardent, 9264).

411. — LUD. XVI REX CHRISTIANISS. Type 7.

℞. comme le précédent.

Beaune (Mairie de).

412. — VIGILANT ET TUTA QUIES — 1719. Armoiries de Gillet.

℞. ★P. GILLET MAIRE ET LIEUT.GEN.DE POL. DE LA VILLE DE BEAUNE. La Vierge. Signé : D. V.

Bordeaux (Ville de).

413. — Louis XV. Type 7.

℞. MUNIFICENTIA URBIS BURDIG. Armoiries de Bordeaux.

414. — Louis XV. Type 1ª.

℞. comme le précédent.

Bordeaux (Chambre de commerce).

415. — Louis XV. Type 11.

℞. QUO NON HAC DUCE. Boussole de navire. Exergue : IX VIRI BURDIGALENSES COMMERCIIS REGUNDIS. 1759.

416. — Louis XV. Type 4ª.

℞. comme le précédent.

Bordeaux (Notaires de).

417. — Louis XV. Type 12.

℞. LEO ANIMALIBˢ NOTÆ NOSTRÆ HOMINIBˢ LEG. IMPONᵀ. Un lion passant. Signé : D. V. Exergue : CONSEILLERS DU ROI NOTᴿᴱˢ A BORDEAUX. 1756.

418. — LUD. XIV. REX CHRISTIANISS. Type 7.

℞. comme le précédent.

Bourges (Archevêque de).

419. — GEORG.LUD.PHELYPEAUX.P.P.ARCH.BITUR. Buste
à droite. Signé : I. D. V.

℞. Armoiries. 1757.

Bourgogne (États de).

420. — COMITIA BURGUNDIÆ. Armes de la province.

℞. VOS ME DUCTORE BEABIT 1719. Soleil et étoile sur
une ville. Signé : D. V.

421. — COMITIA BURGUNDIÆ. Armes de la province.

℞. REGIT ME ET DIRIGIT ORBEM 1725. Soleil et cadran
solaire.

422. — Comme le précédent.

℞. ROBUR ET DECUS NOVUM 1728. Génie debout tenant
deux écussons. Signé : D. V.

423. — Comme le précédent.

℞. HÆRET HAUD INGRATA 1731. Vigne sur un chêne.
Signé : D. V.

424. — Comme le précédent.

℞. NEC DESERENT NEC DESERENTUR 1735. Essaim.

425. — Comme le précédent.

℞. SIC ME FATA VOCANT 1737. Aigle et aiglon. Signé :
D. V.

426. — LUD.XV.REX CHRISTIANISS. Buste à droite. Signé : D. V.
Type 9.

℞. COMITIA BURGUNDIÆ 1740. Armes de la province.

427. — LUD.XV.REX CHRISTIANISS. Buste à droite Signé :
DUVIVIER 1743. Type 10.

℞. comme le précédent. 1743.

428. — LUD.XV. . . . Type 11. Signé : D. V.

℞. comme le précédent. 1746.

429. — Même légende. Type 12. Signé : D. V.

℞. comme le précédent. 1749.

430. — Même légende. Buste type 13. Signé : DU VIV.
R. comme le précédent. 1755.

431. — Même légende. Type 14. Signé : I. D. VIV.
R. comme le précédent. MDCCLVIII.

432. — Même légende. Louis XV, type 1ᵉ. Signé : DUV.
R. COMITIA BURGUNDIÆ. 1761.

433. — Même légende. Type 2ᵉ. Signé : B. DUVIV.
R. comme le précédent. 1764.

434. — Même légende, etc. Type 4ᵉ.
R. comme le précédent. 1767.

435. — Même droit.
R. comme le précédent 1770.

436. — Même droit.
R. comme le précédent. 1773.

437. — LUD . XV . REX CHRISTIANISS. Tête à droite. Type 4.
Signé : DUVIV.
R. COMITIA BURGUNDIÆ 1776. Armes de la Bourgogne,
nouveau cartouche.

438. — LUDOV. XVI. REX CHISTIANISS. Buste à gauche.
Type 6. Signé : DUVIV.
R. comme le précédent. 1779.

439. — Buste type 4.
R. comme le précédent. 1782.

440. — Buste type 9 var.
R. Même revers. 1785.

441. — Buste type 9.
R. Même revers. 1789.

Bourgogne (Mines de).

442. — Buste de Louis XVI à gauche. Type 5.
R. FERRUM ET IGNEM INNOXIUS UBIQUE PORTO.
Mercure volant à gauche. Exergue : MINES ET FORGES DE BOUR-

GOGNE. Coin ancien signé : DUVIVIER F. 1777 (cf. Florange, Mines, n° 134).

Bourgogne (Élus des États).

443. — Sans légende. Armoiries de Pons. Signé : D. V.
R⟨⟩. VOS ME DUCTORE BEABIT. Signé : D. V. Exergue : 1719 (revers des États de la même année).

444. — Sans légende. Armoiries de Thyard de Bissy.
R⟨⟩. comme le précédent, même date.

445. — Sans légende. Armoiries de Cl. Vitte des Granges.
R⟨⟩. COMITIA BURGUNDIÆ. Armoiries de la province de Bourgogne, sans date.

446. — Sans légende. Armoiries de Massol de Montmoyen.
R⟨⟩. comme le précédent.

447. — Sans légende. Armoiries de Morelet de Couchey
R⟨⟩. comme le précédent.

448. — Sans légende. Armoiries de J. Thyard de Bissy.
R⟨⟩. comme le précédent.

449. — Armoiries de Blitterswick de Montcley.
R⟨⟩. REGIT ME ET DIRIGIT ORBEM. Cadran solaire. Exergue : 1725.

450. — Sans légende. Armoiries de Moreau. Signé : D. V. Daté 1731.
R⟨⟩. COMITIA BURGUNDIÆ. Armoiries de Bourgogne. Sans date.

451. — Sans légende. Armoiries de la Tournelle. Signé D. V. . . . 1737.
R⟨⟩. comme le précédent..

452. — Sans légende. Armoiries de Nic. Pourcher. Signé : D. V. . . . 1737.
R⟨⟩. comme le précédent.

453. — Sans légende. Armoiries de Changy de Roussillon. Signé D. V.
R⟨⟩. comme le précédent . . . 1740. (Octogone.)

454. — RETROCEDERE NESCIT. Armes écartelées de Thyard de Bissy.

℞. comme le précédent, avec la date 1746 (revers des États).

455. — Sans légende. Armoiries de la Briffe. Signé : D. V.

℞. comme le précédent, sans date.

456. — Sans légende. Armoiries de Rigoley. Signé : D. V.

℞. Même revers des États, avec la date 1755.

457. — Le même. ... 1767.

458. — Sans légende. Armoiries de Trouvé, abbé de Cîteaux.

℞. comme le précédent. ... 1755.

459. — Sans légende. Armoiries de Séguin. Signé : D. V.

℞. comme le précédent. ... 1755.

460. — Le même. ... 1764.

461. — Le même sans date.

462. — Sans légende. Armoiries de Scorailles. Signé : D. V.

℞. comme le précédent. ... 1755.

Bretagne (États de).

463. — Louis XV. Type 4.

℞. JETTONS DES ESTATS DE BRETAGNE. 1726.

464. — Même droit.

℞. URBS RHEDONUM INCENSA RESURGENS. La ville et le roi. REST. SUO. Exergue : COM. ARM. 1728.

465. — Buste type 4.

℞. NEC ISTO VELLERE DIGNIOR ALTER. Berceau. Exergue : COMIT. ARMOR. 1730.

466. — Type 5.

℞. JETON DES ESTATS DE BRETAGNE. 1732. Armoiries.

467. — Même jeton. 1734.

468. — Type 6.

℞. comme le précédent. 1736.

469. — Type 7.
℞. comme le précédent. 1738.

470. — Type 8.
℞. comme le précédent. 1746.

471. — Même jeton, avec le type 11.

472. — Buste type 11.
℞. comme le précédent. 1748.

473. — Même droit.
℞. comme le précédent. 1750.

474. — Même droit.
℞. comme le précédent. 1752.

475. — LUD.XVI.REX CHRISTIANISS. Type 4.
℞. comme le précédent. 1776.

476. — Louis XVI. Type 6
℞. comme le précédent. 1778.

477. — Type 7.
℞. comme le précédent. 1780.

478. — Type 7 var.
℞. comme le précédent. 1782.

479. — Type 7 var.
℞. comme le précédent. 1784.

480. — Type 7 var.
℞. comme le précédent. 1786.

481. — Type 9.
℞. ÉTATS DE BRETAGNE. 1787. Armoiries. (Octogone.)

482. — Type 9 var.
℞. JETON DES ÉTATS DE BRETAGNE, 1788. Armoiries.

Briare (Canal de).

483. — Armoiries. A l'exergue : CANAL DE BRIARE. 1742.
℞. CONCORDIA CRESCENT. Trois fleuves versant. Signé : DU VIV. Exergue : NUMISMA SÆCULARE. (Sur le coin : J. DU VIVIER F. 1756.)

37

Cambray (États de) et du Cambrésis.

484. — LUD.XV.REX CHRISTIANISS. — Type 8.

℞. LES ESTATS DE CAMBRAY ET DU CAMBRÉSIS. Armoiries.

485. — LUD.XV.REX CHRISTIANISS. Type 12. Signé en bas : I. D. V.

℞. comme le précédent.

486. — LUD.XV.REX CHRISTIANISS. Type 2ᵉ. Signé : B. DUVIV.

℞. comme le précédent. Mêmes armoiries.

487. — LUDOV.XVI REX.CHRISTIANISS. Type 6. Signé : DU VIV.

℞. comme le précédent.

488. — LUDOV.XVI.REX CHRISTIANISS. Type 8.

℞. comme le précédent.

489. — LUDOVIC.XVI.REX CHRISTIANISS. Signé en bas : DU VIV. Type 9. Bordure torsade.

℞. LES ÉTATS DE CAMBRAY ET DU CAMBRÉSIS. Mêmes armoiries et légende. Bordure de perles et de feuilles. (Octogone.)

Cambray (Plénipotentiaires au Congrès de).

490. — FIAT PAX IN VIRTUTE TUA. La Paix, avec un lion couché. Signé : D. V. Exergue : CAMERACI. 1721.

℞. Armoiries de San Esteban del Puerto (cf. Robert, *Numismatique de Cambray*).

Cambray (Ville de).

491. — LUD.XV.REX CHRISTIANISS. Signé en bas : DU VIVIER F. Type 4.

℞. CIVITAS CAMERACENSIS. Armoiries.

492. — LUD.XV..... Type 11. Signé : D. V.

℞. comme précédemment.

493. — Buste type 4ᵉ. Signé : B. DUVIV.

    ℞. comme le précédent.

494. — LUD.XVI..... Type 6. Signé : DU VIV.

    ℞. comme le précédent.

495. — LUDOV.XVI.REX CHRISTIANISS. Type 7. Signé sous le buste : DU VIV.

    ℞. comme le précédent.

Châlons-sur-Marne.

496. — Buste de Louis XV. Type 12.

    ℞. HOTEL DE VILLE DE CHALONS. Armoiries avec la devise : DECUS ET HONOR.

Charenton (Arquebuse de).

497. — Buste de Louis XV. Type 6.

    ℞. ARTIS COLLIMANDI PRÆTIUM. Deux fusils. Exergue : CHARENTON.

Chartres.

498. — LUD.XVI.REX CHRISTIANISS. Type 4. Signé : DUVIV.

    ℞. SERVANTI CIVEM QUERNA CORONA DATUR. Armoiries de Chartres.

Chartres (Notaires de).

499. — Buste de Louis XVI. Type 1.

    ℞. NOTAIRES ROYAUX DE LA VILLE DE CHARTRES. Armes de France.

500. — Le même avec le type 4.

Choisy.

501. — Buste de Louis XV. Type 6.

    ℞. JETTON DE CHOISY. 1739, dans une couronne.

Coulommiers (Arquebuse de).

502. — Buste de Louis XVI. Type 4.

℞. ARQUEBUSE DE COULOMMIERS. Armoiries.

503. — Le même avec le type 9 (Florange, 983).

Dieppe.

504. — LUD. AMATISS. ÆQUI ARBITER. Buste à droite, nu. Signé : DU VIV. FIL.

℞. LIBRATIO CELER ET ÆQUA. Justice assise à gauche. Signé : DU VIV. FIL. Exergue : LES PRIEUR ET JUGES CONSULS DE DIEPPE. 1758.

505. — LUD. XV. REX CHRISTIANISS. Buste à droite, petite draperie. Signé : B. DUV. Type 1ᵇ.

℞. CIVICO FŒDERE PRODERIT. Armoiries. Exergue : ÆDIL. DIEPPÆ COMIT. 1762.

Dijon (Maires de).
(Cf. Amanton, *Jetons des maires de Dijon.*)

506. — REGIT PATRIUS AMOR. Armoiries de Burteur.

℞. JEAN Pᴿᴱ BURTEUR CONᴱᴿ AU PARLEMᵀ VIC. MAY. DE DIJON. 1733. Armes de Dijon.

507. — VULNUS FERT ET OPEM. Mêmes armoiries. Signé : D. V.

℞. comme le précédent. 1736.

508. — VULNERE AMICO CORDA PETUNT. Armoiries de Burteur. Signé : D. V.

℞. comme le précédent. 1739.

509. — CERTÆ CONTINGERE METAM. Armoiries de Burteur. Signé : D. V.

℞. comme le précédent, 1742.

510. — Même jeton daté 1745.

511. — Même jeton daté 1748.

512. — RECTE ET SEDULO. Armes de Marlot. Signé : V. D.

℞. CLAUDE MARLOT AV^t DOYEN DES S^{cs} DE M.LE. P. G. AU P^{lt} VIC. MAY. DE DIJON. 1751. Armes de Dijon.

513. — QUALIS AB INCEPTO. Mêmes armes.

℞. comme le précédent. 1754.

Elbeuf.

514. —LUDOVICUS XV ARTIUM PROTECTOR. Buste à droite. âgé, lauré, poitrine nue. Signé : B. DUVIV. F. Type 2°.

℞. TALI FULCIMINE CRESCIT. Cep de vigne sur la double croix. Exergue : MANUFACTURE D'ELBEUF.

La Ferté-sous-Jouarre.

515. — LUD.XV REX CHRISTIANISS. Type 2°. Signé : B. DUVIV.

℞. PRIX PROVINCIAL DE LA FERTÉ SOUS JOUARRE. 1766. Armoiries.

Givors (Canal de).

516. — LIGEREM RHODANUS ARDET. Le Rhône et la Loire. Signé : D. V.

℞. CANAL DE GIVORS. 1784. Couronne de roseaux.

Languedoc (États de).
(Cf. Bonnet, États du Languedoc.)

517. — LUDOVICUS XV. D. G. FRAN. ET NAV. REX. — Buste à droite. Signé : D. V. Exergue : COM. OCCIT. 1718 (croix de Toulouse). Type 3.

℞. PHILIP.DUX AUREL.FR.ET NAV.REGENS. Le Régent à droite. Signé : D. V.

518. — Buste de Louis XV. Type 4.

℞. SPES PACIS ÆTERNÆ FUNDATA. Mars et Minerve. Exergue : COM. OCCIT. 1728. Croix de Toulouse.

519. — LUD.XV.REX CHRISTIANISS. Type 11. Signé : I. D. V.

℞. COMITIA OCCIT. 1769. Armes de Toulouse.

520. — Louis XV. Type 5°.

℞. COMITIA OCCIT. 1771. Armes de Toulouse.

521. — Comme le précédent.

℞. COMITIA OCCIT. 1774. Armes (coin différent).

522. — LUD.XVI.REX CHRISTIANISS. Type 4. Signé : DUVIV.

℞. COMITIA OCCIT. 1777. Armes (coin nouveau).

523. — Même droit.

℞. COMITIA OCCIT. 1778. Armes.

Lille (États de Flandre).

524. — LUD.XV.REX CHRISTIANISS. Buste âgé, nu. Signé :
B. DUVIV. F. Type 3₁.

℞. COMITIA FLANDRIÆ WALLONENSIS. 1769. Armoiries.
Octogone.

525. — Le même, type 6⁸.

℞. comme le précédent. 1773. Octogone.

526. — LUDOV.XVI.REX CHRISTIANISS. Buste à gauche, draperie. Signé : DUVIVIER.

℞. comme le précédent. Sans date. Octogone.

Lille (Députés aux États).

527. — LUD.XV.REX CHRISTIANISS. Tête à droite, cou nu.
Signé : B. DUVIV. Type 4².

℞. Armoiries de la ville.

528. — LUDOV.XVI.REX CHRISTIANISS. Buste à gauche, draperie. Signé : B. DUVIV. Type 6.

℞. comme le précédent.

Lille (États).

529. — LUD.XV.REX CHRISTIANISS. Type 7.

℞. SECURITAS PROVINC.INSUL., par Le Blanc.

530. — Type 12.

℞. comme le précédent.

531. — LUDOV.XVI.REX CHRISTIANISS. Type 6.

℞. comme le précédent.

Lille (Chambre de commerce).
(Feuardent, 7265.)

532. — LUD.XV.REX CHRISTIANISS. Type 4.

℞. UT REGAT HINC REGITUR. Boussole aux armes de Lille. Exergue : CHAMBRE DE COMMERCE DE LA VILLE DE LISLE.

533. — Le même. Type 5.

℞. comme le précédent.

534. — Type 8.

℞. comme le précédent.

535. — Type 12.

℞. comme le précédent.

536. — LUDOV.XVI.REX CHRISTIANISS. Type 4.

℞. comme le précédent.

537. — Le même. Type 6.

℞. comme le précédent.

538. — Le même. Type 7.

℞. comme le précédent.

Lyon (Académie de).

539. — ATHENÆUM LUGDUNENSE RESTITUTUM. L'autel. Exergue : ACADEM. LITTER. LUGD. 1700.

℞. Armoiries de Lyon accompagnées des figures du Rhône et de la Saône. Signé : D. V.

Lyon (Chambre de commerce).

540. — LA CHAMBRE DE COMMERCE DE LYON. Armoiries (coin plus ancien ?).

℞. MUNERIBUS PRETIOSA SUIS. Le Rhône et la Saône ; un personnage debout plus loin. Signé : D. V. Exergue : VIRI LUGDUNENSES COMMERCII REGUNDIS.

541. — Armoiries de Lyon, accompagnées des figures du Rhône et de la Saône. Signé : D. V. Exergue : 1749.

℞. comme le précédent.

Lyon (Fabrique des étoffes de soie, or et argent).

542. — ÆTERNUM DIGNA COLI. Minerve et deux petits génies.
Exergue : FABRIQUE DES ÉTOFFES DE SOYE OR ET ARGENT. 1745
(Charvet, n° 574). V. n° 362. Paris.

℞. Armoiries de Lyon dans un cartouche rocaille. Signé : D. V.

Meaux.

543. — LUDOV.XVI.REX CHRISTIANISS. Type 7. Signé : DUV.
℞. ERUDIMINI QUI JUDICATIS TERRAM. Armoiries.
Exergue : BAILLAGE PRESIDIAL DE MEAUX. 1788. Coin ℞. signé :
DUVIV.

Montauban (Académie de).

544. — EX DONO D. D. DE VERTHAMON EPISC.MONTALB.
Armoiries.

℞. MIRATURQUE NOVAS FRONDES. Olivier greffé.
Exergue : ACAD. MONTALB. FUND. AUSP. — LUD. XV.P.P.PIO F.
AUG. — IMP.AN.XXIX. Coin signé D. V. F.

Nantes.

545. — LUD.XVI REX CHRISTIANISS. Type 4.
℞. PROCUREURS DE LA VILLE ET COMTÉ DE
NANTES. Armes de Nantes.

546. — Louis XVI. Type 7.
℞. comme le précédent.

547. — Louis XVI. Type 9.
℞. comme le précédent.

Nantes (Maires).

548. — INDEX TUTELAQUE PORTUS. Armoiries. Signé D. V.
℞. DE LA MAIRIE DE Mᵃ DU ROCHER. Armes de Nantes.
Exergue : 1747. Coin de face signé : D. V.

549. — PROTEGIT ET PASCIT. 1748. Armoiries. Signé : D. V

R⫯. DE LA MAIRIE DE Mᴿ BELLABRE PRᵀ ET SENᴸ DU PRᴸ DE NANTES. Armoiries de Nantes.

Orléans (Mairie).
(Feuardent, 8117 et suivants.)

550. — DE LA MAIRIE DE M. COLAS DANJOUAN CONᴱᴿ. 1739. Ses armoiries.

R⫯. ME VINDICE LILIA FLORENT. La pucelle. Signé : I. D. V. Exergue : AURELIA.

551. — DE LA MAIRIE DE M. HUDAULT. 1742. Ses armoiries.

R⫯. comme le précédent.

552. — DE LA MAIRIE DE Mᴿ COLAS DE MONDRU ECUYER. 1745. Ses armoiries.

R⫯. comme le précédent. Signé : D. V.

553. — DE LA MAIRIE DE M. BERTHEREAU DE LA GIRAU-DIERE ECᴿ. 1751. Ses armoiries.

R⫯. comme le précédent. Signé : D. V.

554. — DE LA MAIRIE DE Mᴿ TASSIN. 1754. Ses armoiries.

R⫯. comme le précédent.

555. — DE LA MAIRIE DE Mᴿ LAMYRAULT DE CHAUSSY ECUᴿ. 1757. Ses armoiries.

R⫯. comme le précédent.

556. — DE LA MAIRIE DE M. COLAS DES FRANCS. 1760. Ses armoiries.

R⫯. comme le précédent.

557. — DE LA MAIRIE DE Mᴿ LE JUGE ECᴿ Sᴳᴿ DE BAZOCHES. 1763. Ses armoiries.

R⫯. comme le précédent.

558. — DE LA MAIRIE DE Mᴿ RAIMOND MASSUAU. 1768. Ses armoiries.

R⫯. comme le précédent.

559. — DE LA MAIRIE DE Mᴿ HURTAULT. 1774.

R⫯. comme le précédent.

560. — IIe MAIRIE DE Mre JACQUE DU COUDRAY CH^r DE St LOUIS. 1777. Armoiries.

R⁄. comme le précédent. Signé : DUV. (Octogone).

561. — MAIRIE DE Mre LAMYRAULT DE COTINVILLE ECUYER. 1777. Armoiries.

R⁄. comme le précédent. (Octogone.)

562. — MAIRIE DE Mre SEURRAT ECUYER S^{gr} DE GUILLE-VILLE. 1780. Armoiries.

R⁄. comme le précédent. Octogone.

563. — MAIRIE DE M. MASSUAU DE LABORDE ECUYER. 1783. Armoiries.

R⁄. comme le précédent. Octogone.

564. — MAIRIE DE Mre F. A. GRIGNON DE BOURRELET ECUYER. 1756. Armoiries.

R⁄. comme le précédent. Octogone.

Orléans (Notaires).

565. — LUD.XVI REX CHRISTIANISS. Type 4.

R⁄. LEX EST UBICUMQUE NOTAMUS. Armes de France. Exergue : NOTAIRES AU CHATELET D'ORLEANS.

Orléans (Collège d').

566. — LUDOVICUS XV. ARTIUM PARENS. Type 2e. Signé : B. DUVIV. F.

R⁄. DECENT ET PHILOSOPHOS CORONÆ. Allégorie. Exergue : COLLEGIUM AURELIANUM. Coin R⁄. signé : B. DUVIVIER F. 1769.

Perche.

567. — LUDOVICUS XVI REX CHRISTIANISS. Buste à droite. Signé : DUVIV.

R⁄. PERTICUS . A . F . FEUDI . TRIBUTO OPE.D . D.P .DE FONTENAY ET ART . F . BERTHEREAU EXONERATUS. Armoiries. Exergue : BELLISSIMENSES, 1784 (R⁄. coin ancien).

Reims (Archevêques).

568. — ARM . JUL . PR . DE ROHAN ARCH D . REM. Buste à gauche. Signé : DUVIVIER FIL.

℞. JUSTITIA ET PAX OSCULATÆ SUNT. La Justice et la Paix. Exergue : CAMERA CLERI CLEMENSIS. 1757.

569. — CAR . ANT. DE LA ROCHE AYMON ARCH . DUX RHEM. 1762. Buste à droite. Signé : DUVIV.

℞. comme le précédent.

570. — C . A . DE LA ROCHE AYMON . ARCH . DUX REM . M . FR. ELEM. 1771. Buste à gauche. Signé : B. DUVIVIER.

℞. Même revers. 1771. Signé : D. V. (Octogone.)

571. — AL . AUG . DE TALEYRAND PERIGORD ARCHIEP. DUX REMENS. 1777. Buste à droite. Signé : DUVIV.

℞. comme le précédent. (Octogone.)

La Rochelle (Chambre de commerce).

572. — LUD . XV REX CHRISTIANISS. Type 5.

℞. FAVENTE DITABO. Vaisseau. Exergue : CHAMBRE DE COMMERCE DE LAROCHELLE.

573. — Louis XV. Type 6.

℞. comme le précédent.

574. — Louis XV. Type 10.

℞. comme le précédent.

575. — Louis XV. Type 11.

℞. comme le précédent.

576. — Même face.

℞. DITAT ET ORNAT. Vaisseau. Exergue : CHAMBRE DE COMMERCE DE LAROCHELLE. 1754.

577. — LUD . XVI REX CHRISTIANISS. Type 4.

℞. comme le précédent. ... 1774.

578. — Louis XVI. Type 6.

℞. comme le précédent.

579. — Type 7.

℞. comme le précédent.

Rouen (*Ville de*).

580. — LUDOVICUS XV. D. G. FRAN. ET NAV. REX. Buste enfantin à droite. Signé : D. V.

℞. CIVITAS POPULUSQUE ROTHOMAGENSIS. ❀ Armoiries.

581. — LUD XV. Type 4.

℞. comme le précédent.

582. — LUD.XV. Type 5.

℞. comme le précédent. Coin différent.

Rouen (*Archevêques*).

583. — LUD. DE LAVERGNE DE TRESSAN ARCH. ROTH. Armoiries. Exergue : LABOR ET HONOR.

℞. EXCUBAT ANTE ARAS. Brûle-parfum. Exergue : CLERGÉ DE ROUEN.

584. — DOM. DE LA ROCHEFOUCAULD. ARCH. ROTH. Armoiries. 1778.

℞. Variété du précédent. Signé : B. D. V.

585. — Mêmes armes sans légende.

℞. comme le précédent, sans signature. (Octogone.)

586. — DOM. CARD. DE LA ROCHEFOUCAULD ARCH. ROTH. 1780. Buste à droite. Signé : B. DUVIVIER F.

℞. Armoiries. (Octogone. Coins anciens à la Monnaie.)

Rouen (*Clergé de*).

587. — Louis XV. Type 10.

℞. CONVENTUS CLERI.ROTHOMAG., dans une couronne.

(*Rouen Monnaie de*).

588. — LUD.XV.REX CHRISTIANISS. Type 7. Signé : DUVIVIER.

℞. MONNOYEURS DE ROUEN. Armoiries.

589. — LUD.XVI REX CHRISTIANISS. Type 4. Signé : DUVIV.
R⥿. comme le précédent.

590. — LUD. XVI. REX CHRISTIANISS. Buste à droite Signé :
DUVIV. Type 7.
R⥿. HINC PONDUS ET PRETIUM. Attributs du monnayage.
Exergue : MONN. DE ROUEN. 1787.

Rouen (Juges consuls de).

591. — LUD. XVI REX CHRISTIANISS. Type 4. Signé : DUVIV.
R⥿. EX ÆQUO ET BONO. La Justice.

Rouen (Chambre de commerce de).

592. — Louis XVI. Type 4.
R⥿. FIRMATA CONSILIO COMMERCIA. Mercure.

Rouen (Chambre d'assurances de).

593. — LUD.XV.REX CHRISTIANISS. Type 7. Signé : DUVIVIER.
R⥿. CERTA DUCUNT SIDERA. 1711. Ancre et caducée.
Exergue : CHAMB. DES ASSUR. DE ROUEN. 1742.

594. — Même face.
R⥿. OBVIUS PROCELLIS MOLE SECURUS. Tempête sur
mer, navires. Exergue : CHAMB. D'ASSUR. DE. ROUEN. 1743.

595. — LUD. XVI. FRAN. ET NAVARR. REX. Type 7. Signé :
DUVIV.
R⥿. FELIX SI VITÆ SALUS ET OPUM. Allégorie de l'assu-
rance. Signé : D. V. Exergue : CHAMBRE D'ASSURAN. DE ROUEN.

Rouen (Apothicaires épiciers de).

596. — LUD.XV REX CHRISTIANISS. Type 4.
R⥿. ARIS ET ÆGRIS. Une ruche. Exergue : APOTICAIRES ET
EPICIERS DE ROUEN (coin signé : D. V.

Rouen (Lingères de).

597. — LUD.XVI.REX CHRISTIANISS. Type 4.
℞. COMM^{té} DES M^{ds} LINGÈRES DE ROUEN. Deux mains jointes.

Saintes (Collège de).

598. — LUDOV.XVI REX CHRISTIANISS. Type 9. Signé : DUVIV.
℞. ADMINISTRATIO REG.COLLEGII SANTONENSIS. La Justice. Signé : DUV. Exergue : P. L. LAROCHEFOUCAULD EPIS. PRESES. 1786 (coin ancien signé : B. DUVIVIER).

Saint-Omer (J. A. de Valbelle, évêque de).

599. — JOSEPH ALPHONS. DE VALBELLE EPISCOP.AUDOMARENSIS. 1730. Armoiries.
℞. VERTU ET FORTUNE. 1723. La Fortune. Signé : D. V.

Tours (Mairie).

600. — LUD. XV. REX. CHRISTIANISS. Type 1^a. Signé : B. DUV.
℞. I. I. AUBRY P. P^t AU B^{au} DES P^{ces} MAIRE 1762. Armoiries de Tours.

601. — Louis XV. Type 2^a.
℞. MAIRIE DE Mr BENOIST DE LA GRANDIERE. 1769. Armes de Tours.

602. — Louis XV. Type 4^a.
℞. MAIRIE DE MONSIEUR BANCHEREAU. 1771. Armes de Tours.

603. — LUD.XVI.REX CHRISTIANISS. Type 4. Signé : DUVIV.
℞. comme le précédent. 1776.

604. — LUD.XVI. Type 6.
℞. MAIRIE DE Mr E. J. L. BENOIST DE LA GRANDIÈRE. 1780. Armes de Tours.

Tours (Église Saint-Martin de).

905. — NOB. ET INSIG. ECCLESIA S^{ti} MARTINI TURONENS. Saint Martin et le mendiant.
℞. HONORARIO CANONICO.

Trévoux (Affinage de).

606. — Louis XV. Type 4ᵉ.

℞. FIAT PAX ET ABUNDANTIA IN TURRIBUS TUIS. Usines. Exergue : AFFINAGE ROYAL DE TRÉVOUX. 1766

Valenciennes.

607. — LABORIS ASSIDUI PRÆTIUM. Dix-huit personnages assemblés délibèrent. Signé : D. V. Exergue : CONSILIUM VALENCE-NENSE. 1716.

℞. FELICITAS URBIS EX CONCORDIA ET CANDORE. Trois armoiries supportées par deux cygnes.

608. — LUD. XV REX CHRISTIANISS. Type 12.

℞. CONSILIUM VALENCENENSE. 1758. Armoiries de Valenciennes.

609. — LUDOV. XVI. REX CHRISTIANISS. Type 7.

℞. comme le précédent. 1782.

610. — Même face.

℞. comme le précédent. 1785.

Valenciennes (Loge maçonnique de).

611. — LOGE DE LA PARFAITE UNION A L'ORIENT DE VALENCIENNES. Deux femmes. Signé : D. V.

℞. CONSTANTIA MERUERE LUMEN. Triangle et compas.

PERSONNAGES
qui n'ont été classés aux villes ou aux administrations.

Affry (Comte d').

612. — INVIA VIRTUTI NULLA EST VIA. Armoiries avec le collier de l'ordre.

℞. LOUIS AUG. COMTE D'AFFRY COLONEL DES GARDES SUISSES, CHEVᵉʳ DES ORDRES DU ROY. 1784. (Octogone. Coin signé : DUVIVIER 1784.)

N. B. — Le comte d'Affry ayant reçu l'ordre du Saint-Esprit en 1774, on peut supposer qu'un autre coin d'armes a dû accompagner les trois revers suivants, plus anciens.

613. — 1º LOUIS AUGUSTE — COMTE D'AFFRY — AMBASSA-
DEUR DE FRANCE — PRÈS LES ÉTATS GÉNÉRAUX DES
PROVINCES UNIES — 1755.

2º LOUIS AUGUSTE — COMTE D'AFFRY — LIEUTENANT
GÉNÉRAL — DES ARMÉES DU ROY — COLONEL DU
RÉGIMENT — DE SES GARDES SUISSES — 1767.

3º LOUIS AUGUSTE — COMTE D'AFFRY — ADMINIS-
TRATEUR DE LA CHARGE DE COLONEL — GÉNÉRAL
DES SUISSES ET GRISONS — POUR Mᴳᴿ LE COMTE —
D'ARTOIS — 1772.

Bouillon (*Duc de*).

614. — GODEFRIDUS III DE LA TOUR DAUVERGNE D.G.
DUX BULLONEUS EN PRINCEPS EN PATER. Buste à droite,
Signé : DUVIV. F.

℞. DEO PATRIÆ. Une église. Exergue : COUR SOUVERAINE
DE BOUILLON. 1788. Octogone.

Breteuil (*Baron de*).

615. — Armoiries supportées par deux lions.

℞. LOUIS AUG. — BARON — DE BRETEUIL — MINISTᴿᴿ
PLENIPOTᴿᴱ — DE FRANCE — PRES LEMPEREUR — DE
RUSSIE — PIERRE III — 1762.

616. — Même droit.

℞. LOUIS AUG. — ... PRES L'IMPERATRICE — DE
RUSSIE CATHERINE II — 1762.

617. — Même droit.

℞. LOUIS AUG. — BARON — DE BRETEUIL — AMBASSˣ
DE FRANCE — PRES LEMPEREUR — ET SA MAJᵀ IMPᴸᴱ ET
ROYᴸᴱ — ET APOSTOLIQUE — LIMPERATRICE — REINE
1770.

618. — Même droit.

℞. LOUIS AUG. — BARON — DE BRETEUIL — AMBASSˣ
EXTRAORDᴱ — DE FRANCE — PRÈS LE ROY — DES DEUX
— SICILES — 1772.

619. — Même droit.

℞. LOUIS AUG. — BARON — DE BRETEUIL — AMBASS EXTRAORD^RE — PRÈS LEMPEREUR — ET SA MAJ^TE IMP^RLE ROY^LE — ET APOSTOLIQUE — LIMPERATRICE — REINE. 1774.

620. — Armoiries entourées des colliers des ordres. En haut, la devise : NEC SPE NEC METU.

℞. LOUIS AUG. — BARON — DE BRETEUIL — AMBASS^R EXTRAORD^RE DE FRANCE — A VIENNE — CHEV^R DES ORDRES — DU ROI — 1776.

621. — Même droit.

℞. LOUIS AUG. — BARON — DE BRETEUIL — CHEV^R DES ORDRES — DU ROI — PLENIP^RE ET MEDIAT^R DE FRANCE — AU CONSEIL — DE TESCHEN — 1779.

622. — Même droit.

℞. LOUIS AUG. ... DU ROY — AMBASS^R A VIENNE — CONSEIL^R DETAT — DÉPÉE. — 1781.

623. — Même droit.

℞. LOUIS AUG. — BARON — DE BRETEUIL — MINIST^E ET SECR^E — DETAT — AU DEPARTEMENT — DE LA MAISON — DU ROY. — 1783.

624. — Même droit.

℞. LOUIS AUG. — BARON — DE BRETEUIL — CHEV^R DES ORDRES — DU ROY — MINISTRE D'ETAT — 1783. (Tous octogones.)

Chabannes (Abbé de).

625. — Armoiries.

℞. DONIS TESTATUR AMOREM (revers du clergé).

Les coins face et ℞. anciens sont signés de façon identique : DU VIVIER 1734.

Choiseul-Stainville.

626. — Armes écartelées, soutenues par deux sauvages. Coin ancien signé : DV. 1754.

℞. indéterminé. Octogone.

39

Madaillan.

627. — L. J. DE MADAILLAN ENS. DES GENS-D'ARM. DU ROY. Armoiries écartelées tenues par deux hercules. Signé : D. V. Exergue : 1717.

℟. QUO JUBET IRATUS JUPITER. Foudres. A l'exergue, un bouclier et un yatagan.

Ormesson (Lefèvre d').

628. — Armoiries soutenues par deux hercules.

℟. M. F. DE PAULE LEFEVRE D'ORMESSON INᴺᵀ DES FINANCES 1740. CONSEILʀ DETAT 1758 AU CONSEIL ROYAL DU COMMERCE 1762 ET DES FINANᴱˢ 1767. (Octogone. Coin d'armes ancien signé : B. DUVIVIER S.)

Parent-Duchatelet.

629. — Armoiries.

℟. JETTON DE Mʀ LE CHEVALIER PARENT. 1788.
Coin d'armes ancien signé : Fait et donné par B. Duvivier à Mᵉ Du Chatelet le 9 juillet 1787. Octogone.

Rohan (Prince de).

630. — JULES HERCULES PRINCE DE ROHAN. Buste à gauche. Signé : DUVIV.

℟. SINE MACULA MACLA. Armoiries tenues par Hercule et César. (Octogone. Coin ℟. ancien signé : B. DUVIVIER 1781.)

Richelieu (Maréchal de).

631. — Armoiries entourées du collier des ordres et des insignes du maréchal.

℟. incertain. Octogone.
Coin d'armes ancien, Signé : B. DUVIV. 1770.

Saint-Albin (Cardinal de).

632. — CAR.D.G.ARCH.DUX CAM.PAR FR. Buste à droite.
Signé : DUVIVIER. Exergue : 1726.

℞. SACERDOS ET PRINCEPS. Armoiries.

Tippo Sahib (Ambassadeurs de).

633. — Jeton (ou médaille très méplate) composé de deux coins
d'inscriptions arabes gravés en 1788.

TABLE DES PLANCHES HORS TEXTE

Les planches de médailles et de jetons donnent les pièces en grandeur réelle. Les dessins ont été réduits et ramenés au format du livre ; j'indique les dimensions des originaux, le lecteur pourra donc s'en faire une idée d'autant plus exacte que M. Léon Marotte a pris plus de soins pour en reproduire l'aspect et la couleur.

IV

V

VI

VII

VIII

IX

X

XI

XII

XIII

XIV

XV

XVI

XVII

TABLE DES GRAVURES DANS LE TEXTE

TABLE DES MATIÈRES

INDEX

Cette liste des noms cités, simplifiée autant que possible, ne contient ni les noms de Jean et de Benjamin Duvivier, ni ceux de Louis XV et de Louis XVI qui reviennent d'un bout à l'autre de l'ouvrage. Elle s'arrête à la page 128, l'ordre chronologique suivi pour le catalogue des médailles et le classement par matières adopté pour les jetons rendant moins indispensable un index alphabétique.

ERRATA ET ADDENDA

Page 12, ligne 15. *Jetons des états du Languedoc...*, ajoutez : *Imprimerie nationale.* Paris, 1900, in-8.

Page 13, ligne 28, lisez : *Société des Bibliophiles françois.*

Page 14, ligne 16, ajoutez : J. FLORANGE : *Souvenirs numismatiques du tir français.* Paris, 1899, in-4. — *Essai sur les jetons et médailles de mines françaises.* Paris, 1904, in-8.

Page 90, ligne 13, lisez : *Marie-Joséphine.*

Page 97, ligne 21, au lieu de : *nescium...*, lisez : *Inscium sculpsit.*

Page 101, ligne 28, au lieu de *1779*, lisez *1789.*

Page 104, ligne 18, au lieu de : *exemple au peuple...*, lisez : *aux peuples.*

Page 107, ligne 18, *idem.*

Page 112, ligne 33, au lieu de : *Desmarest*, lisez : *Dumarest.*

Page 113, ligne 36, ajoutez : *il avait signé aussi la pétition contre le transfert des cendres de Voltaire au Panthéon* (actes de la commune, 2e série, t. V, p. 284).

Page 123, ligne 32, au lieu de : *Langlais*, lisez : *Langlois.*

Page 124, ligne 10, au lieu de : *Villons*, lisez : *Villars.*

Page 181, ligne 11, au lieu de : de *CARNUT*, lisez : *CARNOT.*

Page 247, après les jetons des reines, ajoutez : 41 *bis* : *Louis, dauphin (garde robe de).* Sans légende, *un dauphin sur les eaux,* signé : D. V. R̶. *JETTON DE LA GARDE : ROBE, en quatre lignes.*

Page 267. Le jeton 265 n'est pas à sa place. Daté de 1726, il devait se trouver en haut de la page.

Page 295, ligne 28, lisez : *X viri lugdunenses commerciis regundis...*

Page 297. Au jeton 549, ajoutez un 549 *bis* : *Même jeton...*

MACON, PROTAT FRÈRES, IMPRIMEURS.

Empreintes des Espèces d'Or.

Empreintes des Espèces d'Argent.

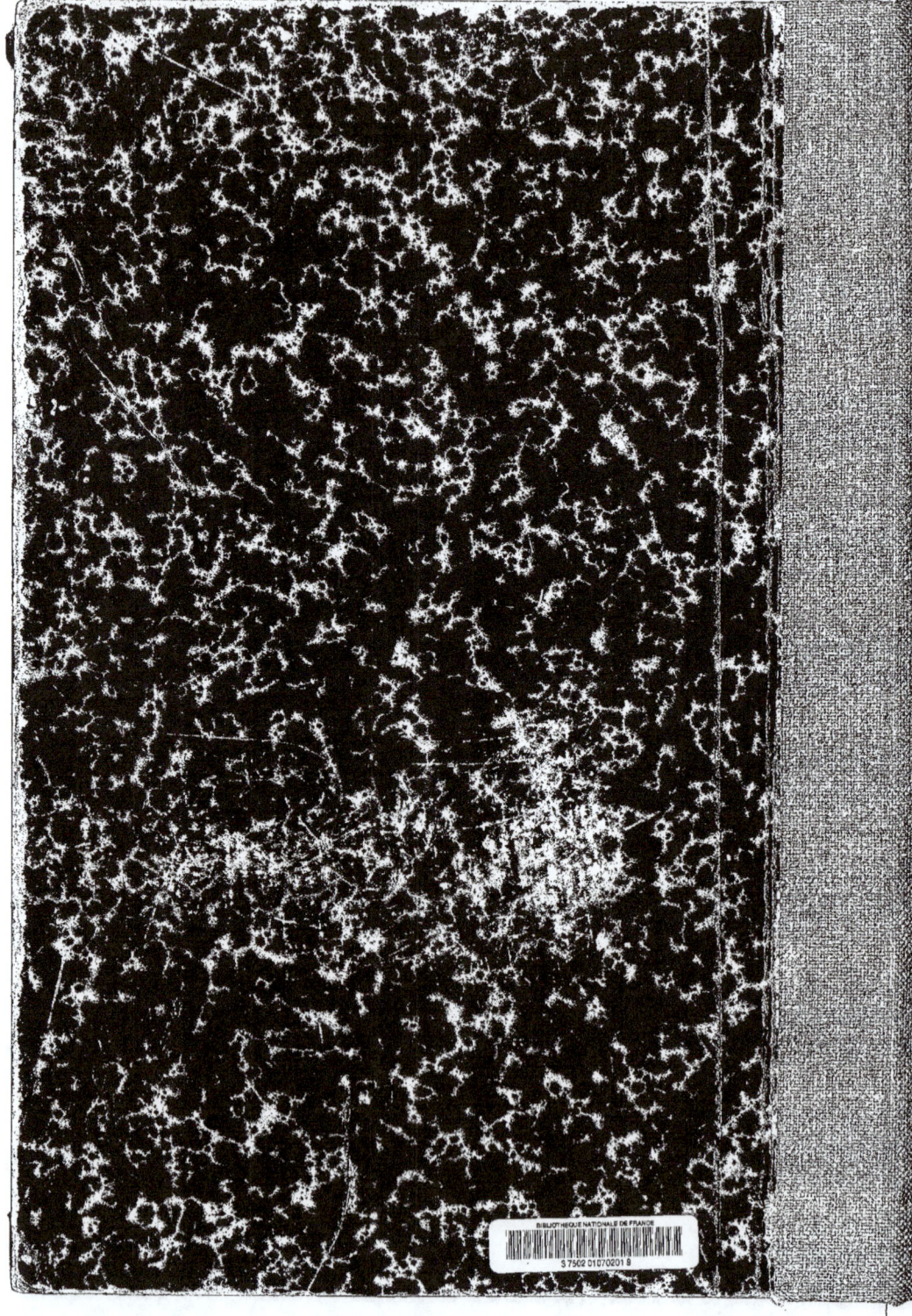

www.ingramcontent.com/pod-product-compliance
Lightning Source LLC
Chambersburg PA
CBHW070300030726
47505CB00004B/866